# 智慧的游戏书系

## 传统文化 · 现代表达

（1905—1917）

# 金上海

**②**

寒川子 著

长江出版传媒 | 长江文艺出版社

北京长江新世纪文化传媒有限公司
www.cjxinshiji.com
出品

# 目　录
CONTENTS

第 17 章　挺举扬名上海滩　章虎算卦遇强梁　/ 001

第 18 章　鲁碧瑶恋父生怨　甫顺安妒兄励志　/ 027

第 19 章　江摆渡蓄意陷害　傅晓迪成心上位　/ 053

第 20 章　中国人有理难伸　伍挺举据理力争　/ 073

第 21 章　伍挺举节外生枝　总商会协力胜诉　/ 099

第 22 章　葛荔嫉妒洋小姐　陈炯杀回上海滩　/ 129

第 23 章　借华工广肇挑事　占鳌头四明谋对　/ 163

第 24 章　再选举粤商阴胜　贩美货麦基失手　/ 189

第 25 章　麦基绝境觅商机　挺举情陷风波里　/ 215

第 26 章　两兄弟同爱一女　甫跑街借诗乘龙　/ 247

第 27 章　橡皮股横空出世　痴情女因诗迷情　/ 275

第 28 章　橡皮股大闹上海　伍挺举一力质疑　/ 307

# 第 17 章
## 挺举扬名上海滩 章虎算卦遇强梁

自麦基洋行协理里查得踏进茂平谷行的门槛之后，葛荔悬着的心就算放下了。此后几日，葛荔完全释然，或如往常一样骑在茂平谷行外面的大树杈上，透过繁茂的枝叶盯牢门店，或乔装打扮，公然以男女老少各种样貌出入谷行，近距离地欣赏这个让她越来越动心的男人。

葛荔要亲眼观看伍挺举以怎样的凌厉和从容，从洋人身上赚取他人生中的第一桶金。

然而，凭她多么聪慧，接下来发生的事情仍如此前一样，一而再地打破她的心理预期，既令她乍然惊奇，也让她兴奋不已。

大剧谢幕，在麦基、里查得站在缓缓离岸的货轮甲板上向送行的鲁俊逸、伍挺举一行频频挥别时，扮作男装戴着毡帽杂在送行队伍之中的葛荔似也志得意满，打了个转身，扬手招辆黄包车，径奔家中。

葛荔推开院门，走进中堂，见申老爷子、阿弥公、苍柱皆在堂中，呈"品"字形端坐。听到声响，三人尽皆动了下，但又迅即恢复原貌。

显然，他们人坐在这里，心并未入定。在这个时辰守在这个地方，且又加入柱叔，葛荔不用猜就晓得他们是在守候什么。她强力压抑住心中激动，故意不睬他们，装作若无其事地掀开门帘子，拐进自己闺房。

然而，出乎她意料的是，堂中仍是一片死寂，连出气声也没，整个房间，似乎只有她一人存在，也只有她一人在呼吸。

熬有几分钟，葛荔终究憋不住，咚咚咚地走出来，在堂中站定，重重咳嗽一声："老阿公，小荔子这把差事执行完了，也不奖赏一下！"

"你还没禀事呢，就要讨赏？"

"那……我这就禀了。"

"甭废话。"

"您老俩还有柱叔仨这可听好了，"葛荔装模作样地连清几下嗓门儿，"话说大清光绪三十五年丁巳月壬辰日卯时七……"

后面的"刻"字尚未说出，一迭声的"停停停"字从申老爷子口中迸出。

"嘻嘻，"葛荔凑过来，扳住申老爷子的脖颈，"您老不听禀报了？"

"扼要！"

"好好好，"葛荔噘下嘴，"小荔子这就扼要了！"又清下嗓子，"话说……不不不，小荔子这里简明扼要，您老仨听好！"走到堂中间，再清一下嗓子，像是个说书的，节奏极快，"话说姓伍的也真够傻哩，洋人开价是往上走，就像爬坡似的，每石大米从六块五一点儿一点儿涨到八块，该他开价了，倒是干脆利落，一出口就将米价从山顶打落到谷底，每石只要六块……"故意打住，斜眼看三人。

三人依旧闭目端坐，脸上并不见吃惊。

葛荔吸口长气："米价直落两块，眨眼工夫，那傻子就让鲁老板少挣一十二万光洋，气得姓甫的嘴脸歪斜，在桌子底下狠踩傻子的脚丫子！那傻子视若不见，置若罔闻，继续与洋人讨价还价。照理说，米价这都讲死了，还讨啥还啥哩？嘿，谅你仨老古董再也猜不出的！那傻子在银子上犯迷糊，其他事体上却是较真，向洋人啪啪啪啪开出两大条件：一个是，印度卖粮必须低于市场两块洋钿出售，因为这两块是茂平谷行送给印度人赈灾的，且这条款必须写进合同；另一个是，这合同必须有中文版本，若打官司，还得以中文版本为准！"

听到此处，申老爷子、阿弥公、苍柱皆是一震，各吸一口长气，再次屏住。

"嘿，"见到起反应了，葛荔显然得意，耸耸肩膀，"那姓甫的见他这般犯傻，一口气告到鲁老板那儿，鲁老板心疼银子，要他修改价钿，折中为七块，那小子死活不依，被逼急了，当场拿出鲁老板写给他的特别授权书，把鲁老板噎得下不来台。那傻子前脚走出，姓甫的后脚追出来，要他回去道歉，可那小子傻劲上来，死活不肯。嘿，就冲这点，小荔子真还服了！"

三人各自闭目，神闲气定，连气也不屏了，似是各自入定。

"咦？"葛荔白他们一眼，急了，"您老仨，讲句话呀，介要紧的事体，这这这……这却让小荔子唱独角戏！"

"小荔子呀，"申老爷子呵呵一乐，"这出戏唱完，你这差事也算是执行完了。"

"执行得好不？"

"马马虎虎。"

"嘻嘻，"葛荔又凑上来，一把搂住他脖子，"老阿公呀，小荔子执行出介好的差事，在这上海滩上，您老打灯笼怕也寻不到第二人哩。差事执行完了，总该给个赏吧！"

"小荔子呀，"申老爷子盯住她，"你真想讨赏？"

"理所应当！"

"这这这……"申老爷子在耳朵根上挠几下，"小荔子立下介大功劳，老阿公这该赏个啥物事呢？有了，小荔子，来！"

葛荔不无夸张地将耳朵贴近他的嘴皮子。

"就将那个傻小子赏你，成不？"申老爷子的声音轻得不能再轻。

"臭阿公！"葛荔又急又羞，两只小拳头雨点般擂在他的肩膀上，效果却如捶肩，美得老爷子呵呵直乐。


一向低调做人的齐伯于陡然间抛出一大通为商之道，着实把鲁俊逸砸晕了。

齐伯走后，鲁俊逸面对观世音，心绪渐渐冷静，耳边再次响起齐伯的声音："……他维护的不只是他自己的尊严，也是生意的尊严，大米的尊严，还有老爷你的尊严！老爷，无论何时，做人，做生意，都要适可而止，贪心不可起啊！"

贪心？是的，是自己起了贪心。俊逸这也想到几个月前，茂记已在彭伟伦的四处截击下无路可走，是挺举力挽狂澜，方才为他扳回一局。单此一功，什么都可忽略不计。

这样想定，鲁俊逸的心里坦然许多。

然而，他的坦然心态并未持续几日。

洋行是付现银购粮的，挺举那边把合同签订的当日，洋行即打来一半银两，余款于粮船装讫后一次性结清。茂平仅以几人之力，在短短三个月内完败仁谷堂不说，又为茂记净赚六万块洋钿。洋钿入库时，照理说茂升钱庄的人都该欢天喜地才是，事实却是，上上下下，竟无一人现出笑脸。

入库完毕，大把头、库房把头、顺安三人各持所管账册，跟在老潘身后，到经理室向俊逸细禀银两及入库详情。

俊逸把三本账本尽皆翻到最末一页，瞄一眼最后的数字，见已核准，且有老潘的签字，笑道："好了，细节我就不看了，有老潘核过就成！"取过笔，在大把头的总账上签好字，顺手把账册推在一边，看着几人，"咦，有银子入库，哪能一个一个黑丧着脸哩？"

几人面面相觑。

"老爷，"老潘迟疑一下，半是嘟哝，"该入库的，远不止这点儿呢！详情我问过了，茂记上下也全晓得了，这这这，十二万哪，老爷，上海滩上没有这般做生意的，任啥人也不能坏规矩呀！"

不用多讲，所谓"详情"定是顺安透露出去的。伍挺举出彩，茂记其他掌柜的脸上本就不好看，得知伍挺举竟然拱手送出十二万块洋钿，哪一个心里能不憋堵？

鲁俊逸不悦地白了顺安一眼，看向诸人，指向案上账本："你们去吧，老潘留下！"

大把头等三人各拿账本出去，俊逸看向老潘："老潘，米价事体是我定的，是我做的主，你可转告大家，谁也不可胡乱猜度，妄加非议！"

"老爷呀，"老潘不解了，"这事体叫我哪能解释清爽哩？洋人开价八块，是伍挺举自己降至六块，上海滩上任啥人也都晓得了，老爷哪能罩得住呢？再说，洋人又不是只与我们谈，洋人最先谈的是仁谷堂，林老板一开口就要价七块，后又涨到八块！老爷这去看看，就这辰光，人家的价牌上还标着一石七块五哩！"

"老潘呀，"俊逸苦笑一声，"死钻牛角尖做啥，我们这不是赚钱了吗？"略略一顿，"我决定了，本月茂记拿出三千块银元，上下职员皆有奖赏，你弄个表册，按出力大小分发。发赏时，要让大家晓得，这些钱全都来自于茂平谷行！"

"使不得呀，老爷！"老潘固执道，"赚钱归赚钱，规矩却让他坏了！老爷呀，全世界里讲去，天底下哪有买家往上涨价、卖家往下降价的理？茂记上下无不议论，伍挺举这是在拿老爷的银子捞取他自己的名声哩！再说了，如果这般做生意也能受到老爷鼓励，我们的生意经往后哪能个念哩？其他掌柜，还有徒工，如果都去仿效，我们又哪能个约束哩？"

"这……"鲁俊逸语塞了。

"挺举的做法不可鼓励，请老爷三思！"

"晓得了。"鲁俊逸略略皱眉，"这事体先搁一下，去开两张庄票，一张十万两，归还润丰源本金，另一张开三千，做息银！"

老潘应声退出，不一会儿，拿进两张庄票。俊逸装进衣袋，坐上马车，抬腕看看辰光，吩咐车夫径投商务总会而去。

俊逸直上三楼，轻敲总理室房门，开门的果是查敬轩。

"查叔，"俊逸将两张庄票并排儿摆在桌子上，"一张是本金，另一张是息银。"

查敬轩端详庄票，收下一张，将另一张推回："这哪能成哩？我是借给你的，不是贷给你的。再说，即使算息银，前后不过一个月，利息哪能介高哩？"

"小侄是按季结息。"俊逸又推回去。

"不成不成，"查敬轩再推过来，"借不是贷，月不是季，你这没规矩了。"

"查叔呀，"俊逸复推回去，"你不收，就是断小侄后路，叫小侄日后哪能个开口哩！也罢，这点小钱算是小侄孝敬，成不？"

"好好好，"查敬轩这才收起来，拉开抽屉，将两张庄票一并放入，笑道，"你一战成名，查叔收下你的战利品，也算是沾点儿喜气。"

"查叔，我……"俊逸以为他是说反话，声音有点惶恐。

"俊逸呀，"查敬轩却似没有听到，顾自说道，"你这一战，真正打出了我们甬商的威风呢！纵观此战，查叔可以送给你两个字，一个是狠，另一个是彩！"

"查叔？"俊逸的语气愈加惶恐，头低下去。

"这狠，是狠狠敲打了彭伟伦，为我们甬商解了气，也为查叔解了气！这彩，是在洋人面前挣了彩头，往小处说，是为我甬商，往大处说，是为我华商，挽回颜面了！俊逸呀，想想看，洋行能以中文协议作最终解释，破天荒哪！"查敬轩讲至此处，语气激动，两个老拳头捏得紧绷绷的。

见查敬轩把话说到这里，俊逸才晓得他不是揶揄，而是真心赞赏，便长长地嘘出一口气，头也抬起来，看向这个很少激动的老人。

"俊逸呀，"查敬轩依旧神采飞扬，但拳头松开了，语气也渐趋平缓，恢复他的老成持重，"你收获的并不仅仅是上面两个字。此战从头至尾，一气呵成，一星点儿也不拖泥带水，堪称是经典商战哪。不瞒你讲，查叔是由头看到尾，几经曲折，峰回路转，看到关键处，真叫个提心吊胆，夜不成眠哪！呵呵呵呵，俊逸呀，尤其你用的最后一招，真正是彩中之彩！"

"最后一招？"俊逸怔了。

"就是将米价由八块直降到六块这一招呀！"查敬轩伸出拇指，"啧啧啧，不瞒你讲，开始，查叔是百思不得其解，一直琢磨到后半夜，才叫个豁然开朗啊！"

"查叔……"

"嘘！"查敬轩摆手止住他，"你先甬讲，听听查叔所解是也不是！"匀下气，"你用的是一箭三雕之计。这第一雕，继打倒彭伟伦之后，又在其背踏上一脚。彭伟伦先是压价至三块八，后又抬价至八块，你呢，以静制动，反其道而行之，一举击中此人七寸，让上海米界彻底明白何人才是掌控米市的巨擘，赢了生意呀！这第二雕，你给洋人上了一节道德课。洋人一向唯利是图，就晓得赚我银两，你用事实教育他们，在银子之外，中国人还有良心，还有道德心，且中国人的这个良心，这个道德心，是没有国界的。洋人到中国，只晓得赚黑心钱，中国人呢，却是实心实意赈外国人的灾，让他们扪心自问，自惭形秽去。这第三雕，你给洋人上了一节规矩课，让洋人明白，规矩并不是只能他们订，中国人也是能订的！"说到这儿站起来，走到俊逸身边，两手按在俊逸肩上，重重点头，"你能豁出去十二万两银子为中国人长气，就冲这一点，查叔敬你！在查叔眼里，十二万算个屁！啥人敢在洋人面前如你这般直起腰杆子说话，查叔赏他二十四万！"

"查叔……"俊逸脸上发烫，欲言又止。

"俊逸呀，"查敬轩绕回去，重又坐在他的总理大椅上，"是查叔低看你了。不瞒你讲，查叔原来以为你不过是通点洋务，靠几个粤人发家致富而已，实在没想到你是骨子里有血气，心窝里有慧气，这手腕子也有两下子啊。这桩事体，莫说是查叔做不出来，即使你雪岩叔在世，怕也得伸出大拇指哩。"

"查叔，"俊逸面色涨红，"您老……夸错了。"

"哦？"查敬轩略略一怔。

"唉，"俊逸长叹一声，轻轻摇头，"查叔这般看重此事，小侄是既欢喜，又有愧啊。"

"你这讲讲，哪能个事体？"

"不瞒查叔，"俊逸托出实情，"兹事体从头至尾，皆非小侄所为，而是由伍挺举一力策划，一手操办。没有他，小侄……唉，不说了。"

"伍挺举？"查敬轩显然是第一次听到这个名字，"他是何人？"

"讲起此人，查叔也是见过的。丢豆子那天，老舅子玩我难堪，上去搀扶他的那人就是！"

"哦。"查敬轩似也忆起了，长吸一口气，脸色阴住，"此人是何出身？"

"和小侄一个镇上，书香世家，因进举无门，不久前才来投奔小侄，在茂平谷行里学伙计。"

"可喜可贺！"听到也是甬人，查敬轩存下的一口长气缓缓嘘出，脸上转喜，"我四明后继有人矣！俊逸呀，既是你的人，查叔也就放心了。遇到机缘，你就带他来这商会里转转，查叔亲手为他斟杯茶喝！"

"谢查叔栽培！"

查敬轩对挺举售米行为的意外解读和高度肯定，让鲁俊逸吃了颗定心丸。从商会出来，鲁俊逸越想越高兴，一路直奔钱庄，通知茂记中除茂平之外的所有掌柜及茂升所有把头齐至客堂，将茂平谷行在大米之战上的所作所为予以充分肯定和高度赞扬，要求茂记所有行铺向茂平看齐，任何人不得在背后妄加非议。

想到近日自己非议最多，又想到鲁俊逸不久前白他的那一眼，顺安由不得打个寒噤，觉得鲁老板这般兴师动众，这般肯定挺举，想必是针对他来的。

顺安心存郁闷，扯上庆泽喝通闷酒，到家时天已黑定。

见挺举仍旧坐在桌前看书，顺安坐在床沿上，迟疑一下，叫道："阿哥！"

"阿弟，你喝酒了？"挺举放下书本，扭过来。

"嗯，"顺安应一声，"今朝银子全部入库，钱庄人人高兴，师兄拉我小喝几杯，没想到就喝多了。"

挺举起身，为他倒水，冲泡一些茶叶，递过来："喝杯茶，解酒！"

"谢阿哥了！"顺安接过茶，却没喝，放在桌上，"阿哥，今朝鲁叔开大会，茂记所有掌柜和把头全都去了，只没见你。"

"开啥会？"

"表扬会，表扬你哩，说你一大堆好话。阿哥，这辰光你是上海滩上的大名人了！"顺安直盯挺举，表情极其复杂。

挺举取过铜盆，倒上热水，扔过来一块擦脚布："呵呵呵，你是喝多了。洗洗脚，睡吧。"自己也在床上躺下。

顺安正在洗脚，外面传来脚步声，不一会儿，脚步声来到他们的门前，接着有人敲门。

顺安匆匆擦过脚，趿拉着鞋子过去开门，见是俊逸和齐伯，吃一惊："鲁叔！齐伯！"

二人进门。

挺举也从床上下来，躬身一揖。

俊逸在顺安床上坐下，望着挺举："坐。"

挺举坐下。

俊逸打量一下房间，转对齐伯道："齐伯，再腾个房间，家具配齐，让他俩分开住。都是该娶媳妇的人了，得有点儿私密才是。"

齐伯应道："老爷讲得是，我这就安排。"

顺安拱手道："谢鲁叔体谅！"

"呵呵呵，"俊逸笑出几声，"挺举，晓迪，此番购粮，你二人功不可没，鲁叔此来，是要论功行赏呢。"

"鲁叔呀，"顺安也笑几声，嘴上如抹了蜜，"要是论功，您是最大。没有您支持，任啥人也蹦跶不起来。"又转向挺举，"是不，阿哥？"

"是哩。"挺举笑笑。

"呵呵呵，各有各的功劳，"俊逸掏出两个红包，看下名字，递给挺举一个，"挺举，来，你的功劳最大，这个归你！"

"我……"挺举伸手推过，"这还欠着鲁叔的账呢。"

"收起来吧。"鲁叔复塞给他，"这是奖你的，至于那笔老账，连本加息，鲁叔已经扣除了。"又将另一个递向顺安，"晓迪呀，你的账头清呢，几十万银子全经你手，听老潘讲，出账入账，均是丝丝入扣，一分一厘也没差错，真叫难得哩。拿住，这是鲁叔奖励你的。"

顺安鞠个大躬，双手接过。

发完红包，又扯几句闲话，俊逸起身走了。

顺安倒掉洗脚水，关上房门，迫不及待地打开手中红包，喜道："天哪，一百块洋钿！阿哥，快看你的！肯定是两百吧？"

挺举将红包顺手扔到他床上。

顺安拆开，掏出一个纸头，目瞪口呆。

"发啥呆哩？"

顺安递过去那张纸头："你看看！"

挺举接过，也是惊愕。

摆在他面前的是整整一千块茂升钱庄的庄票！

翌日晨起，挺举赶到茂平谷行，将庄票交给阿祥："阿弟，把这庄票兑成洋钿，先扣掉送给麦小姐的十石米钱，再给大家每人发个红包，人均十块，出力多的，适当多点儿，出力少的，适当少点儿，具体由你酌情处置。你和马叔出力最大，你包五十，马叔，包一百。再拿出两百修缮门面及房舍。余下多少，按现价折作大米，记在天使花园账上，花园里早晚提米，就从此账扣除！"

"阿哥，这钱是哪来的？"

"是老爷发的赏钱。对了，发钱时，要对大家讲明，老爷说了，无论何人，只要肯在谷行里好好干，老爷是不会亏待的！"

"这次赚大钱，要论出力，是阿哥出力最大！"

"呵呵呵，你搞颠倒了，"挺举笑道，"此番生意，出力最大、操心最多的是老爷。想想看，万一搞砸了，阿哥不过是卷行李走人，老爷得赔多少钱？"

"是哩是哩。"阿祥连声叹服，"只有老爷才长出这么个胆，完全放心阿哥。要是换作别人，即使满地滚着金元宝，怕也没那个种气去捡。"

"呵呵呵，这样想就对了！"

"可……阿哥总不能一分不拿呀！"

"拿了呀。"挺举笑了，"那十石米就是我头上的，折合六十块，我还借了老爷几十块旧账，一并折了，再就是折算给天使花园的米钱，不能由米店出，也得算我头上，全部算起来，你们哪个也没我拿得多哩。"

"这这这……"阿祥惊愕了，"天使花园是麦小姐的。没有麦小姐，就没有我们这桩生意，送给麦小姐的钱，不该由阿哥出呀！"

"这是两码子事体，"挺举拍拍阿祥肩膀，"好了，不扯这些。今朝没啥大事体，你在此地照看，我去天使花园转转。"


几天之后，齐伯就又腾出个房间，配了家具日用等物。挺举恋旧，仍住老房间，顺安喜新，美滋滋地搬去住了。

转眼就是腊月，年关将至了。一连几日，马振东都很兴奋，将阿祥分给他的大部分奖金购置了礼品，又把为数不多的家当整理一遍，打作包裹，而后兴冲冲地赶到十六浦，买了一张当晚回宁波的船票。

回到家时，已是午饭辰光。振东觉得肚皮有点饿了，正欲下楼去买吃的，听到楼梯在响。振东以为是挺举来了，开门迎接，目光撞上的却是俊逸，正一手提食盒，一手拎酒坛，一步一步地踏上阁楼。

振东怔了，站着没动。

自他搬入这个阁楼，这还是鲁俊逸第一次踏上他的门槛。

振东当门站着，定定地看着他。

俊逸直走上来。

"哟嗬，"振东乍乍地冲他说道，"今朝这日头是打西边出来哩，鲁大老板竟然也肯屈尊寒舍，给个酒鬼送酒来喽！"

"还不接着？"俊逸在楼梯口站定，微喘粗气，"绍兴女儿红，十八年陈哩。"

"这还用讲？"振东接过酒坛子，转身进屋，"你没到二楼我就晓得了。"

"是哩，"俊逸跟进去，往桌上摆酒菜，"不该在你这酒鬼跟前卖弄酒龄。"

"你倒来得及时，离开船这还有点儿辰光，我正琢磨寻啥人喝几盅哩！"

"我是刚刚晓得你要走，啥也不顾，立马赶来了。"

"饯行酒吗？"

"不，留人酒。"

二人坐下，举杯喝酒。

"阿哥，"喝过两杯，俊逸直入主题，"我晓得你是为啥事体。你想为挺举腾个地方，对不？你放心，挺举有地方去，我已决定让他去钱庄，那儿更需要他。谷行这里，依旧归你做。"

"不必讲了。"振东摆下手，"年关到了，我打定主意回家去呢。姆妈上年岁了，我……浪荡半生，也该回家尽份孝心。"

"阿哥，要是这说，我这做阿弟的也就没啥讲头，这为阿哥饯行。我在老家有几家行铺，全部送给阿哥。你可到茂昌典当行去寻董掌柜，我给他写过信了，我签署过的一应契约也都寄给他了，你可直接寻他办理交接。"

"这……"振东震惊了，"这不合适呀！"

"阿哥呀，"俊逸苦笑一声，"你我兄弟，没有什么合适不合适的。再说，这些店铺也不是送你的，是孝敬阿拉姆妈的，阿哥不过是替阿拉姆妈监管！"

"阿弟……"振东动容了，"这些年来，是阿哥错怪你了！"

"唉，"俊逸长叹一声，"是阿弟对不住阿哥，对不住姆妈，更对不住……"擦泪，"瑶儿她姆妈呀！"

"阿弟，你……你这些话，哪能不早讲哩？"

"我早就想讲来着，可……阿哥你从未给我机会呀，你不想听我讲，你……"

"阿哥对不住你了。"

"阿哥，过去的事体，甭再提了。阿哥能够浪子回头，这是福分。我已把阿哥近来的事体讲给姆妈了，姆妈交关开心哩。姆妈说，收到信那辰光，是她这生中最最开心的辰光。"

"唉，是哩。"振东摇头长叹，"想想这些年，就如一场噩梦。阿哥一直活在梦里。得亏挺举这孩子呀，是他把阿哥一棒敲醒了！"

"倒想问问你，他那一棒是哪能敲醒你的？"

"这个呀，"振东盯住俊逸，诡秘一笑，"是我俩之间的事体，万不能讲的。阿弟，不管你爱听不爱听，阿哥这要讲给你一句闲话，好多事体上，你不如挺举。"

"是哩。"俊逸怅然，抬头望着他，"阿哥，我……我得告诉你桩事体。"

"讲吧，从今往后，我就有闲心听了。"

"我把阿秀接到上海了。"

"啊？"

"阿秀这想请你过去坐坐！"

振东将酒盅朝地上一扔，扯起俊逸就走。俊逸朝他努下嘴，二人各提箱包下楼。俊逸的马车候在巷子口，二人坐上去，径投租界而去。

二人赶到阿秀宅院，远远望见阿秀守在院门处，正踮起小脚，朝巷子里张望。待二人走近，阿秀再也不顾其他，一头扑进振东怀里，喜极而泣："阿哥……"

"阿妹……"振东也是泪出。

二人亲热够了，各自松开，一前一后回到客堂。

桌上早已摆满碗筷，阿姨忙不迭地将热在灶房蒸笼里的几道菜碟悉数端出，俊逸指着菜碟子道："阿哥，来来来，这几道全是阿秀的拿手菜，我俩接着喝！"

"俊逸呀，"振东看向阿秀，笑了，"你这是瞄上我们马家了，想脱也脱不开哩。"

"是哩。"俊逸笑应道，"吃水不忘掘井人哪，我鲁俊逸能有今天，还不全凭阿哥一家？"

"嗯，这话中听。"振东扫视一圈，猛地觉出什么，面孔陡然虎起，"鲁俊逸，说得好不如做得好。我这问你，既然把阿秀接到上海，哪能放在此地哩？偷偷摸摸这算哪般？"

"阿哥，"阿秀急了，"你不晓得，事体不是这样的！"

振东不睬阿秀，直逼俊逸："鲁俊逸，我这问你话哩！"

"阿哥，我……"俊逸慌忙解释，声音有点儿结巴，"我一定会娶阿秀的，我一定会明媒正娶，可眼下不行，是……是瑶儿，她……"

"哦？"振东拧紧眉头，"瑶儿她怎么了？"

"她不让我娶阿秀，她谁也不让我娶！"

振东先是一怔，继而大笑起来："哈哈哈，好瑶儿，有点像她姆妈了！"完全释然，走到桌前一屁股坐下，"阿妹，斟酒，我要与俊逸比比酒量，看他这些年有长进没。"

席间，鲁俊逸特意交代振东，回去后多帮挺举照顾他姆妈和妹妹，振东满口应承。

二人酒足饭饱，鲁俊逸安排了两箱礼物，一箱给丈母娘，一箱给挺举姆妈，又与阿秀一道，双双将振东送上客轮，返回后又与阿秀温存一时，方才匆匆回家。

齐伯仍旧没睡，一路跟他走进书房。

"齐伯，振东走了。"俊逸推开房门，扭亮电灯。

"我晓得了。"齐伯提壶取杯，倒热水，"他回去也好。阿秀来了上海，老夫人玉体不好，身边没个合意人不行。"

"是哩。瑶儿呢？"

"这辰光想是睡了。小姐天天晚上守望你哩。"

俊逸长叹一声，闷住。

"老爷，"齐伯将水杯放到俊逸桌上，"依我看呀，你和阿秀的事体，干脆向小姐挑明吧。也许她会难受几日，但总比这般藏着掖着好。她长大了，不再是孩子，应该能想开。再说，她不能一辈子陪着老爷，是不？"

"再等等吧。"俊逸长叹一声，"唉，瑶儿她……"闷一时，苦笑一声，摇摇头，喝口开水，抬头看到墙上那幅画，陡然想起一事，"哦，对了，那桩事体，就是赏给挺举的一千块洋钿，他动没？"

"动了。"

俊逸来劲了，坐直身子："动多少？"

"动光了。"

"哦？"俊逸怔了下，继而大笑，"哈哈哈，真还看不出来，这小子挺会花钱嘀。在老家送他四十，让他进举，结果呢，举没进上，钱倒折腾光了。这又奖他一千，前后不过几日，就又没了！好好好，能挣能花，大将之才嘀！"

"老爷，你还没问他都花到何处去了呢。"

"是哩，是哩，你这讲讲。"

"奖给茂平八个伙计，一人十块，共八十，奖给阿祥五十，分给振东一百，又用两百修缮门面，整理甬道，改造客堂，余钱全部折作大米，记在天使花园名下。"

"这么说，"俊逸惊愕了，"他一块钱也没用？"

"用了。"齐伯应道，"他往船上多装了十石米，说是送给麦小姐在印度设的天使花园，预先扣下六十，听阿祥说，这六十就是他分给自己的。振东是掌柜，一百，他是副掌柜，六十，阿祥又少一点，五十。"

"他……"俊逸似是自问，又似是问齐伯，"这是想做啥？"

"老爷，挺举跟常人不一样啊。"

"是哩，"俊逸反倒生出一股寒意，再次看向那画，长吸一口气，许久，缓缓吐出，"是我低看他了。"

"唉，这孩子只顾别人，自家的那摊子却……"

"他姆妈那里，我早托人捎过钱了，是以他的名义。这又托付振东，让他多照看。"

"好哇，好哇，这就好哇。"齐伯喜得合不拢口，拿袖子抹泪。

马振东说走就走，没向茂平谷行里的任何人打招呼。当齐伯来宣布此事，并代表鲁俊逸正式任命挺举为谷行掌柜时，最感震惊的就是阿祥了。

齐伯走后，阿祥坐在柜台后面，两手搭在新近购置的洋制钱柜上，久久不动，怅然若失。

"阿弟，想啥哩，把钱柜子抱得介牢？放心吧，这是个铁柜子，下面还拴着链子，没人能抱得走！"挺举笑道。

"我……"阿祥打个惊怔，从恍惚中醒过神来，不好意思地回个笑。

"是想老掌柜了吧？"

"是哩。想不到马叔说走就走，连送一程也不让，我这……挺憋闷哩。"

"憋闷个啥？"挺举打趣他道，"照理说，老掌柜一走，再没人抢你钱了，你该高兴才是。"

"阿哥，我这正惭愧哩。早知他是这般样人，我绝对不会那般待他！"

"阿弟呀，"挺举拍拍他的肩，"甭想这些没用的事体。走吧，要是没啥事体，这就和阿哥去趟清虚观里，为三位清爷上几炷好香，求清爷保佑马掌柜就是了。"

"好咧。"

就在他们说闲话时，章虎、阿青、阿黄三人也正并肩站在不远处的大树下，望着修缮后更加阔绰的谷行门面，无不黑沉着脸。

"章哥，"阿黄指着门面道，"我打听清爽了，姓伍的这次发下洋财，非关他事，是命里注定的。"

"哦？"章虎扭头看过来。

"几个月前，姓伍的到清虚观进香，遇到个算卦老头，那老头说他近日交红运，有财神临门。姓伍的原本不信，结果真就应验了！"

"清虚观？"章虎心里一动。

"就在这条街上，"阿黄指向远处，"离此地不远呢。"

"那老头在不？"

"吃不准哩。我打问过，听道士说他隔三岔五才来摆次摊。"

"章哥，"阿青急不可待了，"有这等神人，我们这也瞧瞧去，让他为阿哥起一卦！"

章虎略一迟疑，朝清虚观方向努下嘴，三人沿街快步走去。

观门半启，章虎三人大步跨进。

道人从一边的门房里迎过来，揖个大礼："施主，进炷香吗？"

"进香，进香，"阿青不耐烦地拧下鼻子，"你们成天想的就是进香！阿拉是来寻人的！"

道人讪讪地站在一边。

"上三炷。"章虎语气缓和，掏出三块钱递上。

道人拿出三炷香："施主请！"

"小道爷，"章虎边走边问，"顺便打听一下。听说你这观里有个老神仙能掐会算，今朝可在？"

"刚巧在哩。"道人朝前面一指，"就在后院三清殿前。"

"引我见他！这三炷香就烧给三位清爷。"

道人点点头，引三人走进后院，果然在三清殿前望见申老爷子、阿弥公，二人仍旧如前时一般，一人守在一棵树下。

阿青扔下一块洋钿："老先生，看个相！"

申老爷子眼睛未睁，没睬他，依旧打坐。

章虎蹲下，伸手摆弄老人的签筒，提高声音："老先生，我要占个卦。"

老人依旧没睬。

阿青生气，大声："喂，老家伙，来生意喽！"

"呵呵呵，"章虎白阿青一眼，换作笑脸，"老神仙，这位兄弟脾气急，你甭与他计较。听说你的卦象灵光哩，阿拉慕名前来，请你睁开眼，为阿拉起一卦。"

老人依旧不动。

章虎站起来，皱下眉头，看向道人。

"施主，"道人小声道，"老先生入定了。"

"哦？"章虎问道，"啥叫入定？"

"就是……神走了。"

"神走了？去哪儿了？"

"游逛去了，不定在哪儿。"

阿青生气了，脸一虎："小道士，我这问你，他的那个神啥辰光回来？"

"不晓得哩。"道人看他一眼，不卑不亢，"不定这就回来，不定要候上几日几夜。"

"咦？"阿青眉毛横起来，声音变了，"天底下哪有这等事体？摆个卦摊，却不占卦，只在这里入定，岂不是诓人来着？且看我砸烂他的签筒！"

说话间，阿青掂起签筒，顺手甩去，刚巧砸在台阶上。台阶是青石板铺就，阿青的力道又猛，签筒立时破损，几十支卦签四散于地。

道人吃此一惊，溜到一边，不再吱声。

申老爷子依旧神色不动。

"嘿！"阿青眼珠子一瞪，"老家伙挺有定力哩，砸他签筒也没个应！"

"嗯，"章虎细审几眼，"看这样子，此人真是神游去了。我听说过神游，就是魂跑了，剩下一堆废肉。"

"阿哥，"阿青朝手心里吐口唾沫，"看我的，把他的神这给拽回来！"

话音落处，阿青已挽起袖子，走到申老爷子跟前，伸手去拽老爷子的耳朵，不料手还没有伸到，手腕上突然一阵奇麻，"哎哟"一声惨叫，捂住手脖子蹲下。

"怎么了？"章虎急问。

"小娘×，"阿青恨道，"啥东西咬住手脖子了。"细细一审，"咦，这又没事体了。"

章虎抬头望望两棵高树，又看向台阶上的殿门，骂阿青道："滚一边去！娘希匹哩，你也不瞧瞧这是啥地方，就敢撒野！"

阿青吐吐舌头，不敢再拽老爷子耳朵。

"章哥，要不，我们这先进香去？"阿黄凑过来，小声道。

章虎白他一眼，看一下申老爷子，显然赌上气了，走到台阶上，一屁股坐在中间。阿青、阿黄会意，也寻个台阶坐下，坐等申老爷子出定。

道人没再吱声，静悄悄地手捧三炷香候在一侧。

几人坐没多久，挺举、阿祥有说有笑地走进观门，直入后殿。

看到几人，阿祥的笑脸立马敛住，悄悄拽下挺举衣角，小声道："阿哥，我们要不……改日再来？"

挺举没有睬他，径直走过去，在老人面前蹲下，先捡起破损的签筒，后又捡拾散落的卦签，一根根地收入筒中。

道人凑过来，小声问道："施主，要上香吗？"

挺举捡完签，站起身，见过礼，转对阿祥："阿祥，拿银子来！"

阿祥从腰中解下一只钱褡子，双手呈上。

挺举看也不看，将钱褡子转递道人："就袋中银两，敬请道爷上三炷高香！"

道人接过银子，回到香房，不一刻儿，拿着三炷高香出来。

章虎使个眼色，阿青、阿黄会意，各自移动身子，并排坐在台阶上，将前路堵得死死的。

道人扬扬章虎的三炷香："施主，你们也该上香了！"

"早晚要上的，道爷急个啥？"阿青阴阳怪气。

"不是我急，"道人拱手道，"是有两位施主要进香，敬请诸位施主高抬贵手，让个道。"

章虎两道目光直射挺举，身子却一动不动。

挺举目光与他对视，也没动。

双方正在对峙，申老爷子轻轻咳嗽一声。

"阿哥，"阿黄道，"老神仙神游回来了，听到他咳嗽来着。"

章虎站起来，走下台阶。

"老先生，"阿青一步跳到老爷子跟前，"阿拉候你交关辰光了。我阿哥慕名而来，想占个卦，铜钿早就给你了，一块洋钿哩。"

申老爷子眼睛没睁，努下嘴："签在签筒里，抽吧。"

"咦，"章虎看向签筒，"人家要摇几下签筒才让抽哩。"

"此地不摇。"

章虎抽出一支，递上。

"自己看吧。"申老爷子送他一句。

章虎审看一下，道："老先生，是支空签！"

"那就是空签了。"申老爷子应道，"拿上你的铜钿走吧。"

"咦？"章虎有点愕然，"这位老先生，阿拉虔心敬意求你一卦，你先是游神，后又给个空签，是啥道理？"

申老爷子没有睬他，再入定中。

"咦嘿，"章虎面上过不去了，站起身，黑着脸道，"老先生，我章虎真还拗上劲了，这块铜钿，今儿非花在你这地方不可！你这摊头上不是写着看相打卦吗？卦是空的，相总不会空吧？我这请你看个相。"

申老爷子始终没有睁眼："你这相最好不看，还是趁早走吧！"

"为什么？"章虎脸色涨红。

"因为不吉利。"

章虎的声音从牙缝里挤出："是凶是吉，你且讲来。"

"三日之内，你有血光之灾。"

章虎面色紫涨："老家伙，你眼也没睁，哪能断出我有血光之灾哩？"

"信不信由你！"

"好！"章虎的牙齿咬得咯嘣嘣响，"既然你已断出是三日之内，就不妨讲细点，我究竟有何血光之灾？"

"左腿瘸，右嘴角让人掌掴三十。"

"阿哥，"阿青暴跳如雷，"这老家伙纯属一派胡言，看我这就扭断他的左腿，掌他的右嘴角三十！"

眼见阿青就要动手，挺举急忙拦住，赔出个笑，揖道："诸位同乡息怒，听在下一言。看相测字，讲究一个信字。信则灵，不信则无。何况先生所测，灵与不灵也有待验实……"

"嘿！"阿青亮亮拳头，打断他，"我大哥看相，关你屁事！是不是你这骨头也发痒了？"

章虎看一眼挺举，又看看道观，摆手："伍掌柜，就听你的。"又转对申老爷子，"老先生，请你记住今日所言。三日之后，此时此地，我章虎必来看你。若是方才所言灵光，我叫你三声活神仙，磕三个响头。若是所言不灵光，就甭怪我这两位兄弟举止失礼了！"

申老爷子冷冷送出一句："只怕你来不了！"

"哈哈哈哈，"章虎长笑数声，"老先生倒是铁定嗨！老先生，你给我听好，三日之后，此时此刻，你只在此处候我！"说完转对两个阿飞，"走！"

望着章虎走到前院，走出观门，挺举缓缓蹲下，对申老爷子道："前辈，晚辈有事体相求！"

"讲吧。"

"求前辈暂避几日风头。前辈有所不知，这几人是街头泼皮，仗了租界巡捕房的势，前些辰光把市面闹得鸡犬不宁，没有人敢招惹他们！前辈是过来人，啥事体都看开了，没必要招惹他们，对不？"

"小伙子，"申老爷子微微睁眼，扫他一下，"老朽没有招惹他呀，是他确有血光之灾！"

"前辈，"挺举改蹲为跪，"晚辈求你了。晚辈晓得前辈卦象灵光，可……不怕一万，单怕万一啊！"

"呵呵呵，"申老爷子笑道，"是一万还是万一，三日之后你来此地验看。"

从清虚观出来，章虎三人各自闷住头，谁也没说一句话。尤其是章虎，气恨恨地一直往前走。申老爷子的一席话犹如老鼠屎，一粒一粒地卡在他的嗓子眼里。

眼见走到他们租住的小巷子里，阿青跨前一步，半是劝慰，半是解气："阿哥，方才那个老棺才是一派胡言！咱就不说王探长了，凭阿哥这身武功，凭我们这帮兄弟，在这上海滩上，有啥人敢动阿哥一根毫毛？"

"你俩听好，"章虎这也顿住脚，一字一顿，"我们这就回家，大门不出，二门不迈，候他三个整日。我就不信，守在家里能有血光之灾！"

"好主意！"阿黄应声附和，"阿哥，只要辰光一到，看我和阿青哥如何折去他的左腿，掌掴他的右嘴！"

三人皆是欢喜。

回到家里，章虎吩咐阿黄去买三日口粮，而后卡死院门，将所有阿飞关在院子里，摆开几张麻将桌，每人发赏三十块银元，让他们赌个痛快。

两整日过去了，院里院外一切安然。这些阿飞个个都是坐不住的主儿，这天天躺在床上，院子又不宽松，尽管有麻将牌作陪，也是无趣。即使章虎，也觉得百无聊赖。

到第三日上，眼见大半天过去，午饭也吃过了，一帮兄弟的麻将牌也实在玩腻味了，一个个呆坐于座，眼睁睁地盯住大门。

"阿哥，"阿青挠挠头皮，"这是第三日了，屁事也没。要叫我看，那个老倌才纯粹是骨头发酥了，找揍哩。"

"嗯，"阿黄应道，"我看也是。阿哥，要不，我们这就出去放放风。憋这几天，受罪哩。"

其他阿飞无不七嘴八舌，皆嚷嚷着要出去。

"都给我憋住！"章虎脖子一横，大声吼道，"小娘×哩，就你们这点出息，还想出来混枪势？老子讲好三日就是三日，就差这一时时儿了，你们不出去就能急死不成？阿青，去，到院里看看日头，还有多少辰光？"

阿青走到院里，仰头看看天，叫道："阿哥，这都过晌了。再有一个时辰，就……"后面的话未及说出，急用袖子捂住鼻子。

一阵奇臭飘来。

紧接着，一辆粪车由远及近，沿巷子直推过来，一个收粪人一路吆喝："收粪便喽，谁家有粪便，就把马桶放到门外，阿拉倒贴铜板，一桶一文钱哟。"

"小娘×哩，"阿青捂住鼻子，"真他妈的臭，这要熏死人哩！"

粪车越推越近，走到他们的院门外时，只听"哎呀"一声，推车人歪倒，粪车不偏不倚，刚好撞到院门上，一车大粪倾覆，屎尿顺门缝直淌进来，流得满院皆是。

"哎哟，疼死我了。"一人大叫。

"叫唤个屁呀！"另一人朝他吼道，"你他妈的白吃饭哩，我这好不容易收到一车大粪，全让你糟蹋了。"

"妈拉个巴子，"推车人气恨恨地操起粪车，将院门撞得咚咚响，"哪家没屁眼的这么不长心，门前也不打扫干净点，摆个尖石子儿扎我脚心呀！"

阿青火冒三丈，捏住鼻子大叫："阿哥，兄弟们，都出来！"

阿黄看向章虎。

众阿飞纷纷看向章虎。

章虎捏会儿鼻子，听到外面仍在骂着撞门，再也忍不下去，一骨碌爬起，从牙缝里挤道："小娘×，抄家伙，给我往死里打！"

众阿飞二话不说，各抄棍棒，冲向门口。


茂平谷行的宽敞门面里，十来个膀大腰圆的伙计齐刷刷地站作一排。

"阿哥，"阿祥凑近挺举，小声道，"家伙我都备齐了，一人一根枣木棒！奶奶个熊，哪个敢撒野，保管叫他喝一壶！"

挺举白他一眼，转对众伙计，笑道："去年我在清虚观对三清爷许愿说，如果米行生意昌隆，就寻吉日为三清爷烧高香。这个吉日就是今朝，我决定还愿，店里打烊，请诸位皆去观里，进香祈福！你们谁有何愿，尽可许给三清爷，求请三清爷保佑！"看一眼他们的粗布褐衣，"要拜三清爷，你们得虔诚净身，这就回家，换上过年时的干净衣裳，洗净手脸，一个时辰后赶到观里，我和阿祥在观里恭候！"

众伙计兴高采烈，纷纷点头。

"这就去吧，"挺举摆摆手，"把老婆娃子都叫上，让他们也去沾沾灵气。"

"好咧。"众伙计齐应一声，纷纷离开。

"阿弟，"挺举转向阿祥，"你去趟钱庄，叫晓迪也带几个人来。"

"哪能对他讲哩？"阿祥显然仍没明白他的葫芦里卖的是啥药，挠头皮问道。

"你就讲……"挺举迟疑一下，笑道，"啥也甭讲了，就说我有事体，叫他赶到观里就成。"

一切安排妥当，挺举关上店门，信步来到清虚观，走到后院，见申老爷子、阿弥公二人仍如往常一般在树下端坐，皆入定境。

挺举看看四周，见并无异常，这才反身回到前院，见众伙计已经三三两两，各自拖家带口，穿着得体地陆续赶到。守门道人忙不迭地接待，冷清的道观于刹那间闹猛起来。

又过一刻，阿祥与顺安等人也匆匆忙忙地飞奔过来。

"阿哥，"顺安望到挺举，疾步上前，"你这急急慌慌地叫我来这里，像是有啥要紧事体？"

"呵呵，"挺举笑了，"是有点小事体。"附耳悄声，"不瞒你讲，我在观里许过大愿，这应验了。正午辰光，我在柜上打盹，三清爷显灵，要我今日申时过来还愿。"

"你许的是啥愿？"顺安来劲了，急切问道。

"愿只能许在心里，不能讲出。"挺举神秘兮兮地说，"许愿辰光，我见观里冷清，向三清爷承诺说，若是此愿达成，我就多带一些香客前来进香。近日正要还愿，清爷就托梦来了，说是啥人来进香，清爷就为啥人赐福。我把谷行里的人全都带来了，又想到不能落下阿弟，便急叫阿祥喊你。但这事体不能明讲，呵呵，只能以此方式请你来了。"

"要是这说，"顺安笑了，"倒是好事体哩。我也刚好有一愿，借此辰光许一许，看看灵光不灵光。"

"阿弟只管去许，"挺举笑应道，"我相信一定灵光。进去吧，辰光差不多了。"

挺举二人径直走到后院，见人们纷纷围绕在申老爷子与阿弥公身边，如看古景一般观赏二人打坐。

"阿哥，"顺安惦着许愿的事，顾不上观看，拉住挺举悄问，"你是在哪个殿里许的愿？"

挺举指向三清殿："就是上面那殿。"

顺安点点头，踏上台阶，直入殿中。

道人为他插上香火，顺安在三座清爷塑像前逐一叩拜，闭目默祷："三清爷在上，甬人傅晓迪在此许愿：如果三清爷能让鲁家小姐碧瑶对我消除误解，见我能够笑脸相迎，傅晓迪愿进三十炷高香！"愿讫再拜。

就在此时，大门外一阵喧嚣。

阿青、阿黄架着一只脚不能沾地的章虎，极是狼狈地走进。尽管已经换过衣服，三人身上仍是臭烘烘的。

看到观中这么多人，三人俱吃一惊，但坚持走向申老爷子。

章虎左脚无法挨地，两边嘴角红肿。

顺安出殿，正沿台阶走下，突然看到章虎，一下子呆了。

章虎这也看到台阶上的顺安，怔一下，目光直直地盯在他身上。

仇人相见，分外眼红。顺安认出阿青与阿黄正是在牛湾镇的大街上肆意羞辱他的人，直盯过去，怒不可遏。

有顷，顺安将一双怒目移向章虎，气结："你……你……你……"

此刻，顺安显然并不是章虎的目标。章虎移开目光，转向申老爷子。

见三人俱是这般惨状，无论是阿祥还是挺举，俱是惊骇。

阿青跪下，阿黄扶住章虎，正要跪下，章虎甩开他，吃力地单膝跪地，那条伤腿跪不下去，这又受力，疼得他龇牙咧嘴，强力忍耐。

章虎连磕三个头："活神仙，请收头！"

两个阿飞一句话没说，各自磕头。

申老爷子睁开眼："伤腿伸过来。"

章虎怔一下，吃力地挪过去，伸过伤腿。

申老爷子抓住，两手摸腿："骨头折了，忍着点。"说着轻轻为章虎接骨。

章虎咬着牙，忍住疼，额上汗出，愣是一个声音也没发出。

申老爷子接好骨头，摸出一贴早已备好的膏药，揭开，在口中哈几下气，贴在断骨处，转向道人："寻两根木板和绳子。"

好像道人也早备好了，拿来两块木板和一盘绷带。

申老爷子为章虎扎好伤腿，拍拍他的肩："小伙子，静养三个月，不可动窝。"

章虎磕个响头："谢活神仙治伤！"

申老爷子缓缓闭上眼去。

章虎起身，向申老爷子拱拱手，黑着脸，转对二阿飞："走！"

二人架起章虎，三人缓缓走向观门。

出人意料的是，顺安发作了。

顺安面色铁青，呼呼直喘，两手握拳，紧追几步，低声吼道："姓章的，站住！"

章虎三人住步，扭头，看着他。

挺举急切地赶前一步，一把扯住顺安。

顺安眼中冒火，直射章虎三人。

章虎不想在此纠缠，不再睬他，扭过头，在二人架扶下走出庙门。

顺安拼命脱开，又追上去，再被挺举扯住。

"阿哥，你放开我！"顺安一边挣扎，一边咒骂，"我要宰掉那两个畜生！"

"阿弟，"挺举死死抱住他，"这儿是净地，不能动粗！"


入夜，申老爷子宅院里灯火通明。

葛荔端上申老爷子最爱吃的几道菜，边摆边说："老阿公，还甭说，那小子今朝倒是不傻！"

"呵呵呵，"申老爷子笑道，"领教了吧！"

"是哩。"葛荔不无叹服，"叫来一帮人为老阿公保驾护航，却又不显山，不露水，一切尽在自然中。"

"说起这事体，"申老爷子眯起两只老眼，盯住她，"那几个小子哪能一身臭味呢？你这讲讲，是哪能个整治人家的？"

"嘻嘻，"葛荔涎起脸皮，"老阿公，您不是能掐会算吗，还用人家来讲？"又凑近他耳边，"有些事体是不能讲的，也是讲不出的。不过，您老放心，那三十记嘴巴子打得准哩，任炳祺做事体没个说的，既没多打一记，也没少打一记，是我在树上一记一记数过来的。"

"呵呵呵，你呀！"申老爷子乐得合不拢口。

"老阿公，你处事不公哩！"

"哦？哪能个不公了？"

"姓章的净与傻小子过不去，我敢打保证，傻小子家里的那把火，一定是姓章的放的！傻小子让此人害得家破人亡，我好不容易安排任炳祺打折他的一条腿，可你呢，咯嘣一声就帮他接上了！"

"呵呵呵，"申老爷子笑道，"你呀，狗咬吕洞宾，不识好人心哪。姓章的若是不放火，傻小子怎肯来这上海滩呢？傻小子若是不来这上海滩，某个人岂不是寤寐求之、辗转反侧吗？"

"老阿公，你哪能胡搅蛮缠哩？"葛荔脸上羞红，"这是两码子事体，我问东，你却答西！"

"这不叫答西，事体原本就是这样的。我问你，鬼谷子既教孙膑，哪能又收留个庞涓哩？"

葛荔眼睛大睁："你是说，姓章的是庞涓？"

"呵呵呵，他比那庞涓可就差得远哩！"

"那……"葛荔越发不明白了，挠头皮道，"你讲这话啥意思？"

"就是黑与白的意思。"

"黑白是阴阳，"葛荔的大眼睛忽闪几下，"老阿公，你是讲，那姓章的是黑？"

“呵呵呵，”申老爷子又是几声笑，“他离那黑可就差得远喽！”

“咦？”葛荔晕头了，“你这不是故意磨人吗？”眼珠子一转，将桌上两碟老爷子最爱吃的素菜顺手端起来，“老阿公，要是你再磨人，我就端到外面打发叫花子去！”

“别别别！”申老爷子忙不迭地拿筷子点击桌面，见她放下了，夸张地嘘出一口气，“好吧，冲这两道好菜，老阿公告诉你，其中那个意思，就是你方才讲到的一个‘磨’字！”

“磨？”

“是哩。没有磨砺，你的傻小子岂不是一竿子傻到底了吗？”

# 第 18 章
## 鲁碧瑶恋父生怨　甫顺安妒兄励志

过完春节，麦基一行从印度凯旋。从声势上看，麦基洋行发了大财。

回到上海的第二日，麦基派里查得送给茂记三张请柬，邀请鲁俊逸、伍挺举和傅晓迪参加他的家宴。

顺安的请柬是师兄庆泽转给他的，说是辰光不早了，要他快去鲁宅，与老爷一道赶往麦基宅第。看到庆泽的语调和眼神尽皆酸溜溜的，顺安颇为受用，美言安抚师兄几句，装起请柬，顺道拐进一家西装店，购下一套早已瞄好的新装，美滋滋地回到鲁宅。

顺安的新房间很大，宽敞明亮，配有衣柜、书架、衣帽架和一张写字台，另有笔墨纸砚和一架算盘。

顺安在写字台前小坐一会儿，从跑街包里掏出请柬，眯着眼缝儿欣赏。请柬上面满是他不认识的洋字，只有三个汉字，"傅晓迪"，写得虽不在体，甚至歪歪扭扭，倒也不失工整。看样子，想必是麦基手迹。

洋人设私宴招待茂记，只请三人，鲁叔、挺举和他傅晓迪，这是天大的面子。顺安看着请柬美一会儿，将新买的衣装取出来。

这是一套深灰色呢绒西装，配一顶蓝黑色毡帽，还有衬衫和领带。顺安穿戴齐整，在屋子里小转一圈。尽管在店里早已试过，顺安仍旧不放心，想再看看效果，房间里却无镜子。顺安灵机一动，将铜脸盆里倒满水，搁到地上，待水静止，俯身欣赏水中的倒影。

顺安正在盆边顾影自赏，院中一阵脚步声近，经过他的门前，在另一扇门前落定。不一会儿，听到开门声。

是挺举。

想到促成这桩好事情的是挺举，顺安不免感激，将请柬小心纳入西服袋中，扭开房门，拐进挺举房间。

挺举的房门敞着，房间在大小上与顺安的完全一样，家具也相差无几，只是少了个衣柜，多了个书架。桌子上同样放着一张请柬，是齐伯刚刚交给他的。

顺安进来时，挺举正从箱子里拿出一个包袱，解开来，取出一件长衫，用力连抖几下，显然是要抖得舒展些。

"阿哥，你这是……"顺安怔了。

"呵呵呵，"挺举抖过，又将长衫摊在床上，用手平整几下，满意地笑了，穿在身上，"阿弟，你来正好，帮我看看，挺括不？"

"阿哥呀，"顺安急了，"你这……太土气了！入乡随俗，懂不？洋大人请客，你该穿上正装才是！"

"这个是正装呀！"

"在洋人那儿，西装才是正装，"顺安指指自己身上，"就是我身上这种！到洋人家里，你穿长衫，就像是鹤群里立只土鸡，会让人笑掉大牙！"

"西装是洋人穿的。我是中国人，穿上洋装才叫别扭哩！"

"真是急死人！"顺安不管三七二十一，只几下就脱下他的长衫，"走走走，我这领你去，有现成的毛呢洋装，一套不过三十块。你又不是没钱，鲁叔奖你介许多铜钿，捂在袋里一毛不拔，留着泡堂子呀！"

"去去去，"挺举一把推开他，将长衫复又穿上，指着他的衣服，"就你这身破玩意儿，紧得绷身，还有那条带子，勒在脖子上，气也喘不过来，"又将宽大的袖子甩几甩，"哪有老祖宗传下的这身大褂子舒服！"

"唉，"顺安连连摇头，"遇到你这只土鸡，真正没治了。"

话音落处，听到齐伯在前院里叫他们，二人不及再说，匆匆出门。赶到前院，鲁俊逸已在等候，也是西装革履，一身笔挺！

院子里，一辆洋轿车停在正中，里查得候在打开的车门旁，恭敬侍立。几人钻进轿车，车子一溜烟儿驶出院门，拐过几个弯，转入麦基豪宅。

听到喇叭声，麦基大步迎出。车子停下，里查得下车，打开车门，伸手扶出俊逸、挺举、顺安三人。

几个人皆是西装革履，只有挺举一身秀才长衫，显得分外扎眼。

麦基走下门前台阶，顿住步子，眼睛自然落在挺举的长衫上，微微一笑，不行握手礼，反学中国人弯腰拱手，揖一个别扭的中式大礼，用生硬的中文说道："欢迎诸位光临寒舍！"

俊逸回过一揖："三克油麦克麦克！（Thank you much much，多谢多谢。）"

麦基笑几声，上前握住他的手，学俊逸的样式："三克油麦克麦克！"又上前握住顺安，"三克油麦克！"

顺安握住麦基，声音打战："三克油麦克麦克！"

麦基松开他，转向挺举，深鞠一躬，改说中文："谢谢你，伍先生！又见到你，我很兴奋！"

挺举亦回一躬："谢谢你，麦先生！"

麦基的目光落在他的长衫上："这件服装好看，我可以买到吗？"

"你买不到。"

"为什么？"

"这是我姆妈做的。"

麦基肃然起敬，伸出大拇指："你的姆妈，了不起！"略略一顿，脱下西装，递给里查得，又看向挺举，"伍先生，我可以试穿一下吗？"

"可以。"挺举脱下长衫，递过去。

麦基穿上，左扭右扭，手舞足蹈，咧嘴呵呵直乐。

洋人真是奇怪，一旦高兴起来，简直像个孩子。顺安傻眼了，看向俊逸，见他也在发怔。

麦基乐一阵子，这才想起待客，脱掉衣服，还给挺举，从里查得手中接过自己的衣服穿上，转向俊逸，伸手礼让道："鲁先生，请！"

鲁俊逸等走进豪宅，见里面果然奢华，客厅里尽是他们从未见过的西洋物事，看得几人眼花缭乱。

由于已到宴会辰光，麦基引领他们穿过客厅，直入一旁的宴厅。里面是个长形台桌，桌中心摆着各式西点，两侧俱是靠椅，每个靠椅前皆放一块台布，布上放着餐盘，餐盘一侧是刀叉餐具，另一侧立着一只高脚玻璃酒杯，里面早已斟好小半杯红红的法国葡萄酒。

这是一次完全的西餐。

"鲁先生，请坐！"麦基走到一侧，指着对面的四个席位，朝几人礼让。

俊逸一看，两边各有四个座位，而麦基坐在第二个上。按照礼仪，俊逸当与麦基正对，所以，就安排顺安坐在第一位，他正对麦基，坐在第二位，挺举挨他坐在第三位，最外面一位，就由里查得坐了。

几人刚刚坐下，旁边传来一阵响动，一扇门打开，麦基太太端着一盘糕点，款款走进。

麦基太太走到桌前，面带微笑，将盘中早已切好的蛋糕分散到中央餐台上，在麦基身边正对顺安的位置坐下。

几人刚落定，又是一阵响动，一个洋少女款款走出，手中端着一盘切成碎块的各式果品色拉，因拌有许多奶油，看起来黏糊糊的。

少女走到麦基旁边，给众人一个甜笑，将色拉盘子摆在桌子中央早已留好的空当里。

少女一边摆放，一边将一双火辣辣的大眼直盯伍挺举。

伍挺举惊呆了。

坐在她对面的不是别个，竟是天使花园里的麦嘉丽！

麦嘉丽一身盛装，宛若仙女，与她在天使花园时判若两人。

麦嘉丽看一会儿伍挺举，转对里查得，用英语说道："Can I sit in your place?（我可以坐你的位置吗？）"

里查得笑笑，起身让位。麦嘉丽大大方方地走过去，在挺举跟前站定。里查得走到对面，坐在麦基旁边。

"Long time no see you！"麦嘉丽伸出手来，两眼如火，讲的却是中国式洋泾浜英语。

"麦……麦小姐？"挺举面红耳赤，身子不由得歪向俊逸，紧张得声音都变调了。

"耶耶耶，正是麦嘉丽。"麦嘉丽伸出手，"密斯特伍，一日不见，如隔三秋，你我数月没见，隔了多多个秋，是不？"

"你……我……"挺举一时不知如何应对。

"我要谢谢你，替我照顾天使花园！"麦嘉丽话音落处，伸手拉他起来，张开双臂，给他一个熊抱。

挺举始料不及，待反应过来，已被她抱在怀里，推托不得，窘态百出。鲁俊逸、顺安从来未曾见过这般场面，看得傻了。

这是麦嘉丽特别隆重的感谢方式，麦基、麦基太太习以为常。见几人这般反应，尤其是挺举，脸上红得像喝多了酒，麦基、麦基太太皆乐起来，里查得更是大笑不已。

"鲁先生，伍先生，傅先生，我来介绍一下，"麦基敛住笑，待麦嘉丽与挺举双双坐下，指麦基夫人介绍道，"这是我太太，Madam Mac."又指麦嘉丽，"这是我女儿，Carrie Mac."

麦基夫人和麦嘉丽点头微笑，俊逸等三人也都抱拳致意。

"鲁先生，伍先生，傅先生，请用餐。"麦基夫人朝众人笑笑，用蹩脚的中文一个字一个字地说，"这些菜点是我和嘉丽做的，请品尝！"

俊逸冲她抱拳："三克油，三克油（thank you，谢谢）。"

"鲁先生，"麦基举杯，亦用中文，说得艰难，似是刻意学到的，"印度人不饿了。谢谢你，谢谢你和伍先生的大米，干杯！"

众人干杯。

"鲁先生，"麦基看向俊逸，"今日我请你们三人来，一是吃饭，二是感谢，三是想和你们继续做生意！"

"欧凯（OK）。"俊逸拱手应道。

麦基示意里查得。

"鲁先生，"里查得对俊逸道，"我们总董决定，麦基洋行所有票银业务将由善义源钱庄转至茂升钱庄，这是合同文本，请鲁先生审查！"说着从包里摸出一份文件，双手呈给鲁俊逸。

面对这个意外惊喜，俊逸却似没有反应过来，一下子呆住了。

"OK？"麦基盯住他，问道。

"欧凯，欧凯。"俊逸回过神来，脸上堆笑，伸手接过合同，转递给顺安。

"为再次合作，干杯！"麦基举酒。


商务总会的新会馆三楼是总董室，长案两旁的软椅上分坐彭伟伦、张士杰、鲁俊逸和祝合义四人，长案顶端是主席位，查敬轩端坐于高椅中。

"诸位总董，"查敬轩看向几人，直奔主题，"今日召请大家来，主要是商议沪宁、沪杭、粤汉、川汉铁路的路权事宜。"

彭伟伦的位置靠窗，他微微别过脸去，看向窗外，一手中指的指节在几案上一弹一弹，但没有弹出声。

"如诸位所知，"查敬轩斜他一眼，接道，"从东北到南粤，我们的路权多被洋人拿去。此番修筑沪宁、沪杭、粤汉、川汉等铁路，洋人再次伸手，老王爷本已照准洋人所请，不料民怨沸腾，各地商会纷纷抗争。新任邮传部大臣丁大人顺应民意，先请示王爷，又与英人谈判多次，终将部分路权放还国人！"

彭伟伦扭过来，半是哂笑："此事全都晓得了，请查总理拣关键的讲！"

"彭协理，"查敬轩回以哂笑，"心急吃不得热豆腐嗬！"

彭伟伦冷冷哼出一声，再次看向窗外。

"关键的就是，"查敬轩瞥他一眼，"路权分配及修筑方案。就此二者，丁大人皆有明确交代，具体请士杰阐述。"

士杰摆下手："还是总理讲吧。"

"好吧，"查敬轩朝他笑笑，"士杰客气，我就代劳了。丁大人之意是，由于英人早在筹建沪宁铁路，合同在先，此路仍归英人督建，但沪杭、杭甬、苏杭三线，则归我沪浙苏三地商民筹建，浙、苏均已成立铁路公司，沪也决定由我商会筹组沪路公司，至于粤汉铁路，由粤、赣、湘、鄂四地商民承办，川汉铁路，则由鄂、川两地商民承办。"

彭伟伦冷笑一声："既然丁大人已经明确交代过了，还在此地商议什么？"忽地起身，"要是没有别的事体，在下先走一步。"说完愤然退场。

众人愕然，面面相觑。

士杰、俊逸、合义尽皆看向查敬轩。

查敬轩苦笑一声，摆手："散会。"

俊逸、合义并肩走向大门。

"今天这会，"俊逸边走边感慨，"老彭也太那个了，一点儿不给老爷子面子。"

"照理说，"合义应道，"老彭讲得也是没错。既然事体已经定下，直接宣布就是了，还让我们讨论什么？不瞒你讲，我所担心的是，这样下去，商会早晚会成为摆设。"

"是哩。"俊逸点头，"再好的事体，一到我们手里，就得变味。譬如说选举，西人是投票，我们是丢豆子。虽说丢豆子也是民主，但总让人觉得怪怪的，心里不是个味儿。"

"呵呵呵，那些框框还不是你一条一条写出来的？"

俊逸写出的并不是丢豆子，但此时对祝合义却不便解释，嘴巴动几动，又合上了。

走出大门，二人扬手别过，各自跳向自己的马车。

车夫回头："老爷，去哪儿？"

"老地方。"俊逸闭上眼睛。


所谓老地方，就是阿秀的新居。

自阿秀悄悄来到上海，如果没有特别事务，俊逸几乎每晚都来，并在二更之后返回鲁宅应对瑶碧。

俊逸喜欢阿秀，像喜欢她阿姐一样喜欢，因为阿秀与她的姐姐阿芝在各方面均不相同，却又恰到好处地满足了他不同时期的欲望。阿芝一身大小姐脾气，为人强势，敢作敢当，为爱情不惜与同样强势的母亲决裂，于当时相对弱势的俊逸来说，简直就是天上掉下来的福祉。阿秀则小鸟依人，连说话声音也是轻悠悠的，为人处事任何人都不肯得罪，对他更是爱慕有加，百依百顺，于方今已呈强势的他来说，也是上天赐予的福祉；阿秀的明眸流转、风流姿态、一颦一笑甚至吴侬软语的腔调都像极了当年的阿芝，每次见面，都让俊逸有恍若隔世的感叹与感慨，一腔对阿芝的感情与抱憾都被投注到阿秀身上。

当然，自上次回乡，尤其是在挺举到沪之后，俊逸又为喜欢阿秀寻到了一个更为紧迫的理由：早一日为鲁家生个儿子。

俊逸用阿姨备好、阿秀试过水温的水，洗去满身的疲惫、劳顿与失落的情绪。每逢此时，每逢他坐在这个安静、避世的角落，俊逸都有一种放下尘世一切的感觉。在这个充满暖意的小院里，看到阿秀为他精心备下的可口饭菜，俊逸总是心神俱歇，每一根毛发都是松弛的。

"绿蚁新醅酒，红泥小火炉。晚来天欲雪，能饮一杯无！"俊逸情不自禁地吟咏起诗篇，向阿秀举杯。

酒不醉人人自醉，阿秀俏脸粉红，举杯，侧身，襟袖遮面，樱唇轻启，抿一口，顾盼生情。俊逸看得兴起，不再矜持，轻舒猿臂，抱起阿秀径自走向二楼。

罗帐温暖，灯光暧昧。俊逸吻着阿秀的鬓发、眉眼、挺直的鼻尖、樱唇和酥胸，阿秀也吻着阿哥闪亮的印堂、丰厚的耳垂和宽阔的胸怀，娇喘不止。俊逸迫不及待地要，阿秀甘心情愿地给，千般缱绻，万般恩爱，尽在默契之中。

云蒸霞退，俊逸坐起来，撩开锦被，就着灯光审视阿秀的秀丽肚皮，将脸轻轻贴在她的小腹上："阿秀，有动静没？"

阿秀晓得他问的是什么，神色惶然地低下头去。

"不急，"俊逸轻揽阿秀，给她个笑，"你一定行的！"

"阿哥，我……"阿秀呢喃一声，盖上锦被，拉灭开关，才又接上，几乎是呢喃，"熄灯了嘛！"


黄昏时分，夜色渐渐笼罩鲁宅。

晚餐备好了，放凉了，但碧瑶没心去吃。

秋红从前院回来，咚咚咚踏上闺楼，刚要张口喊她，隐约听到哭声，紧忙捂住嘴唇，蹑手蹑脚地近前，见碧瑶正站在一扇打开的窗子前面，看着黑乎乎的夜空，一边啜泣，一边声情并茂地吟咏："人去，人去，影也留他不住……"

秋红怔了。

碧瑶将"影也留他不住"连吟数遍，捂住嘴唇抽泣。

"小姐？"秋红轻声叫道。

碧瑶却似没有听见，拭下泪水，继续望向窗外，接着吟诵："……晚来风倦帘旌，又见花前月明。明月，明月，何苦阴晴圆缺。"提高声音，悲泣，"明月，明月，何苦阴晴圆缺……"拉开长腔，哭得愈见悲切，"何苦阴晴圆缺啊……呜呜呜……"

"小姐？小姐……"秋红吓坏了，冲到她跟前，摇着她胳膊大叫。

吃她一叫，碧瑶倒被吓到了，止住哭，不无嗔怒地扭头看她。

"小姐，你……哭啥哩？"秋红赔小心道。

碧瑶抹去眼泪，像是换了个人："咦，我啥辰光哭了？"

"方才呀，"秋红有点愕然，"小姐哭得好伤心哩！"

"去去去！"碧瑶白她一眼，厉声责道，"你懂个屁，我这是在吟诗！"又将摆在窗台上的一本书连抖几抖，"就是这本，懂不？"

"小姐，"秋红笑了，"这本书我晓得的，是啥个小姐写的，对不？"

"是吴藻，方才我念这首，叫转应词，写得好哩！"

"啥叫转应词？"

"转应词就是转应词，"碧瑶不屑对她解释，"讲给你也是不懂！"猛地想起什么，"咦，方才让你做啥事体来着？"

"嘻嘻，这不是正要向小姐禀报哩！"

"快讲！"

"老爷依旧没回来，你看，书房里漆漆黑！"

"就你眼尖！"碧瑶生气了，"我早瞧见漆漆黑哩！我要你去守在大门口，守没？"

"守了，"秋红又是嘻嘻一笑，"我守好久哩，一直没见老爷个人影，这怕小姐着急，我才……"

碧瑶呆怔一会儿，吟道："人去。人去。影也留他不住……"陡然激动，对着窗外大声叫道，"阿爸，你……你在哪儿啊……"

"小姐？"秋红让她这声喊吓坏了。

碧瑶把手中诗集朝桌上一掼，扯住秋红："走，跟我这寻阿爸去！"

二人咚咚咚咚走下楼梯，穿过闺院拱门，疾步走到前院，直向大门外面走去。

"小姐呀，"秋红嘟哝道，"这半夜三更哩，上海介大，我们哪儿寻去？"

"我才不管哩，"碧瑶顾自前行，"我要一条街一条街地寻他！"

"小姐，"齐伯匆匆追上来，"你们去哪儿？"

"寻我阿爸！"

"小姐呀，"齐伯笑道，"老爷这就回来哩，你再等等！"

"齐伯，"碧瑶冷笑一声，"你讲实话，我阿爸究底哪儿去了？"

"商会里有事体，老爷天天忙哩！"

"商会，商会，"碧瑶气得跺几下脚，"天天都是商会！我鼻子也不信，啥事体能让他天天晚上不回家？"

"这……"齐伯支吾不出了。

碧瑶声音决绝："齐伯，要是不放心，这就跟我走一趟！"

"去哪儿？"

"你不是天天讲他在商会里吗？我们这就去商会看看！"

齐伯晓得她的脾气，不敢违拗，只好叫来几辆黄包车，径去商会，远远望见商会大楼里漆黑一团，几层楼的窗户里没有透出一丝儿灯光，只有大门处懒洋洋地守着一个门卫。碧瑶询问门卫，说是楼里的人早就走了。

"齐伯，"碧瑶黑着脸，看向齐伯，"听见没？你再睁眼看看，这楼里有人吗？我的阿爸又在哪儿？"

"这……"齐伯被挤到墙角了，只得赔个笑，"待会儿老爷回来，老头子一定问问他，究底他这是去了哪儿呢！"

碧瑶抿紧嘴唇，泪水流出。


俊逸回来时，已交二更，宅院里黑乎乎一片，只有野虫在叫。

俊逸站在前院听一会儿，径直上楼，开启书房，打开公文包，将包中物事尽皆取出，正在清理，楼梯声响，听脚步声是齐伯。

"老爷？"齐伯提着一壶热水进门，给他个笑。

"瑶儿她……"俊逸压低声，"没啥事体吧？"

齐伯苦笑一声："闹哩。"

"睡没？"

"睡了。"齐伯又是一声苦笑，"闹到一更多。"

"唉，"俊逸回个苦笑，"这孩子，宠坏了。"将包中文件等理进抽屉，起身，"齐伯，您也睡吧。"

翌日晨起，碧瑶被鸟叫声吵醒，噌地跳下床，打开窗子，听到前院传来嘿嘿嘿的声音，知是俊逸与齐伯在打太极。碧瑶晓得，这些日来，只要不下大雨，俊逸总要跟从齐伯在前院里打几圈。听这嘿声，他们刚开始。

碧瑶听一会儿，似是想到什么，不顾洗脸，跑出闺房，沿过道溜进俊逸房中。

鲁家的三进院子实际是三排房子，前面两排是双层，后面一排是单层。前楼是客厅兼俊逸的书房、香堂等，算是鲁家门面，中间是主楼，与前楼之间形成的院子被一道花墙围起来，算是碧瑶的活动场地。主楼的底楼是库房，边上一间住着齐伯。楼上则分两部分，东面一半是碧瑶的闺房，西面一半是俊逸的居室。后排为杂院，为鲁家的厨房及闲杂物事堆放处。三排房子形成三进院落，因宅地大，园林美，布局合理，做工精细，用料考究，装饰也不错，看进来堂皇雅致。

碧瑶在俊逸的起居室里扫瞄一圈，走进卧室，见旁边衣架上挂着俊逸的衣服，床头放着他的贴身褂子。浴室外面一只小木盆里，杂乱地扔着他的换洗内衣，这辰光还没被阿姨收走。

碧瑶拿起他的内衣与褂子，嗅嗅这个，摸摸那个，又将外衣的所有口袋掏了个遍。

然而，碧瑶一无发现，所有物事都还正常。

碧瑶略觉失望，正自困惑，眼前一亮，目光射向挂在衣架上的外套，手也跟着伸出去，从衣领旁边小心翼翼地捡起一根长发。

这是一根属于女人的头发。

碧瑶如获至宝，面孔扭曲，怔怔地盯着它。

碧瑶将这个新发现紧紧捏在手心，得胜般回到自己房间。


挺举与顺安住在鲁家最后面的杂院里。杂院是下人住的，紧挨一条小巷，朝巷子开扇小门，由下人出入。自齐伯来后，鲁家杂院就没什么下人了，只有烧饭的张妈和陪碧瑶的秋红，因为打扫庭除之类杂役，包括门卫，齐伯全都自己做了。张妈负责三餐，还要照顾家人，平素回家居住，秋红住在碧瑶旁边，整个后园实际只有挺举、顺安二人居住。

平素上工，挺举还图方便，常与张妈出入小门，顺安则不然，若无急事，一定要走正门，因为正门不仅代言他的身份，还能使他"偶遇"小姐。尽管小姐从来没拿正眼看他，但顺安一旦操下这心，就不会轻言放弃。再说，几日前他已在三清殿前许过愿了，三清爷灵验与否，他还想一试，因而近段时间，顺安在由后院走到前院时，尤其留意。

真也神了。

这日晨起，顺安挎起跑街包，刚刚拐出后院，竟见碧瑶站在拱门口，笑吟吟地招手。

顺安吃一大惊，以为看花眼了，顿住步子，揉揉眼睛又看，见真是小姐，竟是傻了，声音发着颤："小姐，你……叫我？"

"傅晓迪，过来呀！"碧瑶的声音轻而甜，再次招手。

顺安没动，眼前浮出碧瑶撕书的情景，不由得打个寒战。是哩，大清早这般和风暖阳，不定后面跟的就是风暴呢。

顺安诚惶诚恐地望着她，脚步没动。

"晓迪，"碧瑶急了，省去了傅字，声音发嗲，"快过来呀，人家有事体！"

顺安硬着头皮过来，头低着，不敢直视。

"看把你吓的。"碧瑶扑哧笑了，拿出一套新书，递过去，"这四本书，还你！"

见是还书，顺安倒是怔了："还……还我？"

"是呀。我把你的心肝宝贝撕了，不该还吗？"

"那是我送小姐的！"顺安急切表白。

"嘻嘻，你介欢喜它们，我哪能夺人所爱哩？"

"小姐，你……你不晓得……我……"

"好了好了，不说这个。晓迪，我这寻你，还书是次要，主要是求你一桩事体！"

"事体？"顺安回过神来，嘴皮子功夫也上来了，喜道，"小姐，你万不能说求。有啥事体，只要吩咐一声，晓迪赴汤蹈火，在所不计！"

"太好了。"碧瑶给他个笑，"我想让你盯个梢！"

"盯梢？盯啥人？"

"我阿爸！"

天哪！顺安不由自主地连退几步。

"怎么了？"

"是……是盯鲁叔？"

“是呀，盯我阿爸呀。”

“盯……盯鲁叔做啥？”

“这你管不着，只管盯住他就成。”

“我……”

“干得好，我有赏！”

“赏……赏……”

“就是报答你！”

听到“报答”二字，顺安打个惊怔，好像从一场噩梦里完全醒来：“我……我要上工，跑生意……”

“哎呀，”碧瑶急了，“你这脑瓜子哪能介笨哩，我又不是让你去做跟屁虫，只是让你傍黑收工时远远跟在他后面，看他都在忙些啥事体！”

“这……”顺安抓耳挠腮，眼珠子乱转，看样子似在寻求脱身。

“傅晓迪！”碧瑶猛地敛起笑，脸色黑沉，嗲味自也没了，“我是瞧得起你，才把这桩好事体让予你做。你若不肯，我就寻别人去了。谷行里想必有人肯做这事体哩。”说着转身就要走人。

听到“谷行”二字，顺安急追两步：“小……小姐，晓迪……肯哩！”

“这就是了。”碧瑶回转身，改作笑脸，“你要记住，无论我阿爸去哪儿，做啥事体，你都得一五一十向我报告，一星点儿细节也不可落下！”


接下来几日，顺安开始留意鲁俊逸的动向，发现他大多数时间是在商会会馆。顺安打探门卫，方知商会里近日正在筹备修建铁路，且鲁俊逸是负责为杭甬铁路筹款。听到向老家修铁路，顺安不由得一番欢喜，但这欢喜在联想到甫家的破院子及那样一对爸妈后迅速退去，重又回到心上人交给他的差事上。

在第三日苍黑时分，顺安再次赶到商会，靠在斜对面房子的影壁一侧，候至天色黑定，望见俊逸、祝合义、查锦莱诸人有说有笑地从会馆大门健步而出。

顺安一个闪身，躲在一棵树后。

俊逸与查锦莱、祝合义诸人一一揖别，跳上候着的马车，车夫吆喝一声，马车嘚嘚嘚地绝尘而去。

顺安招辆黄包车，远远跟在后面。

俊逸的马车左拐右拐，在大英租界一条僻静巷子口停下。俊逸跳下马车，对车夫交代几句，摆摆手，望着马车驶离，才转身拐进巷子。

顺安跳下黄包车，打发了车夫，闪身跟在身后。

俊逸走进巷子深处，在一个院门前停下，抬手敲门。院门吱呀开启，俊逸闪进去，院门再度关上。

顺安两眼大睁，心儿怦怦直跳，迟疑良久，悄悄走近，隔门缝看进去。

院中，阿秀正在侍奉俊逸洗脸，一个阿姨正在上菜倒酒。

"乖乖，"顺安倒吸一口气，缩回头，捂住眼，心道，"怪道小姐上心，原来鲁叔金屋藏娇哩！"略顿一下，扭头回走，边走边思忖，"这该哪能办哩？大丈夫自当三妻四妾，鲁叔如此有钱，却无一妻，养个女人还要藏在此处，为的必是小姐。小姐这般追究，防的也必是此事。这这这……我该哪能办哩？"

转瞬走到大街上，顺安正要打车回去，却又想道："这辰光回去，小姐必在守着，若是问我，又该哪能个应答？也罢，我且守在此处，一则躲下小姐，二则看看鲁叔究竟在这里能待多久。若是夜半回去，万一出个啥事体，也好有个照应！"

这样想定，顺安就又拐回巷子，在阿秀的小院子外面寻个阴影坐下。

接下来几日，顺安开始躲避碧瑶，清晨起床，也不再走前面正门，而是悄悄溜出通向小巷子的后门。碧瑶越是逮不住他，心里越是毛躁，终于在一个早晨不顾一切地走到后院，早早堵在顺安的房门外面。

顺安开门，大吃一惊，未及掩上，碧瑶已是跨步进门。

"说吧，"碧瑶大大咧咧地在他的书桌前面坐下，拢把头发，二目逼视，"为啥躲我？"

"哪……哪里躲了？"顺安结巴了。

"既然没躲，为啥不走前门？"

"我……走了呀，可……没见小姐来着！"顺安黑下心编谎。

"你骗鬼！"碧瑶生气了，小纤拳擂在桌面上，面色紫涨。

"我是走了，"顺安只好圆谎，"前天有事，走得早，天不亮就出去了，昨天夜里执行小姐差事，起得晚，小半晌才走，还误了事体，挨师兄一顿话头。"

碧瑶眼睛眨巴几下，觉得自己也并没有一直盯住过道看，许是冤枉他了，紧又换过脸色，冲他笑道："好了好了，不说这事体，快讲讲我阿爸！"

"这……"顺安朝伍挺举的房门努下嘴。

碧瑶明白，压低声音："你小声点儿！"

顺安晓得再无退路了，只好一五一十，将鲁俊逸前几日的夜间活动悉数讲一遍，只略去租界阿秀的院子，说鲁叔如何在商会里忙活，商会如何修建铁路，这铁路从哪里到哪里，需要多少银子，鲁叔如何了得，如何一直忙到深夜……

"不信不信我不信！"碧瑶的头摇得像拨浪鼓，嚷嚷起来，"你骗人，我鼻子、耳朵、头发、眉毛全都不信！"

"嘘！"顺安急将指头放在嘴边，压低嗓音，做出一脸委屈状，"千真万确呀，小姐，我……我向你保证，一连几天，鲁叔去的就是这几处，商会、酒楼，查老爷子和祝老板府宅，每次都有大老板跟着，一大群人哩……"

"你起誓！"

"苍天在上，"顺安一丝儿犹豫也不打，立马举手，"我傅晓迪向小姐起誓，若是所言不实，天打雷……"

"好了好了，"碧瑶摆手打断他，不耐烦道，"啥人要你的破誓了？我有个主意，今朝苍黑辰光，你在院门外面等我！"

当日黄昏，碧瑶女扮男装，与顺安一道守在总商会门外。

果然，没守多久，俊逸、祝合义等人有说有笑地走出会馆，但并没上车，而是沿南京路有说有笑地走向外滩。顺安看一眼碧瑶，二人悄无声息地跟在后面，眼睁睁地看着鲁俊逸几人走进一家酒店。

"小姐呀，"顺安有点得意，"看到没，我没瞎讲吧。老爷这……到酒店里商议大事哩。"

"晓得了。"碧瑶胡乱应一句，两道目光聚焦在酒店的金色大门上。

"小姐呀，"顺安见她扎下架子，就又慢悠悠地说道，"我守几天了，就是这家酒店，鲁叔他们几人天天晚上来到这里，一边喝酒，一边洽谈公务！"

"晓得了。"碧瑶又是一声。

"小姐有所不知，"顺安做出难受的样子，"男人们一旦喝起来，真就没个底哩，又是猜拳又是行令，这又加上商量事体，没有几个时辰出不来。前些日，我天天守在这里，晓得他们，不到三更天，出不来哩！"

"我等到天亮！"碧瑶一字一顿。

"这可不成，"顺安急了，"这辰光是早春，夜里凉，尤其在这江边上，万一把小姐冻伤风了，晓迪可就吃罪不起了。"

"冻死我也不关你的事体！"碧瑶铁心了，"要走你走，我一个人守！"

顺安心里叫苦，却也不敢多说什么，只好心惊忐忑地守在一边，不敢靠她太近。

该来的还是来了。

俊逸与祝合义等人在酒店门外，揖过作别后，跳上等候着的马车，车夫吆喝一声，马车嘚嘚，绝尘而去。

碧瑶和顺安招了两辆黄包车，步步紧跟。

俊逸的马车，左拐右拐，拐到一条僻静巷子，马车停下，俊逸下车，朝车夫摆下手，醉醺醺地一摇一晃，走进弄堂。

碧瑶高度亢奋，噌地跳下黄包车，急追过去。

车夫急叫："小姐，钱！"

顺安跳下另一辆车，给两个车夫各塞一只角子，追向碧瑶。

碧瑶隐在黑影里，眼睛紧盯醉醺醺的俊逸，好像他立马就会消失似的。

虽已酒醉，俊逸仍熟稔地走向一处宅院，抬手敲门。

院门吱呀打开，一个女人低声道："老爷回来啦！"并顺手接过俊逸的公事包，俟俊逸走进，将院门关闭。

碧瑶快步赶至，隔门缝向内观望。

顺安也急赶过去，紧张地守在她旁边。

里面传出俊逸的声音："阿秀，让你等急了。"

阿秀的声音："没事体的。"

俊逸的声音："嗨，他们几个硬要拉我喝酒，灌多了。"

阿秀的声音："是哩，酒气大哩。快，水烧好了，先洗洗，再喝点茶解酒……"

碧瑶听得真切，怒不可遏，举起拳头砸向房门。

夜很静，碧瑶砸得重，声音山响。

房子里陡然静寂。

不一会儿，传出俊逸的声音："啥人？"

有脚步声下楼，打开房门，走到院子，朝大门口走来。

大概是手震疼了，碧瑶用脚踢，边踢边呼哧喘气。

俊逸提高声音，语调严厉："啥人？"纷乱的脚步声移向院门。

碧瑶退后一步，摆好架子，准备迎战，大口喘气。

就在此时，顺安不知从哪儿涌出一股勇气，猛然出手，掏出手绢塞进她口里，将她拦腰抱起，不顾她的撕打咬捏，沿巷子没命跑去。

顺安一气跑到街上，方才将她放到地上，扑通跪地。

碧瑶气疯了，面孔扭曲，朝他狠打一记耳光，从牙缝里挤出："傅……傅晓迪……"

顺安连连磕头，带着哭腔："小……小姐……"

碧瑶气得眼泪出来："你……你凭……凭啥……拦我？"又是一记耳光。

顺安伸脸过去："小姐，你……你再打！多打几下出出气！"

碧瑶啪啪啪又是几记耳光："讲，凭啥拦我？"

"小姐呀，"顺安捂住脸，半是哀求，"晓……晓迪不能让你进去呀。你这一进去，鲁叔就会晓得是……是我领小姐来的，是我盯他的梢，我……岂不……死定了！"

碧瑶喘气："你……你晓得这……这野女人是啥人不？"

"不会是野女人吧，想是鲁叔在此地歇歇脚，写啥东西哩。听声音，那女人不过是个老妈子。你看，上海滩上，到哪儿去寻到介清静的地方哩！"

碧瑶气杀："你……你晓得个屁！"扭转身，大踏步走了。

顺安怔一下，紧随于后。

碧瑶回身，恨恨地指着他："傅晓迪，我让你盯梢哩，这就是你盯的梢？"

"小姐，我……"

"滚，滚滚滚，甭再让我看到你！"碧瑶扭过身，飞快跑去。

见她是朝家的方向跑，顺安也就松口气，不远不近地跟在后面。

二人刚走没有多久，齐伯也急匆匆地走过来，直接拐进巷子，走到阿秀宅院外面，敲门。

"啥人？"俊逸刚上二楼，听到响声，从窗子里探头问道。

齐伯压低声音："老爷，是我！"

听到是齐伯的声音，俊逸吃一大怔，匆匆下楼，打开院门："介晚了，啥事体？"

"小姐不见了！"齐伯急切说道。

"啊？"俊逸的酒劲这也完全醒了，陡然意识到方才的打门声或是碧瑶，怔在那儿。

"小姐是迎黑辰光不见的，晚饭没吃。我问秋红，她也不晓得。"

"阿秀，"俊逸反应过来，朝楼上叫道，"我有桩急事体，今晚不回来了，你闩门睡吧！"说完与齐伯匆匆走了。

二人回到府宅，见闺房的灯亮着，相视一眼，急赶过来。

秋红坐在楼梯口，早已听到二人，站起来，弯腰候在一侧："老爷？"

"小姐呢？"俊逸急问。

秋红指下门里，压低声："屋里厢哭呢。"

俊逸嘘出一口长气："你在此地做啥？"

"小姐发脾气，把我轰出来了！"

房间里果然传出碧瑶隐隐的哭声。

"发啥脾气？"俊逸佯作不知。

"不晓得哩。方才她打外面回来，跟疯了似的，进门就哭，还打我，我……不敢问她！"

"晓得了。"俊逸摆摆手，转对齐伯，"齐伯，你带秋红到灶房里弄点吃的，小姐怕还没吃饭哩。"

齐伯应一声，招呼秋红下楼。

俊逸走进房间。

碧瑶早就听到声音了，哭得愈加伤心。

俊逸在她身边坐下，拍她："瑶儿？"

碧瑶号啕大哭。

俊逸轻轻拍她："瑶儿，啥事体，介伤心哪？"

碧瑶陡然止住哭，忽地坐起，动作之大，吓俊逸一跳。

"甭碰我！"碧瑶歇斯底里。

"瑶儿？你……"俊逸愕然，"我是你阿爸呀！"

"阿爸？"碧瑶冷笑一声，"我没有你这个阿爸！"

"瑶儿？"俊逸压低声音，语气严厉，略顿一下，又放松了，"瑶儿，好好讲，究底是为啥事体？"

"啥事体？"碧瑶冷冷说道，"你自己做下的啥事体，还问我做啥？"

"瑶儿，你……"俊逸心知肚明，此时却只能装糊涂，"哪能扯到阿爸身上哩？"

碧瑶火辣辣地盯住他："我扯的就是你！"

"瑶儿？"

"好，我这问你一句话！"

"你讲。"

"如果一个父亲口口声声说爱自己的孩子，却又一直骗她，那他还是个父亲吗？"

"瑶儿，"俊逸让她挤到墙角了，勉强挤出笑脸，"你……哪能问到这个哩？"

"我要你回答！"

俊逸苦笑一下："不会有这种父亲的。"

碧瑶一字一顿："他就是你！"

"瑶儿，你……"俊逸大窘，"哪能这样讲话哩？阿爸啥辰光骗你了？"

"啥辰光？你一直在骗我！"

"瑶儿，"俊逸急了，"你哪能乱讲哩？"

碧瑶猛地掀开被子，跳下床："我乱讲没乱讲，你自己晓得！我问你，这些日里，你为啥天天晚上不回家？"

"我……"俊逸支应道，"阿爸这不是忙嘛。要修铁路，要筹款，要起草协议，要制订章程……阿爸一天到晚只在会馆里，忙得东不是东，西不是西。"

碧瑶冷笑一声："到这辰光了，你还在演戏！"

"瑶儿，"俊逸沉下脸来，"你哪能这般跟阿爸讲话哩？"

"那好，"碧瑶两眼逼视他，从桌子抽屉里摸出一个包包，解开，现出一根长头发，"你看清爽，这是什么？"

"这……一根头发呀。"

"啥人的头发？"

"这这这，"俊逸苦笑一声，"啥人的头发，阿爸哪能晓得哩？"

"哼，"碧瑶鼻孔里哼出一声，一字一顿，"它就沾在你的衣领上，是我亲手取下来的！"

"唉，"俊逸轻叹一声，"这能说明什么呢？阿爸到理发店……"

话没说完，碧瑶尖声截住："阿爸，你……甭再讲了！这根头发，我已经晓得是啥人的了！"

见碧瑶把话说到这步田地，俊逸轻叹一声，不作声了。

"我且问你，"碧瑶却是不依不饶，"前些日就不讲了，只说今天晚上，天黑之后你在做啥？也是在筹款吗？"

"与你祝叔、查叔、周叔几个在酒店里吃饭，商量事体。你看，阿爸这还一身酒气哩。要是不信，明朝你去问你祝叔！"俊逸强自辩道。

"吃过饭之后呢？"

"这……不就回来了吗？"

"阿爸，"碧瑶见他仍不承认，跺脚哭道，"你……你骗我，你一直骗我！"

俊逸的声音软下来："瑶儿……"

"你到我阿姨那儿去了！"碧瑶带着哭音，指头发，"这根头发就是她的！阿爸，你……你在我姆妈跟前答应过我，你不要阿姨，你谁也不要，你只要我，可你……这又偷偷把她接来，你……你……你……"气结。

"你……哪能晓得的？"俊逸显然不死心，仍在寻找机会。

"今天晚上，我就跟在你身后，从商会一路跟到饭店，又从饭店跟到那个女人的住处！"

俊逸呆了。

碧瑶扑入他怀里，声音凄切："阿爸，你……你哪能骗我呀？"

俊逸傻在那儿，一只手下意识地轻轻拍她。

"阿爸，"碧瑶哭得越发伤心，"你是不是不要瑶儿了呀，阿爸？瑶儿……瑶儿只有阿爸你呀，阿爸……"

俊逸依旧愣在那儿。

"阿爸，你……你说话呀！"

"瑶儿，"俊逸回过神，轻轻抱住她，哽咽起来，"是阿爸错了，阿爸不该骗你……阿爸哪能不要你哩？阿爸只有你一个女儿呀！可是，瑶儿呀，你也不能任性，你长大了，你不能再像小辰光那般，你要理解阿爸呀，瑶儿！"

"阿爸——"碧瑶搂紧俊逸，"我不要理解阿爸，我只要阿爸，阿爸，你不能再去找那个女人，你要天天回来陪我！你答应过我的，你当着姆妈的面答应过我的！"

俊逸搂紧她，泣不成声。

"阿爸，"碧瑶不依不饶，"你必须答应我，你必须再次答应我，你不能去找那个女人，你必须天天回来陪我！"

突然，俊逸松开碧瑶，擦去她的泪水，也顺手抹去自己的，敛起面孔，异常严肃地久久凝视女儿。

许是从未见过俊逸用这般眼神看她，碧瑶有点惊愕，语气由要求变为恳求："阿爸，你……就答应我吧！求求你答应我吧！"

"瑶儿，"俊逸以一种前所未有的严肃说道，"你长大了，不再是个孩子了，是不？"

碧瑶使劲摇头，语无伦次："阿爸，瑶儿不想长大，瑶儿只要阿爸，瑶儿啥都不要，瑶儿只要阿爸快点儿答应瑶儿，阿爸只爱瑶儿一个人，只陪瑶儿一个人……"

"瑶儿，"俊逸打断她，"阿爸答应你，阿爸答应天天回来陪你，但你也必须答应阿爸一桩事体！"

碧瑶急问："啥事体？"

"你必须记住，"俊逸的语气毋庸置疑，"从今往后，你不许再到阿姨住的地方去！"

"我不，我不，我偏不！"碧瑶又闹起来，"我明天就去寻她，我要她滚回老家去，我要她永永远远滚回老家去，不许再来纠缠阿爸！"

俊逸声色俱厉："瑶儿！"

碧瑶从未见过他的这个语气和神态，情不自禁地打个哆嗦。

　　"阿爸再讲一遍，"俊逸下定狠心，一字一顿，"从今朝起，你再不许到阿姨住的地方去！若是你不听阿爸的，阿爸……阿爸就……再也不回这个家了！"

　　碧瑶似被这句话的强大威力吓傻了，脸色惨白。

　　"瑶儿，"俊逸缓和语气，"你记住，这是阿爸的底线！你可以不欢喜阿姨，但不可去找阿姨的麻烦！你是你，阿姨是阿姨，你俩井水不犯河水，晓得不？"

　　碧瑶仍旧怔在那儿，不知所措。

　　为达到效果，俊逸起身，一手放在碧瑶肩上，一手扳过她的面孔，重申要点："瑶儿，你必须记住，你是你，你阿姨是你阿姨，阿爸两个都要！"言讫，在她肩上重重一按，转过身，不再顾及碧瑶的感受，大踏步而去。

　　一直走到楼下，方才听到碧瑶被强烈压抑后的悲泣声。

　　俊逸没有停下，反而加快脚步，沉重的皮鞋踩在砖石地板上，一下接一下的咔嚓声越响越远，直到消逝在前院，然后是重重的上楼梯声，再后是书房门的开启声，甚至拉电灯开关的声音也那么刺耳。

　　碧瑶两手捂住耳朵，将头埋进被子里，呜呜咽咽，哭了个悲切。


　　书房里，鲁俊逸一屁股坐进沙发里，摸出一支雪茄，放进烟斗里，点上火，深吸一口，缓缓吐出。

　　俊逸一连抽有不知多少根，越抽越没睡意，眉头也越拧越紧。阿秀与碧瑶，就像走马灯似的，在他眼前晃来晃去。

　　楼梯上响起脚步声。齐伯推门进来。

　　房间里烟雾弥漫，齐伯被呛得接连咳嗽几下，叫道："老爷……"

　　俊逸把烟掐灭。

　　齐伯推开窗子，敞开房门。

　　"齐伯，"俊逸苦笑一下，"哪能没睡哩？"

　　"睡醒了。"

　　"你讲，这事体哪能办哩？"俊逸又是一声苦笑。

　　"老爷，"齐伯晓得他指的是什么，顺口接道，"小姐长大了，好像满十六哩。"

俊逸长吸一口气："你的意思是……她思春了？"

"女大不中留呀，"齐伯点头，"小姐年方二八，照理说，是该嫁人了。要是小姐心里有个念想，也许不会……"

"是哩。"俊逸眼睛一亮，叹道，"唉，是我错了。我总是把她看作孩子，总想把她留在身边。齐伯，你这讲讲，给她寻个啥样的人合适？"

"要看老爷是啥想法。是看重人品，还是看重家世？是看重生意，还是看重小姐？"

"要是……"俊逸忖思一时，"都看重呢？"

"如果各方面都看重，我倒是可以推荐个人。"

"啥人？"

"挺举。"

俊逸心里咯噔一声，眼睛不自觉地瞄向墙上的那幅画。

"老爷？"齐伯晓得他在记挂什么。

"我晓得了。"俊逸收回目光，冲他笑笑，看下手腕，起身，"快一点了，我们睡吧。"

二人出门，齐伯锁上，跟在俊逸身后，回到中院，各回各的房间去了。

是夜，直到鸡叫，鲁家宅院里，有一个人仍未睡着。

是顺安。

顺安无法入睡，因为这是一个与他密切相关的夜晚。他的耳边回荡着俊逸与齐伯的对话，因为在二人说这些话时，他就站在离后窗不远的甬道暗影里。深夜静寂，再小的声音也会被放大：

……

"是看重人品，还是看重家世？是看重生意，还是看重小姐？"

"要是都看重呢？"

"如果各方面都看重，我倒是可以推荐个人。"

"啥人？"

"挺举。"

……

又是挺举！

挺举，挺举，挺举……

顺安一会儿坐起，一会儿躺下，一会儿在房间里转圈子。

渐渐地，顺安的心静下来，重新躺回床上，凝视头顶的天花板，脑海中闪回一系列场景：

——伍家书房里，挺举身穿长衫写字，自己穿着书童短衫站在一边磨墨。

——进举途中，树荫下，也穿上长衫的自己向挺举鞠九十度大躬。

——四明公所停棺房，自己为改名换姓，向挺举下跪。

——茂平谷行，挺举运筹帷幄，发号施令，自己数拨油灯，拨打算盘，忙不迭地记账。

——二人寝室，鲁俊逸交给他们两个信封，挺举一千元庄票，自己仅仅一百。

——茂升钱庄大客堂里，挺举穿着掌柜服，与众多掌柜、把头级别的人一起开会。

——大街上，自己依旧挂着跑街包，低头哈腰地跟在徐把头身后，听着他的训斥。

——麦基家宴上，喜笑颜开的麦嘉丽落落大方地坐在挺举身边，挽住挺举的手说，爱蜜思油麦克麦克。

——碧瑶将自己所送的四本书一本本撕碎。

——碧瑶的声音："我是瞧得起你，才把这桩好事体让予你做。你若不肯，我就寻别人去了。谷行里想必有人愿做这事体哩。"

——大街上，疯了般的碧瑶一下接一下地狠狠掌掴他。

……

顺安翻身坐起，面孔渐渐扭曲。

顺安跳下床来，再度在房间里来回走动，拳头渐捏渐紧，面孔由扭曲转为刚毅，心里发出一个声音："傅晓迪，你已经不是甫顺安了。你不再是伍家的书童，你也不再是戏班主的儿子。你，世家出身，你，进举生员，你与伍挺举、徐把头是排在同一条食槽前面的犍牛，草料只有这么多，他们吃多了，你就吃少了！"

顺安二目放光，又走几步，脸上现出决战前的果决与刚毅："你要拱，你必须拱，你必须左腾右挪，把徐把头拱到一边去，把伍挺举拱到一边去，再把鲁小姐拱到怀里来！傅晓迪，你没有退路，你只有拱！拱拱拱，你必须一拱到底，把槽里的犍牛全部拱走，独占整个食槽！"

然而，先朝哪个方向拱呢？这又如何下口呢？顺安长吸一口气，在床上盘腿坐下，学起伍挺举遇到大事时的范儿，闭目冥思。

显然，横拦在他面前的最大犍牛不是徐把头，而是挺举阿哥。挺举把什么都占尽了，只留给他一个机会，就是鲁小姐，可齐伯今晚竟然……

眼见齐伯如此这般、一如既往地帮衬挺举，顺安既犯酸，也无奈。鲁叔虽没认可，却说了个"晓得了"。这个"晓得了"当作何解？这个茧该怎么破？

对了！顺安心里陡然一亮，眼前浮出那日在麦基家的情景。麦小姐对挺举那般表现，麦基、麦夫人非但没有制止，反倒呵呵直乐。这事体只有一个解释，麦小姐欢喜挺举，麦基、麦夫人不定也相中这个女婿了。若是此说，倒也是个解。挺举阿哥如果成了洋女婿，齐伯、鲁叔也就只能断掉这个念想，小姐早晚……

不对！顺安念头一转，心里打个咯噔。即使自己成为鲁家女婿，挺举却是洋人女婿。天哪，洋人，挺举阿哥岂不是仍旧压着自己一头？

唉！顺安轻叹一声，耳边响起姆妈甫韩氏的唱腔："既生瑜，何生亮……"

"既生瑜，何生亮？"顺安苦笑一声，喃声学唱。

# 第 19 章
## 江摆渡蓄意陷害 傅晓迪成心上位

广肇会馆里，号称茶仙的彭伟伦悠然自得地坐在一张硕大的根雕茶几前面，为马克刘、大卫段斟茶。

"小段呀，"彭伟伦将一个精致的小白瓷杯推到大卫段前面，"听说麦基洋行跟茂升的生意做得不错呢，说说看，一个月有多少往来？"

"说不准呢。"大卫段端起茶杯，一副受宠若惊的样子，"上个月是八千三，这个月一万一千二。"

"彭哥，"马克刘看过来，"我们得生个法儿败掉他们的好事体，甭让他们太舒服了。"

"呵呵呵，"彭伟伦连笑几声，"君子大德在于成人之美，何况俊逸与我多年交情呢。"

"彭哥，"马克刘恨道，"您宅心仁厚，对他就像待亲兄弟一般，可他姓鲁的呢？不败掉他，我这心里……"说着一拳震在几案上，"憋气！"

"呵呵呵，你们年轻人哪。"彭伟伦又是几声笑，转向大卫段，"小段，听说你们洋行有批货遭水淹了，这辰光仍旧堆在码头上，再不卖掉，岂不发霉了？"

"是哩。"大卫段应道，"怎么，彭叔想吃下？"

"讲讲看，是些什么货？"

"二百担洋布，二百桶颜料，五箱包罐头，还有三箱化妆品，基本不能用了。"

"颜料坏没？"

"桶锈了，颜料应该没事体，能用，只是没看相而已。"

"嗯，"彭伟伦微微点头，"麦基先生算是我的老朋友了，他这遇到麻烦，彭叔当为他分忧才是！这样吧，颜料彭叔吃下，余下的洋布、罐头，就让他卖给鲁老板。"

"洋布霉变了，罐头怕也……"

"哎哟哟，"马克刘豁然明白，兴奋起来，"小段哪，你哪能介笨哩？外面喷层漆，一切不就欧凯了？"

"刘叔呀，"大卫段摇头，"喷上漆，字全没了。"

"瞧你笨呢，"马克刘弹他一指头，"编个故事不就得了！"

"哪能个编呢？"

"好吧，"马克刘眼珠子连转几转，"刘叔这就教你一招，就说这些罐头是洋人的军用品，不外卖，是麦基通过特定关系才弄到手的。"

大卫段看向彭伟伦。

"这个故事不错。"彭伟伦呵呵笑道。

"欧凯。"


顺安提着一只礼盒，快步走上楼梯，在俊逸书房外面的走道上略略迟疑，见房门开着，在门外驻足，轻喊："鲁叔？"

俊逸正在审看材料，头也不抬："是晓迪呀。进来吧。"

"谢鲁叔！"顺安弯腰走进，乐呵呵道，"鲁叔，今朝我跟从徐师兄学做生意，遇到一个大客户，那客户向徐师兄和我各送一只盒子，回家打开一看，嗬，鲁叔，你猜是啥？是普洱茶，说有好几十个年头哩。听人说，这种茶就跟绍兴老酒一样，年代越陈越好。呵呵呵，可惜小侄没这福分，享用不来，想起鲁叔您爱喝茶，特地拿来孝敬您！"

俊逸心里咯噔一声，口中却道："你又没喝，哪能晓得享用不来？"

"嗨，不瞒鲁叔，有次徐师兄做成一桩生意，交关开心，带我到南京路一家老茶馆喝茶，茶馆名字小侄没记住，不过，单看门楼，可真叫气势嗬。不瞒鲁叔，那日可让小侄开了眼哪。掌柜拿出许多茶品，有多少种小侄也都忘了，只是一种接一种，喝足一遍。徐师兄一边喝，一边让我品尝，问我哪一种最好喝。我不擅品茶，无论啥茶，进口全是一个味。只有这种黑乎乎的茶一进口，让我差点儿吐出来。徐师兄问，咋哩？我说，这味道像是马尿哩，掌柜和徐师兄听了，好一通大笑，说小侄不识货，听掌柜说，那是上等普洱，一杯就要一块洋钿哩。我说，乖乖，我宁愿只要一角洋钿的，也不愿喝这马尿！呵呵呵……"

俊逸的微笑渐渐凝住，眉头微微皱起。

顺安的笑容也收住了，声音嗫嚅："鲁叔，我……"

俊逸这也反应过来，放缓语气，指着旁边凳子，笑道："坐吧，晓迪。久没与你说话了，坐下来唠唠。"

"谢鲁叔。"顺安鞠个躬，在凳上坐下。

"啥人送你的茶？"俊逸的目光落在他带来的礼盒上。

"是个无锡厂商，姓谢，他想贷笔款子，徐师兄已经答应了。"

"贷多少？"

"可不少哩，五千两，说是三年期。"

"晓迪呀，"俊逸看过来，"你晓不晓得做跑街的不能收受礼品、礼金？"

"啊？"顺安故作惊讶，"师兄他……没告诉我这个呀！"

俊逸的脸色越发黑沉："钱庄的规矩难道你也没有读过？"

"读……读过了。"顺安微微低下头，半是认错，半是嘀咕，"我对师兄说起这事体来着，可师兄说，规矩是死的，人是活的。要是都按规矩来，谁还愿意做跑街？一天到晚辛苦不说，还要担惊受怕的。万一哪家客户还不起钱，跑街的得担责任哩！"

俊逸的脸色越发黑了，拳头捏几捏，又放开，语气缓和，给出个笑："呵呵呵，是哩。送给庆泽的那个包，也是这种茶吗？"

"看起来不像。"顺安坚定地摇头，"凡是别人送给师兄的东西，小侄是从来不过问的。听人说，这是规矩。挺举阿哥也吩咐小侄少管闲事，说是言多必失。"

顺安一箭数雕，俊逸果是听进去了，沉默良久，缓缓问道："有人送你东西没？"

"哪里有呀，"顺安苦笑一声，"客户们精明着哩，晓得我是跟跑，做不来主。即使这点儿茶，也是沾了师兄的光。我死活不要，人家死活不依，硬要塞进我怀里。我再不要，就是抹人家的脸，抹师兄的脸，只得拿回来。拿回来这又喝不来，呵呵，鲁叔，小侄也就是这点儿福分了。"

"谢谢你了，"俊逸又给他个笑，"这茶我倒是爱喝，收下了。还有事体吗？"

"鲁叔，"顺安迟疑一下，"我想求教两桩事体，有关钱庄的。"

"你讲。"

"一是存款。"顺安侃侃说道，"我见有人拿来碎银子，苦苦哀求存钱，说是这点儿钱让小偷惦记上了。可柜上硬是不给他存。他求我，我也爱莫能助，因为按照钱庄规矩，陌生钱财不能收存。但在事后，我一直在想，这事体真也挺可惜的。就像那个人，有钱没地方存，如果真的让小偷偷走了，岂不是……"顿住话头，看向俊逸。

"你这是人情。"俊逸微微点头，"但在钱庄里，你必须记住，人情不能当规矩。"

"鲁叔，"顺安辩道，"我有点儿不明白，钱庄哪能定此规矩哩？钱庄就是经营钱的，有进有出才是生意。钱不在多少，有进才能有出。见钱不收，岂不是自己勒住自己的脖颈吗？"

"这么说吧，"俊逸开心多了，耐心解释，"钱庄定下这规矩，也不是没有道理。万一求存的钱来路不正呢？譬如说那人吧，如果他原本就是小偷，是把偷来的钱存放在庄里，你如何晓得呢？如果他让官府捉住，官府按照他的供述追查到钱庄，钱庄就是窝赃，是洗黑钱，与他同罪。所以，钱庄要查清楚所存款项的来路，并不是来钱即收。"

"哦，明白了，明白了。"顺安连连点头，似是豁然贯通，"谢鲁叔指点。还有一桩，就是钱庄放款只凭信用抵押，而不是实物抵押，小侄觉得风险太大了。如果有人贷到钱后，生意却亏了，还不起钱，或逃或死，钱庄岂不是血本无归了吗？我是学做跑街的，可以体会到这种压力。虽然在放款前我们要做种种调查，但所有调查都是外表的，不过是从街坊邻居那儿探听一点儿小道消息，关键信息啥人也不肯透露。"

"嗯，"俊逸凝视顺安，见他用心如此，极是赞许，"看得出，你是个有心人哪。凭信用放贷也是钱庄的老规矩。老规矩自有老规矩的道理，钱庄、客户约定俗成了，虽然不尽合理，但我们也不能说改就改。晓迪，好好干吧。你一个，挺举一个，都是鲁叔器重的人才。"

"鲁叔但请放心，"顺安双手握拳，发誓道，"在这上海滩上，小侄只听鲁叔一人！"

"晓迪呀，"俊逸微微点头，"在生意上，你要多向挺举看齐。此番粮战，挺举立下大功，为鲁叔挣钱不说，更是挣下了面子。经过此战，莫说是在上海，即使在江浙，茂平谷行也是响当当的牌子。我听说，从上海到南京，所有粮农都不认仁谷堂了，只认我们茂平。还有洋行，听老潘讲，近日又有两家洋行与我茂记合作，也都是看在我们与麦基洋行的这次生意上。"

"谢鲁叔教诲。"顺安应道，"收粮的日子，小侄天天守在阿哥身边，琢磨他的长处，可他的短处，晓迪并不想学。就说这次收粮吧，他不仅专断，更让鲁叔日夜担忧，这个我就不能学。再就是，虽然买下了好名声，但他毕竟让鲁叔损失十几万块，再加上收粮时多付的那一块，里里外外将近二十万，这要做下多少生意才能赚得回来？在这一点上，小侄死也不想学。小侄虽然无能，却也永远不会去拿别人的钱，为自己买名声！鲁叔，别的不说，单说此番购粮，要是小侄当家，就不会要鲁叔写授权书，就不会事事瞒着鲁叔。小侄会每天向鲁叔汇报，小侄会把所有谋划都讲给鲁叔，让鲁叔安心筹钱，一点儿也不提心吊胆，然后，小侄会以一石八块的售价卖给麦基洋行，另送两百石无偿捐给印度灾民，并在每一条麻袋上印上我们茂记商号，写个大大的'捐'字，译成英文，连运费也不让麦基出。然后，寻个记者，在报纸上刊载此事，钱也赚了，名声也买了，是不？"

顺安的一套假定做法无疑让人耳目一新。

俊逸长吸一口气，凝思良久，缓缓起身，不无亲昵地拍拍顺安的肩膀："晓迪呀，这桩事体就算过去了，跟着鲁叔好好干吧。你对鲁叔忠诚，鲁叔绝对不会亏待你！"

"谢鲁叔信任！"顺安退后一步，朝他深鞠一躬，声音哽咽，"小侄一定谨记鲁叔所言，跟从鲁叔学好生意，为鲁叔争光！鲁叔，小侄告辞！"

俊逸起身，一直将他送到楼下，看着他穿过前院，走向大门，微微点头。

与此同时，俊逸的眼前浮出挺举，耳边也响起齐伯的声音："要看老爷是啥想法。是看重人品，还是看重家世？是看重生意，还是看重小姐？……我推荐一个人……挺举！"

俊逸的眉头慢慢凝住，自语道："晓迪方才这番话，倒是合我心思。挺举过于高远，气势凌人，能成事体，却也容易坏事体，生意场上，仍旧嫩了点儿。将碧瑶托与何人，还是再等等看。对了，我且看看瑶儿意愿。毕竟是她过日子，强扭的瓜儿不甜嗬！"

到鲁俊逸那儿冒险一战，顺安大获全胜，兴致勃勃地返回茂升钱庄，老远就见庆泽黑沉着脸守在门外张望，一见面就劈头责道："傅晓迪，你哪儿去了？"

"师兄，我……"顺安心里有鬼，以为他忖出什么，嗫嚅道，"忘了带个东西，回家里拿去了。"

"势头大哩，"庆泽剜他一眼，"人家都在上工，你这说走人就走人了？"

顺安低下头，憋住气，一声不吱。

"有事体寻你哩！"庆泽一副急不可待的样子，"麦基洋行打来电话，说是有笔生意，要我这去洽谈。我讲好去老谢那儿，顾不过来，你代我走一趟，去寻大卫段，就是那天你见过的那个江摆渡，看看是啥生意。"

"我……"顺安惊喜交集，"行吗，师兄？"

"有啥不行哩？"庆泽吩咐，"你只管去就是，照我的样子，该讲什么就讲什么，不该讲的不要乱讲，也不要乱当家！"言讫，头也不回，扬长而去。

顺安冲他的背影连连抱拳："谢师兄信任！"

做跟跑几个月，终于候到一个单独做事的机会，且是洋行！顺安按捺不住内心兴奋，扬手招到一辆黄包车，直赴外滩。

将近麦基洋行时，顺安叫停，将银角子打发过车主，拢拢头发，整理一下衣冠，将跑街包挂正，昂首阔步，径直走向大门口，在两个红头阿三前面站定，连比带画，学庆泽的语气："哈罗，迈洗江摆渡，大卫段……(hello, I see comprador，我要见段买办……)"

一个红头阿三显然记得他，冲他笑笑，点下头，上楼去了。不一会儿，大卫段下来，一见是他，有点诧异："徐跑街呢？"

"是这样，"顺安鞠一大躬，呵呵赔笑道，"徐师兄正要过来，偏巧我鲁叔叫他去谈事体，师兄怕耽搁洋行事体，就禀报鲁叔了，是鲁叔吩咐我来全权处理的。有啥事体，您尽可吩咐，我可以定下！"

大卫段盯他几眼，略一沉思，努下嘴，头前走去。顺安跟在后面，沿南京路走有几百步，来到外滩。

二人面对江水站定，大卫段审视他一会儿："方才你一口一个鲁叔，鲁叔可是鲁俊逸？"

"是哩。"

"你凭啥叫他鲁叔？"

"我们是亲戚，他是我表叔！"

"呵呵呵，"大卫段笑出几声，拍拍他的肩道，"看得出，你是个人才哩。我也早听说鲁老板器重你，只是没想到你们是亲戚！"

"是哩。我到钱庄，是鲁叔亲自做的保。"

"既是此说，再好不过了。"大卫段凑近他，压低声音，"傅老弟，我不把你当外人了，这就问个事体，老弟想不想发笔横财？"

大卫段劈头就是横财，着实让顺安吃一怔，心里突突直跳，忐忑一会儿，轻轻点头。

"这就是了。"大卫段呵呵一乐，拍拍他的肩道，"走吧，这就跟我去个地方。"

大卫段没叫黄包车，与顺安沿外滩的江边马路直向南走，一路上说说笑笑，不消半个时辰，赶到十六浦码头，拐进一座库房。

"兄弟，"大卫段指着码得齐整的一大片巨大箱包，"看到这些箱子了吗？告诉你个实底，这批货是从大英帝国进口的，过来菲律宾后遇到风暴，让海水稍稍浸过。洋人一是讲究，二是把损失报给保险公司了，这批货就作废品处理。你看，介好的东西，不过是包装箱让水浸个边儿，用起来一点儿也不影响。我在想，如果我俩合伙卖掉它们，岂不大赚一笔？"

顺安心里狂跳："卖给啥人？"

"茂记不是有布店和杂货店吗？"

"什么价？"顺安一怔。

"原价打五折。"

"不是说当废品卖吗？"

"兄弟哪能介笨哩？"大卫段凑他耳边，"是洋行当废品卖给我俩，我俩再转手卖给茂记！要是当废品卖，是茂记赚，我俩就没戏了！"

"那……"顺安也压低声音，"洋行给我俩是哪能个算法？"

"这个数！"大卫段伸出一根指头。

顺安不解，吸口长气，苦笑道："这是啥数？"

"一折！"

乖乖！顺安闭上眼睛，让心再次狂跳一阵，睁眼再问："敢问一句，我俩是哪能个分法？"

"老规矩，六四！"

六四就是自己能得四成，顺安内心又是一阵狂跳，嘴唇也因激动而发白。

"成不？"大卫段催促，"这可是百年难遇的好事体呢！"

"我……"

"我晓得你心里想啥！"大卫段一咬嘴唇，将手伸平，翻了一番，"五五，如何？"

"这这这……"顺安眼睛睁大，冒出欲光，"万一出个啥事体，哪能办哩？"

"兄弟，"大卫段拍拍他的肩，"你只管放心好了，一切包在大哥身上。"指向一些箱子，"那些箱子里装的是洋布，稍有点儿霉变，虽没看相，却不影响质量，回去稍加处理，朝大染缸里一浸，能当新布卖。"又指向另一些箱子，"这些箱里是罐头，我问过漆匠了，他说可以再涂层洋漆，保证把锈盖住。只要把锈盖住，有个看相，至少能卖五折，我俩不过是多出一份漆钱而已！"

顺安长吸一口气，低头走出仓库。

大卫段晓得他在盘算得失，也不紧逼，不远不近地跟在身后。

走没多远，顺安已经拿定主意，万不可因小失大，断送前程，正要回绝，眼珠子一转，迅即想到一个更毒的主意，顿住步子，转对大卫段，苦笑一声，道："我晓得兄长是好意，白送我这桩好事体，只是，眼下我还只是跟跑，介大的事体做不得主。我这就叫师兄来，由他跟你谈，成不？只要师兄愿意，我没得说的！"

"唉，你呀。"大卫段盯他一会儿，摇头长叹，"好吧，去叫他来！"

"顺便讲一句，"顺安压低声音，"老兄方才所讲，晓迪一句也没听见。"

"哦？"

"实意对你讲，"顺安的声音更低了，"要是师兄晓得我啥都晓得，段兄的这桩好事体只怕谈不成了！"

"欧凯，欧凯，"大卫段先是一怔，继而朝他连竖拇指，"兄弟放心，待你师兄问起来，我就对他讲，我看出你不能当家，啥也没对你讲。"也压低声，"至于兄弟的好处，段某也不会忘哈！"

"不不不，"顺安连连摆手，"你们要做啥事体，晓迪是真的不晓得呢。"


一抹朝霞透过窗玻璃后面的一层薄纱，映照在碧瑶的闺房里。俊逸蹑手蹑脚地走进来，坐在她的雕花床前。

锦被里，碧瑶睡梦正酣。

俊逸静静地望着女儿，不知过有多久，拍拍她的头。

碧瑶惊醒，惊喜叫道："阿爸？"

"瑶儿，"俊逸给她个笑，"继续睡吧。阿爸是来跟你道声别。"

听到这声别字，联想到此前他放出的狠话，碧瑶一下子面无人色，忽身坐起："阿……阿爸，你……这是要去哪儿？"

"去趟杭州。"俊逸抚摸她的头发，"是商会里的差事，我与你祝叔一道，与浙江商会洽谈沪杭铁路的筹款事体。"

"哦，"碧瑶长嘘一口气，"吓死我了。阿爸，你要去几日？"

"倒是难说哩，少则三两日，多则五七日。"

"阿爸……"碧瑶又是一想，捂脸啜泣道，"你不会是……不回来了吧？"

"呵呵呵，"俊逸笑出几声，"傻孩子，阿爸哪能不回来哩？这是家呀，家里还有阿爸的瑶儿呢！乖点儿，横竖就这几日，阿爸就回来了。"

"可……"碧瑶破涕为笑，仍旧含泪，"瑶儿要交关辰光见不到阿爸哩！"

"阿爸交给你个重要事体，你只要用心去做，辰光就像飞箭一样，一下子就过去了。"

"好哩，"碧瑶连连点头，"只要是阿爸吩咐的，瑶儿一定听从！"

"打今儿起，你要天天去谷行，跟伍掌柜学做生意！"

"啊？"碧瑶大是奇怪，"阿爸，你哪能让我去做这种事体哩？生意由阿爸去做，瑶儿不要做！"

"瑶儿，"俊逸敛起笑，一本正经地望着她，"阿爸跟你讲的是正经事体。再有几年，阿爸就老了，阿爸挣下万贯家财，都是给你的。你长大了，一定要学会经营，至少要懂一点儿。如果一点儿都不懂，万一阿爸有个三长两短，介大个摊子你哪能挑得起哩？"

"阿爸年轻哩，阿爸不会老！"

"是哩，阿爸这辰光还年轻。可你一定要学，你要不学，阿爸会伤心哩！"

"好吧，"碧瑶想了一会儿，认真点头，"阿爸，瑶儿这就去学。瑶儿不让阿爸伤心！"抬头，"阿爸，你让我学生意，为什么不要我到钱庄，反要我去谷行？"

"钱庄也要学，但你须从谷行学起！"

碧瑶瞪大两眼，不解地望着他："为什么？"

"因为，"俊逸早已寻到解释，拍拍她的肩膀，"那个谷行是你阿舅最早置卜来的，你先到谷行里学，是遂你姆妈的愿！"

"嗯嗯，"碧瑶连连点头，"瑶儿懂了。"

俊逸走前，特别吩咐齐伯几句。

碧瑶起床晚，起来后又洗又梳，因要去学生意，更是打扮良久，及至与齐伯一道赶至谷行时，已是午后了。

齐伯和碧瑶并肩走进店门。碧瑶穿着一身淡蓝色旗袍，戴着女式软帽，显得雅致、端庄、富有气势。

一到后晌，谷行里生意就清闲起来，买米的人不多，柜台前没有一人。两个伙计百无聊赖地守在柜台后面，望见是齐伯与小姐，赶忙往店里礼让。

阿祥也从旁边一道侧门里应声走出。

"小姐？"阿祥不无惊喜，哈腰作揖，"没想到是你哩！"笑对齐伯，又是一揖，"齐伯，前几日伍掌柜新搞一个客堂，漂亮着呢，这请小姐和齐伯验看！"

二人呵呵笑笑，跟从阿祥一直走到后面靠河浜处的客堂，见里面果是雅致，不由得赞美几句。阿祥泡好茶，端给一人一杯。

"伍掌柜呢？"齐伯品一口，问道。

"掌柜出去了，"阿祥应道，"前晌忙活，这辰光稍稍闲些，掌柜让我守在店里打理。齐伯，有啥急事体吗？"

"老爷吩咐，"齐伯指向碧瑶，"打今朝起，小姐要在此地督察生意，你转告伍掌柜一声。"

"太好了！"阿祥既惊且喜，冲碧瑶连打一拱，乐呵呵道，"有小姐坐镇，阿拉店里的生意，想不闹猛都难！"

碧瑶听得心里美滋滋的，朝阿祥呵呵笑几声，也喝口茶，将毡帽取下来，摆弄着说："早就听说你嘴甜，应上哩！"

"谢小姐赏脸！"

"小姐，"齐伯起身，对碧瑶道，"你督察生意吧，我先回去了。"

"好咧。"碧瑶屁股也没抬，应一声，扭头看向后面的河景。

阿祥把齐伯送到门外，踅回来，不无殷勤地说："小姐，你有啥吩咐，尽管讲！想吃啥物事，吩咐一声就成！"

"伍挺举哪儿去了？"

"花园去了！"

"花园？啥花园？"

"天使花园。"

"嗬，"碧瑶来劲了，"这个名字倒是好听哩。在啥地方？"

"是哩，名字好听极了！"阿祥指向一个方向，"离这儿没多远，走路过去，也就一刻钟！"

"花园里好玩儿吗？"

"好玩儿，好玩儿，伍掌柜天天去！"

"我也去。"碧瑶坐不住了，忽地起身，"快点，阿拉这就走！"

"好哩！"阿祥略一思索，"小姐，你看这样好不，店里暂时离不开我，我叫两个伙计陪小姐过去！"

"好咧。"

阿祥走到客堂外面，朝柜上叫道："蚂蚱，过来！"

一个伙计小跑过来。

"小姐要去天使花园，寻伍掌柜商量事体，你喊上狗蛋儿，这就护送小姐走一趟！"

"好咧，"叫蚂蚱的一溜烟儿跑出去，鼓嘴大叫，"狗蛋儿，快来，有事体！"

"蚂蚱，狗蛋儿，"碧瑶抿嘴直乐，"世上竟然还有叫这名字的，真是好玩儿！"


天使花园里，阳光明媚。

碧瑶在前，蚂蚱、狗蛋儿一左一右跟在身后，径直走向大门。

"小姐，"蚂蚱指着院门，"就是这儿了！"

碧瑶仰脸看向门楣上的几个大字，果然写着"天使花园"四字，还配有英文。

"伍掌柜，伍掌柜，"狗蛋走进院门，大叫道，"小姐寻你来了！"

没有人应声。

"小姐，"狗蛋走回来，指着一个房门对碧瑶道，"伍掌柜就在那间屋里，你直接去就成了！"

见碧瑶点头，狗蛋殷勤地在前引路。

一进院门，碧瑶一下子傻了：院里，到处都坐着孩子，虽然穿戴整洁，却是各种残疾。碧瑶见不得这场面，一下子吓傻了，整个身躯僵在那儿。

这些孩子早已习惯了院里来人，腿脚利索的一见碧瑶就飞奔过来。

碧瑶尖叫一声，花容失色，直朝狗蛋的身后躲。狗蛋显然是常客了，呵呵笑着，把跑在前面的孩子抱起，在空中抡一圈，放到地上。

听到碧瑶的尖叫声，本来要扑向她的孩子们全都停住了，不知所措地望着她。

碧瑶也傻傻地望着他们。孩子们或缺胳膊或少腿，或聋哑或失明或有疮疤，碧瑶看得心惊肉跳，全身颤抖。

狗蛋见碧瑶不动了，也停住脚，朝屋子里喊："伍掌柜，小姐来了！"

仍旧没有应声。

碧瑶回转身就朝大门外走。狗蛋紧跟在后。

刚走到大门处，猛见挺举与麦嘉丽打外面双双回来，各提一大兜采购来的日用。

见是碧瑶，挺举大怔。

孩子们一眼望到他们，欢叫一声，齐围上来，有抱腿的，有扯衣服的，院子里全乱起来。

一个盲童摸上前，摸到碧瑶的腿，以为是麦嘉丽，紧紧搂住，把脸贴在她腿上。碧瑶"妈呀"大叫一声，甩也甩不脱，吓得魂飞魄散，又踢又打。

挺举抢过去，忙把孩子抱起。

"你……你……"碧瑶脸上血色全无，喘着粗气，盯住挺举。

"小姐，"挺举抱着受惊的盲童朝她鞠一大躬，赔笑问道，"你来此地，可有事体？"

"没！"碧瑶这也反应过来，恨恨地剜他一眼，大步绕开他和麦嘉丽，飞跑而去。


鲁俊逸此番办差，不是三天五天，而是一去半月，回来时夜已深了。

齐伯陪着俊逸上楼，刚进书房，屁股还没落定，隔窗望见碧瑶房间的灯亮了。

"介晚了，瑶儿这还没睡？"俊逸问道。

"是哩，"齐伯笑道，"小姐想你想迷了，这些日子，不究多晚，院子里一有动静，小姐的电灯就亮了。吃饭辰光，她非要亲手为你盛一碗，摆上筷子，念叨你这就回来哩！"

"这孩子！"俊逸苦笑一声，朝齐伯摇摇头，将行李放下，从中取过一个小袋子，匆匆下楼，拐往中院，直上碧瑶闺房。

一身睡衣的碧瑶早就听清爽是他，跳下床，赤足迎出，一头扑他怀里："阿爸……"

俊逸抱住她，走进房间，将她放回床上，拿被子盖牢。

"阿爸，"碧瑶不由分说，将小拳头擂在他胸上，"你哪能讲话不算数哩？"

"呵呵呵，"俊逸笑笑，"阿爸这不是回来了嘛！"

"啥个回来？你讲三五日就回，这都十五日了，整整两周零一天！"

"是哩，"俊逸轻拍她的头，安抚道，"原说只去杭州，三五日就能回的，哪晓得节外生枝，又赶往苏州，然后又赶往南京，为了早一日见到碧瑶，阿爸与你祝叔是马不停蹄呀！"

"阿爸，你去南京了？"碧瑶惊喜地问。

"是哩。在南京待了一天！"

"那……你捡到雨花石了吗？"

"呵呵呵，"俊逸不无得意地掏出袋子，在她面前一晃，"你看看这里面是啥！"

碧瑶迫不及待地打开袋子，欢叫一声："好漂亮哟！"便将一袋子石子全部倒在被子上，一个一个地一边摆弄，一边数数。

俊逸退后一步，坐在一把椅子上，缓缓掏出烟斗，不无惬意地望着开心的女儿。

"阿爸，"碧瑶数完雨花石，全部装入袋中，抬头望过来，"这些日，你想瑶儿了吗？"

"当然想喽，"俊逸美滋滋地吸一大口，"阿爸天天想你哩。"

"阿爸，"碧瑶跳下床，坐他腿上，依偎在他怀里，"瑶儿每天都想你，每时每刻都想你。今儿早上，瑶儿梦见你让一个狐狸精勾走了，瑶儿哭着喊你，你也不睬，瑶儿追你，可两腿不听使唤，瑶儿只能哭，哭呀哭呀，后来就哭醒了。"

俊逸轻拍女儿，眉头却微微皱起。

"阿爸，你讲话呀！"

俊逸松开她，一本正经地望着她："瑶儿，阿爸交代你的事体，做了吗？"

"啥事体？"

"就是去茂平谷行学生意的事体。"

"阿爸，"碧瑶挣脱开，跳起来，跺着脚道，"你不要再提这桩事体。

瑶儿再不到谷行去了，瑶儿再也不想见到那个恶心人的伍挺举了！"

"哦？"俊逸大是惊愕，"哪能个事体？"

"阿爸，"碧瑶捶打起他来，"你听见没，瑶儿再不去了！你必须答应我，不要让瑶儿再去谷行了，瑶儿不要跟那个姓伍的学做生意！"

俊逸长吸一口气，嘴里吧咂几下，没有再讲什么。


翌日晨起，鲁俊逸一到钱庄，就听说茂记出事体了。

其实，事体已经出来几日了，只不过是被老潘一直压着。一见俊逸，老潘就把相关人员叫来，分别是杂货店掌柜和布庄掌柜。

二人低着脑袋，哈腰憋气，忐忑不安地站在俊逸的经理室里。

"老爷，是这样，"老潘小声解释，"我们从麦基洋行买进一批罐头，将近一半是变质的，引发三起食物中毒，有一起比较严重，幸好没出人命。那户人家闹上门，是申掌柜好话说尽，医药费全赔，另送二十块钱方才息事宁人。"

"啊？"俊逸震惊了，"洋货质量一向很好，何以发生食物中毒呢？"

"老爷请看，"申掌柜从袋里摸出一只罐头，"是这罐头盒子有毛病。漆是新刷的，我划开这层漆，才算弄明白原因，罐头遭海水浸了，部分罐头盒子已经锈透。"

俊逸黑起脸问："进货时哪能不审查哩？"

"是一次性进的。"申掌柜嘟哝道，"听庆泽说，这是洋人新进的一批特价货，因是军供品，没经过商业包装，价钱也便宜，只有同等货价的五折。我觉得合算，打开几罐，见质量也不错，就定下了，啥人晓得会出这等事体。"

"这布也是，"布庄掌柜摆开一匹洋布，"全发霉了。虽说也是五折价，可给我看的样品和运进来的货品完全不一样。"

俊逸的脸色越来越黑，渐渐转向老潘："进这批货时，你晓得不？"

"晓得。"老潘低头道，"老爷，这事体全怪我，是我不小心，觉得洋货靠谱，就没细审。"

俊逸晓得他是在揽责，闭上眼睛，沉思良久，抬头问道："总共牵涉多少洋钿？"

"货虽不少，但进价便宜，"老潘显然备好应对了，"合起来也就四五万块。我已吩咐他们清理过了，凡是不能用的全挑出来，能用的减价处理，估计赔不了多少，顶多也就几千、万把两。"

"好了，没你俩的事了！"俊逸对两个掌柜摆下手，见二人诺诺退出后，转向老潘，"这桩事体是庆泽干的吗？"

老潘点头。

"叫他进来。"

"他在门外候着呢。"老潘苦笑一声，冲门外叫道，"庆泽，老爷叫你！"

庆泽一进门就跪下，鼻涕眼泪一把："老爷，我……原以为捡个大便宜，啥人晓得……洋人也玩这个。是我该死，是我不该轻信洋人，尤其是那个里查得！"

"晓得了。"俊逸眉头一皱，摆摆手，"你走吧。"


眨眼间损失上万两银子不说，茂记在上海滩好不容易拼出来的名声也大受诋损。俊逸郁闷一日，晚上也没心情去阿秀那儿，只将自己关进书房，凝眉苦思。

俊逸的眼前浮出庆泽。

其实，这一整天来，俊逸的眼前一直浮着庆泽。直觉告诉他，此事极有可能与庆泽有关。自从顺安上次讲过茶的事体，俊逸就对庆泽起下疑心。常言道，家贼难防，如果庆泽真的……

俊逸不寒而栗。

想到顺安，俊逸眼前一亮，起身下楼，见齐伯在院子里竖枪似的站着，本想叫他，见他似是在站桩，也就作罢，径直拐向后院，来到顺安门前。

夜深了，但顺安屋子里的灯依旧亮着。

俊逸敲门。

门开了，顺安探出头来，佯作吃惊："鲁叔？"

俊逸进屋，在凳子上坐下，看向顺安，笑问道："晓迪呀，介晚了，哪能没睡哩？"

"睡不着。"

"啥事体睡不着？"

"小侄想去寻鲁叔，可……这心里正在打鼓哩，鲁叔竟然来了，小侄……"

"晓迪呀，"俊逸笑笑，指着他的床沿，"坐下来，慢慢讲。"

顺安在床前坐下，头低着。

"低头做啥？你这讲讲，你寻鲁叔，为个啥事体？"

"我……是有桩事体，正在犯难哩。"

"犯啥难，你这讲讲。"

"鲁叔，"顺安做出为难状，"这桩事体，我要是讲了，是不义，可如果不讲，就是不忠。这忠和义，都是小侄所看重的，小侄我……"

"我晓得了，"俊逸笑笑，摆手止住他，"你是为庆泽进的那批货吧？"

顺安略作惊讶："鲁叔你晓得了？"

"我全晓得了。"俊逸微微点头，"我来寻你，为的正是这事体。比起义来，忠更重要。讲吧，此地没有外人。"

"要是这说，我就讲了。鲁叔，既然你全晓得，具体我就不讲了。只讲一条，这事体与洋人无关，是姓段的江摆渡一人做下的。"

"哦？"俊逸愕然，"晓迪，讲具体点。"

"洋人这批货在海上遇到风暴，进水了，洋人办过保险，这批货就当废品卖，具体交给江摆渡处理，江摆渡就把它们全都处理给咱茂记了。"

俊逸长吸一口气："你哪能晓得这些？"

"是这样，"顺安回忆道，"那天，江摆渡急见徐师兄，徐师兄没空，让我去了。姓段的江摆渡起初不相信我，盘问我半天，然后才把我领到码头上，让我验看这批货，亲口告诉我这些事体。我说，我只是跟跑，这事体定不下，得让徐师兄来。徐师兄去后，就没再让我插手。"

"江摆渡讲过价钿没？"

"讲了，说是废品处理，一折价。谁晓得后来竟然……"顺安故意顿住。

俊逸脸色阴沉，凝眉思忖良久，冲顺安笑笑，站起身，在他肩上用力一按，出门扬长而去。

顺安送到门外，看着他越走越远，隐没在墙角里，方才嘘出一口气，心道："鲁叔，我这也该睡了！"

翌日后晌，在茂升钱庄的协理室里，老潘黑沉着脸，坐在他那张已经磨损了的黑皮椅上。他面前的桌面上摆着一张汇丰银行现金支票，是庆泽退回来的。

"师父，弟子……"庆泽跪在桌子前面，一面掌嘴，一面悲泣，"弟子错了，弟子不该贪求这点儿小钱，弟子……恳求……师父了。"

"徐庆泽，你……"见这般辰光，庆泽还没意识到严重性，老潘气得手指哆嗦，不无震怒地指着那张支票，"你睁大眼睛看看，这是小钱吗？一万多块洋钿哪，徐庆泽，甭说是你个寻常跑街，纵使师父我，也得干上大半辈子！可你……竟然说是小钱！"

"师父……"庆泽自知失言，连连磕头，"弟……弟子讲错了！"

老潘摆手止住他，喘几口粗气："你……走吧，此地容不下你了。"

"师父……"庆泽泣不成声，又是几个响头，"你……你不能看着徒弟不管呀，师父，求求你了，求你对老爷说说情，弟子……弟子再也不敢了，弟子……"

"唉，"老潘长叹一声，"庆泽呀，不是我不管你，是我实在无能为力了。我教你的，你全忘记。我没教你的，你倒学得溜溜精。"说着拉开抽屉，摸出他的弟子拜帖，隔着桌子扔过去，"这个你也拿走。从今往后，我没你这个弟子，你也不许再叫我师父，我们师徒缘分，就此尽了！"

庆泽悲痛欲绝："师父……"

"去吧，徐庆泽。"老潘又是一叹，语重心长，"这几年来，听说你还捞了不少外快，鲁老爷开恩，不予追究了。你要记住这个恩，记住这次教训，寻个正当的营生做，不能再进钱庄了。你晓得的，钱庄是通着气的，这个行当，已经不容你了。"

庆泽又磕三个响头，擦擦泪水，用袖子掩住半拉子脸，悄无声息地从后门溜出。

庆泽走后，老潘双手捂脸，闷头呆坐良久，起来吩咐客堂道："叫傅晓迪来。"

顺安闻声走进。

"晓迪呀，"老潘两眼紧盯住他，"庆泽的事体你都看见了吗？"

"回禀师父，"顺安朗声应道，"弟子全都看见了。"

"你都看清爽了吗？"

"弟子看清爽了。"

"讲讲看，你都看清爽什么了？"

"牢记规矩，戒除贪念！"

"好，你今朝讲的，我记下了。"老潘伸手拿过庆泽的跑街包和一个大纸袋，"打今儿起，庆泽的位置，就由你坐。这些是庆泽留下的，你拿去吧。好好查验一下，要是缺什么少什么，再来找我！"

"师父，"顺安扑通跪下，泣道，"我……初来乍到，介重的担子，能行吗？"

"只要记住方才你亲口讲的那八个字，你就行了。"

"师父……"

"去吧。"老潘重重地叹出一声，摆手，"师父累了，这要歇会儿。"

顺安再拜道："弟子叩谢师父提拔之恩！"


麦基洋行内，麦基把一张《申报》摆在桌上，冲里查得道："The paper says that we sold spoiled cans and made people sick. How did this happen?（报上说，我们售卖变质的罐头，差点害死人命。怎么回事？）"

"It's Comprador Duan.（是段买办干的。）"里查得应道，"He sold all the spoiled cans to Maosheng and caused the trouble.（他把变质罐头卖给茂升，引出这个麻烦。）"

"I remember telling you to destroy all the spoiled cans. What have you done?（我记得告诉过你全部销毁这些罐头，而你都做了些什么呢？）"

"I'm sorry. It's my mistake. Comprador Duan asked to clear them away and I said OK. I never thought he could have done such things. I will find it out.（对不起，是我的错。段买办请求处理这些积压物，我同意了，没想到他能干出此事。我这就去查个水落石出。）"

"OK. I don't want to see this happen again.（好吧。我希望这种事情再也不要发生。）"

茂升钱庄里，顺安志得意满地坐在徐把头的位置上，一边哼着小曲儿，一边收拾徐庆泽留下的票据。

"傅把头，"客堂在外面叫道，"有个江摆渡寻你。"

顺安走出，见是大卫段，便呵呵笑着伸手迎上。

大卫段伸手握住他的手："听说你升跑街了！"

顺安喜笑颜开："是托您的福。"

"Good luck to you!"

顺安听不懂，略怔一下，压低声音："狗逮拉克吐油？请问江摆渡，这话哪能讲哩？"

"就是祝你好运！"

"谢谢，谢谢。"顺安一选声道，"狗逮拉克吐油，欧凯，欧凯，我这也狗逮拉克吐油。你这洋话真好听，密斯托段，得空一定教教我！"

"包在我身上了！"大卫段拍拍胸脯，摸出一张庄票，"我来是想麻烦你一下，请把这个拿到柜上，提现款，洋行立等用哩！"

顺安接过一看，是张一万两的茂升庄票。

"欧凯。"顺安验过无误，堆出笑，"你先在客堂候着，喝杯茶，我这就为你取去。"

顺安将大卫段安置到客堂，反身回到柜上，将一万两庄票呈上。柜上接过一看，交给银库把头。

银库把头一边拿放大镜反复审查庄票，一边头也不抬道："柜上没有介许多现银，要到库房里取。你对江摆渡讲一声，要他备辆马车。介许多现银，不好带哩。"

顺安回到客堂，大卫段迎上："这就办妥了？"

"哪能呀！"顺安一脸笑意，"柜上没有介许多现银，要到库里取，麻烦你稍稍候些辰光。再个，柜上说了，你得雇辆马车，洋钿不少哩。"

"费那个劲做啥，"大卫段回他个笑，"对柜上讲一声，折算成金条好了。"

"好咧。"

# 第20章
## 中国人有理难伸 伍挺举据理力争

麦基洋行里，麦基正在审读一份报表，里查得匆匆进来。

见他面色惨白，麦基惊问："What's the matter?（怎么了？）"

"He's gone,I mean Comprador Duan.（他不见了，江摆渡段。）"

"Gone?"麦基怔道，"Where?（不见了？去哪儿了？）"

"What's worse,（更糟糕的是，）"里查得摇头，"he took a note away, as well as a cash check from HSBC.（他带走一张庄票和一张汇丰支票。）"

"A note?（庄票？）"麦基震惊了，"A Note of Maosheng?（茂升钱庄的庄票？）"

"Yes.（嗯。）"

"How much?（多少钱？）"

"10000 liang of silver for the note of Maosheng and £200 for the check.（茂升钱庄庄票一万两白银，汇丰支票是200英镑。）"

"Where is he now?（他去哪儿了？）"麦基忽地站起，报表掉在地上，猛捶桌子，几乎是吼，"Get him! Get him at once! Take back the note! Take back the check!（找到他！立即找到他！收回庄票！收回支票！）"

"Yes.（好的。）"里查得匆匆走出。

麦基呼呼喘气，脸色铁青，跌坐在椅子上。

喘会儿粗气，麦基渐渐平静，伸手拿过电话："I'm McKim,please get

me through to the police station.（我是麦基，请接巡捕房。）"

大卫段一头撞进广肇会馆的总理室里，犹自惊魂未定，扶住门框边呼呼喘气。

马克刘打开他随身携带的箱子，看到满是黄澄澄的金条，张口结舌。

彭伟伦上前几步，亲热地拍拍他的肩："小段，干得好哇，一箭双雕！"

大卫段稳住心神："谢……谢彭叔褒奖！"

"彭叔全都安排好了。"彭伟伦从怀里掏出一张船票和一沓子美元，"马上就有一班到香港的船，这是船票，你先到香港，再由香港赴美。我在美国有家企业，你就在那儿安身。这箱金子永远是你的，暂先存放我处，待我换成美元，一分不少，全部给你汇去。记住，没有我的话，你不能回来！"

"谢谢彭叔，"大卫段点头，"我听彭叔的。"

彭伟伦看看手表："这辰光，麦基肯定报警了，不过，巡捕房不会那么快。他们要到洋行了解情况，然后再到你的住处搜查，然后才能想到封锁码头。你现在就走，万无一失。"又转对马克刘，"刘老弟，你送小段，记住，一定要送到船上。去吧，夜长梦多，彭叔不留你了！"

大卫段跪下，朝他重重地磕个头："谢彭叔安排！"

天色傍黑，茂升钱庄准备打烊，伙计正在关门时，里查得的轿车在门外戛然而止。

见门将关住，里查得钻出车门，急急朝钱庄扬手："No, no, no."

关门的伙计停下来。

里查得大步挤进只剩一条门板的大门，匆匆走向柜台。正在盘点的账房把头与伙计皆吃一惊，纷纷停下手中活计。

"请问，"里查得声音都变调了，"江摆渡段来过没？大卫段！"

"来过了！"账房应道，"你要寻他？"

里查得惊道："他做什么来了？"

"取银子，说是洋行急用。"

"什么时间？"

"没多久。这刚走。"

"No，"里查得跺脚，"你们不能让他取走银子！"

众人面面相觑。

"怎么回事？"大把头急问。

"是这样，"里查得这也冷静下来，连比画带说，"他犯错了，他是大偷，他偷走了洋行的庄票，你们不能给他支付！"

大把头与众伙计无不震惊。

里查得见事已至此，无可奈何地驱车离去。

翌日清晨，王探长赶至洋行，通知他们案犯极有可能离开上海了，他们正在全力追捕。

"I knew it.（早知道了。）"麦基不无郁闷，冷笑一声，扬手赶客，"I knew it yesterday. I never thought you could get him back. Get out. Get out of my sight!（我昨天报案时就知道了。我就没指望你们能够把人追回。滚，滚离这儿！）"

王探长听不明白，转向里查得。

里查得朝他笑笑："我们总董的意思是，谢谢你们，你们辛苦了，回去好好休息！"

王探长连连打拱，似也看出麦基脸色，扭头走去。里查得送到楼梯处，与他别过，返回麦基办公室，见他坐在大转椅后面，仍在呼呼喘气，面孔都变形了。

"What shall we do now?（下面该怎么办？）"里查得问道。

"Ooooh，"麦基匀住气，长叹一声，"the shadow of devil always follows us. The goods were soaked, and now the damned thief! You know, we have been short of money for years. What we earned in the rice trade is far from enough. 10000 liang of silver is not a big sum, but it's in the need. We need money. We need money right now!（魔鬼的影子总是跟着我们。货物浸水，这又遭遇这该死的窃贼。你知道，这几年来我们一直银根紧缺，贩米赚的那点钱远远不够。一万两银子不是大数目，但恰逢其时呀。我们需要钱，我们现在需要的正是钱哪！）"

"Yes.（是的。）"里查得计上眉头，"I think we might get the

10000 liang of silver back.（我想，我们也许可以把这一万两银子讨回来。）"

"Well, how?（哦？向哪儿讨？）"

"Maosheng Money House. It is the money house that gave that money to the damned Duan! They should have done a thorough check, at least, they should give us a message before they cash the note. It's a large sum of cash, isn't it?（茂升钱庄。是茂升钱庄把这笔钱付给该死的那个家伙。在兑现庄票之前，他们应该好好审查一下，至少说，他们应该给我们捎个信。这不是笔小数，对不？）"

"Yes,（你说得是，）"麦基眼珠子一动，"you are right. But how?（但怎么讨呢？）"

"Bring them to the Mixed Court. They have never won a single case since the court was founded.（向会审公廨起诉他们。自公廨成立以来，他们从未赢过一场官司。）"

"OK.（好吧。）"麦基重重点头，"You go and get our lawyer.（你联系律师。）"


会审公廨一张传票，将茂升钱庄上上下下全搞蒙了。

俊逸两眼如炬地盯视会审公廨的传票。

大把头将兑付过的庄票并排儿摆在桌上，指着其中一张："老爷，这就是那张庄票，是我们茂升开出的。认票不认人是多年来的老规矩，洋人起诉我们，完全不合情理！"

"是哩。"老潘接道，"如果我们不认庄票，以后谁还敢收我们的庄票？"

俊逸眉头拧成一个疙瘩，两眼紧盯在庄票和公廨的传票上。

房间里空气凝结。

"唉，"俊逸终于发出一声长叹，"理是理，但要分个地方。要是在我们地界上，就由我们去说。问题是在会审公廨，那是洋人的地盘，不认我们这个理呀！"

"那也得有个解说，"大把头辩道，"会审公廨里也有我们的谳员，可以让他通融通融。洋人有的是钱，不会在乎这点儿。"

"问题不在钱上，"老潘点中要害，"在这庄票上。如果我们认罚，以后再与洋行做生意，还开不开庄票呢？"

"不瞒二位，"俊逸点头，"我忧心的正是这个。一万两银子，我赔得起。规矩坏了，我赔不起呀。"

"老爷，这……"大把头哭丧着脸，"这该哪能个办呢？"

俊逸眉头拧起，良久，摆手道："你们去吧，让我好好想想。"

二人出去，俊逸在椅子里硬着头皮坐了一会儿，起身出门，径直走到钱庄大门，没叫马车，而是闷头沿大街漫步。

顺安小跑着追前几步，小声叫道："鲁叔！"

俊逸顿住步子。

"鲁叔，我……"

俊逸看他一眼："有事体吗？"

"鲁叔，都怪我……一切都是我的错。"

"哦？"俊逸以为又出什么事体了，盯住他问，"啥事体错了？"

"那张庄票。"顺安嗫嚅道，"江摆渡段寻到我，是我把庄票送到柜上，又把钱交给姓段的。我后悔死了。第一次做事体，就捅出介大娄子，我……我给鲁叔丢脸了！"

"呵呵呵，"见是这事，俊逸笑出几声，拍拍他的脑袋道，"晓迪呀，这不关你的事体。放心吧，没有人责怪你！"

"鲁叔，我……"

"做你的跑街去。眼下生意不好，你多努力。鲁叔指靠你哩！"

"鲁叔放心，"顺安哽咽了，"小侄……一定努力！"


"哈哈哈，彭哥，"马克刘喜不自禁，"好事体不来不说，一来就是接二连三哪。"

彭伟伦嘴巴没张，眼睛却在斜睨他，半是质询。

"麦基洋行向会审公廨起诉茂升钱庄了！"

彭伟伦没有应声，手指却有节奏地敲起几案，鼻子里轻轻哼起一曲广东民谣。

"彭哥，"马克刘愈加兴奋，"您这一箭不是双雕了，是三雕呀。"

彭伟伦停住哼曲，一手继续敲着，另一手端起一杯茶水，轻啜一口，放下。

"彭哥，你这曲儿还没哼完呢！"

"呵呵呵，"彭伟伦微微一笑，"是该接着哼了。你安排一下，到报馆里寻几个有正义感的记者，让他们好好编排编排。洋人无理反成原告，中国人有理无处申诉，唉，"故意摇头，"要多憋屈就有多憋屈嗬！"又提高声音，慷慨激昂，"这就是中国，这就是中国人哪！呜呼哀哉，Chinese（中国人）！"

"彭哥，"马克刘竖起大拇指道，"真有您的！老弟服了！"

茂升钱庄外面的大街上，几个报童竞相叫卖："看报，看报，生意伙伴变成冤家对头，麦基洋行监守自盗，会审公廨状告茂升钱庄，无理反而胜诉。茂升钱庄认票不认人，有理反而败诉，白赔洋人白银一万两哟……"

一辆马车停下，俊逸跳下车，听到声音，掏钱买了几份报纸，掖在胳肢窝里，大步走上台阶，走进经理室，将几份报纸浏览一遍，凝眉良久，召来老潘，要他通知茂记所有掌柜速到钱庄议事。

一个时辰后，八大把头与十几个掌柜陆续赶到，齐伯也破天荒地出现在议事厅，但没有坐，如往常一样站在门口。

鲁俊逸最后一个走进来，手里拿着一摞报纸。

议事厅里鸦雀无声。

俊逸走到主位坐下，声音低沉，扬起一张判决书，开门见山道："就在昨日，租界会审公廨判决茂升钱庄赔付麦基洋行一万两规银，一个月内付清。我鲁俊逸认罚，因为我并不想多生事体。然而，不生事体，事体照样寻上门来。"

鲁俊逸放下判决书，扬起手中报纸。

所有目光都盯在这些报纸上。有几人面前也摆着同样的报纸。

"诸位，"俊逸将报纸扬起，抖了抖，"想必你们都看过这些报纸了。事体既然曝光，就不单是我们一家的事体了。如果我们认赔，不仅是我鲁俊逸面上无光，茂升钱庄大门上的那块匾牌，也将无法硬朗起来。如果我们不认赔，我们的对手是洋行，判决这起凯思（case，案子）的是会审公廨。在这样的地方，与这样的对手对阵，我们根本没有胜机！"

众人面面相觑。

"不瞒诸位，"俊逸脸色严峻，"我鲁俊逸自经商以来，遇到过不知多少难过的坎儿，可哪一个也没有这一个难过。我有三个晚上不曾合眼了，左思右想，始终未得摆脱之方。今儿召请诸位，也算是集思广益，共同开个处方。成也好，败也好，是大家的主意。"

没有谁说话，场上掉根针都能听见。

顺安左右看看，见谁也不说话，牙一咬，朝众人抱拳一圈："诸位同仁，鲁老爷把话说到这儿，我就先说两句。我虽然是新任跑街，但与诸位相比，却算是与麦基洋行交往最多的人了。我把我所晓得的事体讲予诸位，算作抛砖引玉。"

众人皆看过来，纷纷点头。

"诸位同仁，"顺安又是一拱手，"我多次去过麦基洋行，晓得这个洋行很有实力，不会在乎一万两银子。我听密斯托里查得说，单是上次与我们合作的那笔大米生意，他们就赚下不少洋钿。我私底下问过江摆渡，他悄悄告诉我，说是除去运费及其他成本，每石净赚五块呢。"见众人面面相觑，皆现惊诧，也顿一下，以便把握节奏，"江摆渡还说，如果不是跟我们有合同，他们能赚七块呢。我说出这个，没有别的意思，只是想说明一点，他们有钱。他们那么有钱，仍然与我们打官司，说明这场官司不在钱上，想必是另有原因。"

顺安此话，自是弦外有音。众人先是面面相觑，继而一齐盯向他，欲听下文，顺安却不再说话了。

沉默有顷，大把头终是憋不住："晓迪，这原因你晓得不？"

"我也猜不透，"顺安显然等的就是这一问，"我在想，他们会不会是生我们的气了，故意报复我们？"

"晓迪，"老潘接腔，"这个你要讲讲清爽了。我们既没招惹他们，也没亏欠他们，他们能生我们什么气呢？"

"这……"顺安的眼角斜向坐在他正对面的挺举，"我是不好多讲的。我只是在想，洋人如果是生气，就一定有原因。"

顺安这一斜眼，众人显然看得明白。

所有目光无不射向挺举。

"晓迪，"大把头恍然有悟，目光从挺举转回顺安，"照你这讲，难道是因为合同的事体？"

"袁师兄，"顺安抱拳应道，"我没有这样讲啊！"

"是哩！"杂货店申掌柜一拍面前桌面，"定是因为那份合同了！"

"快说说，"布店掌柜应声附和，"那份合同怎么了？"

"按照合同，"杂货店申掌柜应道，"洋人一石就得少赚两块，六万石就是十二万块。洋人少赚十二万块洋钿，自然会怨恨我们，借此机会出口恶气！"

众人尽皆大悟。许多掌柜本来就对挺举因大米出风头早有忌恨，此时无不落井下石，纷纷点头。

布店掌柜故意问道："我想知道，这份合同是啥人签的？"

众人再次把目光射向挺举。

挺举闭上眼去。

"诸位，"俊逸见顺安把火引到挺举身上，极是不满，白他一眼，重重咳嗽一声，"大米合同是我签的，与他人无关，大家也不要曲解晓迪的意思。售米与此番赔款是两桩事体，风马牛互不相及。反过来说，恰恰是通过售米事体，麦基洋行才肯把生意由善义源转至我们钱庄。我希望大家牢记这点，不要妄自猜度。"

"对对对，"顺安急切表白，"鲁叔……鲁老爷讲得是。我只是觉得，洋人也许是生气了，至于他们为何生气，我实在不晓得，这几日一直在琢磨因由哩。"

"鲁叔，"挺举睁开眼来，目不斜视，直盯鲁俊逸，将顺安岔开的话题重拉回来，"我想问一下，按照公廨程序，这次判决是否就成定案了？"

"这倒没有。"俊逸应道，"我问过了，如果不服判决，我们可在七日之内申请复议。复议之后再经判决，才是最终定判。"

"诸位同仁，"挺举环视众人，声音不高，但一字一顿，一副毋庸置疑的语气，"我的建议是，申请复议！"

所有目光望向鲁俊逸。

凡在上海滩历过事的人无不晓得，向会审公廨申请复议、推翻洋人判决几乎等同于徒劳。在众人眼里，挺举此时提请复议，显然是为摆脱窘境。

然而，挺举的提议也无可辩驳，因为他们此来不是要争论长短是非，而是要磋商解决方案。挺举的方案虽说于事无补，却也是将死马当活马医，不定能医出个名堂呢。再说，此时此刻，真还没有比之更有力或更有利的建议。

冷场有顷，俊逸高声问道："哪个还有高招？"见没人应腔，摆手，"散会。"

众人散场，俊逸留下老潘、大把头、顺安和挺举，带他们进经理室，叹道："唉，反正也是无路可走了，我决定，听从挺举，申请复议，你们还有什么要讲？"

"老爷，"老潘苦笑一声，"申请的事体，我没啥意见。无论如何，我们茂记总得做出个样子，是不？"

"潘叔，"挺举神态庄重，"我们不是做出样子，我们是必须打赢这场官司！"

此言一出，莫说是老潘、大把头、顺安三人，即使是俊逸也是一震，不由自主地看向站在门口的齐伯。

齐伯不动声色，仍如竖枪一般。

"鲁叔，"见挺举有意与老潘打擂台，顺安赶忙圆场，"小侄觉得，挺举阿哥方才所言，是针对外人的，并非一定要打赢官司。阿哥的意思，其实与师父所讲是八九不离十。"又看向挺举，"阿哥，我们这场官司，是给外人做个样子，让他们看看，我们努力了，我们没犯软蛋。至于公廨哪能个判法，我们也没办法，是不？甭讲是我们了，就连朝廷也拿洋人没办法，是这理不？"

"鲁叔，潘叔，"挺举没睬顺安，顾自看向俊逸和老潘，"我对会审公廨不太了解，这想问一下，公廨里都有啥人？作判决的又是啥人？他们是哪能个判决的？"

鲁俊逸看向老潘。前几日听审，是老潘代表茂记去的。

"是这样，"老潘解释道，"会审公廨有会审主官一人，副官六人，设有秘书处、华洋刑事科、华务民事科、洋务科和案卷室。其中，会审主官是洋人，副官中，有四人是洋人，两人是华人。我们的案子非刑事案，划归洋务科审理。也就是说，全部由洋人审理！"

"这……"挺举略怔一下，"复议也是洋务科审理吗？"

"这个我就不晓得了。我对公廨原本一无所知，只是因为这档子事体，才晓得一点儿。听说涉洋案件，很少有提请复议的。"

"我打探过了，"俊逸接过话头，"涉华案件如果申请复议，就须由陪审官出面裁决。陪审官为二人，一是外国领事，二是中方谳员。中方谳员由道台任命，专司华人案件。如果涉洋，就须外国领事参与会审。"

"中方谳员是谁？"

"叫沈先农，是道光举人，在公廨尽职二十多年了。"

"人品如何？"

"吃不准他，听说是个老油条，早年去英国习过洋人法律，甚通洋务，就为官来说，他比袁道台资历还老，照理说早该提升了，可他这个谳员位置，没人能代，洋人也离不开他。"

挺举闷头思考一时，抬头说道："鲁叔，如果你放心，我愿去拜见一下沈谳员，向他提请复议！"

"我也是这意思。"俊逸点头应道，"提请复议，必须经过沈谳员。你们去比我去合适，我去了，就没个回旋了。"转向老潘，"老潘，你带挺举去，成不？"

"这……"老潘苦笑一声，"我见过沈谳员，觉得这人不太好说话，脾气也怪，跟他话不投机哩。"

"鲁叔，"挺举看下顺安，"我和晓迪一道去吧。涉及洋行，晓迪熟悉。"

看到师父不想蹚这池子浑水，挺举却硬要扯上他，顺安大是不满，却又不能讲什么，咳嗽一声，在下面踢他一脚。

"也好，"俊逸转向顺安，"晓迪，你辛苦一趟。"

"我……"顺安被逼到墙角了，只得点头，"欧凯，小侄听鲁叔的！"略顿一下，"鲁叔，你介了解沈谳员，他这人可有嗜好？"

"听说是个戏迷。"

顺安挠挠头皮，吧嗒一下嘴皮子。

"正好哩，"挺举顺口笑道，"见谳员了，你就给他唱一出！"

"阿……阿哥！"顺安正在生挺举的气，以为他这是在故意揭他老底，满脸潮红，跺脚道，"啥人会唱戏了？你……你哪能乱讲哩？"

"好好好，"挺举意识到了，赶忙纠正，"是我讲错了。走吧，我们这就去，免得他去……"本要说出"看戏"二字，急又憋住。

俊逸自是不晓得原委，交代几句细节，又从柜中取出一个礼盒，递给顺安道："晓迪，你把这个拿上。这是上好的长白山老参，值五十两银子。"抬腕看下时间，见时已过午，"快去吧，上海的戏多在后晌开场，看戏前他的心情最好！"

挺举、顺安不敢耽搁，出门叫了两辆黄包车，一路小跑地赶赴会审公廨。

会审公廨位于北浙江路段（今浙江北路），是很大一片府院。二人在路口下车，打听到沈谳员的宅第不在公廨，而在一个街区之外的另一块街区，遂一前一后，沿北浙江路大步流星地急赶过去。

步行也就一刻钟。

眼见走到北浙江路口，路上一直阴沉着脸的顺安陡然住步，冷不丁说道："阿哥，我必须对你讲个事体。"

"讲吧。"

"是三个事体。"

"欧凯。"见他脸色阴沉，表情严肃，挺举觉得奇怪，笑一下，学他的洋腔缓和气氛。

"第一个，从今往后，你不能当着我的面再在别人跟前提到戏字。"

"欧凯。"

"第二个，从今往后，你不能啥事体都要扯上我，如果一定要扯，得事先和我商量一下。"

"欧凯。"

"这第三个，是我须得向你解释的。方才议事辰光，我讲的那些话，不是有意针对你的，你甭误解。"

"哦？"挺举盯住他，半笑不笑道，"你都讲到什么话了？"

"就是……"顺安脸上一涨，"你晓得的，你全都晓得的！我发誓，我不是那意思。我的意思，全让鲁叔讲清爽了！"

挺举扑哧笑了。

"阿哥？"

"啥辰光了，看你还在扯些什么。"挺举指指前面，"沈谳员家这就到了，你该去琢磨哪能个说辞才是！"

"这……"顺安怔了，"是阿哥要来，是阿哥硬拉我来，哪能要我琢磨说辞哩？"

"你呀，"挺举指点他的鼻子，"我是在替你圆场，替你跑腿，晓得不？我是谷行掌柜，你是钱庄跑街。眼下出事体的不是谷行，是钱庄，出的又是涉洋事务，负责联络洋行的又是你，这事体与你哪能脱得了干系呢？"

"这……"顺安语塞了。

"阿弟，此地不是谷行，不是卖米，钱庄的事体我是外行，只有你懂，见沈谳员，自然是你打头阵。我来，不过是陪陪你，为你壮个胆！"

"可……是你在鲁叔跟前夸下大话的！"

"鲁叔为这事体几天几夜没睡好觉，大家谁也拿不出好主意，你讲讲看，我不这般讲，你能拿出好办法吗？"

顺安咂巴几下嘴皮子，又闭上了。

二人又走几步，顺安紧赶上来，赔个笑道："阿哥你讲，见到谳员大人，我该哪能讲哩？"

"嘿，"挺举斜他一眼，"你这嘴巴不是一向抹过蜜吗，该讲什么哪能让我来教哩？快走吧，免得谳员大人去看戏了。"

沈宅非私宅，是道台府专为中方廨员盖的官邸，一溜儿五座，数沈谳员的最大，前后三进院子。

二人按响门铃，一个丫鬟开门，瞄他们一眼，见顺安手提一个大礼盒子，便笑逐颜开，问明因由，禀过主人，引二人直入客堂。

二人来得恰到好处，沈谳员已经换好服饰，心情果然不错，嘴里哼着曲儿，似乎是在等候接他去看戏的马车。

顺安在前，脸上堆笑，深鞠一躬道："晚辈傅晓迪见过沈谳员大人！"

"傅晓迪？"沈谳员朝他点下头，目光落在他身后的挺举身上。

"晚辈伍挺举见过沈谳员大人！"挺举也鞠一躬。

"二位是……"沈谳员上下打量他们一阵儿，欲言又止。

"回禀大人，"顺安又是一躬，"我们是茂升钱庄的，此来冒昧求见大人，大人能够拨冗召见，我俩感谢不尽。"说着双手呈上参盒，"这盒长白山老参是我家鲁老爷特意奉送大人的，些微薄礼，难成敬意，望大人笑纳！"

沈谳员略一拱手："谢谢你家老爷了。"接过礼盒，审也没审，放在身后几案上，指指凳子，"二位请坐。阿凤，上茶！"

引他们进来的丫鬟早已端上两杯茶水，摆好，退下。

顺安、挺举于客位坐定。

"你二人来，可为那起讼案？"沈谳员笑眯眯地看向二人。

"是。"顺安拱手应道。

"不是已经结案了吗？"

"是哩。"顺安赔笑道，"只是我家老爷对此判决有不同看法，让我二人前来求告大人，看看能否申请复议！"

"哦。"沈谳员点下头，"复议的事体，照程序是可以的。判决后七日之内，涉案双方均有申请复议的权利！"

"沈大人，"顺安又是一笑，"我二人来，不仅仅是为复议的事体，是另有事体相求。这宗案子牵涉面较大，我家老爷不方便亲自登门。不过，我家老爷特意吩咐我俩，要我俩恳请大人务必斡旋，与洋人领事交涉，看看能否改判。无论成与不成，我家老爷都有厚报！"

"唉，"沈谳员长叹一声，摆手道，"厚报也好，薄报也罢，于老朽都是奢求。你二人可以回禀你家老爷，我只能为你们申请复议，至于改判之事，也让他不可奢求。"说着以杯盖拂茶，歪头看向二人，"二位还有其他事体吗？"

拂茶意在赶客，顺安下意识地看向挺举。

"沈大人，"挺举拱手道，"晚辈有事体请教！"

沈谳员按住杯盖："请讲。"

"既然是复议，也就存在改判的可能。大人为何不让我们有此奢求？"

"呵呵呵，"沈谳员有点惊讶，盯他一阵，半是苦笑道，"你好像是刚来上海的吧？"

"这有关系吗？"

"这么讲吧。"沈谳员直盯挺举，晃着头道，"老朽进公廨已有二十余载，由书记做到谳员，亲手办理讼案逾千起，但凡涉及华、洋，华人未曾有过一起胜讼，也少有人申请复议，即使申请，也从未发生过改判先例。"

"大人是说，公廨不是讲理之处？"

"唉，"沈谳员又是一叹，有点不耐烦了，皱眉道，"哪能对你讲哩？公廨是个可以讲理之处，但它是为洋人讲理的，听清爽没？"说着将杯盖合上，站起来，"若无他事，老朽这要听戏去了！"

"大人且慢，"挺举伸手拦住，"晚辈还有一问！"

沈谳员长吸一口气，复又坐下，脸色明显不悦："讲吧。"

"请问大人，何为谳员？"

"这……"沈谳员勃然震怒，忽身站起，"这跟你有关系吗？"

"有关系。"挺举稳稳坐定，振振有词，"大人息怒，请听晚辈一言。据晚辈所知，谳员是受道台委派，在会审公廨与洋人法官共同审理华、洋讼案的朝廷命官。洋人法官自为洋人谋事，作为华方谳员，如果永远只是陪坐，沈大人一坐二十余年，心里甘吗？坐得定吗？"

"你……你……"沈谳员手指发颤，指向挺举，气结。

顺安脸色煞白，急扯挺举。

"大人息怒，"挺举根本不睬顺安，"晚辈是在为大人着想。茂升钱庄可以损失一万两银子，可大人您呢？大人自称老朽，再过三年、五年，抑或八年、十年，大人必将离开公廨，告老还乡。那辰光，大人儿孙满堂，倘或哪个不晓事体的孙子、孙女闲问大人，老阿公，听说你是上海滩的大法官，专审洋人，为我们中国人主持公道。老阿公你讲讲看，你是哪能个审判洋人、为我们中国人主持公道哩？请问大人作何回答？"

沈谳员一屁股跌回座上，额头汗出。

"大人请看，"挺举从袋中摸出一张报纸，"麦基洋行讼茂升钱庄一案，已不再是寻常讼案，它已上升为公众事件。认票不认人是钱庄恒久的规矩，洋人与钱庄做生意几十年了，早已晓得。麦基洋行监守自盗，不讲公理在先，却又自恃强权，起诉茂升，这是典型的蔑视公理，仗势欺人。公廨既然是讲公理之处，大人作为会审公廨的唯一中方谳员，与洋人公使平起平坐，将此讼案如何复议，沪上会有多少双眼睛在盯着呢？"

沈谳员掏出丝绢，不停擦汗。

"沈大人，"挺举起身，深深鞠躬，"晚辈年幼无知，言语冒犯，望大人海涵。晚辈只是想说，洋人是人，华人也是人。洋人不把我们华人当人看，我们华人却不能自我作践，自己不把自己当人看哪！"

"先生尊姓大名？"沈谳员又擦一把汗，盯住他问。

"晚辈伍挺举，不敢在大人面前称尊！"

"伍先生，"沈谳员缓缓起身，向挺举深鞠一躬，拱手道，"我沈先农谢谢你了，你为我上一大课，谢谢你了！"

"晚辈告辞！"挺举鞠躬回礼，与顺安一道，扬长而去。

一出沈谳员大门，顺安就发作了，手指挺举，气得说不出话来："伍挺举，你……你畅快哩！你激昂慷慨，你代表正义，你……"

挺举没有睬他，顾自闷头往前走去。

"听清爽没，"顺安追上几步，一边走，一边数落，"沈大人是哪能讲的？"学沈的语调，"'我沈先农谢谢你了，你为我上这一大课，谢谢你了！'我问你，这话哪能解哩？沈大人是六品谳员，比县太爷还大一级，你算老几，敢给沈大人上课？我费尽心思，这又搭上鲁叔一盒长白山上好人参，五十两银子，让你全搞砸了！"说着重重摇头，长叹一声，"唉，我的好阿哥呀，你叫我……这回去了，哪能个对鲁叔交代哩？"


然而，最终的判决却大出顺安所料。

一周之后，会审公廨宣判，洋人陪审官（英国领事）亲自宣布最终判决，呜里哇啦一阵，沈谳员方才起身，念判决书的中文版："……麦基洋行内部职员监守自盗，过失在先；茂升钱庄在支付巨额庄票之前未能及时通报洋行，过失在后。有鉴于此，经过复议，议定涉案双方各自承担涉案金额之半数，茂升钱庄当于判决之日起三十日内，偿还麦基洋行失银五千两。此判。"

由于媒体的传扬，上海各界都在关注此判，到场的各家报刊记者有数十人之多。

沈谳员念完判决，在场华人无不惊喜交集，起立鼓掌。早已扎好架势的各路记者更是纷纷记录、拍照，灯光闪烁。

判决宣读完毕，麦基微笑起身，在照相机及记者的围堵之下落落大方地走到俊逸跟前，伸出手道："Congratulations to you, Mr. Lu! A law suit is a law suit, business is business. You are still my business partner."

麦基讲得太快，鲁俊逸没有听懂，看向里查得。

里查得翻译道："鲁先生，祝贺你。讼案是讼案，生意是生意。你仍旧是我的合作伙伴。"

"欧凯，欧凯，"俊逸双手握住麦基，呵呵笑道，"也祝贺你了！我很乐意与你做生意！"

洋人纷纷散去，沈谳员迟疑一下，缓步走到挺举跟前，拱手道："非常遗憾，伍先生，但我已经尽力了！"

伍挺举鞠一大躬："晚辈晓得，谢大人了！"

鲁俊逸正要抽身过来，感谢沈谳员，谳员却视而不见，拖着沉重的步子，一步一晃地缓缓走出公廨。

望着沈谳员的背影，顺安大怔。让他有所不解的是，为什么伍挺举那样子骂他，那样子待他，沈老头子非但不记恨，反而对他恭敬有加？

此番复议，会审公廨改判洋行失理在先，算是破天荒了。第二日，上海多家媒体都在报道此事，《申报》更在头版显要位置刊载鲁俊逸与麦基经理握手言和的巨幅照片，一时间，茂记大战洋行，打成平手，上海滩华界为之震动。

看到铺天盖地的溢美之词，茂记上下无不兴奋，鲁俊逸更是荣光无限，心情大好。是日中午，俊逸特别在南京路的一家豪华中式饭店里置下酒宴答谢沈谳员，使顺安去请，却被谳员婉言谢绝。

然而，饭局已定，俊逸不便撤销，于是一不做，二不休，干脆将茂记八大把头及所有掌柜全部请到，欢庆这一巨大胜利。

宴席上，杯盘狼藉。

挺举却一杯未喝，坐在一侧默不作声。

挺举申请复议成功，既出老潘意外，也让他内中五味杂陈，略略一想，决定移花接木，将这份功劳揽到弟子顺安身上，便冲顺安举酒贺道："晓迪呀，师父万没想到你介有能耐，竟然连铁案也翻得动，讨回五千两银子不说，也为我们茂记打出名声来了。我都看了，报纸上沸沸扬扬，全都在张扬这事体哩，尤其是那张大照片，嘿，老爷与洋大人膀子挨膀子，手还握在一起，神气着哩。这报上讲，洋人与中国人打官司，双方战成平手，这在会审公廨是破天荒哩。来来来，你算是为师父争脸了，师父敬你一杯！"

顺安就坡下驴，举酒应道："师父褒奖，弟子愧不敢当！此番复议成功，全在鲁叔洪福齐天，师父教导有方，弟子不敢居功！"

众把头、掌柜见老潘这么说，也都以为是顺安的功劳，纷纷向他敬酒，独把挺举晾在一边。

俊逸看不过去了，亲手为挺举斟一杯，递给他道："挺举，来，鲁叔敬你一杯！"

"鲁叔，"挺举推开酒杯，"这杯酒我不能喝！"

"哦？"俊逸惊愕了，"为什么？"

"因为它的味道太苦了。"挺举缓缓起身，向众位抱拳，"鲁叔，潘叔，还有诸位同仁，你们喝吧，我有点不大舒服，先走一步。"言讫，大步出门。


挺举回到茂平，心里像是堵着什么，越坐越闷，干脆起身出门，沿大街信步走去，几乎是本能地来到清虚观里。

道人似是早已候着他，见他闷头进来，也不招呼，顾自拿了几炷香，跟在后面。

"道爷，"挺举觉出来，顿住步子，对他苦笑一下，"今朝不进香了，随便转转。"

道人点点头，放下香，返回门房。

挺举信步走到三清殿，见门前既无看相长者，也无阿弥公，略觉失望。

挺举迟疑一下，迈上台阶。刚跨一步，觉得背上一麻，似有一物击来。挺举打个惊怔，回头看去，什么也没有。朝地下一看，见是一粒桐子在地上蹦跶。

此处并无桐树，这样的桐子只在外面的马路上才有。挺举觉得奇怪，又看看四周，并不见异常，抬腿复上台阶，刚动一步，又是一粒桐子。这次是在脖颈上，打得较重。挺举回头再看，仍无一人，只有一粒桐子在台阶下面的地面上滚动。

挺举摸摸脖颈，索性坐在台阶上。

四周一个人也没，一片死寂。

挺举凝神苦思，不得其解，起步又朝上走，刚上一个台阶，又是一粒桐子，这次正中头顶。

挺举顿步，朗声说道："何方高人，请现身赐教！"

没有一点儿回应。

挺举摸摸头皮，极是纳闷，就试探着再往上走，两耳警惕地倾听四方。

没有桐子了。

挺举一直走到台阶的最上级，回首又看四周，见仍无动静，这才转身进殿，在三清爷的像前跪下，闭目冥想。

就在此时，他的后脑勺上又中一粒桐子。

这一次，挺举纹丝不动。

又是一粒。

挺举仍旧不动。

又一粒飞来，正中后背。许是这一次太重了，挺举情不自禁地哎哟一声，忽身跳起，见身后是两个桐子和一粒小石子，捡在手里把玩一阵儿，复转身，又跪下去。

四周静得离奇，挺举的心也跟着静下来。

静下来，就听到动静了。就在身后传来极其细微的声响时，挺举重重咳嗽一声，镇定地说："出来吧，我晓得是你了！"

外面静一阵子，一个声音飘进来："嗨，傻小子，你哪能晓得是本小姐哩？"

挺举被她的声音吓得打个哆嗦，回身见是葛荔，又惊又喜，激动地叫道："是……是你！"

"咦？"葛荔怔了，"方才你不是晓得了吗？"

"我……"挺举结巴起来，"是……小姐……"

"嗬，"葛荔恍然悟了，"原来你是蒙我的呀！嘿嘿，想着你傻哩，倒是本小姐看走眼嗬。好好好，算你赢一局。喂，本小姐问你，到此地做啥？"

"我……随便转转。"

"嘿嘿，随便转转？还想蒙我呀！告诉你，你来此地是寻人的！"

"你……哪能晓得哩？"

"我不仅晓得你寻人，且还晓得你要寻的是啥人！"

"啥人？"

"你来是寻那个看相的老阿公，对不？"

"是哩。"

"讲吧，你寻那个老阿公，可是有卦要占？"

"是哩。"

"跟我走吧。"葛荔不再多话，扭头走下台阶，"那个老阿公正在候你哩！"

"候我？"挺举震惊了，紧跟几步，"前辈哪能晓得我要寻他哩？"

"嘿嘿，"葛荔回他一句，"刚说你不傻，你就又犯傻了。你也不想想，那个老阿公是靠什么吃饭的！"

挺举挠挠头皮，憨厚一笑："是哩……"

自从离开宁波，尽管挺举每时每刻都能感觉到她的存在，但真正见面，真正面对这位梦中小姐，这还是第一次，而且，是在这种场合下。

出来清虚观，葛荔大步在前，挺举在后紧跟，一边走，一边欣赏她走路的样子。走有一个多街区，二人谁也没说一句话。

葛荔拐进一条略窄的巷道，顿住步子，等他走上来，与他并肩而行，边走边歪头望着他："伍生员，咋地了？"

"不……不咋地。"挺举心里咚咚直跳。

"既然不咋地，哪能哑巴了呢？"

"你也没讲话呀。"

"我在候你话哩。"

"我……"挺举嗫嚅道，"我……其实……一直都在等你！"

"咦，你哪能讲反话哩？我走在前面，是我在等你才是！"

"不是这辰光。"

"那……"葛荔惊愕了，"啥辰光？"

"自来上海那天起。"

"哦？你等我做啥？"

"我要谢谢你！"

"为何谢我？"

"因为你把我从火神爷口中拖出来……"

"嘻嘻，"葛荔顽皮一笑，"这个倒是要谢的。要不是本小姐身手快，世界上就没你这个生员了。"说着眉头一挑，"说到这个，本小姐倒想问问你了，既然要谢，你该寻我才是，哪能这般守株待兔哩？你们读书人就是这般做事体吗？"

"我早想寻你来着，可我晓得，你不想见我！"

"咦？"葛荔来劲了，"你是哪能晓得的？"

"我总是觉得，你就在我身边！"

"嘿！你这讲讲，你是哪能觉得哩？"

"我……"见葛荔的大眼睛火辣辣地紧盯过来，挺举越发不自然了，"在……在我孤独的辰光，在我……无望的辰光，我……总是觉得身边有个人，她……就在不远处，伴着我，盯着我，我……我晓得是小姐！"

"你……"葛荔身体震颤，"哪能晓得她是……本小姐哩？"

"起初，我也吃不准，"挺举似是背书，"但那天凌晨，在谷行里，有纸头打在我背上，我见到纸头，就晓得是小姐了。"

"嘻嘻，"葛荔假作镇定，"不过是扔个纸头嘛，你哪能证明她就是本小姐呢？"

"能证明的！"挺举语气肯定，"因为我晓得，世上只有一个人会……这样子待我！"

葛荔全身又是一阵震颤，勉强稳住神，化作扑哧一笑："是哩，伍生员，你的直觉不错，是本小姐在一直盯你哩！"

"这……"挺举迟疑一下，稳住心神，"请问小姐为何一直盯我？"

"因为你欠我一笔旧账！"

"是哩，"见她这般应对，挺举倒也泰然了，"那笔旧账在下也是记着的。请问小姐，在下何时清偿为妥？"

"这个嘛。"葛荔完全恢复自然了，"就要看本小姐的心情喽！"

"在下恭候。"挺举朝她拱一拱手，"敢问小姐，你是哪能认识那位老前辈哩？"

"老前辈？"葛荔眉头又是一挑，"你讲那位看相的吧？他是本小姐的老阿公呀！"

"啊？"挺举愕然，"小姐是……"

"说你是书呆子，你甭不服气！"葛荔指着他的鼻子数落道，"介许多辰光，介大的恩情，你口口声声要寻本小姐谢恩，却连恩人的名姓都不晓得，这叫什么来着？口口声声只叫小姐，天底下的小姐多去了！"

"我……"挺举急忙拱手，"敢问小姐芳名？"

"你可以叫我葛荔，葛藤的葛，荔枝的荔。"

"葛荔？"

"原本是叫葛藟，草头下面三个田字。"

"在下晓得，"挺举顺口应道，"绵绵葛藟，在河之浒。终远兄弟，谓他人父。谓他人父，亦莫我顾……"

"咦？"葛荔怔了，"你晓得此诗？"

"这是《诗》中的一篇，取自王风。敢问小姐此名，可与此诗相关？"

"正是。"

"那……"挺举盯她一会儿，"小姐不会……是个孤儿吧？"

"咦，"葛荔愕然，"你哪能晓得本小姐是个孤儿哩？"

"此诗为流浪乞子之歌，不忍卒读。"

"为啥不忍卒读？"

"葛藟本为野葡萄，此诗喻无依无靠之乞子，就如山中的野葡萄，攀枝附岩，寄人篱下，受尽颠沛流离之苦！"

"嘻嘻，"葛荔心里一酸，回他一笑，"还好本小姐没有那么惨！"

"是哩，"挺举点头应道，"我观小姐，当是乐天达观之人，甚为羡慕哩。敢问小姐，何又易名葛荔？"

"这倒是个小故事哩。"葛荔呵呵乐道，"这名字是阿弥公起的。阿弥公姓葛，平生就爱吃野葡萄，为我取名葛蕌。在我八岁辰光，阿弥公吃野葡萄时酸坏牙了，不再喜欢野葡萄，喜欢上荔枝了，就把我这名字改了。"

"呵呵，"挺举笑了，"这倒有趣。阿弥公又是何人？"

"我还没讲完呢，你就打岔！"葛荔白他一眼，嗔怪道。

"你讲。"

"这是我的其中一个名字，你还可以叫我另一个名字。"

"啥名字？"挺举来兴致了。

"申小荔子！"

"申小荔子？"挺举不解地望着她。

"这是老阿公起的，老阿公姓申。"

"你有两个老阿公？"挺举大怔。

"是呀！"葛荔调皮地歪头看向他，"不服气是不？"

"服气。"

"服气就成。"

"这……"挺举略略一顿，半是打趣她，"在下是叫你申小荔子呢，还是叫你葛荔呢？"

"嘻嘻，"葛荔慧黠一笑，"这个嘛，你就得视情了！"

"视情？"挺举不解。

"哎呀，你哪能介笨哩！"葛荔嗔他一眼，"视情就是，见到阿弥公，你得叫葛荔，见到老阿公嘛，自然就是申小荔子了。"说着抬头一望，指向前面一处黑漆门楼，"到了！只顾与你瞎扯筋，害得我差点走过头哩。"

这是一座古宅，有些年头了，单看外观，既典雅，又气势超凡。联想到她的老阿公不过是个看相的，挺举吃一大惊，因为眼前这座宅院与他想象中的算命人的居所完全不同。

"呆鸟，"葛荔推开院门，"愣在外面做啥？没见过老宅子呀。"

"这……"挺举仍没反应过来，"这是你家？"

"咦，难道是你家不成？"

"介气派的房子！"

"再气派也赶不上你们鲁家的大宅院哪。快进来，老阿公候你来着！"

挺举走进院门，越发错愕。院子不大，但极是整洁，摆放着各种花卉、盆景，一看就晓得主人是个极雅致的人。

挺举跟在葛荔身后，脚步没停，直进中堂。

一到中堂，挺举眼前蓦然一亮。中堂上悬挂一幅字画，画在中央，画面上是个怪老头，仰天而嘘，似笑非笑，似哭非哭，似睡非睡，似醒非醒，似怒非怒，似喜非喜，表情稀奇古怪，完全不同于别家堂画。画两侧各悬一个条幅，构成一副对联，上联是"看遍天上星辰"，下联是"阅尽人间稀奇"。书法苍劲，力透纸背，与画面相得益彰，形成绝配。

挺举的眼球被这幅字画紧紧攫住了。

"嗬，"葛荔打趣他道，"到底是学问人哪，一进门就看书画。"

挺举似是没有听见，目光滞留在书画上。

"请问生员，看出名堂没？"

"镜湖双叟！"挺举脱口而出。

"什么镜湖双叟？我问你看出名堂没？"

"这书画……"挺举的两眼仍旧盯在书画上，"可是镜湖双叟所作？"

"镜湖双叟？"葛荔怔了，"啥人是镜湖双叟？"

"就是两位书画前辈，一书一画，皆是前辈大家！"

"哈哈哈哈，"葛荔大笑起来，"什么前辈大家？叟是老头，双叟就是两个老头，对不？"

"是哩。"

"要是此说，倒是应上哩。"葛荔的俏嘴巴一努，"喏，一书一画，两个老头全在这里，一个不少呢！"

挺举顺着她的嘴角望去，这才看清楚近在身边的情景：一张木榻上，盘腿坐着申老爷子和阿弥公。二人各守榻的一端，中间摆着一盘雅致的棋局，纵横棋盘上摆着几枚黑白子，显然处在开战状态。

二人各自闭目端坐，就如在大殿前一般。观表情及棋局，二人似乎不在下棋。

挺举并无别话，倒头就行拜叩大礼，礼毕方道："晚辈伍挺举叩见二位镜湖前辈。晚辈有眼不识泰山，惭愧，惭愧！"

申老爷子眼睛未睁，缓缓说道："什么镜湖呀，年轻人？"

"镜湖双叟，也就是二位老前辈啊！"

"呵呵呵，"申老爷子笑出几声，"年轻人，你何以一口认定我们就是镜湖双叟呢？"

"晚辈先父曾得双叟联璧书画一幅，风骨与此处书画一般无二，晚辈是以认定二位前辈就是镜湖双叟！"

"哦？"申老爷子略略一怔，"你先父可否告诉你，他是如何得到双叟之画的？"

"听先父讲，"挺举应道，"二十多年前，他到杭州陪同先祖父参加大比，机缘巧合，在西湖畔上救下一个醉汉，意外得到双叟之画。"

听到此处，一直没有说话的阿弥公双手合十，脱口而出："阿弥陀佛！"

听到这声阿弥陀佛，想到方才葛荔介绍的阿弥公，挺举豁然明朗，喜道："前辈可是……阿弥公？"

阿弥公双手合十，没再吱声。

"年轻人，"申老爷子敛起笑，一本正经道，"你看错了。老朽不晓得什么镜湖不镜湖的。墙上所题，是我二人涂鸦之作，聊以打发寂寞。你所说的双叟，倘若真有，怕也不在凡尘了。"

"可……"挺举怔了，"这书，这画？"

"年轻人，是你见识少了。在大上海，似我等题字作画之叟，数以百千，挂在家中自娱尚可，若是挂出去供人雅赏，可就贻笑大方喽！"

"这……"挺举有点茫然，不由自主地再次看向中堂字画。

"年轻人，"申老爷子一字一顿，"你来此地，不会是为求证镜湖双叟的吧？"

挺举这也想起此来根本，拱手道："晚辈……遭遇一事，苦思无解，特来寻访前辈，求前辈点拨！"

"遭遇何事了？"

"麦基洋行诉茂升钱庄一案。会审公廨一审判决茂升败诉，茂升申请复议，公廨改判涉案双方各自承担五千两。会审公廨自成立以来，涉及华洋讼案，华人从未胜诉。此番茂升虽未完胜，却也没有完败，钱庄上下欢喜，上海商民同庆，唯独晚辈诚惶诚恐！"

"你为何惶恐？"

"因为庄票。庄票是钱庄根本，认票不认人是钱庄规矩，洋行与钱庄在合作之始，就已知晓。洋行内部监守自盗，却将损失转嫁于钱庄，而会审公廨一味偏袒洋人，混淆是非，践踏公理，无视庄票信用。如果此案成立，庄票之神圣将不复存在，后果不堪设想。"

"哦？"申老爷子微微一笑，望着他道，"你且讲讲，有何不堪后果？"

"上海所有洋行无不通过钱庄对华商做生意，华商也通过钱庄沟通洋行。钱庄是沟通华、洋的媒介。钱庄赖以生存的根本是庄票，此判决表面上是一万块洋钿，实际是对庄票尊严的践踏。此例若开，庄票信用不复存在，钱庄业将遭灭顶之灾！"

"晓得了。"申老爷子点点头，"还可复议吗？"

"是终审判决。"

申老爷子陷入沉思。

挺举也闭上眼睛，依旧跪着。

"小荔子，"申老爷子突然出声，"拿纸笔来！"

葛荔拿来笔墨，将笔递上，送上砚台，将一张宣纸交给挺举："拿好！"

挺举双手拿纸，眼睛大睁，紧盯申老爷子的手。

申老爷子饱蘸墨汁，只见笔头晃动，却听不到笔纸摩擦所发出的嚓嚓声，纸亦丝毫未动，就好像是对空舞笔一般。

挺举正自惊愕，申老爷子已经放下笔，复又闭眼。

挺举低头再看宣纸，上面竟然渐渐现出"断臂立雪"四个大字，每一道笔画无不苍劲有力。

挺举惊得呆了，许久，喃喃道："神笔呀！若非亲见，岂能相信？"

"嘻嘻，"葛荔瞥他一眼，"伍掌柜，伍生员，字已求到了，老阿公这要下棋哩！"

挺举醒悟过来，审视四字，却是茫然无解。再看申老爷子，已然入定，根本没有再说话的意思。看那阿弥公，也是一般模样。

挺举看向葛荔："小姐，在下……"

葛荔将砚台、毛笔拿到中堂几案上，放下，拿个鸡毛掸子返回。

"还不走人呀？"葛荔扬起鸡毛掸子，"生员大人，总不能让本小姐赶客吧！"

挺举翻身站起："小姐，我……"

葛荔扬掸子逼他出门，一直赶到大门外。

"小姐，"挺举回身，拱手道，"在下愚笨，还求小姐问问前辈，指点一二！"

"什么小姐？本小姐难道没有名字吗？"葛荔劈头一顿数落，"还是大生员呢，哪能介笨哩？既然庄票不能做数，不给他们开也就是了！"话音落处，嘭地关上院门，又从里面闩牢。

# 第 21 章
## 伍挺举节外生枝 总商会协力胜诉

彭伟伦两眼落在欢呼声一片的报纸上，眉头凝结，良久，长叹一声。

"彭哥，"马克刘看得着急，咚一声将拳砸在几案上，"你不必叹气，他奶奶个熊，我就不信收拾不了他姓鲁的！真他奶奶的还低瞧他了，连这样的 case 他竟然都能翻？"

彭伟伦苦笑一声："老弟呀，彭哥并不是为这个叹气。"

"那……"马克刘急道，"彭哥是为何而叹？"

"我在想，我们会不会是搬起石头砸了自己的脚呢！"

"咦？"马克刘怔了，"彭哥何出此言？"

"善义源的大部分生意都与洋行相关，我担心的是，这个判决怕是开了个糟糕的先例！"

"彭哥，"马克刘摸摸头皮，"小弟是越听越糊涂了。"

"不瞒你讲，"彭伟伦又是一声苦笑，"昨日我到钱庄，柜上正要给洋行兑现庄票，账房问我要不要兑。我说，人家拿着庄票，哪能不兑哩，账房说，我们兑了，万一人家再把我们告到公廨呢？我一下子怔了。是啊，这场官司姓鲁的没有赢啊！"

"是哩。"马克刘这也明白过来，有点急了，"我手头还有我们庄里的不少庄票呢。如果每次兑现，柜上都要洋大人亲自出场，岂不把人烦死了？"

"唉，"彭伟伦憋会儿气，斟杯茶，推过来，"老弟，喝茶。"

夜深了。

挺举盘腿坐在床上，两眼凝视被他贴在墙上的宣纸。

纸上是申老爷子的墨宝。

"断臂立雪？"挺举自语道，"这四字讲的是禅宗二祖慧可向达摩禅师求法之事，与眼前的庄票有何关联呢？于禅学，禅理即法。于钱庄，庄票即法。一个是求法，一个是护法。二者的相同处当在法上，不同处在于，一个是求，一个是护。二祖为求法而断臂立雪，我又当如何守护这庄票的尊严呢？"

挺举微微闭目，双手合十，进入苦思。

葛荔的声音："还是大生员呢，哪能介笨哩？庄票既然不能做数，不给他们开也就是了！"

挺举睁开眼睛，再次凝视"断臂立雪"四字，自忖道："小姐说出此话，是嘲弄呢，还是指点迷津？如果是嘲弄，为何说得这般具体。如果不是嘲弄，那就是在向我解释断臂立雪。依小姐之敏灵，当可理解前辈深意。然而，若依小姐解释，终归不能成立。钱庄哪能不开庄票呢？没有庄票，钱庄哪能再叫钱庄呢？会不会是小姐不懂钱庄、不知庄票用途而随口说出的戏谑之言？嗯，有这可能。她这人没个正形，此说实难取信！"

挺举再入深思，陡然间眉头一动，两眼放光："嗯，小姐解得是。于禅学，禅理即法。于钱庄，庄票即法。为求法，二祖断臂立雪，前辈写出此字，当是要我们以此手段护法！断臂，明志也，立雪，坚毅也。前辈要我们断臂立雪，就是不给洋人出庄票。于钱庄而言，庄票之尊严即法，不给洋人出庄票，钱庄无法与洋人做生意，所受损失，当是断臂。钱庄要求洋行尊重庄票，接受钱庄规矩，洋行必定不肯向钱庄低头，双方形成僵持，当是立雪！中国人可以不与洋人做生意，但洋人总不能不与中国人做生意吧？"

想至此处，挺举内中如开一窗般豁然开朗，忽地纵身下床，开门出去，不无兴奋地敲响顺安的房门。

"阿哥？"顺安揉着睡眼，打开房门。

"想请你陪我去见鲁叔！"

"半夜三更的，啥事体呀？"

"你睡早了。这辰光才交二更。"

"见鲁叔做啥？"

"为庄票的事体。"

"庄票？"顺安吃此一怔，完全醒了，"庄票又出啥事体了？"

"没出啥事体，"挺举应道，"可我觉得，庄票的事体不能算完，我想……"

"你……"顺安不耐烦地打断他，"真是疯了！这次已是终审判决，上海滩上没有人不满意，洋人还能继续与我们做生意，钱庄里也没有人不满意！"

"我不满意呀，"挺举两手一摊，嘴角一努，"走吧，这就与我去见鲁叔！"

"不去，不去！"顺安断然拒绝，推他出门，"你个神经病，哪能这般折腾人哩？"

"阿弟，"挺举硬跨进来，拍拍他的肩头，"我这是在帮你做事哩，我把话讲在前面，你若不去，后悔药可不要吃哟！"

顺安心头一震，拉亮电灯，抬腕看下新买不久的手表，白他一眼道："你看看，什么二更？这都十二点半了，鲁叔早就睡哩！"

"哦？"挺举也是一怔，抬头看看月亮，笑了，"呵呵，没想到介晚哩。好吧，明朝我俩求见鲁叔。"

顺安胡乱应一声，关上房门睡了。

翌日晨起，为躲挺举，顺安早早起来，顾不上洗脸，背起跑街包就走。刚走几步，后面传来挺举的声音："阿弟，等下，我还没洗脸呢！"

见走不脱了，顺安只好返回，也洗把脸，与挺举一道走向前院，边走边说："阿哥，我这跟你去，是你请的，不是我乐意的。我俩先讲清爽，庄票事体我是不会帮你说话的，你也不可攀扯我！"

"晓得了！"挺举笑道，"不是我非要扯上你，是这个事体本来就是你的。"

"既然是我的事体，啥人让你操闲心了？"

"呵呵呵，"挺举又是一笑，"待会儿，你就晓得不是闲心了。"

说话间，二人已到前院，见俊逸正在院中打拳。二人候在一边，俊逸看出他们有事体，打完一套，收势，与他们走到客堂。

"鲁叔，"顺安不满地白挺举一眼，先发制人，"挺举阿哥又想生事体了！"

"生啥事体？"俊逸笑问。

"昨晚十二点多，他就寻我来见鲁叔，让我按住了。"

"啥事体？"俊逸看向挺举。

"庄票的事体！"顺安狠盯挺举一眼，"这个判决，全上海人都满意，只有我这个阿哥不满意，还想折腾！"

"哦？"俊逸也诧异了，冲挺举道，"这事体不是完结了吗？"

"鲁叔，"挺举语气果决，"这事体不是完结，而是刚刚开始！"

俊逸长吸一口气，沉思良久，不解地盯住他道："挺举？"

"鲁叔，"挺举缓缓说道，"我左思右想，这桩讼案我们不是半输半赢，而是完全输了，输惨了！在庄票事体上，我们不能让步，半步也不能让！"

"这……"

"鲁叔，在这桩讼案里，我们只是讨回了本该就是我们的五千两银子，另有本该就是我们的五千两依旧输了。不说银子，鲁叔，你晓得的，五千两也好，一万两也罢，此讼案牵涉的也根本不是银子，而是庄票！鲁叔呀，你比我更晓得，这个头不能开啊！"

"唉，"俊逸听他讲出此话，长叹一声，"晓得，晓得，鲁叔哪能不晓得哩？可我们能有什么办法？这儿是上海滩，是租界，是洋人说了算。不瞒你讲，这次我们申请复议，洋人让出一步，已是破天荒了！"

"鲁叔，"挺举两眼紧盯住他，"你可晓得，洋人为何让出这一步？"

"这还用讲，"俊逸脱口应道，"他们不占理呀！"

"是哩。"挺举侃侃言道，"洋人肯让一步，是因为他们不占理。我们能进一步，是因为我们占理。我们能进，洋人肯退，至少说明一点，洋人也是认理的，我们还是能够与洋人讲理的。"

"这这这，"俊逸摇头苦笑，"我晓得洋人讲理。可……洋人办事体是有章法的。在会审公廨，这次判决是最终判决，按照程序，我们无法申请复议了！你要鲁叔哪能办哩？去洋行对麦基讲理？去使馆向洋大使讨要公道？”

“鲁叔什么也不必做，只做一桩事体即可！”

“哦？”鲁俊逸看向他。

“从今往后，不再对麦基洋行出具任何庄票！”

“这……”俊逸震惊了，“不开庄票，我们哪能与他们做生意哩？”

“不与他们做生意！”

“唉，”俊逸苦笑一声，摇头叹道，“挺举呀，你哪能想出这个馊主意哩？你这是自断财路。与麦基的生意我们不做，就会有一百家钱庄争抢着去做。上海钱庄多去了，大家都在盯着洋行呢。别的不讲，善义源迄今仍在为失去麦基洋行的生意而耿耿于怀呢。”

“我的意思是，不是我们不做，而是我们要求上海的所有钱庄都不与洋人做生意！”

“这这这……”俊逸目瞪口呆，“这怎么可能呢？”

“有可能。”挺举显然已是胸有成竹，“我们不是有钱业公会吗？不是有商务总会吗？鲁叔既是钱业公会协理，又是商务总会总董，完全可以通过钱业公会，通过商务总会，串联所有钱庄共同抵制，以此判决为由，堂而皇之地拒绝向洋人出具任何庄票！”

“这断不可能！”俊逸又是一声苦笑，“沪上钱庄，凡是大宗生意都要指靠洋人，不给洋人开庄票，于哪一家都是割肉！谁肯自己拿刀割自己的肉呢？”

“是哩。”顺安脱口接道，“这怎么可能呢？”白挺举一眼，半是嗔怪，“阿哥，你把鲁叔看作啥人了？鲁叔深明生意之道、变通之门，哪能似你这般只认死理，得理不让人呢？”

“挺举呀，”俊逸深以为然，冲顺安点点头，朝挺举摆下手，“这桩事体就此了结，不要再盘腾了，回你的谷行做生意吧。”说着站起身，“如果没有其他事体，鲁叔这要去商会了。今朝老爷子有事体！”

“鲁叔且慢，”挺举伸手拦住，“小侄有一惑，请鲁叔解答！”

“你讲。”俊逸重又坐下。

“小侄是跟鲁叔学生意的，请问鲁叔，生意的根本是什么？”

“是信用。”

“钱庄的根本是什么？”

“是庄票。”

“庄票凭什么成为钱庄的根本？”

“这……”俊逸语塞了。

“鲁叔，”挺举不依不饶，“就我近日所知，庄票之所以成为钱庄根本，是因其拥有等同于现银的信用。认票不认人，是钱庄立业之本。生意做的是信用，人活的是尊严。庄票之所以成为庄票，在于其拥有不可动摇的信用。人之所以成为人，在于其拥有不可动摇的尊严。人失去尊严，与畜生无异。庄票失去信用，与废纸无异。这起讼案，洋人索要的不是五千两银子，而是践踏了庄票的信用。士可杀而不可辱，庄票可不开而不可任人践踏其信用！因而，这不单是鲁叔个人的事体，也不单是茂升一家钱庄的事体。这是沪上所有钱庄的共同事体！”

见挺举把事体这么上纲上线，俊逸辩也不是，不辩也不是，眉头拧成两个疙瘩。

“阿哥，”顺安出来帮腔了，“要是照你这么说，我们岂不是无法与洋人做生意了？”

“是哩。”挺举应道。

“你简直是痴人说梦！”顺安斜他一眼，“在上海滩，不与洋人做生意，这生意哪能做去？”

“顺……”挺举刚出一字，忙又改口，“晓迪，我且问你，洋人背井离乡，不远万里，来到这上海滩，为的是什么？”

“做生意赚钱呀！”

“你这讲讲，洋人都是与啥人做生意？赚啥人的钱？”

“这还用讲？”顺安一脸不屑，“中国人哪！”怕他再问，干脆把话封死，“就是我们，鲁叔，你，我……”

“鲁叔，”挺举不再睬顺安，转向俊逸，“生意是相互的，钱庄既然指靠的是洋行，洋行指靠的也必是钱庄。无论在哪个城镇，中国人都认庄票。如果所有钱庄都不对洋人开庄票，洋人就没法在中国做生意，就会寸步难行。于钱庄而言，失去洋人的生意不过是断臂，于上海滩的洋行而言，失去中国人的生意，就等于是斩首！”

挺举讲出这番道理，几乎无懈可击，莫说是俊逸，即使顺安也听傻了。

俊逸闭目良久，长吸一口气，缓缓吐出，对挺举道："试试看吧。你随我去趟商会！"又转向顺安，"晓迪，若是没有别的事体，你也去！"

商务总会，三楼总理室内，查敬轩端坐于他的大转椅里，二目微闭，似睡非睡，但眉头紧紧凝在一起，显然在做一个重大决定。

在查敬轩的一张长桌子对面，正对坐着的是俊逸。顺安与挺举则一左一右，站在俊逸两侧，宛如两个护法。

室内静得出奇，只有墙上一个西洋摆钟发出一下接一下的嘀嗒声。

时针指向十一点整。

查敬轩的一双老眼终于睁开，两道目光射向挺举，紧紧盯住他。

"查叔？"俊逸小声问询。

查敬轩似是没有听见，目光仍旧盯在挺举身上，良久，微微点头，发出一声慨叹："当真是后生可畏嗬！"

"老爷子过誉，晚辈不敢当！"挺举拱手谢道。

"呵呵呵，"查敬轩笑出几声，一脸和蔼地看向俊逸，"俊逸呀，就挺举方才讲的，你是哪能看哩？"

"我吃不准哩，"俊逸语气谦恭，半是试探，半是解释，"照理说，洋人能改判，我们不算全输，但挺举所言，亦非危言耸听。若照此判，洋人有此例在先，一旦跟风仿效，确实对庄票不利。我来求你，更非为那五千两洋钿。"

"查叔晓得。"

"查叔，您老历的事体多，想必早有定见。俊逸只听查叔！"

"唉，"查敬轩长叹一声，"俊逸呀，不瞒你讲，自从这桩事体出来，查叔一直没睡踏实，一直在关注此事。后来，这事体闹大了，我觉得不是坏事，再后来，你们申请复议，我很赞许，公廨改判，别人都在高兴，我却觉得心里有点儿堵。其实，堵在哪儿，我心里清清爽爽，关键是哪能个应对哩？"说着朝挺举竖拇指，"真是没想到呀，这么大个难题，竟让年轻人一下子解决了！好一个断臂立雪，有胆识，有魄力，切实可行啊！"略顿一会儿，老拳捏起，"俊逸呀，这事体非但可做，且也必须去做。上海钱业，不，整个江南钱业，都必须组织起来，行动起来，与洋人见个真章！"

见老爷子竟然这般激动，俊逸三人无不振奋，面面相觑。

"谢查叔了！"俊逸拱手，"有查叔鼎力，此事一定能成！"

"能不能成，"查敬轩转过话锋，"查叔却不能定呀。润丰源愿意带头，其他钱庄查叔也可通融，只有善义源那儿，原还指望你……"顿住话头，苦笑一声。

"是哩。"俊逸应道，"前番为选举之事，彭协理对我早已心存芥蒂。此番茂记与洋行闹出这场风波，他也必是幸灾乐祸。"

"广肇与四明就如泾渭之水，本就难以合流。为争这个总理位置，闹得更是僵了。查叔要做什么，姓彭的必会反对。如果姓彭的不合作，一切将成空谈！"

"是哩，他会趁机吃独食！"

"不会的！"挺举语气肯定。

"哦？"查敬轩、鲁俊逸不约而同地望着他。

"如果老爷子放心，彭协理那儿，晚辈愿去说服！"挺举请缨。

查敬轩沉思良久，朝俊逸点头道："嗯，挺举去，倒是合适！"

虽为商务总会协理，但彭伟伦一般不来会馆，除非特别通知。挺举决定一不做，二不休，立马动身前往广肇会馆。

刚出会馆大门，后面传来顺安的叫声："阿哥，等下我！"

挺举顿住步子。

"阿哥，"顺安紧赶上来，"我想求你个事体！"

"你讲。"

"我想与阿哥一道去见姓彭的，为阿哥助个威！"

"好呀，"挺举嘴巴一努，"叫两辆车去。"

在广肇会馆的总理客堂里，彭伟伦正与马克刘等几个粤商在品茶，彭伟伦的助理走进来道："茂升钱庄来人，求见老爷！"

"茂升钱庄？"彭伟伦颇是错愕，抬头问道，"是那个姓鲁的吗？"

"不是。"助理应道，"是两个年轻人，一个姓伍，一个姓傅。那姓傅的我见过一次，是茂升的跑街。"

彭伟伦看向马克刘。

"嘿！"马克刘怫然变色，"小小跑街还想求见彭哥，也不撒泡尿照照！打发他去！"

彭伟伦摆手止住："姓伍的那个，可是伍挺举？"

"正是。说是茂平谷行掌柜！"

几人面面相觑。显然，伍挺举的名字，他们都已熟悉了。

"哼，"马克刘一拍几案，"我还没去找他哩，他倒打上门来了！"起身，搓手，"彭哥，你在此地候着，看我这就修理他，给他点 color see see！（颜色看看）"

"伍挺举！"彭伟伦摆手止住他，凝眉自语，"他来此地做什么？"端茶轻啜一口，转对助理，"有请！"

挺举、顺安跟随助理进来时，众人皆已散去，厅中只剩彭伟伦与马克刘二人。

见人已进门，彭伟伦这才站起身，略略拱手："彭某有客人在，未能远迎二位，慢待了！"

挺举、顺安鞠躬还礼。挺举应道："晚辈冒昧登门，已是唐突，前辈能够屈尊召见晚辈，晚辈已是感激不尽了！"

彭伟伦率先坐下，指茶几对面的两个空座，笑道："二位请坐。"又朝两只早已摆上的空杯子里斟过茶水，"看茶！"

挺举、顺安拱手谢过，坐下。马克刘本在一边坐着，这又将他的凳子朝边上挪挪，眼中斜射出轻蔑，端起茶杯，故意喝得呷呷直响。

顺安也端一杯，学他样子，品一口，弄得呷呷直响。看他见样学样，马克刘扑哧一声笑出来，不料呛住嗓子，剧烈咳嗽，搞得顺安浑身上下不自在。

彭伟伦却无视二人，正襟危坐，只将两道目光利剑般射向挺举。

挺举凝神以对，一丝儿没有躲闪。

场中气氛在此对视中蓦然凝重。马克刘捂住嘴，拼命止住咳嗽。顺安低下头，不敢去看彭伟伦，只拿眼角紧张地看向挺举。

彭伟伦与挺举对视。

时间凝滞。

空气凝滞。

"呵呵呵，"彭伟伦率先收回目光，打破沉寂，"好一双明眸啊，清澈，有神！俗语云，眼为心之窗，足见伍先生心地坦荡啊！"

"谢前辈褒奖！"挺举这也收回目光，拱手谢道，"前辈眼中不仅有神，而且博大、精深，内涵丰富，不怒而威，令晚辈肃然而起敬畏之情！"

"哦？"彭伟伦故作惊讶，"你眼中所含的敬畏之情，彭某老眼浑浊，似乎未能看出呀！"

"情在神，不在心，所以前辈未能看出！"

"好说辞！"彭伟伦脱口而出，呵呵又是几声笑，"大才子就是大才子！伍先生，彭某认你了。方才听你自称晚辈，彭某也就倚老卖老，做你的彭叔了。"端起茶杯，"来来来，彭叔以茶代酒，敬你一杯！"

挺举亦端起茶杯："谢彭叔抬爱！"

二人碰杯，饮干。

彭伟伦再各斟一盏，抬眼望向挺举："无事不登三宝殿。贤侄此来，可有用到彭叔之处？"

"小侄此来，是为涉洋庄票一事恳求彭叔！"

听到庄票，彭伟伦情不自禁地"哦"出一声："不是已经判决了吗？茂升虽未胜诉，可也没有败诉啊。"

"茂升没有败诉，可庄票败诉了！"

这正是彭伟伦焦心之处，听闻陡然一震："请贤侄详言！"

"此案前后过程，"挺举侃侃说道，"彭叔必已知情。会审公廨虽然改判，但洋行并未败诉。因而，这场讼案只会产生一个结果，庄票尊严不再，信用不再！听闻彭叔从事钱业多年，庄票信用意味着什么，想必彭叔比小侄清楚！"

"直说吧，"彭伟伦盯住挺举，"贤侄想让彭叔做点什么呢？"

挺举一字一顿："不再向任何洋行出具庄票！"

不及彭伟伦说话，马克刘忽地站起，震几喝道："胡说！不给洋行开庄票，你让我们钱庄吃什么？"

彭伟伦摆手止住他，指他介绍道："这是我的老弟马克刘，在大英协和洋行就职。我这老弟就是这脾气，贤侄不必介意。"

挺举朝马克刘拱手道："晚辈伍挺举见过刘叔！"

听到这声刘叔，马克刘不好再耍横，拱手敷衍道："也 See you 了！"

"呵呵呵，"彭伟伦仍旧盯住挺举，"老弟方才所言甚是呀。贤侄提议虽好，可善义源上上下下几百口子都要吃饭呢。洋行生意占去业务总量逾八成，如果不给洋行开庄票，善义源就得关门！"

"是哩。"马克刘接道，"再说，茂升惹下这场官司，凭什么让我们善义源顶缸！"

"彭叔，"挺举见马克刘意气用事，没再睬他，两眼直射彭伟伦，"请听小侄一言。晚辈此来恳请彭叔，非为茂升，而为善义源！"

"此话怎讲？"

"判决已下，茂升不过赔银五千两。茂升虽小，五千两规银也是赔得起的。然而，茂升赔不起的是庄票，而庄票涉及所有钱庄。如果我们放任此案，只会产生一个结果，洋行再也不会尊重钱庄的庄票，可依据此例，对庄票为所欲为。这意味着，任何钱庄向任何洋人开出的任何庄票，都将面临被洋人起诉到会审公廨的风险。"顿住，看向彭伟伦。

彭伟伦将端起的茶杯又放下去，两眼紧盯挺举。

"照此推论，"挺举接道，"与洋行业务愈多者，此等风险也就愈多；所开庄票数额越大者，所冒风险也就越大。茂升钱庄眼下只与麦基等三家洋行有业务往来，而善义源……"顿住不说了。

挺举提出的，正是彭伟伦与马克刘几个方才所议的内容，是以马克刘不无惊愕，大张两口，眼睛眨也不眨地盯住挺举，觉得此人太不可思议了。

"呵呵呵呵，"彭伟伦端起茶杯，连饮几口，情绪舒张许多，"我说贤侄呀，彭叔实在不明白，你年纪轻轻，听说还是初出茅庐，经营谷行即震动江南米界，这搅进钱庄讼案里，竟又拥有这般见识，实令彭叔刮目相看哪！"

挺举拱手道："是彭叔过誉了。"

"请问贤侄，"彭伟伦拱手回过礼，"对你方才所言，润丰源可有说辞？"

"小侄刚从查总理处来，"挺举应道，"查总理的意思是，既然此事涉及上海商界，涉及钱业，当由钱业公会公议，商务总会议董、总董票决，方可行使。"

"请贤侄转告查总理，"彭伟伦微微点头，"伟伦同意票决！"

"谢彭叔了！"挺举起身，"彭叔，小侄告辞！"

彭伟伦也不挽留，但执意送出大门。

在大门外面，挺举住步，反身拱手道："彭叔事务繁多，不劳远送，晚辈这就告辞！"

彭伟伦看一眼顺安，对挺举道："贤侄可否借一步说话？"言讫，率先走到一侧。

挺举跟过去，顺安被孤零零地晾在马路上。

"贤侄，"彭伟伦呵呵笑道，"彭叔有一事忖度久矣，终未得解，这想亲口问问贤侄！"

"彭叔不必客气，小侄知无不言！"

"贤侄刚刚主事茂平，就以大手笔震动上海米市。纵观整个过程，贤侄举重若轻，措施得当，众口皆碑，彭叔也是叹服。但彭叔有两处不明，先说其一。贤侄为何敢以五块收米，高出米市整整一块？"

"因为它值五块。少于五块，就会伤农，来年米行就会无米可收。"

"嗯，"彭伟伦思忖一时，微微点头，"贤侄所言成理。其二是，听说洋行愿出八块统购，而贤侄仅要六块，又作何解？"

"因为此米只值六块。多于六块，小侄就会睡不安稳。"

"贤侄为何睡不安稳？是赚洋人的钱啊！"

"因为那米是运往印度赈灾的，此其一也。为商之道，在于沟通有无，便民惠业，而不在于追逐暴利。五块进，八块出，小侄以为不合商道。此其二也。"

"五块进，八块出，这才是为商之道呀！"彭伟伦对此解释显然不以为然，摇头道，"贤侄有所不知，听闻麦基在印度的售价高达每石十三块呢。"

"这是洋人的为商之道！"

"哦？"彭伟伦惊讶了，"贤侄难道是看不上洋人吗？"

"小侄不敢！"挺举腼腆一笑，"小侄只是说，洋人也是人，是人就不圆满，对不？"

"呵呵呵呵，"彭伟伦笑出几声，重重地拍在挺举肩上，"好小子，彭叔服你了！"


商务总会通知士杰去开总董会，在通知的同时，也附带讲了讨论内容。士杰不敢怠慢，急寻车康商议。近段时间，丁大人一直在北京忙活朝廷大事，无暇顾及家事，车康又不知如何应对，便扯士杰进丁府禀报如夫人。

"启禀夫人，"张士杰哈腰禀道，"明天商务总会召开总董会，议决钱业公会提请的对洋行拒开庄票的提案，士杰如何表态，请夫人明示！"

"士杰，"如夫人一边抚爱身边的两条爱犬，一边头也不抬地说，"你是何态度？"

"士杰以为，庄票乃钱业根本，公廨此判危及钱业生存，钱业公会提请拒开庄票，合情合理合法，我泰记应予支持。"

"甚好。"如夫人显然早已知情了，不假思索，"就照你的意思办去。告诉查总理，就说老爷已经晓得这事体了，坚决支持。要让他们放心，洋人若向朝廷施压，老爷自会周旋。"抬头，"还有事体吗？"

"士杰告辞。"士杰再揖一礼，率先退出。

一犬脱身过来，在车康身上磨蹭。

"呵呵呵，"车康弯下腰，将那犬抱在怀里，亲一口道，"夫人高招，此番钱业与洋人互掐脖子，无论鹿死谁手，于我泰记都是赢啊！"

"你呀，就想着泰记。"如夫人笑应道，"我这告诉你，老爷在做一桩大买卖！"

"哦？"车康应道，"敢问夫人，是何买卖？"

"伸只耳朵来。"

车康凑上耳朵，如夫人耳语。

"天哪，"车康既惊且喜，"老爷荣升邮传部大臣？太好了！"

"这还早哩。"如夫人嘘出一声，"听老爷讲，眼下只是王爷美意，待老佛爷懿旨下来，才算定案，我们暂时不可张扬。老爷有此机缘，得益于此番与英人洽谈商约及成立商务公会两桩事体。你这看到了，我们上海的商会成立之后，天津、广州、武汉、南京……全国各地商会就如雨后春笋，唰一下子全出来了，其他协会更如牛毛，朝野一片沸腾。这样一桩大好事体，朝中大臣没有不认可的，只袁世凯等少数几人面上支持，心中却是嘀咕，嫉妒老爷抢了他的风头，老爷自然也没把他放在眼里，此番我商务总会与上海钱业拧成一股绳儿向洋人开战，我已密报老爷了。老爷闻报大喜，吩咐我们支持钱业。如果能把洋人斗败，上海商务总会的名声就将响彻紫禁城，那时，老佛爷的懿旨任啥人也是挡不住的！"

"老奴明白。"


有泰记支持，上海商务总会很快就钱业公会拒开庄票的提案达成一致，通过决议，并将决议全文刊载于《申报》的显要位置。

与此同时，沪上大小钱庄，包括与沪上相关联的江浙皖等地分庄，向各个洋行，包括洋人的各家银行，发出通知，自即日起，停开庄票。

里查得拿到报纸和通知，急到麦基办公室，禀报麦基。

麦基的中文并不很好，里查得指着通告，将大意译了。

麦基将报纸推到一边，眉头凝起。

"The Chinese are mad!（中国人疯了！）"里查得愤愤不平，"It is only 5000 liang of silver, isn't it?（不就是五千两银子吗？）"

"No."麦基苦笑一声，摊开两手，"They are not mad. They know what they are fighting about!（他们没疯。他们知道他们在捍卫什么。）"

"About what?（捍卫什么？）"

"The dignity of the Note.（庄票的尊严。）"

"Dignity?（尊严？）"里查得不屑地说，"Do the Chinese know what dignity is? They are even not able to defend their own dignity. Now they are talking about the dignity of the note?（中国人知道什么叫尊严吗？他们连自身的尊严也不能捍卫，谈何庄票的尊严呢？）"

"Well,"麦基轻轻摇头，"Mayby we've gone too far.（也许是我们过分了。）"

"What shall we do? Fight them back?（我们怎么办？回击他们吗？）"

"Wait and see.（等等看。）"

本已偃旗息鼓的庄票事件,因为伍挺举一人的不满意而再次折腾起来,且动作之大,范围之广,钱业之空前齐心,商民之关注程度,媒体之推波助澜,等等,远超出前一波甚嚣尘上的讼案复议。

看到中国人突然抱团了,洋人大是震惊,工部局连开两次紧急会议应对,却也拿不出好办法。既然洋人不认庄票,中国人拒开庄票理所当然。然而,就这样服软,显然不是洋人的做派。凭借手中掌握的资源优势,工部局相信中国人不会撑久,是以决定坐以观变。

一场旷日持久的庄票战在上海滩打响了。

没有庄票,各种生意均无法结账,沪上涉洋贸易实际陷入停顿,鲁俊逸开始着力于对华商的合作。茂记的不屈不挠最终感动在沪及苏北拥有多家工厂的苏北巨商张老爷子。张老爷子是光绪年状元,因内忧外患、报国无望而辞官归乡,走上个体实业救亡之路。此番钱业的集体对抗,尤其对老爷子脾气,当即使其协理直接将一纸合同发往茂记。

"老爷,天上掉馅饼了!"老潘兴冲冲地拿着合同走进经理室,压抑着激动说道,"张老爷子将他近日出厂的一万匹棉布以低于市场批价一成的特惠价交咱茂记包销,另将旗下三分之一汇划业务移至茂升!这是合同,说是老爷子亲口交代,如果老爷认可,就直接签字!"

俊逸接过合同,喜滋滋地浏览一遍,拿出笔,签好字。

"老爷呀,"老潘由衷感叹,"我总算明白,挺举拗这一手,真还拗对了呢。"

"呵呵呵,得道多助嘛。"俊逸将合同推过去,"马上呈送张老爷子,不可有失!"

"好哩。"老潘应过,直接拐进顺安处,将合同递给他道:"晓迪,你这就到闸北,老爷吩咐,将这两份合同亲手呈交张老爷子,万不可有失!"

"好哩。"顺安将合同小心翼翼地装进跑街包,别过老潘,叫上一辆黄包车,直奔张老爷子府宅,不料老爷子不在,说是到苏州河北侧日租界内的一个会所去了。想到鲁俊逸交代他将协议亲手呈交老爷子,又想到这半日反正没啥大事体,顺安决定到日租界的会所里瞧瞧热闹。

等候半日,却没等到黄包车。见此地离日租界不算太远,顺安干脆不等了,迈开大步沿北京东路径投外白渡桥方向。

走着，走着，顺安就胡思乱想起来，也几乎是自然而然地想到了挺举。

不知怎么的，这几日来，挺举越来越让他窝心。

"伍挺举啊，伍挺举，"顺安心里冒出一连串的追问，"我怎么就捉摸不透你呢？你凭什么介倔强？你凭什么介淡定？你凭什么介有主见？你凭什么让所有人都得跟着你的调子跳大神？你又凭什么介逼人……"又走几步，摇头苦笑一声，"你搞定鲁叔，你搞定查老爷子，你这连彭伟伦也搞定了，上海滩还有啥人你搞不定呢？难道我傅晓迪只能跟在你的屁股后面做书童吗？难道你要一直骑在我的脖颈上吗？难道……"

顺安头低着，一路想着挺举，生着闷气，步子越来越沉，浑浑噩噩地踏上了外白渡桥。

外白渡桥上几乎没有行人，但两侧桥头分别斜靠着几个年轻人，时不时地指指点点，似乎在观赏桥下的景致。

顺安走过来。

靠在桥边的几个人待他走过，见附近人也不多，互望一眼，从桥两侧分头欺过来。两个在前面堵，两个在后面截。

顺安被围在桥中，却浑然不觉。

身后的两个阿飞陡然加快脚步，奔向顺安，一个大个子从身后猛撞上去。

顺安猝不及防，被撞个马趴。

就在顺安被撞蒙的当儿，另一人迅速取下挂在他脖子上的跑街包，撒腿就跑。

看到跑街包被人拿走，顺安这才完全醒了，一翻身爬起，在后狂追，声嘶力竭："抢劫呀，有人抢劫喽，快抓小偷啊！小偷抢走我的包啊！"

没追几步，迎面跑来的两个阿飞故意夹击挡道，伸脚将他绊倒。顺安再爬起来时，抢他包的小偷已经绕过桥头，跑到桥下了。

待顺安追到桥下，哪里还见一个人影？

想到跑街包里装有不少票据，尤其是那张鲁俊逸刚刚签署的合作协议，顺安的大脑里一片空白，脸上毫无血色，眼中充满绝望，身子一晃，晕倒于地。

半个时辰后，顺安脚步踉跄地走进租界的巡捕房里，见大厅里已经候着五六个受害人，个个面色焦急，在排队报案。

看到顺安，一个探员走过来，大声问道："啥事体？"

"我的包在外白渡桥上被小偷抢走了！"顺安急切应道。

"会写字吗？"

"会会会。"

"那边填去！"探员朝旁边一张条案上努下嘴，"填好排队！"

顺安走过去，见那里果然放着现成的报失表格和自来水笔，遂伏身填写，填毕，站在受害人的队伍后面，一脸焦急地等候召见。

好不容易熬到时间，一探员将他领到一个房间，接待他的是王探长。

顺安哈腰呈上自己填写的报失单，王探长接过，眯眼看一会儿，抬头问道："你是茂升钱庄的跑街？"

"是哩。"顺安点头。

"包里可有贵重物品？"

"有一些票据、一份协议，另有少许铜钿。"

"多少铜钿？"

"没……没多少。"

"我问你多少？"

"具体记不清了，大概有几块洋钿吧，临时花用的。"

"你小子，"王探长眉头微皱，斥责他道，"屁大个事体也来报案，这不是给本探长添堵吗？"又指着身后的案宗和一厚摞子报失单，"你睁眼看看，上百两银子的盗案抢劫案堆成小山，我们这都顾不过来哩！"

"探……探长，"顺安急眼了，"我包里那张协议，是签过字盖过章的，牵涉十……十万两银子啊，探长！求求你了，探长！"

"去去去，"王探长摆手道，"协议又不是钱，你……"眼睛一闭，又是一摆手，"好了，好了，本探长晓得了。你先回去候着，俟有消息，就通知你！"

"探长，"顺安扑通跪地，"你……得帮帮我呀，求求你了！"

候在外面的探员应声而入，将顺安一把扯起："走吧，走吧，后面还有人呢。"说着将他连推带搡地轰到大厅里，叫道，"下一个！"

从巡捕房出来，顺安既不敢回钱庄，也不敢回家，就沿着黄浦江堤慢慢晃荡。

"天哪，我该哪能办哩？"顺安望着江水，心急如焚。

此时此刻，他真想一头扎进这江水里去。

然而，然而……

"傅晓迪，"顺安的内心深处响起一个声音，"越是遇到大事体，你越要冷静。对，冷静。你要学伍挺举，处乱不惊，冷静，冷静，再冷静！"

沿江走有一刻钟，顺安真的渐渐冷静下来。

顺安寻到一个空地坐下，两腿盘起，微微闭目，渐渐恢复理智："是哩，这桩事体不到最后关头，万不能告诉师父，更不能告诉鲁叔。他们若是晓得，哪能看待我哩？身为跑街，连自己的跑街包也守不住，如何能做大事体？等等看，也许明天王探长就有消息了呢。再说，小偷要的是钱，那张协议于茂记举足轻重，但在小偷眼里，不过是几页废纸！"

"对了，"顺安灵光一闪，自语道，"跑街包是特制的，他人拿去没用。我何不去白渡桥附近转转，也许他们把钱拿走，把包随便扔在哪个角落了呢！还有，听说桥上时常发生劫案，想必是同一伙人干的。他们或是惯偷，既然白天敢偷，夜间岂不……是了，我且守在那儿，不定会有发现呢！"

顺安噌地跳起，沿河原路返回。

桥上并无一人。

顺安走到桥下，四处搜索，并不见扔有空包。看到附近有处死角，那里有棵大树，顺安灵机一动，噌噌爬上树去，将自己隐在茂盛的树叶里。

顺安一直候到天色黑定，方见五个黑影从顺安隐身的树下走过，径直走到桥下，不一会儿，四人绕到桥面上，一端各守二人，情景与后晌他遇劫时如出一辙。

顺安既惊且喜，心中一阵狂跳。

一个路人由南而北，眼见就要拐上桥头。

顺安紧张得心都要跳出来，着实为那人着急。

黑影踏上桥头。

大出顺安意料的是，守在桥南的人非但没有靠上去，反而向那人哈腰。那人问几句话，扬扬手，径自走上桥面，一直走到桥北，同样，桥北那人也是哈腰说话。那人走向桥面，走到桥底，守在桥下的一人也向他哈腰。二人说会儿话，朝顺安藏身的方向径直走过来。

顺安的心怦怦直跳。

那人越走越近，顺安注意到他戴着黑色礼帽，挂着一根文明棍。再近一些，借着附近窗户中透过的一缕灯光，顺安看个正着，目瞪口呆，差点儿叫出声来。原来，那人不是别个，正是后晌他见过的王探长。另一人则是后晌在桥上故意将他绊倒的那个泼皮。

王探长与那泼皮从顺安前面经过，拐向一条小巷。

顺安悄无声息地滑下树身，远远跟在后面，一直跟到一个旁边有树的院门旁边，看到王探长与那泼皮走进院子。

院门嘭地关上，传出上闩声。

顺安急走几步，贴门倾听。

里面传出一个熟悉的声音，竟然是章虎！

"师父，"章虎的声音显得有点儿惊讶，"哪能劳驾您老贵体哩？有啥事体，您老吩咐一声也就是了！"

王探长的声音："听说近日生意不错嘀！"

章虎的声音："托师父的洪福！"声音极低，"不瞒师父，这几日撞红运，捞到上千块哩。这个小包是孝敬师父您的。"

王探长的声音："呵呵呵，我就不客套了。又来新手了吗？"

章虎的声音："有师父这杆大旗撑着，还愁没人来？不瞒师父，弟子手下已经聚起二十多员精兵强将，师父指向哪儿，弟子保证打到哪儿。"

王探长的声音："好哩。师父此来，是要你干桩大事体！"

章虎的声音："请师父吩咐！"

王探长的声音低下去，顺安听不清了。又过片刻，里面传出杂乱的脚步声。顺安躲进另一家门楼，藏在阴影里。

院门开启，章虎、阿青等几人护送王探长，照原路径直走去。

"真是苍天有眼哪！"顺安嘘出一口气，各种感情杂糅在一起，"小娘×，原来是你姓章的！嘿，说到底，你也不过是这点儿能耐！"

又候一时，顺安仍旧不见章虎回来。听听四周，一丝儿声音亦无。

顺安本欲再候下去，转念又想："姓章的与王探长沆瀣一气，见不得光，此时见他也是不妥。眼下之急是跑街包，万一惹毛他了，他愣是不给，我该如何是好？也罢，我且回去，细细想个说辞，明日一早再来寻他不迟！"

顺安细看门牌，认准门牌号码及门外的这棵高树，又在左侧他隐身的那道门边拿石子画出一道记号，才转身走了。

翌日天亮，顺安置办一些礼物，整出一只大礼盒，赶到章虎的院门上，咚咚敲门。

这帮阿飞上午一般不做生意，大部分仍在睡觉。阿青起得早，在院中与一个小阿飞练功，听到声音，冲小阿飞努下嘴。

小阿飞过去开门，见顺安笑容可掬地候在门外，以为他走错门了，问道："寻啥人？"

"章哥！"顺安声音响亮。

小阿飞将他上下又是一番打量："你是啥人？"

"我是他阿弟！"顺安将手中的大礼盒扬了下。

"上海滩上章哥多了，你寻哪个？"小阿飞不认得他，观衣着不是一路人，便仔细问道。

"章虎。"

"等会儿！"小阿飞关上房门，对阿青道，"阿青哥，问清爽了，是寻大哥的，带着礼哩。"

"晓得了。"阿青也早听出是顺安的声音，反身进屋，冲仍旧躺在床上眯盹的章虎道，"阿哥，甫家那个小杂种寻你来了！"

"哦？"章虎忽地坐起，"此人终于来了嗬！他来何事，问没？"

"不晓得哩。提着礼盒！"

章虎沉思有顷，对阿青、阿黄等几个老人手道："你们几个回避一下。"又转对前面开门的那个小阿飞，"去，有请！"

顺安提着一大堆礼品跟在小阿飞后面走进堂间。

章虎揉揉眼，故作惊讶："嗬，果真是兄弟呀，没想到哩！"

顺安脸上堆笑，拱手道："阿哥呀，你让人好找嗬。"

"哦？你找我了？"

"哪能没找哩？那次到清虚观进香，没想到遇见阿哥。本想与阿哥叙个旧，却看到阿哥不太开心，只好……唉，谁晓得后来竟就寻不到了！"

"是吗？"章虎出溜下床，坐在床沿上，指着床边一个凳子，"坐吧。"上下打量他，"看你这身衣裳光鲜哩，不会嫌弃我这凳子脏吧？"

"阿哥呀，"顺安一屁股坐下，"你哪能讲出这话哩？走到天涯海角，你都是我阿哥，我都是你阿弟！阿哥让座，是抬举小弟哩。"说着双手递上礼包，"这点儿薄礼，难成敬意，还望阿哥笑纳。"

"嗬，"章虎扫一眼礼盒，"包装好精致，得花不少洋钿哩。"

"没几个钱，"顺安笑道，"不过是些补养之物，早几个月前就备下了。那次看到阿哥受伤，小弟感同身受，特意到涵春堂置办这些补品，本想让阿哥将养身体，早日康复哩，不想这拿来了，阿哥却好利索了。呵呵呵，我这成了马后炮哩。"

"兄弟有这份心思，大哥就心满意足了。看这衣冠，兄弟混得不错嗬。"

"是托阿哥的福。"

章虎斜他一眼，半是讽刺："在哪儿发财呀，阿哥这还候着兄弟提携哩！"

"小弟岂敢。"顺安赔笑道，"小弟眼下暂在茂升钱庄寄身，鲁老爷让我做跑街。这身衣裳不过是撑个门面，惹阿哥见笑了。"

"嘿嘿，"章虎愈加嘲讽了，"世事难料，人心叵测，阿哥是真正没想到嗬。当初请你去鲁家发财，你非但打退堂鼓，且又怂恿姓伍的去告密，我一直琢磨不透里面的玄机，原来是留着这一手哩！"

"阿哥误解了。"顺安又是一笑，"是伍挺举欠下鲁老爷的债务，到上海以身赎债，作为他的书童，我只好陪他顶缸来了。"

"是吗？"章虎两眼盯紧他，转过话题，"听说兄弟不姓甫了，可有这事体？"

许是没想到这一层，顺安一时呆了，待反应过来，方才意识到此问的可怕，声音微颤："阿……阿哥？"

"有啥事体，兄弟只管讲就是！"

顺安看一眼周围的一帮小阿飞："阿哥……"

"哦？"章虎会意，对周围摆摆手，"去去去，外面耍去，我与阿弟讲几句体己话！"

众阿飞尽皆出去。

"阿哥，"顺安见无外人，压低声音，"小弟来此地，一是看望阿哥，二也是……央求阿哥一桩事体！"

"兄弟甭客气，讲出来就是。"

"就是这桩事体。我……不能再叫甫顺安了，我改了名字，姓傅，名叫晓迪！"

"哦？"章虎假作惊怔，继而呵呵笑道，"这名字好哩。你这讲讲，为啥一定是姓傅？"

"我啥人都可瞒，只不能瞒阿哥。傅晓迪是挺举娘舅家的亲表弟，人早不在了。我是顶替，以防有人查证。"

"哦？"章虎倒是没有想到这一层，"这么说来，伍挺举与你是同谋了？"

"和阿哥一样，挺举也是我的阿哥，是我求他来着。阿哥，这桩事体你一定得保密。我的事体你都晓得，我更姓改名是不得已。要是鲁老爷晓得这桩事体，兄弟我就……"

"兄弟放心！"章虎走过来，拍拍他的肩，笑道，"兄弟既然把话讲到这个分上，阿哥还能有个啥说辞？阿哥不是不讲义气的人，向来都是成人之美。不过，阿哥也有桩事体，这要跟你讲明白。"

"阿哥请讲。"

"阿青，阿黄，"章虎冲外面大声叫道，"你们几个过来！"

阿青、阿黄等人皆走进来，盯住顺安，如临大敌。

章虎指着他们几个："这几个小兄弟，兄弟应该认识吧？"

顺安别过脸去："认识。"

"呵呵呵，"章虎笑出几声，"兄弟，我晓得你一直记恨街上那桩事体。这告诉你个实情，那事体不怪几位小兄弟，是大哥我一手操弄的！"

"啊？！"顺安大怔，紧盯章虎。

"不瞒你讲，"章虎解释道，"章哥相中兄弟的才气，一心欲拉兄弟入伙，可兄弟死活看不上章哥，章哥无奈，方才出此下策，委屈兄弟了！"

顺安长吸一口气，半天才又缓缓吐出。

"呵呵呵，兄弟，有啥怨怼，你就对章哥发，甭再与几位小兄弟过不去嗬！"

顺安嗫嚅道："小……小弟不敢！"

"你们听好，"章虎指着顺安，对阿青几人道，"这是我兄弟，从今往后，我这兄弟姓傅，名晓迪，与牛湾那个甫家戏班没有任何关系了！要是啥人敢在这上海滩上认错人，讲错话，坏掉我兄弟的好事体，我就割下啥人舌头，扔到黄浦江里喂鱼，你们这都听清爽没？"

众人齐应："听清爽了！"

"兄弟，来，"章虎伸出手，"从今朝开始，我们一笑泯恩仇，一起在这上海滩施展拳脚！"

顺安伸手握住："阿哥……"

"兄弟，"章虎盯住顺安，"既然我们又碰面了，这就顺便问个事体。听说伍家遭场火灾，可有此事？"

"是哩，天有不测之风云。有天晚上伍家不慎失火，伍叔为救女儿，葬身火海，家财也都烧没了。"

"伍挺举可曾与你讲过那场大火的来由？"

"水火无情，"顺安明白章虎的用意，顺口扯道，"哪一个都是天灾，还能有什么来由。不过，我倒是听到伍婶对我姆妈讲过，说一切尽是她的错，因为那年灶神节，她只顾忙活其他事体，忘了祭拜灶神，必是灶神生气了，这才让他家遭灾哩。"

"哈哈哈，"章虎笑道，"这个解法不错，伍家该遭天罚。"

"阿哥，听说……"顺安决定言入正题。

"讲。"

"听说阿哥抱到大树了，在这上海滩叱咤风云哩！"

"呵呵呵，"章虎摆摆手，"兄弟讲大了。不过，章哥倒也不瞒兄弟，再过两日，我们就要搬家哩，你赶得巧嗬。"

"哦？阿哥搬往哪儿？"

"王公馆，就是我师父家！"

"哦？"顺安佯装不知，"敢问阿哥的师父是何方高人？"

"租界巡捕房的王探长，晓得不？"

"啊？"顺安又故作一惊，"天哪，昨天我还去巡捕房求过他哩！"

"你求他？"章虎也是怔了，"啥事体？"

"嗨，"顺安摊开双手，"不提此事也罢，一提起来，小弟就生闷气。"

"讲讲，甭把兄弟这肚皮闷坏了。"

"昨日后响，我打白渡桥上过，不小心摔了一跤，待爬起来时，身上的挂包不见了。我到处寻，竟没寻到，想是让啥人捡走了。想到那儿是租界，我就赶到巡捕房里向王探长挂失，还指望啥人万一捡到，不定可以领回来呢。"

"哈哈哈哈……"章虎爆出一声长笑。

"阿哥为何发笑？"

"真正好笑哩。"章虎止住笑道，"大水冲了龙王庙，自家人不认得自家人了。阿青，去把白渡桥上捡到的包包全拿过来，让兄弟验验。"

阿青走到一处角落，拿过十几只包。

顺安指着他的跑街包："就这个了。"

"去，"章虎吩咐阿青，"将包中之物，原样放回，一个铜子儿也不可少！"

顺安验过挂包，见包中之物一丝儿没少，便拱手谢过，喜滋滋地挎包离开。

"阿哥呀，"阿青望着顺安的背影，"阿青实在想不通，你哪能……不存个记性哩？这人是中山狼呀，连娘亲老子都不认了！"

"你呀，"章虎指指他的心窝，"啥都不缺，就是缺这个！"

阿青显然没听明白，拿手挠耳朵。

"呵呵，"阿黄过来打趣道，"阿哥不会是说阿青哥缺个心吧？"

"心倒不缺，是心里头缺个眼！"章虎的嘴角努向远得有点儿模糊的顺安背影，"抱头想想，套只中山狼有啥不好？你们不是一直惦念姓鲁的吗？我们把这只狼放到姓鲁的身边，岂不胜过十万雄兵？"

阿青咋舌。

经过一番虚惊，顺安好歹讨回了于他而言至关重要的跑街包，当即马不停蹄地将合同送达张老爷子邸宅，当场拿到老爷子签好字的生效合同，很有面子地先向师父、后向鲁俊逸禀报差事，自然得到两场褒扬，将一颗悬了一个下午又一个整夜的心完全放下。

然而，刚刚放下这颗心，另一颗心却又吊起。

让这颗心吊起的是章虎。

"小娘×哩，"顺安早早躺在床上，望着天花板暗自思忖，"姓章的倒是眼毒，我这改个名字，竟就让他拿住了！此人不是挺举阿哥，这一把柄捏在他手里，又该哪能个办哩？对，从今往后，无论何事，定要离他远一些儿，免得让他随便拿捏！"

主意打定，也是累了，顺安迅速进入梦乡。

翌日晨起，顺安早早起床，刚好看到挺举也从房间走出，正要外出，就与他一道走出后院，说说道道地穿过中院走廊，走向前院大门。

就要走出大门时，身后传来齐伯的喊声："挺举——"

二人同时站住，见齐伯站在主楼客堂门外，向这边扬手："你过来一下！"

挺举转过身，迎齐伯走去。

顺安迟疑一下，鬼使神差地跟在后面。

"齐伯，啥事体？"挺举走到楼前，笑道。

"老爷让你去趟书房。"齐伯笑着伸出独臂，"楼上请。"

挺举看一下顺安，笑笑，扬下手，与齐伯走进屋里。

顺安被晾在院里，心里咯噔一响，如打翻五味瓶般不是滋味，干着脸在原地站一会儿，听到木楼梯从一楼响到二楼，方才悻悻地一步一挪，走向大门。

天气有些阴湿黏腻，鲁俊逸与挺举双双走出院子，见齐伯已召来马车，在外面守候，遂邀挺举同坐，将他一路送到谷行，方才转驶商务总会。

总董室里，几个总董各就各位，各怀心事。这是一次临时加开的总董会，所有人都知道要讨论什么，心情皆如这该死的天气一样沉闷。

"诸位总董，"坐在总理椅上的查敬轩率先打破沉闷，开门见山，语气低沉而又缓慢，"钱业拒开洋行庄票已逾两月，洋人迄今仍无回应！"

几人神情凝重，只有祝合义苦笑一声，算是个反应。

"诸位总董，"查敬轩也出一声苦笑，老眼扫过众人，"洋人宁可中止所有生意，亦不给出任何回应，发人深思。如果不出敬轩所料，洋人是在憋我们，洋人是在熬我们。沪上各大洋货店，洋品多已告罄。显然，洋人早已算明，沪人离不开洋货，我们也离不开洋货。无论是行铺、钱庄还是大街上，到处都可听到人们的抱怨声。"

几位总董纷纷点头。

"不瞒诸位，不仅是上海道，即使两江总督府，也都在询问此事，已有多人约敬轩商谈，说是我们与洋人争雄实为不智，是拿鸡蛋去碰石头，希望敬轩出面结束僵持，吁请钱业出具庄票，使百业恢复秩序。敬轩所受压力甚大，又不敢擅专，只好邀请诸位来，就庄票何去何从，拿出个公议来。"

众人互望一眼，谁也没有作声。

"诸位，"查敬轩咳嗽一声，清清嗓子，声音抬高几分，"我们这先碰碰账面。润丰源前几日盘点，听账房讲，业务直降五成。"

彭伟伦接腔，声音有点苦涩："善义源七成。"

"茂升四成。"鲁俊逸的声音。

"呵呵呵，"祝合义给出个笑，"我这里就不是成不成的事了。所有洋货全都接不上茬，尤其是五金店，基本断档，各店掌柜都在问我哪能个办哩，甚至有的店提出干脆关门打烊，因为开门也是无货可卖，反而要搭上店员工钱，我讲，门不能关，关了，我们就输了。眼下就如打擂台，双方正在僵持，啥人撑到底，啥人就是赢家。不过，也倒有个利好消息，有家洋行的买办悄悄寻到我说，洋行愿意赊账。我觉得是个好事体，但事关重大，就没应承，这也正好摆到桌面上，提请诸位拿个定见。"

"是好主意哩。"俊逸兴奋起来，"洋人肯赊账，我们就能周转了。洋人没有庄票，就周转不灵，这样就可逼死他们。"

"好倒是好，只是胜之不武。"张士杰插话。

"嗯，士杰说得是。"查敬轩连连点头，"既然摆开擂台，就要真刀实枪，不能让人瞧不起。"

众皆缄默。

"从诸位方才所报来看，善义源损失最大，这也在情理之中。"查敬轩把老眼盯向彭伟伦，"庄票一事何去何从，彭协理可有定见？"

"俊逸兄，"彭伟伦没有理睬查敬轩，却转向鲁俊逸，微微拱手，"伍挺举是你的人，伟伦甚想听听此人是何见解！"

此言一出，在场诸人尽皆震惊，尤其是查敬轩，老脸错愕。

是哩，整件事情是伍挺举挑起来的，今日之事，当该让他列席才是。

几人的目光不约而同地投向俊逸。

"查总理，诸位仁兄，"俊逸朝众人拱手道，"在下晓得会有此问，就在来此地之前，特别叫住挺举，与他商议此事。我讲了种种压力，挺举说他都看到了。我问他哪能个办哩，挺举讲了一番话。"说到这儿，深深吸入一口气，故意顿住。

俊逸旁敲侧击，又在关键地方打住，大家的胃口全让他吊起来了。

"挺举说，"见出效果了，俊逸方才将气呼出，语调缓缓的，"小侄幼读诗书，记忆深刻的一句话是，士可杀而不可辱。不可辱者，尊严也。士有尊严，庄票岂无尊严哉？洋人公然蔑视我庄票信用，亵渎我庄票尊严，而停开庄票是我们眼下唯一可用来卫护尊严的利器啊！"

众人无不深吸一口气，各个憋住。

"唉，"俊逸长叹一声，接道，"查总理，诸位总董，挺举此言，实让俊逸汗颜哪！"

"诸位总董，"查敬轩缓缓吐出一口长气，声音高亢硬朗，"敬轩提议，不必再议了，表决吧。同意继续停开庄票、与洋行决战到底的，举手！"说罢率先举手。

其余四只手不约而同地举起。


暮色降临，快要打烊辰光，一辆马车驶至，在茂升钱庄大门外停下。

此时有车马到，一般都是大客户。老潘和顺安迎出柜门，顺安眼尖，远远看到跨出马车的是沈谳员，紧前几步，上前搀住："沈大人，当心点儿！"

沈谳员下车，稳住步子，脱开顺安的手，没顾上谢，急问："鲁老板在不？"

"在在在！"顺安迭声说完，正要说话，老潘也迎上来，揖过一礼，伸手让道："沈大人，楼上请！"

老潘让到一边，请顺安在前引路，让沈谳员走在中间，自己殿后，径直来到经理室。鲁俊逸也早听到动静，迎出门外，鞠了个九十度的大躬，将沈谳员扶进客堂，亲手斟上茶水。

沈谳员没有过多客套，直奔主题："鲁先生，会审公廨于昨日重判麦基洋行状告茂升钱庄一案，原判决书作废，这是新的判决书，请鲁先生收存。"喘匀气，从怀中掏出判决书。

顺安接过，双手呈给俊逸。

俊逸细细读过，压抑住激动，拱手谢道："有劳沈大人登门，俊逸着实过意不去！这是大事体，大人只需知会一声，俊逸当上门拜访才是！"

"惭愧惭愧，"沈谳员拱手回礼，"非在下腿快，是参与此案会审的大英副使特别关照，要在下亲自登门送达此书，当面向鲁先生致以歉意！副使还说，务请鲁先生转告上海商务总会并上海钱业公会，租界工部局已经知会所有洋行和银行，庄票等同于银行支票，通行无阻，认票不认人。"

"好事体，好事体，真真是桩好事体啊！"俊逸大喜过望，连连拱手，"沈大人，介大喜事，不喝几杯不成。俊逸今晚就在寒舍聊备薄酒，诚请大人同庆，不知大人肯赏脸否？"

"好好好，"沈谳员神采飞扬，"这杯酒在下愿喝。不过，在下也有一个小小请求，就是伍挺举先生必须到场，在下要敬这个年轻人三杯！"

"呵呵呵，"俊逸笑过几声，转对顺安，"晓迪，我和老潘陪沈大人先回家里，你到茂平通知挺举，说鲁叔请他立马回家！"

顺安转身，就要出门时，俊逸又交代道："你再辛苦一趟，有请查总理、彭总董、张总董和祝总董，就说沈谳员驾到，请诸位同贺！"


这晚的鲁宅，灯火辉煌，宴厅内，高朋满座。

一张中式八仙桌上，沈谳员坐在上位，查老爷子作陪，彭伟伦坐在左侧上首，张士杰右侧上首，鲁俊逸和祝合义作陪，老潘、挺举二人坐在末席，齐伯与顺安负责上菜，顺安还兼了个斟酒的差。

酒过三巡，沈谳员从顺安手中要过酒壶，站起来，对众人道："诸位同仁，今晚这个宴席，老夫破个例，敬轩、伟伦、士杰三人，包括东家俊逸，都搁一边，老夫这要先敬一个年轻人！"话音落处，离开席位，绕过彭伟伦和士杰，一直走到挺举跟前，亲手斟酒。

"沈大人……"挺举也早站起，诚惶诚恐，忙不迭地将中指节叩在桌面上。

"挺举贤侄，"沈澉员放下酒壶，双手捧起酒杯，呈给挺举，"老夫明年就要告老了，是你在老夫告老之前，让老夫在后辈面前能够直起腰杆说话，来来来，老夫敬你三杯！"

挺举看向俊逸，见他乐呵呵地点头，只好双手接过，仰脖饮尽。

沈澉员连倒三杯，在第三杯时，自己也斟上，与挺举同饮。

有沈澉员这一示范，查老爷子自也不好怠慢，接过酒壶，以同样的礼节向挺举敬酒，而后是彭伟伦、张士杰和祝合义，只有俊逸和老潘视作自家人，没敬，拿酒壶反敬客人。

接后辰光，沈澉员颇多感慨，将挺举如何找他及他如何受到触动等一应幕后故事一一端上桌面，听得众人无不唏嘘，纷纷向挺举致敬。一桌人似乎不是庆祝胜利，而是为挺举庆功。

听着上海滩上如此重量级人物说出一堆又一堆的溢美之词，望着红光满面、前辈阿叔不离口的光鲜阿哥，顺安脸上含笑，心里却如钻了只毒虫，倒酒上菜的手也总在不经意间颤抖。

这是个只属于伍挺举的夜晚，于顺安来说，每一分钟都是酷刑。

# 第 22 章
## 葛荔嫉妒洋小姐　陈炯杀回上海滩

那场宴会投下的阴影越凝越大，顺安开始早出晚归，刻意避开挺举。

这日上午，顺安在南京路上跑生意，正在闷头前走，忽闻前方喧嚣一片，唢呐阵阵，炮仗声声，大队人流由远而近。

顺安随街上行人让至街边，顺眼望去，却是一支结亲人马，吹吹打打，招摇过市。

不一会儿，结亲人马走至眼前。没有传统花轿，取而代之的是一辆黑色西式轿车，敞着篷，车前贴着两个大红喜字，一对新人并肩站在敞篷里，面带微笑，女方抱着一束鲜花，男方不时向人群抛撒红包，路人疯抢。

顺安眼前浮出当年鲁俊逸返乡时沿街抛撒红包的场面，不由打个惊战。正分神间，一只红包直飞过来，不偏不倚，正中顺安额头，发出嘡的一声，掉落在他胸前的挂包上。红包挺重，打得他的额头生疼。顺安抖动挂包，让红包落地，恨恨地踏上一只脚，复又抬头，目光再次射向已从面前几步外碾过的敞篷车上的得意新郎。

顺安正在出神，陡地觉得左肩一沉，蓦然回首，是章虎。

顺安吃一大惊，几乎是脱口而出："章哥？"

"兄弟，抬下脚！"章虎朝他的一只脚努嘴。

顺安抬脚。

章虎弯下腰，捡起那只被顺安刻意踩踏的红包，拿在手里，端详一时，拆开。

"嘿，一只银角子哩！"章虎拿出银角子亮一下，复又包进，连同红包塞给顺安，"收起来吧，是喜钱！"

顺安脸上一红，却又不好多说什么，只得将红包收下，看向章虎，尴尬地笑笑。

"呵呵呵，"章虎呵呵笑几声，看向渐渐远去的结亲人马，"兄弟的眼珠子都暴出来了，别不是相中人家的漂亮新娘了吧？"

"章哥？"顺安嗔怪一句，目光也追过去，压低声音，"谁家公子，好潇洒哟！"

"公子？"章虎鼻孔里哂出一声，轻蔑地说，"狗屁！"

"哦？"顺安一怔。

"三年前，此人不过是个浪荡瘪三，白天荡马路，晚上仗着一张小白脸，在各家舞厅里流窜，四处当小生。也正因了这差事，他得以勾搭上那个戆大小娘，这不，几个月前，把人家肚皮搞大了，摇身一变，今朝成了轮渡公司黄大老板的乘龙快婿哩！"章虎就如竹筒倒豆子，将底儿全托出来了。

顺安情不自禁地再次哦出一声，往前追走几步。

"兄弟，人家走远了呢！"

"呵呵呵呵，是哩。"顺安这也顿住步子，"方才没看清爽，小弟这想瞧瞧那个小娘是丑是俊哩。"

"有啥好瞧的，不就是个小娘吗？"章虎一把扯住他，"兄弟若对娘们上眼，章哥改日带兄弟去处地方，让兄弟里里外外看个够。至于今朝，章哥这请兄弟喝一盅去！"话音落处，不由分说，将顺安扯到就近餐馆，招呼店家上来几道好菜，要来一坛绍兴陈酿，把酒对饮。

直到此时，顺安方才注意到章虎的改变，全身上下崭崭新，手上戴着一枚大大的金戒指，腕上还有一只金手镯。

"章哥，"顺安看着章虎一身光鲜，不无羡慕道，"你这行头一换，威风八面哩！"

"兄弟猜猜看，"章虎将金戒指、金手镯一并取下，并排儿码到桌面上，"这玩意儿值几钿？"

"五十块如何？"顺安端详一阵，给出个数字。

章虎摇头。

"一百块？"

章虎摇头。

"二百块？"

章虎再摇头。

"章哥呀，"顺安凑近，又是一番端详，看向章虎，"总不至于是三百块吧？"

"哈哈哈哈，"章虎长笑一声，"三百个狗屁！到阿哥手里，它俩加起来也不过三文铜钿！"

顺安"啊"出一声，觉得失态，又紧忙闭上，嘿嘿一笑，悄声道："小弟明白了，章哥这是……"做个抢劫的动作。

"去去去，"章虎白他一眼，不屑地说，"这都是八百年前的事体，章哥早就改邪归正了！"

"哦？"倒是顺安惊愕了。

"兄弟若是不信，这再到白渡桥上看看有章哥的人没？"章虎不无自豪，用手指弹着桌面。

"这……"顺安的目光再次落到桌面上，"小弟真就不明白了。"

"不瞒兄弟，"章虎将手镯、戒指一一戴起，压低声音，"这俩物件儿是南京路顺发金店的老板亲手卖给章哥的！"

"介大两只宝贝，他……只卖三文铜钿？"

"哪里要卖三文？章哥相中他的手镯，戒指是个搭头，章哥问价，他说一文，章哥赏他个脸，就又多付他二文！"

顺安长吸一口气，吧唧两下嘴唇，端起酒杯："章哥，来，小弟敬你一杯！"

章虎端起酒杯："兄弟同心，干！"

二人饮尽。

"不瞒兄弟，"章虎呵呵一笑，再次斟上，"这些算个狗屁，章哥还有一宗大喜呢！"

"章哥快讲，小弟等不及了！"

"看到没，"章虎指着窗外不远处，"前面就是苏州河，再往前，靠近江边，那处高房子后面，就是赫赫有名的顺义码头，打昨天起，它就归属阿哥管辖喽！"

顺安唏嘘不已，再次举杯："怪道阿哥请客哩，原来有介大的喜事儿！来来来，小弟这再贺你一杯。"

"呵呵呵呵，"章虎举杯，"同喜同喜，来来来，兄弟，干杯！"

醉意蒙眬地别过章虎，顺安的心里再添一堵。连章虎这样的都混得人模狗样了，我傅晓迪竟然……

然而，于顺安而言，当务之急并不是生闷气，而是如何迎头赶上。人生的路可以有很多，但摆在他傅晓迪面前的可行之路，却几乎是也只能是两条，第一条是章虎在走的，第二条是挺举在走的。对于第一条，他有必胜把握，他相信，只要自己愿意，章哥定会邀他入伙，但在他心里，除非逼到死地，此路是断不能走的。他既能走也乐于走的是挺举在走的这条，唯一的缺憾是，伍挺举结结实实地堵在他前面，就如一座不可逾越的高山。

傅晓迪，你一定要胜过挺举，你一定要越过这座高山！顺安一路走，一路给自己鼓劲儿，不知不觉中晃进一条偏街，前面传来连串叫卖者："风筝，风筝，正宗湖州风筝！"

顺安循声望去，见前面不远处有家风筝小店，店外店内挂满五颜六色的风筝。顺安眼前一亮，直走过去，目光落在一只彩蝴蝶上。

卖风筝的是个老者，上下打量一下顺安，又审他眼神，已知端的，从墙上取下彩色蝴蝶，指点它道："小伙子，你的眼色好哩，这一架花式最养眼，也最适合送给小妹。这辰光春暖化开，蝶乱蜂舞，正好放飞心情。你把这个蝴蝶放给小妹看，保管她乐开情怀哩！"

听到"情怀"二字，顺安心思动了，脑海里迅即闪出两个影像，一个是方才在南京路上招摇而过的新郎官，一个是去年秋日里与丫鬟秋红在院中小竹林里嬉戏扑蝶的碧瑶，觉得这老人真正是个通达世情的人精，叹服地朝他笑笑，接过蝴蝶审视，见是竹架彩绸，蝶翼上的花纹是手绣的，工艺没得说，便点头应道："好吧，冲你几句吉言，收下它了。几钿？"

老人伸出一根指头："不二价。"

顺安摸出一块银元丢给老人，老人将风筝折叠起来，连同丝线等物装进一个带把手的精制手提盒里，递给顺安。

自那天挺举登门求卦之后，葛荔一连失眠数日，脑海里怎么也挥不去挺举的面容，耳边也总是响起挺举在小巷子里的断续表白声："在……在我孤独的辰光，在我……无望的辰光，我……总是觉得身边有个人，她……就在不远处，伴着我，盯着我，我……我晓得是小姐！……因为我晓得，世上只有一个人会……这样子待我！"

对于一个女人来说，尤其是对于像她葛荔这样的强势女人来说，还有什么能比来自一个意志坚强却又如此示弱的男人的表白更让人动心的呢？

接下来的日子，葛荔就像被某种魔咒迷了魂，无论醒着梦着，在眼前晃悠的无一不是伍挺举。

然而，没过多久，葛荔就有一个伤心的发现，就是挺举的心儿在她身上，魂儿却在天使花园。

是的，天使花园。伍挺举就如没了魂似的，无论多忙，他都要抽出时间赶往花园，有时甚至一日数趟。

就凭那几十个像她葛荔一样无依无靠却又远比她葛荔的命运悲惨得多的残疾孤儿，伍挺举就有一百个理由前往那儿，她葛荔也可以寻出一百个理由支持他前往那儿。

反对的理由只有一个，麦嘉丽。

葛荔渐渐发现，麦嘉丽越来越过分，无论干什么都要拉上伍挺举。其实，她应该有个分工才是，有些事情完全不需要他伍挺举出面，譬如这天去为一个新来的女孩子购置衣服，是平常的供货店铺，又是定制的花园衣服，有她一人打个招呼就够了，为什么还要扯上挺举？关键是，挺举还真的跟她去了，与她肩并肩，一面走，一面有说有笑，看起来极是开心的样子，到店里更是横挑竖拣，细心得像个娘们儿。二人为一件孩子的衣服，足足盘腾半炷香辰光，这让不远处观望的葛荔如何承受得了？还不仅仅是买衣服，他们接着又是买这，又是买那，连逛毛十家店铺，消磨掉小半天辰光，而葛荔一路看下来，竟然没有一件是必须由他伍挺举亲自出手的！

葛荔敏锐地觉出，麦小姐与伍挺举之间似乎越来越默契，麦小姐看伍挺举的眼神，也有点儿越来越放肆了。在某些时候，在某些情况下，二人似乎已经超越了她所认可的关系。即使存在种族差异，即使挺举心中早已有她，可是，一对年轻男女同处一个屋檐下，日子久了，是块石头也暖得热，叫人如何放心得下？

葛荔决定出手。

但葛荔并不是个鲁莽的人。出手之前，她在街面上拦到了顺安。

"你是……"望着她的一身时尚装饰，顺安认不出她了。

"记得有个大小姐否？"葛荔劈头一句。

"大小姐？"顺安猛地想起初到上海时的那个风雨之夜，连声说道，"记得记得，是在下的大恩人哪！"猛又打个激灵，定睛看向葛荔，试探地，"不会就是……小姐吧？"

葛荔淡淡一笑："是不是本小姐不重要，重要的是，本小姐这来向你打探个事体。"

"恩人在上，"听到此话，顺安也就明白了，深打一揖，"请受傅晓迪一拜！"

刚刚说完"傅晓迪"三字，顺安猛又意识到，如果此女真的就是那个从火中救出挺举、从流氓手中为他抢回包袱的大小姐，也就必然晓得自己的前事，而现在自己突然更名，这……

顺安陡地打个寒噤，呆在那儿，脸上没了血色。

"咦，你这是怎么了？"葛荔觉得奇怪。

"没……没怎么，"顺安嗫嚅道，"恩……恩人有何吩咐，请……讲！"

葛荔似也没有多想，也不愿与他多缠，直奔主题："问你一桩伍挺举的事体。"

"挺举阿哥？"见是这个，顺安先是一怔，继而灵醒过来，忙不迭道，"大小姐请问！"

"他与那个……麦小姐，就是麦嘉丽，你都晓得些什么？"

"大小姐这想……晓得些什么？"

"咦，我这不是问你来着？"葛荔眼一瞪。

"这……"顺安眼珠子连转几转，凑近一步，悄声，"我讲桩事体，不知是否恩人想晓得的！"

顺安遂将那日在麦基豪宅里发生的事情绘声绘色地讲述一遍，假作艳羡地说道："瞧那样儿，挺举阿哥是交桃花运了，洋大人两口儿对挺举阿哥那个欢喜呀，真就没个讲的，连他们的宝贝女儿在眼皮底下抱住阿哥亲热，他们非但不指责，反倒那个乐呀，连鲁叔也……啧啧啧！"

顺安闭上眼睛，不无心醉地啧完几声，待睁开眼时，已然不见葛荔身影，略怔一下，嘴角现出一笑："阿哥呀，那个洋妞儿有个啥好？她阿爸的钱再多，洋人的势再大，又能顶个屁用，那个洋妞儿早晚走过来，身上都会飘出一股子羊骚味儿，闻一时尚可，若是闻上一辈子，阿哥你能受得了吗？再说，有介漂亮的大小姐欢喜着你，难道你还不知足吗？你欠大小姐一条命哩，大小姐又是这般牵挂你，你却……"

想了会儿麦小姐与大小姐，顺安的思绪就又飞到鲁俊逸这儿，忖道："鲁叔呀，挺举阿哥他哪儿都好，只这花心一条，您就得长个眼哪，多个心哪，莫要偏信齐伯那个糟老头子。晓迪虽说没有挺举阿哥那般胆气，但晓迪对您的忠心可鉴日月，对小姐的感情专注无二！至于那份胆气，有时能够成事体，有时却也坏事体，是不？就说那场米战吧，万一洋大人不来收米呢？世上事体，不怕一万，就怕万一，是不……"

顺安越想越多，越想越舒坦，想到得意处，不免哼起打小就从母亲甫韩氏那儿学到的四明词书的曲词儿："恨只恨咫尺画堂深如海，只落得月明空照半衾床。害得奴，心如醉，意难忘。牵捻有丝万丈长，奴家枕被半空床……"完全忘却了他平时最恨的那个"戏"字，也忘记了刚刚离开的大小姐已经晓得他是甫顺安而不是傅晓迪的可怕事实。

麦基家中发生的故事经过通晓曲艺的顺安一番演绎，完全变了味儿，葛荔先是吃惊，后是震惊，再后是震怒，恨道："怪道姓伍的跟没了魂似的，一天三番朝那里跑，原是为着这般！"

葛荔一路生气地回到家里，打开房门，还好老阿公不在，让她得以结结实实地趴在床上，哭了一个痛快。

然而，自幼迄今，葛荔从来不是一个服输的主儿。哭有小半个时辰，葛荔陡地止住，擦干泪，换上一身小生行头，锁门而去，直奔天使花园。

葛荔走进花园，两只眼珠儿四下里贼转。

过午了，孩子们刚刚吃过午饭，各在忙活收拾碗筷和院子。麦小姐不在，伍挺举也不在。两个义工在做事儿，一个在挑水，一个在劈柴，厨房里传来涮锅的声音，不一会儿，一个打围裙的女人端着一盆泔水出来，倒在一个大缸里，瞄她一眼，又进屋去了。

看到葛荔，挑水义工走过来，问道："先生，有事体吗？"

"我寻伍挺举！"

"伍掌柜这辰光不在，"义工看看日头，"该来了。先生坐会儿。"

"洋小姐呢？"

"也不在。"

"他们是……一道出去了吗？"葛荔心里一揪。

义工摇头："麦小姐今朝没来，可能有啥事体了。伍掌柜早上来过，安排我俩挑水劈柴，说是中午再来。这都过午了呢，想是该来了。先生坐会儿。"

"不了，我晚些辰光再来寻他。"葛荔扬手作别，扭头走出，直奔茂平，走进店里，仍未见人，只从阿祥口中得知他也许是去道观了。

葛荔一听窃喜，拔腿就朝清虚观赶去。那里是她的地盘，正好与他见个真章哩！

春天的太阳暖洋洋地照着。因是午后，又因这条街上原本冷清，几乎没有行人。将近观门时，葛荔果然瞟见挺举，正盘腿坐在门外，聚精会神地听着一个老盲人拉二胡。

盲人五十来岁，坐在观庙的台阶上，忘我地拉着。

一个中年女人坐在盲人旁边，闭着眼睛，与伍挺举一样，陶醉在老人的音乐里。她的身边放着一根打狗棍、一只旧竹篮和一个破包袱，不用问就可晓得，她与老盲人是一道的，那些物事，该当是他们的全部家当。过细看去，老盲人着的虽是百衲衣，却分外干净利落，显然，这些都是身边女人的功劳。

二人前面，没有任何卖唱者通常所放的讨钱帽子或讨饭碗具。葛荔可以觉出，坐在台阶上的是个自尊心极强的倔盲人。

老盲人把二胡拉得棒极了，可说是出神入化。

葛荔站有一时，竟也听进去了，听傻了，远远地站在街边，如挺举与那女人一般，一动不动地闭目倾听，全身心地沉浸在他的乐声中。

有路人陆续从身边走过，但没有人站下，也没有人倾听。葛荔晓得，老盲人所奏的曲子太艰深了，太高雅了，这些凡俗路人听不懂，老人也似并不是在为他们演奏，而是在为他自己演奏。

不知过有多久，老人许是拉累了，乐声在一阵如泣如诉的颤音之后，戛然而止。

葛荔睁开眼睛，放眼看去，见挺举也回过神了，正向老人打揖。

"老人家，"挺举柔声问道，"您这拉的是何曲子？"

"从心所欲，不晓得是何曲子。"老盲人沉声应道。

"可有曲名？"

"没有曲名。"

"介好听的曲子，哪能没个名称哩？"

"我拉的是曲子，不是曲名。先生，你不会是只想听个曲名吧？"

挺举怔了下，又是深深一揖："老人家，晚辈受教了！"

"先生客气了。先生还要听曲吗？"

"这样的曲子，晚辈甚想天天能听，可以吗？"挺举问道。

"只要先生有个清净心，何时听都可以！"

"老人家，请问你们从何处来？"

"苏州。"

"可有安身之处？"

"天广地阔，处处皆可安身。"

"老人家，"挺举看看日头，再看看老盲人、中年女人及他们的随身行装，"这都过午了，敢问二位吃饭没？"

听到饭字，老盲人缓缓低下头去。

女人睁开眼，热切地望着他。看得出，他俩很饿了。

"老人家，晚辈有一祈求，还请赏脸！"挺举语气诚恳。

"请讲。"

"晚辈有所学校，就在附近，想请老人家去做先生！"

"年轻人，谢谢你了。我这街头之物，难登大雅之堂，做不来先生。"老盲人轻轻摇头，手抚琴弦。

"老人家，"挺举显然打定主意了，"难道您不想晓得都是些什么学生吗？"

"哦？"老盲人挺直身子，抬起头来。

"他们是些孩子，或残或障，或聋或盲，无父无母，无亲无故，在这世上，他们被人遗弃，流落街头。眼下，晚辈可以让他们有吃、有住，但晚辈无法保障他们一生一世。晚辈在想，如果老人家能够登门赐教，在他们之中挑选可塑之才，让他们学到一技之长，于他们来说，未来或多一条生路啊。"

老盲人显然被挺举这番言辞触动了，沉思良久，缓缓起身，一边摸索，一边收拾二胡，对身边的女人说："阿婕，跟这位年轻人走。"

女人嗯出一声，挽起破包裹和小竹篮，伸过打狗棍的棍头，老盲人正要接住，挺举已上前一步，挽住老人，搀扶他头前走去。

女人迟疑一下，紧跟身后。

葛荔吃惊地发现，那个叫阿婕的女人面容姣好，只是走路一摇一晃，是个天生的瘸子。

就如鬼使神差一般，葛荔远远跟在三人后面，一路走到天使花园。

麦嘉丽已经来了，正在一个一个地检查晒在晾衣绳上的孩子们的被褥，见三人进来，略略一怔，迎过来。

挺举指着老盲人，不无兴奋道："麦小姐，我给天使们请来一位先生！"

"先生？"麦嘉丽看一眼老盲人和瘸腿女人，不解地问道。

"先生就是老师！"挺举解释一下，搬个矮凳，扶老盲人坐下，轻声道，"老人家，请您奏一曲！"

老盲人调好弦子，随手拉起来。

麦嘉丽显然没有听过这种东方乐器，初时震惊，继而沉浸其中，有顷，泪水已在眼眶里打转。

葛荔心里也是酸酸的，因为老人此番奏出的是人生悲音。显然，老人已从挺举的介绍里晓得这是什么地方，听他曲子的是些什么人，不免悲从中来，奏出感怀之音。

能够听到声音的孩子们全都围拢过来，静静地听。

一曲奏毕，麦嘉丽哭起来。

孩子们显然不晓得悲为何物，但看到或听到麦嘉丽在哭，无不跟着哭起来。

如此近距离地面对这样一个富有悲悯心的洋小姐，葛荔的闷气略略消了些，放松地斜倚在门外不远处的一棵树干上，将毡帽的帽檐微微拉下，歪搭在眼上，眼角瞄向院中，耳朵竖起，期待后续的发生。

一曲奏完，老人停下。

场上静寂，只有一片啜泣声。

麦嘉丽擦去泪水，看看老人，又看向挺举："这么好的音乐，我没有听到过。"

"是哩。"挺举看向老人，"石头听到，也会柔软。"

"石头？柔软？"麦嘉丽似是不明白。

"哦，就是它能让人感动！"

"对对对，"麦嘉丽连连点头，似又想起什么，看向挺举，"你说到老师，是什么意思？"

"是这样，麦小姐，"挺举看向院中的孩子们，"这些孩子们，我们不能只为他们提供吃和住，我们要让他们学到本领，成为对这个社会有用的人，将来有一天，让他们能像这位老人一样演奏音乐，感动更多的人！"

"Yes, you are quite right!"麦嘉丽总算弄明白了，兴奋得跳起来，"It's a great idea. You are a genius!"话音落处，又是张开双臂去搂挺举。

刚刚放松下来的葛荔再度紧张起来，两眼眨也不眨地盯住他们。

挺举显然熟悉了麦嘉丽的节奏，退后一步，落落大方地拱手："麦小姐，什么意思？"

"意思是，"麦嘉丽这也收手，并不尴尬，仍旧兴奋地说，"太对了！你是个天才！"指向老盲人，"我要这个老师，我要让他教这些天使演奏音乐，这是世界上最美妙的声音！"略顿一下，显然挺举的做法激发了她的灵感，"不只是音乐，我还要请好多老师，好多好多老师，教他们数学、逻辑、物理、化学，读书，写字，呵呵呵，"并不无得意地学说洋泾浜英语，"教他们麦克麦克……"

"麦小姐，"挺举急问，"到哪儿去请老师？"

"去教堂，去请我的朋友，请我的妈妈，她教过大学，是个很好很好的老师！"

"可……"挺举迟疑一下，眉头微拧，"他们听不懂呀！"

"Yes,（是的，）"麦嘉丽点头，"先教他们英语。我来教！"

挺举心里一动，指自己："我可以当学生吗？"

"OK,OK,it's OK.（可以，可以。）"麦嘉丽连连说道。

"欧凯，欧凯，依次欧凯？"挺举眉头皱起，目光征询，"什么意思？"

"就是可以呀，同意呀，你可以当学生呀。"麦嘉丽又是一串笑。

"欧凯欧凯，依次欧凯。"挺举也笑起来，鹦鹉学舌一句，猛地想到老盲人尚未吃饭，又朝厨房里大叫，"阿姨，炒四个菜，备一瓶黄酒，我要和先生喝几盅！"

听到还要喝几盅，葛荔气不打一处来，本想走过去揪他出来，问他个所以然，低头一看自己这身行头，担心搞出尴尬。想到伍挺举要为老盲人吃接风酒，再候下去也没意思，葛荔忖思一时，转身走了。

葛荔没有投家，而是反身回到清虚观，一路寻思着解招儿，并在望到观门时，灵光闪现，招到一辆黄包车，直奔外滩四马路，在一家堂子外面叫出任炳祺，吩咐他如此这般。

接下来数日，天使花园门前陡然热闹起来，每日都有孤儿被送过来，最多的一日竟然送来十几个，似乎全上海的残障孤儿全被任炳祺他们搜集来了。残障程度也是五花八门，个别孩子目不忍视。这些孩子多是在夜间被送来的，在天使花园的门前或躺或坐或爬或哭或叫或闹，直到有人开门将他们接入园中。

然而，让远远观望的葛荔人跌眼镜的是，此举非但没有折腾到麦嘉丽，反而正中她下怀，让她现出前所未有的兴奋，不但拉到多个洋人帮忙，更将伍挺举使唤得团团直转，包括阿祥在内的茂平谷行员工，也被她动员起来，洗澡、购衣、煮饭、请医，忙得黑不是黑，明不是明。

这这这……这不是给乞丐送窝窝头、给饭店拉食客吗？更糟糕的是，伍挺举犹如被勾了魂似的，恨不得歇了茂平的工，将铺盖卷儿搬到这个花园里来。弄巧却成拙，葛荔心里叫苦，连称愚蠢，当下叫停任炳祺，也不向他解释什么，只在她的闺房里追悔不已。

顺安在大小姐面前给挺举下完套后，就以风筝为媒，向碧瑶展开了新一波攻势。

考虑到书的教训，顺安决定改变策略，大起胆子拿上风筝，直接在拱门外招呼丫鬟秋红。

秋红见到风筝，颇为兴奋，问道："是你买的？"

"是洋人送的，"顺安朝她一笑，神秘兮兮道，"快叫小姐下来！"

"小姐，小姐，"秋红朝楼上喊道，"快下来，洋人送给你个风筝，让傅晓迪捎给你了，是只蝴蝶，可好看哩！"

碧瑶答应一声，飞跑下来，却没有接，盯住风筝看一会儿，问道："傅晓迪，是哪个洋人送的？"

"麦基洋行里的里查得！"

"咦？"碧瑶打个怔，"他送我风筝做啥？"

"呵呵呵，"顺安一脸是笑，"不做啥，高兴呗。前天我到洋行为咱钱庄谈成一笔生意，签好合同，里查得送我出来，见风和日丽，外滩有人放风筝，放得高哩。里查得看得兴起，就到店里买下两只，一只他自己拿去，说是送给麦小姐，一只托我捎回来，说是送给小姐您！"

"麦小姐是谁？"碧瑶眯眼问道。

"就是洋行大老板的千金小姐呀，是个洋小姐！"

"哦。"碧瑶接过风筝，翻来覆去看一会儿，见做工精致，又是自己所喜欢的蝴蝶，颇是高兴，便顺手递给秋红，转对顺安，"送给麦小姐的是啥？"

"是只蜻蜓。"顺安眼珠儿一转，"里查得要拿这只蝴蝶，把那蜻蜓送给小姐，我打眼一看，蜻蜓不好，就向他换了这只蝴蝶，不晓得中小姐的意不？"

"那只蜻蜓咋个不好？"碧瑶不答反问。

"我不欢喜蜻蜓，因为蜻蜓的毛病多得很，哪里有这蝴蝶好哩？"

"蜻蜓都有哪些毛病？"碧瑶感兴趣了。

"蜻蜓的毛病数不胜数，一是不好看，二是净在脏水上飞，三是净往蚊子堆里钻，这且不说，蜻蜓沾水，浅尝辄止，听起来不吉利呢。"

"蝴蝶又有哪般好哩？"

"天下飞虫，我最欢喜蝴蝶，一是漂亮，二是爱美，三是恋花，四是纯洁，五是有情！"

"是了，蝴蝶最是有情，"碧瑶听得高兴，接道，"梁山伯与祝英台，双双化蝶！"

"哎哟，小姐真是知多见广，一下子就想到梁山伯与祝英台了！"顺安竖拇指恭维。

"谢谢你了，"碧瑶转身，对秋红道，"愣在这里做啥，到前院里放放！"

秋红应过，拿起风筝跑向前院，碧瑶兴致勃勃地追在身后，在前院里打开线匣，秋红用力将蝴蝶抛向空中，碧瑶拉起绳子飞跑。

然而，连跑几次，碧瑶累得娇喘吁吁，蝴蝶却一次也未能飞起来。

"傅晓迪，"秋红大叫，"快来，这个蝴蝶飞不起来！"

早在中院甬道里干着急的顺安闻声赶至，接替秋红，使尽力气将蝴蝶一次又一次地抛向空中，碧瑶一次一次地跑，蝴蝶仍旧飞不起来，最多飘有丈把高，就又摔下。

顺安又要再抛，碧瑶跺下脚，小嘴一噘，啪地扔下线匣子，头也不回地走向中院。

顺安站在那里，两眼大睁地检查风筝，猛地发现原是尾巴忘了系，懊悔不已，寻到尾巴系好，飞跑到中院，在拱门处喊道："小姐，小姐，是尾巴没装，我这装好了，你再试试，准能飞起来！"

"傅晓迪，小姐说了，你就自个儿飞吧！"二楼传来秋红解气的声音。

顺安不死心，又要再喊，不知何处传出一声重重的咳嗽。

是齐伯的声音。

顺安打个惊怔，再不敢造次，拿起蝴蝶不无失落地悻悻走向后院。


天气有点阴，但没有落雨。

十六浦客运码头上空回荡着长长的汽笛声，一艘客轮缓缓靠岸。前来接人的和前来下货的无不挤向下客口，人头攒动。

船靠踏实，锚抛下来，早已迫不及待的船上客人纷纷挤向舷梯口。

就在此时，一队巡捕营的清兵由老城厢方向急奔而来，吹着哨子，大呼小叫着将人群赶到两侧,直接冲到舷梯下面,列队守候。

码头工人中,一个老大模样的走到带队的清兵管带前面,赔笑问道:"请问官爷,你们这是做啥哩?"

"船上有革命党,"管带朝船上努下嘴,"闪到一边去!"

看到这队不期而至的清兵,着急下船的客人有慌乱的,有不屑一顾的,有说风凉话的,也有辱骂的,一股不安的情绪在客人中弥散。

舷梯放妥了,着急的客人开始下船,清兵挨个检查客人,只查男的,其中一人手拿画像,时不时地比对。

一身洋装、头戴毡帽、腰挂祖传佩剑的陈炯站到船舷边的下客人流里,眼珠子不停打转。

吃码头饭的十多个搬运工挤在清兵身后,大声吆喝着伸手向提着行李箱的客人讨生意。

陈炯的目光落在这些码头工人头上,有顷,将帽子故意歪戴,又从袋中摸出一条白巾搭在前面帽檐上,打了声呼哨。

帽子歪戴并有白巾搭帽檐,是青帮的暗号,表明自己是帮中之人,此时遇到麻烦了。搬运工们抬头望去,一人用肘子碰碰老大。老大给陈炯打个手势,表明已经意会。

一个女人提着一只大箱子艰难地走下舷梯。箱子太大了,太重了,那女人挪不动步子,卡在梯子中间,求助的目光扫向这些码头工人。

老大朝搬运工们努下嘴,五六人一拥而上,一边喊着"是我的",一边将清兵挤到边上,踏上舷梯。人多梯窄,还有客人占着梯道,场面顿时乱起来,这几个工人更是你争我拥,为得到箱子生意互相叫骂着,撕打着。其他工人迅速参与,外面接客的看到场面大乱,生怕自己的亲人遇到意外,纷纷挤进接应。码头上乱作一团,尖叫、呼喊声四起。已经下船的客人无不护牢自己的箱子,夺路乱跑。清兵行列全被冲乱,管带弹压不住。

乱局当中,陈炯将手中提箱由船上抛下,被老大接个正着。

紧接着,陈炯从一丈多高的船舷边一跃而下,在老大与一个工人的掩护下随着混乱的人流闪离码头。

老大在前,陈炯在中间,工人提箱殿后,不消一时,就已赶至四马路的翠春园。

翠春园是一家玄二堂子，客厅里坐着一溜儿烟花女，见有人进来，齐齐起立，正欲搔首弄姿，望见是老大，朝他笑笑，就都坐下了。

三人直入后堂，走进一间雅致的茶房。老大请陈炯在客位坐下，走到外面，不一会儿，又与任炳祺一道进来。

看得出，任炳祺是这个场所的老头子。老头子是青帮行话，就是师父。然而，陈炯似乎没把对方看在眼里，只是略略欠过身子，算是打招呼了。

见来人托大，且徒弟在侧，任炳祺面上过不去，心中更是不悦，但仍旧没动声色，只在主位坐下，两道目光剑般射去。

陈炯与他对视，一丝儿无惧。

任炳祺收回目光，冲候立于侧的老大扬手，拖长声音："为客人上茶！"

上茶就是盘问对方来历，帮中叫挂牌。老大将早已备好的茶具在陈炯面前摆好，是只盖碗，里面冲着一盏绿茶。

这意味着主人正式启动帮会员初次会面时的挂牌程序。

这茶是不能随便喝的。陈炯会意，取下碗盖，放在茶碗左边，盖顶朝外。老大送上一双筷子，竖放在茶碗右侧。陈炯拿过，横摆于茶碗前面。

见整个过程一气呵成，所有暗号一丝儿无误，老大退下，盘问家底，也就是切口，是当家老头子的事儿。

任炳祺抱拳见礼，朗声问道："请问老大尊姓？贵地何处？"

陈炯抱拳响应："在家姓廖，在外姓陈，与敝家师同住浙江省杭州府。"

这个家指的不是自己家，而是师门，即师父姓廖，在外反倒是自己，姓陈。

"敢问老大门槛？"任炳祺继续问下去，即来人师承何人。

"不敢！"见对方问到师父，陈炯忙站起来，双腿并拢，表情恭敬，"沾祖师爷的灵光，外出徒不敢言师，敝家师杭三帮，廖师父上清下斋，祖师江淮泗帮，申师太上承下祖……"

上清下斋，指廖师父名叫廖清斋，师太则是师父的师父，上承下祖则指师太是申承祖。

听到申承祖三字，任炳祺大是震惊，脱口而出："申师太？"两眼圆睁，似是不相信眼前这人竟然与申承祖扯上关系。

"哦？"陈炯斜他一眼，"敢问老大是……"

任炳祺却是再无二话，起身叩地："法徒任炳祺叩见师叔！炳祺家师常州头帮，张师父上崇下虎，祖师即师叔师父廖师太，师叔的师太正是徒子的太师太啊！"

见对方竟然与自己师承同门，陈炯大喜过望，起身扶起，笑道："呵呵呵，原来我们是同一家门槛呀。炳祺请起！"

任炳祺起身，殷勤恭立，说："师叔请坐！"

陈炯坐下。

任炳祺续上茶水："师叔此来，可要长住否？"

"不走了。"

"师叔可有下榻之处？"

"初来乍到，尚无栖身之地。"

"炳祺在沪经营多年，也算有些根底。师叔若不嫌弃，就赏徒子个脸，在炳祺这里落脚，可否？"

"承蒙盛请，恭敬不如从命了。"陈炯拱手谢过，顺口问道，"听闻申师太也在上海，可知他老人家宝刹何在？"

"弟子也是风闻，"任炳祺轻轻摇头，"自太师太金盆洗手之后，莫说是我这徒重孙，即使炳祺的老头子，也没见上太师太一面。"

陈炯凝起眉头，半是自语，半是说给炳祺："唉，师父托陈炯捎给师太一封急书，这可如何是好？"

听到"陈炯"二字，任炳祺打个惊怔，觉得这名字十分熟悉，闭目有顷，猛地想起几年前在钱业公所刺杀丁大人的那个刺客，半是疑惑地看向他："敢问师叔，可曾认识丁大人？"

"哈哈哈哈，"陈炯豪爽地笑笑，"不瞒你说，此人差点就是本师叔的刀下之鬼呢！"

"乖乖！"任炳祺惊叹连连，兴奋地搓着手道，"真叫个无巧不成书哩！"

"哦？"陈炯看过来。

"呵呵呵，不瞒师叔，"炳祺凑过脸，乐道，"几年前，你在钱业公所刺杀丁大人，是徒子带人护送师叔逃出公所，又把师叔……呵呵呵，那辰光是夜间，看不清爽，加之师叔这又从东洋回来，穿着洋服，徒子……

呵呵呵，瞧这笨的，师叔若是不说名讳，徒子真还不敢相认哪！"

"哎哟哟，"陈炯握住他手，兴奋道，"这也想起来了，是有个叫炳祺的，呵呵呵，常言说，不是一家人，不进一家门，今朝这就应上了。对了，江湖侠女大小姐可在？陈炯这还欠她一条命呢！"

"在在在！"炳祺爽朗应道，"师叔这先歇几日，想见大小姐，有的是辰光！对了，师叔方才说，廖师太捎给太师太一封急信，太师太虽说难见，但就炳祺所知，只要将此信交到大小姐手中，就等于交到太师太手中了！"

陈炯愕然："大小姐是……"

"听我家老头子说，"任炳祺悄声说道，"大小姐是太师太的小心肝儿，早晚侍奉太师太，远近兄弟，连我家老头子，莫不敬她三分！"声音更低，志得意满，"不瞒师叔，大小姐甚是看得起徒子，无论做啥事体，都来通知炳祺，师叔想见大小姐，包在炳祺身上就是！"

"太好了！"陈炯急不可待，"炳祺，你尽快安排，师叔这就想去见她！"

炳祺不敢怠慢，当下赶到清虚观，留给守门道士一张字条。

翌日黄昏，大小姐留话，要陈炯将信交给道士。陈炯只好依约将廖的书信留在观里，又过三日，大小姐约陈炯于当日黄昏前往观里，在三清殿前等候。

黄昏时分，陈炯与炳祺赶到观里，在殿前台阶下恭候至天色完全暗下，仍旧不见大小姐踪影。

二人大急，眼睛眨也不眨地盯住通往前院的过道，不提防身后传来一声吱呀的开门声，接着是一声轻轻的咳嗽。

陈炯回头，见一白衣女子戴笠帽，罩黑纱，从开着的殿门里缓缓走出，高高地立在三清殿门外的廊台上。

陈炯晓得是大小姐了，拱手："湖州人陈炯见过大小姐！"

"陈炯，师太有话予你！"大小姐淡淡说道。

听到师太有话，陈炯不敢怠慢，跪地叩道："徒孙陈炯恭听师太训示！"

"陈炯，"葛荔模仿申老爷子口吻，朗声说道，"清斋来函已阅，说你们在为孙逸仙做事。孙逸仙亲笔致函，老朽也已阅毕。你可转告孙逸仙并清斋，老朽早已金盆洗手，不再过问江湖诸事。对于信中所请，老朽爱莫能助。至于门下弟子，可听凭自愿，任由驱使。"

"谢师太成全！"陈炯叩道，"只是，徒孙初来乍到，人地两生，如何联络帮中兄弟，还望师太明示！"

"炳祺！"葛荔叫道。

"炳祺在！"

"依太师太吩咐，你可助陈炯联络沪上兄弟，听凭自愿，不得强逼，随从孙先生驱逐鞑虏！"

"炳祺谨遵大小姐之命！"

"陈炯，你还有何事？"

"徒孙陈炯恭祝师太寿比南山，福如东海！"

"听到了。"话音落处，葛荔一个转身，双脚连点几下，就似一条白影，沿走廊飘向殿西。

一切太过陡然，待陈炯反应过来，大小姐已经跃上远处高墙，消失在夜幕里。

"大小姐，大小姐……"陈炯目视她远去，连声叫道。

"师叔，"任炳祺呵呵笑道，"大小姐听不见喽。"

"这这这，"陈炯不无遗憾，"救命之恩，还没向大小姐道声谢呢！"

"呵呵呵，"任炳祺又是一乐，"师叔，就徒子所知，大小姐不会想听这个！"

返回途中，二人一路议论大小姐，陈炯从任炳祺口中得知大小姐年方一十八，心里一动，半是自语，半是说给炳祺："此生若得大小姐为妻，死而无憾矣！"

"咦！"任炳祺盯他一阵子，一拍脑袋，"对呀，师叔与大小姐，真还是天造地设的一对儿呢！"

"炳祺，此话怎讲？"

"师叔请看，"炳祺兴奋起来，"师叔二十又八，尚未婚约，大小姐一十又八，亦无婚约，男女相差十岁，当是匹配。师叔相貌堂堂，英武逼人，大小姐貌美如花，武功高超，堪称绝配。师叔师从廖师太，是太师太正宗徒孙，大小姐为太师太孙女，与师叔同辈，也不违伦。师叔跟从孙先生，以推翻清朝为己任，存志高远，大小姐也对满人恨之入骨，你俩这又是志同道合呢。不瞒师叔，那日大小姐带众兄弟们看戏，本也是要杀丁大人的，可惜尚未动手，被师叔先一步搅局了！"

任炳祺讲出这么多比对，陈炯长吸一口气，忖思良久，两手重重拍在炳祺肩上："炳祺，师叔能否死而无憾，这就指靠你了！"

"呵呵呵，"炳祺憨憨笑道，"师叔这是高抬炳祺哩，炳祺不过是大小姐的其中一个小听差，这事体怕是说不上话！"略略一顿，"哦，对了，过上几日，炳祺带师叔会会我家老头子，若得老头子出面，或能玉成好事体哩！"

"呵呵呵，这个不急！"陈炯淡淡一笑，颇是自信，"该是师叔的，就没人抢得走！"

米战之后，鲁俊逸显然无意与彭伟伦过不去，马振东回到宁波，伍挺举的心思又多在天使花园，无意与林掌柜一争高低，茂平谷行的业务只是稍稍扩大，并未趁势扩展，上海仍旧是仁谷堂的天下。

随着天使的日益增多，伍挺举的心思更多地系在天使花园里。让伍挺举惊喜的是，不仅是老盲人，连他的瘸腿妻子也是个艺术家，天生一副好嗓音，能说书，会唱歌，记性也是好得出奇，初时拘谨，后来渐渐熟了，每天都在园里开场子，许多戏段子，还有四面八方的故事和传奇，她都烂熟于心，信口说来，引得小天使们绕着她团团转。

然而，无论是老盲人还是他的妻子，都不能教授全部孩子，因为他们中相当一部分是聋哑人，听不见任何声音。再说，并不是所有对声音敏感的孩子都是音乐坯子，音乐与唱歌，无不需要天赋。两个月下来，热乎劲儿下去，修习二胡与唱歌的由原来的二十几人渐渐减至七八人。至于洋人的课程，眼下仍在语言阶段，麦嘉丽亲自施教，但她从不正式上课，只在日常生活中尽量多地使用英语和洋泾浜，与孩子们交流。挺举初时觉得奇怪，后来发现，这真是个学语言的好办法。

看着这部分孩子每天都在精进，伍挺举高兴之余，也开始琢磨其他孩子的出路，先后想到多套方案，又都被他一一排除。蓦然，挺举眼前浮出清虚观里算命的申老爷子及在他家宅第中堂看到的字与画，灵机一动，拔腿就向老爷子家走去。

挺举轻轻叩门，不一会儿响起脚步声，一扇黑漆大门裂开一道缝，葛荔探出头来。

见是挺举，葛荔先是一愣，继而俏脸拉长，一句话没讲就将头缩回，反手一推，哐当一声掩上黑漆大门，接着就是上闩声。几个动作一气呵成，好像事先经过预演似的。

"葛荔？"挺举怔了，轻声叫道。

什么声音也没传出，但也没有脚步声回堂。显然，葛荔仍旧站在门后。

"申小荔子！"想到葛荔曾经告诉她称呼要适情的事儿，挺举换了个叫法。

仍旧没有声音。

"小荔子……"挺举略略一想，又换了。

依旧没有回应。

"小姐？"

里面传出粗粗的出气声。

"咦？"挺举纳闷了，半是自语，半是说给她听，"她这是怎么了？难道是在下做错什么了吗？"

"什么难道？"门闩猛地拉开，黑漆门再开一缝，露出葛荔气呼呼的脸，"你就是错了！"

"小……小姐，"挺举急问，"在下哪里错了？"

"我不叫小姐！"葛荔越发生气。

"小荔子！"挺举赶忙换词儿。

"小荔子是你想叫就能叫的吗？"葛荔不饶人了。

"这……"挺举挠头，"那天是小姐让在下这般叫的呀！"

"那是那天！"葛荔的语气冰冰冷，"不是今朝！"

"我……"挺举让她搞得摸不着头脑了，站在那儿，脸上涨红，简直像个结巴，"葛……小……不不不，是……"

"是什么呀？"葛荔的声音提高八度。

"敢问小姐，在下究底错在哪里？"挺举也是急了，脖子一梗，脱口而出一句囫囵话。

"哟嗨！"葛荔歪起脑袋，嘴角撇出一丝冷笑，"你这还要横哩！"缩回脑袋，将大门又是哐当一声关得山响，朝外送出一个声音，"伍大生员，错在哪里，你就慢慢想吧！"

挺举真正急了，拍门，却不晓得该叫她什么，一会儿"葛……"，一会儿"申……"，正自狼狈，堂间传来申老爷子的声音："小荔子，开门！"

"老阿公，"葛荔噘起嘴来，"你要开门做啥？"

"老阿公这来生意了，你拦住大门做啥？"

葛荔许是觉得闹够了，许是觉得气出了，将门哐的一声打开，一个转身，噔噔噔噔走向堂间，拐进东间闺房，啪地坐在梳妆台前，冲镜子做个鬼脸，扑哧一声正要笑出，又连忙掩嘴，朝堂间吐吐舌头。

伍挺举却是既不敢进来，也不敢离开，只在门外傻愣愣地站着。

"小伙子，进来吧！"申老爷子的声音再飘出来。

伍挺举正正衣襟，跨入院子，走进堂门。葛荔不在堂里，申老爷子与阿弥公仍如前番那般，盘腿坐在罗汉榻上，面前同样摆着一盘棋局。

伍挺举忐忑不安地站在堂中，拱手道："晚辈伍挺举拜见两位前辈！"

"小伙子，若为求卦，就放下卦钱吧！"

挺举没有掏钱，迟疑有顷，弯下两膝，缓缓跪下。

"哦？"申老爷子瞄他一眼，"你这是为何而跪呀？"

听到"跪"字，一墙之隔的葛荔脸上浮出浅笑，耳朵竖起。

"晚辈此来，是有事体恳请前辈！"

"说吧。"

"有位洋小姐开办了一家孤儿院，叫天使花园，晚辈在园中做义工。园中收养了不少孤儿，虽为残障，却也不乏聪明可教之人。晚辈在想，眼下收养，不过是权宜之计，让孩子们学到一技之长，方为长远。前辈能掐会算，善解卦象，若是愿意屈尊施教，当是孩子们的永久福音。此为晚辈痴愿，自知有扰前辈清修，但为孩子们的未来计，晚辈决定冒昧一求。无论前辈准允与否，晚辈均以此跪诚谢前辈宅心宽容！"

葛荔本还以为伍挺举是为她下跪呢，不想又是天使花园，且这还在她的家里向老阿公提及那个洋小姐，顿时火气上冲，纵身而起，正要冲出去发作，外面飘来老爷子的声音："若为此事，你就起来吧。"

葛荔气恨恨地坐下，牙齿咬得咯嘣嘣响，两只耳朵竖得更挺了。

"前辈？"是挺举不解的声音，很轻。

"因为，不久之后，自有教导他们之人，你大可不必为此来跪老朽！"

"晚辈叩谢前辈指点！"接着是挺举的叩头声。

"还有何求？"申老爷子的声音。

"晚辈并无他求，就不烦扰二位前辈了！"挺举瞄一眼堂间，没见葛荔，没有觉得轻松，反倒觉得失望，缓缓起身，退往门口。

葛荔正待发声，再次传来一个声音："施主留步！"

天哪，竟然是阿弥公，且说出来的不是"阿弥陀佛"！

葛荔噌地起身，悄悄移到角门处，将门帘扯出一道缝，偷眼看去。

挺举复拐回来，上前几步，跪地再叩："晚辈叩见法师！"

"请问施主，你的花园里需要画师吗？"阿弥公声色不动，只有声音从口中发出。

挺举情不自禁地打个惊战，抬头看向中堂，目光落在那幅精美绝伦、充满宗教色彩的惊世画作上。

显然，葛荔似是不曾料到阿弥公会说出此话，惊愕之情不减于挺举。

"晚辈伍挺举，"挺举连连叩首，声音微颤，"代花园里的所有孩子叩谢前辈，恳请前辈前往赐教！"

"阿弥陀佛！"阿弥公双手合十，缓缓下榻，站起身，"施主，请带路吧！"

阿弥公说走就走，莫说是挺举，即使葛荔也是怔了，从帘后急跑出来，一手挽住他的胳膊，另一手摸向他的额头："阿弥公，您老……没发烧呀！"

"阿弥陀佛！"阿弥公老腿迈动，顾自走向门外。

葛荔扯不住他，只好松手。

挺举看一眼傻掉了的葛荔，冲她抱个拳，跟在阿弥公身后，出门而去。

"老阿公！"葛荔看会儿他们的背影，回头扑到申老爷子膝下，"您老这都看到了吧，伍挺举他……他这是上门欺负小荔子哩！"

申老爷子微微闭目。

"老阿公！"葛荔扳住老爷子的脖子，摇晃几下，"你讲话呀，阿弥公他……哪能助纣为虐呢？"

"呵呵呵呵！"听到"助纣为虐"四字，申老爷子忍俊不禁，长笑起来。

"你你你……"葛荔捂住他的嘴，"气死我矣！"

"小荔子，"老爷子伸出老手挪开她的小手，止住笑，"今朝看来，某个人太在乎这个伍挺举喽！"

"老阿公？"葛荔急了，"哪个人在乎他了？哪个人……"不禁呜呜哭起来。

"在老阿公这里，"老爷子拖起长腔，慢吞吞道，"眼泪是没有用的，一切都如老阿公跟前这盘棋局，输了就是输了，对不？"

"你……你这真要气死小荔子，是不？"葛荔一把揪住老爷子的长胡子，作势欲扯。

"死不得哟！"老爷子越发乐了，"老头子这还等着我家小荔子的好饭好菜填肚皮呢！"压低声，"听清了，某个人若想扳回此局，得在这儿香一记！"言讫，送过来半边老脸。

葛荔白他一眼，狠狠亲一记，没好气道："讲吧！"

"那个姓伍的方才来请老阿公去教孩子们算命打卦，老阿公是哪能个讲哩？"

"老阿公说，"葛荔应道，"不久之后，自有教导他们之人！"猛地打个惊怔，"老阿公，你不会是……讲的我吧？"

"呵呵呵，是送给你一个方便法门。不入虎穴，焉得虎子哟。"

"不去不去，永远不去！"葛荔忽地站起来，连跺几脚，跑回闺房，在角门处冲他吐吐舌头，"啥个馊主意，还亲一记哩，小荔子我……亏死了！"


见过大小姐后，陈炯马不停蹄，一连奔波三日，与几个追随孙中山的沪上革命党成员一一取得联系，议定好大事，于第四日傍黑方才回到堂子，见炳祺不在，掩上房门，从腰间掏出一把手枪，就着灯光小心擦拭。

刚擦几下，任炳祺风风火火地从外面紧走过来，人没进门，声音已到："师叔，你总算回来了，想得徒子好苦！"

陈炯"嗯"了一声，继续擦枪。

炳祺推门进来，凑近一看，又惊又喜："师叔，洋枪呀！"

陈炯瞥他一眼，又擦几把，递过去："来，试一把！"

"我？"炳祺不敢接。

"是呀，"陈炯将枪像玩具一样把玩几下，复递过去，"好好看看，过把瘾！"

任炳祺双手接过，捧在手里："师叔，这是啥枪，介短哩？我见过万国商团的洋枪，齐肩高哩，枪头上装有刀，闪闪亮哩！"

"这叫毛瑟枪，德国造，能自动驳出弹壳，也叫驳壳枪。"陈炯从口袋里摸出一排子弹，也递过去，"这是子弹，啪啪啪啪，十发一次性打完，中间不停！"

"这这这，"炳祺不无惋惜，"一次性打完了，岂不是浪费吗？"

"也可以只打一发呀，想打几发都成，最多能打十发，中间不用再装子弹！"

"啧啧啧，师叔真厉害！"任炳祺听明白了，啧啧连声。

"炳祺呀，想不想跟着师叔干桩大事体？"

"看师叔说的。"任炳祺眼睛不离驳壳枪，"太师太都发话了，炳祺哪能不跟师叔干呢？师叔但有驱使，炳祺赴汤蹈火，在所不辞！"

"要是此说，师叔就对你托底了。你晓得捎信给师太的那个孙先生是什么人吗？"

任炳祺摇头。

"就是孙逸仙，朝廷正在四处悬赏捉拿的最大革命党！我师父廖先生也是，天天与孙先生在一起。"

尽管任炳祺有所准备，仍旧心里一震。

"革命党是要杀头的，"陈炯看在眼里，从他手里拿过枪，朝空中抛去，枪连打几个翻身，稳稳落回他的手里，"不是真爷们儿，没有种气不成。炳祺，你可得想明白！"

"师叔，"任炳祺拍拍胸脯，"只要不让炳祺欺师灭祖，违反帮规，没有炳祺不敢做的！"

"好！"陈炯捏紧拳头，"师叔认定你了！"略略一顿，压低声音，"孙先生在东洋成立同盟会，会员多是帮中兄弟。同盟会旨在推翻朝廷，赶走满人，建立我们汉人自己的国家。"

"请师叔求求孙先生，炳祺这也加入！"炳祺急切说道。

"好呀！"陈炯应道，"不瞒你说，师叔此番来沪，就是奉孙先生之命，在沪组建同盟会，你既有此心，就是师叔发展的第一个会员！"

"炳祺一切听从师叔！师叔就下令吧，除联络兄弟们，还要炳祺做什么？"

"筹钱！"

"这个容易！"炳祺顺口应道，"请问师叔，要筹几钿？"

"多多益善。"

"好，炳祺这就去筹一千块！"

"一千块？"陈炯苦笑一声，"连填牙缝也不够呀！"

"这……"炳祺略略一怔，"师叔要筹多少？"

"到年底之前，我们必须筹齐三万两银子！"

"三万两！"任炳祺倒吸一口气。

"呵呵呵呵，"陈炯将手掌按在他的肩头，"革命事业是桩大事体，三万两银子不过是杯水车薪哪。"

"炳祺晓得了。"任炳祺这也缓过气来，苦笑一下，"介许多铜钿，炳祺想都不敢想呀，哪能个筹集哩？"

"滴水成池，我们就从点滴筹起。"

"唉，"炳祺长叹一声，"点滴也难呀。不瞒师叔，若是一个月前，炳祺一年之内筹足三五千两不在话下，可眼下……"炳祺又是摇头。

"炳祺，出啥事体了？"陈炯心里一沉。

"我在江边有个场子，叫顺义码头，年入不少铜钿。可在不久前，这个码头让王探长强行夺去，以码头为生的兄弟们白白失去一个财源，只好四处游荡，寄人篱下，苦不堪言哪。"

"王探长？"陈炯眯起眼睛，"什么人物？"

"英租界巡捕房的，刚当上探长。这个码头位于租界，属于王探长管辖，有洋人撑腰，炳祺奈何他不得，只得咽下这口恶气。"

"他是哪能个强占去的？"

"唉，"任炳祺长叹一声，"说到这个，倒是冤家路窄。有个泼皮叫章虎，不知何故得罪大小姐了，大小姐命我教训了他一顿。没想到那小子时来运转，不知怎的搭上王探长，拜他为师，招引一帮泼皮，势力渐大，许是打听到是我教训他的，就来寻仇，在光天化日之下抢我码头，打伤我数名兄弟。我召集兄弟前往报复，王探长早有准备，出动巡捕，将到场兄弟全部关押，我寻他理论，他公然向我索要码头。为救众兄弟，我只好……"

"码头收益多少？"

"年入三千两左右！钱倒不多，可不少弟兄指靠它吃饭哪。"

"炳祺，"陈炯沉思有顷，捏下拳头，"我们的事业，就从这个码头做起！你这就召集相关兄弟，明日准备，后日凌晨，全到码头上去。"

"这……能行吗？"

"哼！"陈炯冷笑一声，"谅他一个小小探长，能奈我何？"

"好！"任炳祺腰杆子一挺，"师叔既有此话，炳祺这也豁出去了！"


第三日头上，天色麻麻亮，顺义码头空无一人。

任炳祺带着二十多人走进码头，各带器械，占住各个关口。不一会儿，又一拨人赶至，见码头有人，一下子怔了。

一个老大模样的飞奔上前，大声喝道："啥人吃下豹子胆，敢到太岁头上动土？"

任炳祺迎上去，抬起右手，照其左腮啪一记嘴巴，那人立时顺口流血。

显然被打蒙了，那人退后一步，捂住左腮，气急败坏，叫道："你……敢打老子？"

任炳祺欺前一步，换过手，朝他右腮又是一记嘴巴。

炳祺本就武功卓绝，这又带着恨意，打得更加实在，那老大被他掌得满口是血，连退数步，倒在地上。他的人无不惊恐，扶起他来，急急后退。早有人飞跑回去，不消一刻，又来二十几人，无不气势汹汹。为首一人，正是章虎。章虎身边，阿青、阿黄等骨干兄弟尽皆到场，无不带着厉害家伙。

见是老对手，章虎冷笑一声，引众欺上。

任炳祺率众迎上。

章虎顿住步子，略略抱拳："老大，不是讲好了吗，哪能介快就出尔反尔了哩？"

"呵呵呵呵，"任炳祺笑过几声，抱拳还礼，"此处非任某所有，任某所言，自是不能作数的。"

"咦？"章虎给出一个怪声，"天下竟有这等事体？讲吧，何人说话能够作数，让他出来见我！"

任炳祺摆手，众人分开一条道，后面转出陈炯。

见陈炯一身洋服，仪态轩昂，章虎不敢造次，上前一步，笑脸拱手："敢问老大尊姓大名？"

"我的名号你不配问，请你家老头子出来说话！"陈炯礼也不还，冷脸相迎。

在众弟子面前被人羞辱，章虎挂不住脸，欺前数步，在陈炯前面站定。

陈炯伸出右手，做握手状。

章虎晓得握手意味什么，但又不能不握，便缓缓伸出手去。

二手相握，各自运劲。

章虎原本就是小混混一个，虽有功夫，但远不是陈炯对手。握不过一息，章虎的身子就哆嗦起来，欲抽回手，竟是动弹不得。

陈炯越握越紧，犹如一把铁钳，给他浅浅一笑。

章虎额头汗出，叫苦不迭，当部众之面又不能示弱，看到这笑，晓得是台阶，赶忙回以一笑："好说好说！"又转对阿青，"愣着干什么？请老头子速来！"

阿青这也反应过来，飞跑而去。

"幸会了！"陈炯松开手，两手互拍几下，朝握过的手吹几口气，似是嫌章虎的手不干净，"陈某在此恭候！"

章虎不甘示弱，亦拍打几下手掌："此地风大，旁边有处茶室，请老大里厢候茶！"指向码头一侧的茶室，"请！"

依照青帮规矩，所有码头必须设立茶室，用以接待前来拜码头的帮中兄弟。章虎将陈炯引往茶室，显然是把陈炯看作帮派中人，候茶就是等老头子前来切口。

陈炯微微一笑，大步径去。

约过小半个时辰，一阵脚步声响，章虎陪着王探长走进茶室。

王探长一身便服，没带巡警。

陈炯稳稳坐在主位，一边拂茶，一边拿眼角瞄他一下。显然，他这是反客为主了。

王探长心里明白，两眼如炬般射过去。

陈炯依然故我，一手执碗，一手拿碗盖拂茶。

任炳祺立在陈炯身后，横眉冷对。

章虎得了势，语气与前面大不相同："喂，老大，你坐错位置了！"

"是吗？"陈炯斜他一眼，拖长声音，"你且说说，我该坐在哪儿？"

"该坐客位，主位是我家老头子坐的！"

"哪一位是你家的老头子？"陈炯故作不知，语气也是不屑。

"你……"章虎气极，正要发飙，王探长摆手止住他，在陈炯对面的客位坐下。

王探长目光如刀，直射陈炯。

陈炯回之以剑，迎之以锋。

场面死一样地静。

良久，王探长收回目光，看向章虎，声音犀利："摆茶！"

章虎早已备好，拿出茶具，摆在王探长面前，斟好。

"这位朋友，"王探长轻啜一口，语气放缓，却带恐吓，"晓得这是什么地方吗？"

陈炯亦啜一口，拉起长腔："上海滩哪。"

"你……"王探长一字一顿，目光逼视，"可晓得坐在你面前的是何人吗？"

"哈哈哈哈，"陈炯长笑几声，一字一顿，"你也还没问坐在你面前的是何人呢。"

见对方气势比自己还高，王探长心头一震，目光再次射过来。不过，这次的目光中没有恐吓，更多的是揣摩。

陈炯不再看他，目光移向窗外，眺望江景。

蓦然，王探长拿起碗盖，啪地搁在左侧，盖顶朝外，双手按住两只桌角，微微欠身。这个动作是青帮内部暗号，表示与对方参教。

参教是青帮内部最厉害的海底盘问方式，只有遇到严峻挑战时方才使用。

陈炯微微一笑。显然，是他的一身洋装起了作用，王探长不敢再仗洋势，改用帮势，而这正是陈炯所希望的，于是，亦将碗盖放于左侧，盖顶朝外，双手按住桌子两角，微微欠身，扎起战斗架势。

"老大尊姓大名？"王探长首先开题。

见对手出口竟是这句，陈炯心中有数了，晓得他并不真的知晓海底，不过是懂个皮毛，装腔作势而已。

"在家姓廖，在外姓陈，单名一个火字。"陈炯没有讲出真名，以火代炯。

"老大哪里发财？"

"一船漂四海，一橹荡三江。"

"贵帮有船多少？"

"一千九百九十九。"

"船开哪一路？"

"所开上江下山路。"

"哪位是领港？"

"领港头顶十八行，出门不怕风和浪。"

行指的是在帮中的排行辈分，十八行是相当高的辈分了，帮中对手听到这里，应当有所警觉，改变态度，然而，王探长显然并不晓得，仍旧牛×哄哄地背诵切口："船上打的什么旗？"

陈炯看得明白，朗声回应："进京百脚蜈蚣旗，出京虎头黄道旗，初一月半龙凤旗，船首四方迎风旗，船尾八面顺风旗。"

"贵船共打多少板？"

"共有船板七十二，谨按地煞数。"

"板上共有多少钉？"

"共有板钉三十六，契合天罡数。"

"有钉无眼什么板？"

"有钉无眼是跳板。"

"有眼无钉什么板？"

"有眼无钉是纤板。"

见对手将切口对得严丝合缝，王探长晓得遇到对手了，在这里讨不到便宜，闭目有顷，松开两手，缓缓坐下，两眼仍旧逼视陈炯。

陈炯也坐下来，目光毫不示弱。

王探长收回目光，端起茶碗，轻轻一啜，眼角挑向陈炯："请问老大，头顶什么字？"

方才陈炯所讲的领港头顶十八行，已经表明自己在帮中的位置了，王探长又来此问，说明他完全不懂。

陈炯微微一笑，不予回答，反问他道："请问老大，所烧哪炉香？"

见对方反问，且又坐的是主位，王探长晓得没有退路，牙一咬，充出一个大数："头顶一十九，脚踩二十一，手提二十炉！"

"呵呵呵，"见对方竟然冒充大字辈，与自己平起平坐，陈炯轻蔑一笑，亦提高一辈，"要照此说，老大当该是大字辈了。陈某头顶一十八，脚踏二十整，身背一十九，如果没有记错的话，该在此地当师叔了！"

见对方强压自己一头，王探长勃然震怒，啪地掏出手枪，打开扳机，指向陈炯，声色俱厉："什么大字辈？老子是大字头上加一横，天字辈！"

陈炯鼻孔里冷冷"哼"出一声："天有法有理。陈某翻的就是你这无法无理的天！"几乎是在眨眼间，枪也拔出，扳机打开，枪口正对王探长。

陈炯动作之迅速，之标准，之一气呵成，大出王探长所料，显然是道中高手。王探长虽然有枪，实际并不会玩，多是拿来吓唬人的。

对峙有顷，王探长不再逞强了，收回枪，略略抱拳，堆上笑脸："呵呵呵呵，原是同道中人，失敬失敬！"

陈炯亦收起枪，抱拳："不客气！"

"在下姓王名鑫，"王探长抛开帮规和辈分，借起洋人之势了，"在租界巡捕房谋职，得缘结交先生。先生此来，可有在下帮忙之处？"

"呵呵呵，"陈炯微微一笑，借力打力，"王探长大名，陈某早有耳闻。王探长既在租界谋事，倒让陈某想起一事，请探长帮忙。"

"好说好说，先生请讲！"

"听说有个叫约翰逊的，眼下就在这租界里混。"

"约翰逊？"王探长吃一惊，"先生认识？"

"陈某倒不认识。"陈炯淡淡一笑，"不过，前几年，此人在东印度混事，惹了点儿小麻烦，是我家老头子出面摆平了。此番来沪，老头子让我何时得空，顺道望望此人。看得出，我家老头子对他赞赏有加，夸他为人刚直，尤其容不得下人假公济私哟。"

见对方浑然不把约翰逊当回事儿，又听到"假公济私"四字，王探长吃不准底细，头上汗出，脸上几无血色。

"王探长，陈某这想打问一下，此人可在租界？"陈炯逼上来了。

"在在在，"王探长哪里还敢造次，忙不迭地堆起笑，"约翰逊先生是大英帝国总领事，是在下上司的上司！"

"哟嗬，"陈炯故作惊诧，"照你此说，他这是鸟枪换炮，混得不错喽。"

"陈……陈先生……"王探长话都说不圆囵了。

"哦，对了，"陈炯打蛇随棍上，"陈某还有一事，望探长关照。"

"先生请讲！"

陈炯指向任炳祺："这位是陈某师兄的法孙，通字辈，姓任，名炳祺，与陈某出入同一门槛，近年来与一帮兄弟在这个小码头上谋点营生，还请探长多多照应哟！"

"好说，好说。"王探长连连拱手，转对章虎，"这个码头是我兄弟的，从今往后，你们谁也不许插手，听见没？"

"弟子遵命！"章虎哈腰应道。

"王探长，"见大事已定，陈炯拂茶赶客，"陈某还有事体与炳祺商量，就不留二位多坐了！"

"好好好，再会再会！"王探长迭迭连声，拱手作别，与章虎走出茶馆。

"不送了！"陈炯起身，送到门口，扬手一句。

"师叔，真他妈过瘾！"望着他们灰溜溜远去的狼狈样儿，任炳祺乐不可支。

陈炯回到茶室，坐下，端茶轻啜。

"师叔，"任炳祺跟过来，续上热水，"王探长真也搞笑，不自量力，来与师叔比辈分，比低了却又不认，竟与师叔称兄道弟，这不是摆明在沾师叔的光吗？"

"不瞒你说，"陈炯呷口茶，往椅背上靠靠，"要是他充的是理字辈，与我师父平起平坐，我就拿他没办法了，因为我没豪气再往上充，上面就是师太呀！"

"是哩，"任炳祺捏紧拳头，"料他也没那个胆气！不过，方才那辰光，我倒真替师叔捏把汗呢。你不晓得此人，心狠手辣，在上海滩，除洋人之外，任谁都要让他三分！"

"对付这种人，你只能用一招，比他更狠！"

"是哩！"任炳祺擂一拳道，"恶人怕的是恶人。今朝收回码头，炳祺向师叔保证，每年为革命事业供银三千两！"

"呵呵呵，炳祺呀，"陈炯淡淡一笑，"这点儿小钱还是留在码头，让兄弟们吃碗饱饭吧。革命的钱，不能靠这个！"


在部属面前丢下这个大脸，王探长心里窝下一股无名火，闷声不响地回到王公馆，一屁股坐在太师椅里，两眼闭起，一口接一口地喘气。

"师父，"章虎心犹不甘，"难道就这么……算了？"

王探长眯眼看他。

"师父，明的不行，来暗的。我这就派人盯牢他，不信逮不到他落单的机会。"

"胡闹！"王探长盯他一眼，"姓陈的是理字辈，晓得不？莫说是在上海滩，即使在江浙一带，理字辈也是屈指可数。得罪此人，还让不让师父在上海滩混了？还有，他连洋大使约翰逊也没放在眼里，你也不动动脑子？"

"师父教训得是。弟子从今往后，离此人远点儿就是！"

"是哩。派人盯住此人，摸清他究竟是何来路。"

"弟子遵命。"

# 第 23 章
## 借华工广肇挑事 占鳌头四明谋对

广肇会馆总理室里，彭伟伦眯起两眼坐在他的大班桌后，聚精会神地阅读一封来自海外的书信。桌面上平摊着两份报纸，一份是华文，另一份是英文。

马克刘大步走进，见状奇道："彭哥，什么宝贝儿，看得那么入味？"

"呵呵呵，"彭伟伦笑一下，顺手递上书信，"小段从美国寄来的信，还有这份报纸，你也看看。"

马克刘接过来，先看书信，又看报纸。全英文的他看不真懂，但那份华人报纸倒是解说得清爽。马克刘浏览一遍，放到一边："是《华工禁约》，这事体半月前我就晓得了，洋行里都在议论呢。"

"哦？"彭伟伦又是一笑，"洋行里是哪能个议论的？"

"美国人都很高兴，说是美国大使照会朝廷，王爷口头允准了。"

"唉！"彭伟伦发出一声富有乐感的长叹，目光落在书信与报纸上，"这对华工大不利呀。你细看看，小段在信中哪能讲哩。洛杉矶华人大集会、大游行，旧金山也是，坚决要求废除这个条约，给华人以平等待遇。华工在美国不如狗，甚至连黑人也不如。小段死活不想在那儿待了，连来两封书信，闹着要回来呢。"

"他不能回来！"马克刘急道，"庄票事体闹得太大，莫说是麦基洋行不容，工部局也放他不过呀。"

"是哩，所以我要他安心守在那儿。"彭伟伦指着报纸，指向刊载《华工禁约》的华文报纸版面，诡异一笑，"老弟，你不觉得这里面大有文章吗？"

"文章？"马克刘忙又拿过报纸，细读一番，摇摇头，憨笑道，"小弟愚笨，请彭哥点拨。"

"再过两个月，商务总会就要改选了。"

马克刘却是点而不透，挠挠头，不解地笑道："彭哥，两桩事体风马牛不相及哩。"

"呵呵呵呵，相及，相及，你再看看，好好看看。"彭伟伦斜睨桌上的报纸，口中吐出一长串烟圈。

马克刘搔搔脑袋，依旧一头雾水，不无惶惑地望着彭伟伦。

"你呀，"彭伟伦指点他的脑袋，摇头哂笑，"这里怎就不拐弯哩？我且问你，上次商会选举，我们败在何处？"

马克刘更是云里雾里："败在……鲁俊逸身上！"

"不不不，"彭伟伦连连摇头，狠吸一口，将烟雾徐徐喷出，"这是表，不是里。"

"那……里在何处？"

"里在三处，"彭伟伦掐灭烟头，扳手指道，"其一，败在甬商人多，心齐，形成强势，鲁俊逸抗不过这个强势。其二，败在姓丁的手里。姓丁的挑起我们与甬人起争，却在幕后牢牢控制会员配额，故意选出鲁俊逸，却未料到鲁俊逸不听他的使唤，也无胆坐在那个位置上，才让姓查的最终得手。"

马克刘竖起拇指，恍然有悟："彭哥解得是。其三哩？"

"这其三，"彭伟伦指自己，也指马克刘，"败在你我，败在我们粤人自己！"

"彭哥，这……"马克刘既委屈，又震惊，"此话从何说起？我们广肇上下齐心，没有一人胳膊肘儿朝外拐啊！"

"是哩。我想讲的是，不是败在我们不齐心，而是败在我们太正了！"

"太正？"马克刘迷瞪两眼，大是不解。

"呵呵呵，"彭伟伦不急不缓，"刘老弟，《孙子兵法》是怎么曰的？凡用兵，以正合，以奇胜。前番选举，我们只有正合，没有出奇，所以败了。"

"彭哥的意思是……"马克刘的眼睛眯成两条细缝，口中吸溜一声，顿住话头。

"失败乃成功之母！"彭伟伦站起来，颇是兴奋地在房间来回踱步，"此番选举，我想，如果我们突发奇兵，调动群狼，任他甬商人再多，心再齐，任他查敬轩三头六臂，也得乖乖地让出那把大椅子！"

"奇兵？"马克刘两眼大睁，"奇兵在哪儿？哪能个发哩？"

"就在此地，"彭伟伦返回桌边，朝报纸上重重一戳，一字一顿，"民心可用！"

"怎么用？"

"可走四步棋。第一步，你去召集相关媒体，连篇累牍刊载华人在美的悲惨遭遇，唤起国人的同情心、爱国心；民心是把火，一点就着。第二步，公布《华工禁约》全部条文，让国人看看美国佬是如何歧视我们华人的。华人在国内是狗，在国外，竟然连狗也不如啊！"

"对对对，"马克刘恍然若悟，"连我们这些人都还受气哩，莫说是寻常人了！彭哥快讲，这第三步呢？"

"呼吁国人！"彭伟伦为自己的设想而激动起来，声音兴奋得发颤，"《华工禁约》届满，美国正在迫使朝廷续约，我们坚决不答应！我们要号召全体国民声援在美国的中国同胞，抵制美货。"

"乖乖，整大了！"马克刘咂咂舌头，"第四步呢？"

"将这把火烧进商会！我带头呼吁，再由老弟串联那些卖日货、欧货的议董，共同造势，要求商务总会顺应民意，谕令所有商家禁售美货，同时，以商务总会名义向全国各地商会发出吁请，向朝廷发出公开请愿书，要求废除《华工禁约》！"

"好家伙，彭哥这是大手笔，一气呵成啊！"

"此战也是一箭双雕呀！"

"哦？"

"我们广肇会馆经营的多是欧货和日货，经营美货的多为甬商，也有少部分是苏商和徽商。前番庄票案，他们惹事，我们买单。这一次，该让他们出点血喽！"

"这……"马克刘轻轻摇头，"好倒是好，只怕查老头子不答应，姓丁的怕也未必肯依！"

"呵呵呵呵，"彭伟伦却似没有听见，顾自接住方才的话头，"让甬商出血算是第一雕，对付两个老家伙当是第二雕了。姓查的自不必说，那姓丁的借了商会之势，谋得邮传部大臣正职，权倾朝野，炙手可热，竟在朝中挤对起袁大人来。我们要让这把火烧到天津，烧到北京，烧到他的屁股下面，看他坐得稳不？"

"这……哪能个烧哩？"

"呵呵呵，"彭伟伦又是一笑，意味深长，"记者们不是有正义感吗？啥人不答应……"使了个眼神，"懂不？"

马克刘豁然开朗，由衷叹服道："彭哥高明！"

彭伟伦吹吹指甲，有节奏地敲动几案，哼起粤调来："那时节，上海滩上，几家欢乐几家愁哟！"

"是哩是哩。"马克刘这算完全听明白了，连声响应，"卖美货的干瞪眼，卖日货、欧货的却要放鞭炮嗬。呵呵，彭哥，要是这说，老弟这里还有一雕呢！"

"哦？"彭伟伦看过来。

"麦基洋行购进一批美货，听说货船这就靠岸了！"

"是吗？"彭伟伦既惊且喜，"好好好，太好了，哈哈哈哈，抓鱼路上捡个鳖，是个顺带。麦基鬼迷心窍，抛开善义源与那姓鲁的合作，是该让他喝壶醒魂汤喽！"


接下来几日，在马克刘等人的秘密运筹下，上海滩热闹起来，与中国数万里相隔的美国华工的方方面面无不成为大报小报竞相关注的对象。

一摞接一摞的大报小报摆在四明公所的大方桌上，十多个甬商大佬围绕大桌，或站或坐，表情阴郁，发着一肚子的牢骚话儿。

"什么《华工禁约》？"邱若雨抖搂几下面前的报纸，"什么抵制美货？家门口的雪这还扫不过来哩！"

"是哩，"周进卿一拳砸在桌面上，"我们断不能听之任之！我的几个店摆的是清一色美货，老祝的五金店也是美货最多。在场诸位，哪一家没有美货？全都不让卖，大家喝西北风呀！"又看向祝合义，"老祝，你说是不？"

周进卿讲到了问题的实质，祝合义转头看向查锦莱："老爷子哪能讲哩？"

众人纷纷看向代表查敬轩坐在主位上的查锦莱。

查锦莱做全手势，声音淡淡的："老爷子说，少安毋躁，以静制动。"

与此同时，广肇会馆的几案上摆着同样的报纸。

"彭哥，"马克刘不无得意道，"老弟干得还算可以吧！"

"不错！"彭伟伦竖拇指赞他一句，"下一步，该让复旦、同济、震华等校园里的学生娃子们上街走走了。"

"好哩！"马克刘挥下拳头。

"老弟，"彭伟伦摸出几张千两的善义源庄票，"送给几个校长，算作慰问金！另外，通知广肇的所有店铺，联合抵制美货，当众砸烧美货，要让所有店员及亲戚朋友走上街头，声援学生娃子们，再让作家、记者，凡是会写的，全都搅和进来，场面越乱越好！需要多少钱，都到彭哥这里开销！"

"OK."

"天津也该动了！"彭伟伦拿出一封写好的电报文，递过去，"将此文发送袁中堂府中的穆先生，让他知会天津商会于近日闹出点儿动静。天津动起来，北京必有反应，南北呼应，再加上其他地方唱个小曲儿，这台大戏就算成了。"

"OK."

随着学子们走向街头，上海滩由热闹而沸腾，报纸更是连篇累牍地予以全程报道，添油加醋，推波助澜，不少商家公然砸烧美货，社会各界人士，尤其是知识界，纷纷借题发挥。错后几日，天津卫也动作起来，然后是北京、广州、武汉等几大涉洋城市。八国联军与日俄战争之后，中国各地就如一汪高压下的岩浆，终于在浩瀚无际的大洋彼岸，在他们看不见、听不到的华工身上，寻到了突破口，以不可阻挡之势喷涌而出。

"果然不出夫人所料，"车康拿进来一厚摞子报纸，幸灾乐祸道，"选举临近，粤商守不住了，与甬商越干越欢，事体这也越闹越大哩。看来，彭伟伦这是铁心要做总理哩。"

如夫人在他拿进来的报纸里拨拉一阵子，寻出几份英文报，聚精会神地读起来。读有一阵，复查中文，将几天来的所有报头浏览一遍，看向车康，接上他方才的话头："是哩，风水轮流转，查老头子实在太老了，赶不上趟了。"

"夫人的意思是……"车康略一思忖，凑近一步，"此番选举，就让彭伟伦干？"

"不！"

"这……"车康有点蒙了，"查老头子赶不上趟，又不让彭伟伦干，那谁能坐上那位子呢？"眼珠子连转几转，"对了，夫人莫不是想让士杰坐吧？"

"士杰哪能坐哩？"

"咦，"车康急了，竟然争辩起来，"士杰为啥不能坐哩？士杰是惠通总理，在这上海滩上，伸条腿也比他们的腰粗，再说，夫人哪，只要士杰坐上，商会就等于是咱泰记的了！"

"不是我不肯，是老爷不让！"

"老爷为啥不让？"车康怔了。

"唉，"如夫人轻叹一声，"你也不想想，只要士杰坐上那椅子，就会给人留下话把子。姓袁的盯着呢，还不参到老佛爷那儿？"

"乖乖！"车康咂下舌头，转回原话题，"夫人，那位置该让谁坐，您发个话，小人好去安置！"

"鲁俊逸。"

"啥？"车康惊得合不拢口，愣怔半晌，方才接道，"夫人，那是头白眼狼呀！再说，即使选上他，也是个扶不起来的刘阿斗，上次的事体……"

"我晓得，"如夫人淡淡一笑，"上次的事体，他怕的是查敬轩。这次不同，如果不出所料，彭伟伦的所有火力都会对准查敬轩，查敬轩过不了这道坎儿！"

"那……"车康略略一顿，"如果鲁俊逸再像上次一样让给查老头呢？"

"纵使他让，查老头子怕也不敢接啊！"

"夫人，"车康小声建议，"照小人之见，莫如就让姓彭的坐上。姓彭的坐了，姓查的必不肯依，上海又是甬商遍布，想必够那姓彭的喝一壶了！只要他们两家互掐，咱们泰记坐山观虎斗，岂不是好？"

"谁都可以坐，姓彭的不能坐！"

"这……"

"你有所不知，此人是姓袁的狗，让他坐了，上海滩就成姓袁的地盘了。"

"乖乖！"车康再次咂舌。

"车康，你可晓得哪能个让那姓鲁的坐上那把椅子吗？"

"像上次一样，让士杰安排去。"

"不，告诉士杰，倒过来做。"

"倒过来做？"车康的眼睛接连眨巴几下，仍是不解，半是征询地看向如夫人。

"上次是暗箱操作，这次可以明着来，让上海滩上都知道，他鲁俊逸是我们泰记的人！"

"夫人英明！"车康连竖拇指，"夫人这把姓鲁的逼到绝处，看他敢不拜在咱泰记脚下？"


一切都在按照彭伟伦的预设发展，喷射而出的烈焰七绕八拐，终于烧到了商务总会的会馆。大厅里坐满了人，大家吵吵嚷嚷，莫衷一是。

马克刘兴奋异常，噌地跳上一张大方台，大声朗读报纸："……此合约辱国病商，损我甚巨……望所有爱国之士联袂奋起，共同抵制……"

一墙之隔的南京路上，青年学子、爱国仁人志士等各色人众组成的游行队伍如滚滚洪流，裹挟着街头犹自观望的人众在游行示威，队伍里的每一个人，血都是沸腾的，无不振臂高呼，此起彼伏，声振云霄：

"坚决抵制美货，不做亡国奴！"

"坚决声援在美受难的兄弟姐妹！"

“坚决要求取消《华工禁约》！”

“我们要人权，我们不要做狗！”

……

五花八门的口号声一浪高过一浪。

议董和商会会员们交头接耳，议论纷纷。

“诸位议董，诸位会员，”待马克刘念完报纸，彭伟伦登场，声音激昂，有力地挥动手臂，字字铿锵，“我们在经商之初，无不立下宏愿，济世惠民，以实业振邦兴国。《华工禁约》于我国民有百害而无一利，我政府理当拒而弗纳！然而，美利坚政府仗恃强权，逼迫我政府签字画押，危机迫在眉睫。一旦此约续签，作为家乡父老，我们难道眼睁睁地看着我们的兄弟姐妹在异国他乡再受十年欺凌吗？难道我们没有切肤之痛吗？”

厅中鸦雀无声，所有目光无不聚焦在他身上。

彭伟伦的声音稍稍放缓，但更有穿透力：“诸位议董，诸位会员，我们都是中国人，我们身上都流着炎黄子孙的血。抵制合约事关国家荣辱、华夏颜面，吾商会理当顺应民意，群力并举。为此，伟伦在此吁请诸位，发起如下请愿：一、以商务总会名义，在上海发起抵制美货大行动，从我做起，谁家卖美货，即为公贼，华夏诸民共同诛伐之！二、以商务总会名义，起草电文，公告全国商民，共同抵制美货！三、以商务总会名义，向朝廷外商部递交请愿书，要求政府坚决取缔这个无理合约……”

会馆大厅群情激愤，纷纷鼓掌。


在离商务总会会馆不远处的南京路麦基洋行里又是一番情景。一阵又一阵的喧嚣声及抵制美货的口号声震耳欲聋，坐在办公桌前的麦基越听越烦，两手捂住耳朵。

嘈杂声渐去渐远，走向外滩，麦基舒出一口气，两手转按头上，挤压两边额角。

里查得拿着一沓票据进来，看一会儿，不无关切道：“What's the matter?（怎么了？）”

“Nothing serious.（不打紧。）”麦基苦笑一下，“A little bit headache. What do you want?（有点头疼。有事吗？）”

里查得将票据放到桌上："Our ship was unloaded.（船卸完了。）"

麦基看也没看，抬手拨到一侧："I knew. Anything else?（我知道了。还有别的事吗？）"

"The hammals asked for fees and we have to prepay for the storage charge.（搬运工讨要工钱，仓库也须支付预付款。）"

"How much?（多少钱？）"

里查得拿过票据，指着上面的汇总数据："About 1100 silver coins.（大约1100元。）"

麦基给他个黑脸，敲桌子道："You come to me just for such a trivial matter? Go to the cashier.（你来找我，就为这桩小事儿吗？找出纳去。）"

里查得两手一摊，给个苦笑："She hasn't any. We have no money. We have only debt.（她没钱了。我们没有钱了。我们只有债务。）"

麦基愕然，怔有半晌，在口袋里摸索一会儿，掏出一张茂升庄票："I have only this now, you can take it away!（我只有这个了，你可以拿去。）"

里查得瞄一眼庄票，见上面只写五十两银子，苦笑一下："I'm sorry.（对不起。）"做个道歉动作，扭转身，走出房间。

麦基长叹一声，凝视庄票，良久，将之收入袋中，摇摇头，缓缓站起，拖着沉重的步伐，走出房间。

这一天，麦基没有加班，早早回到住宅。

麦基夫人迎上，如往常一样，在他脸上连吻几下，为他脱去外衣，挂在衣帽架上。

麦基给她个笑，但笑得很苦，便头也不回地走上二楼，打开卧室门，在一个高大的西式床榻上倒头睡去。

还没睡稳，院中一阵声响，是女儿麦嘉丽回来了。

"Mommy, I want money.（妈咪，我要钱。）"比妈妈高出许多的麦嘉丽，像往常一样，进门的第一件事就是要钱。

"Oh, dear,（哦，亲爱的，）"麦基夫人轻嘘一声，两手一摊，压低声音，"I have no money, and your daddy has no money either. All our money is taken by the cargo goods.（我没有钱了，你爸爸也没钱了。我们的钱都在那些货物上。）"

"Oh, My Gad!（哦，上帝！）"麦嘉丽脸上现出失望。

麦基听得真切，从床上坐起，穿上拖鞋，缓步下楼。

麦嘉丽迎上去，拥吻爸爸。

"Dear, you want money?（亲爱的，你要钱？）"麦基做出一脸轻松的样子。

麦嘉丽点头。

"How much?（多少？）"

"Daddy, I need at least 100 silver coins.（至少要一百银元。）"麦嘉丽急不可待道，"I want to build some more houses, because my garden has to be enlarged. Daddy, I have more than 90 little angels now and there are newcomers every week, even every day.（我想再修一些房舍，我的花园必须扩大。爹地，我有九十多个小天使了，每一周，甚至每一天都有新来的。）"

麦基夫人皱眉。

"Good.（好哇。）"麦基从袋中掏出那张仅有的庄票，递过去，

"Congratulations to you, dear. Here is 50 liang of silver. You can have the rest a few days later.（亲爱的，祝贺你了。这是五十两银子，余下的晚几日给你。）"

麦嘉丽接过庄票，高兴得跳起来，搂着爸爸亲了又亲："Thank you, daddy. All the little angels thank you, too.（谢谢您，爸爸。那些小天使也都谢谢您。）"

"Let them thank God!（他们应该感谢上帝！）"麦基慈祥地搂过女儿的肩膀，"To build houses is a big job, how can you deal with it?（盖房是件大事，你如何做呀？）"

"No problem, daddy,（没问题，爸爸，）"麦嘉丽忽闪几下大眼睛，"I have Mr. Wu. He is clever, honest, hardworking and kind. He is a great man anyway. He can do everything for me.（我有伍先生。他聪明、诚实、勤劳、心肠好。他是个了不起的人，我的所有事情，他都能做。）"

"Dear Carri,（嘉丽，亲爱的，）"麦基夫人笑道，"have you fallen in love with that fellow?（你是否爱上他了？）"

麦嘉丽脸色羞红："Mommy...（妈咪……）"

"Dear,（亲爱的，）"麦基夫人看出端倪，转向麦基，"your daughter has fallen in love. Are you ready to accept a yellow-skined young man as your son-in-law?（你女儿恋爱了。你准备好去接受一位黄皮肤的小伙子来做你的女婿了吗？）"

麦基拉女儿坐在沙发上，麦嘉丽却坐在他腿上，拱在他怀里。

麦基抱住她，拢几下她的金发："Do you like that fellow?（你喜欢那个小伙子吗？）"

麦嘉丽不无娇羞，轻轻点头。

"Do you love him?（你爱他吗？）"麦基又问。

麦嘉丽再次点头。

"My dear,（亲爱的，）"麦基语气郑重，"You are 19, and you are a grown-up now. You have the right to do whatever you want to do. That's the will of God. Yet you must be very cautious. That young man maybe is too clever for you.（你19了，你已长大成人，你有权利做你想做的事。这是上帝的意志。不过，你须当心一些，那个年轻人对你来说也许过于聪明了。）"

"Why do you say so,daddy?（爹地，你为何这么说？）"麦嘉丽惊讶了。

麦基点了点女儿的高鼻梁，松开绷起来的脸："Because that man is a first-class businessman and I've always worried that he might sell my dear silly girl to the slave market!（呵呵呵呵，因为那个人是第一流的生意人，我总在担心的是，他也许会把我这宝贝傻丫头卖到奴隶市场上呢。）"

麦嘉丽咯咯笑起来，搂住他脖子："Oh, daddy...（哦，爹地……）"忽地起身，将庄票收入袋中，"I have to go, bye-bye.（我得去了，拜拜。）"

望着女儿欢快离去的身影，麦基轻叹一声，一屁股跌坐在沙发上。

麦基夫人在他身边坐下，亦叹一声："Dear, are you still worried about the goods from America in the storage?（亲爱的，你仍在忧心库房里的美货吗？）"

"It's OK, dear.（没事的，亲爱的。）"麦基打起精神，给她个笑，"Everything will be OK. I'll fight a way out.（一切都会没事的。我会找到

办法。）"

麦基夫人从指上脱下钻戒，递给他："I heard that you badly need money. You can pawn this ring. It's of no use to me at this moment."（我听说你迫切需要钱，把这戒指当掉吧，眼下它对我毫无用处。）

麦基接过戒指，吻她一下，重又戴回她手上："The Chinese have a saying, 天无绝人之路. We are whites. Here's a wonderland quite fit for our race, isn't it?（中国人有句谚语，天无绝人之路。我们是白人，这儿是块适合我们种族生存的神奇土地，不是吗？）"

翌日上午，麦基夫人打开梳妆台，打开首饰盒，看会儿所有饰品，轻叹一声，将手上戒指、颈上项链一并取下，装进盒中，又叫来一辆黄包车，径到一家法国人开办的典当行里。

当里查得火急火燎地驱车赶到麦基宅院时，麦基夫人早已笑吟吟地候在门口，手中拿着一张汇丰银行的现金支票。

里查得接过一看，既惊且喜：整整两千块洋钿!

突如其来的抗美运动给陈炯打了一针兴奋剂，他几乎天天奔波在街道上。任炳祺手下的徒众也被他全部调动起来，学校、街头、外滩、领事馆、道台衙门……哪里有游行队伍，哪里有抗美活动，哪里就有他们的身影，似乎唯恐上海滩乱不起来似的。

"他奶奶的!"任炳祺兴奋地向陈炯禀报，"今朝最热闹的地方是南京路和外滩，没想到那些学生娃子挺爱国哩，有六家商店在门外烧货，奶奶的，虽然解气，却总觉得有点儿可惜，好端端的洋东西，用起来爽哩，说烧就烧了!"

"呵呵呵，烧了的好!"陈炯笑赞几句，压低声音，"炳祺，师叔这里也有一桩好消息讲给你听!"

"快讲!"

"就这几日，师叔已经发展了八个会员，加上你，就是九个，再加上孙先生和廖师父推荐的人，我们这有不下十五人哩。"

"师叔呀，"炳祺却是不屑，"这才十几个，若是要人，徒子随便招呼一声，莫说是三十、五十，纵使百儿八十也不打折扣!"

"呵呵呵,你呀!"陈炯笑道,"你说的是小兵,不是将才。师叔所求,必须是一等一的将才。就说你手下的这些人吧,让他们冲冲杀杀或许可以,若是让他们出谋筹策,领袖一方,讲出个子丑寅卯,哪一个能够站到台面上来?"

"乖乖!"炳祺吐下舌头,"师叔看得真哪!说吧,师叔,下一步哪能办哩?"

"冲冲杀杀的人,也必须有,你这就招募些人,尤其是那些没爹没娘的,没家没业的,只要身体棒儿壮,脑子不多想,讲义气,好使唤,就成!"

"师叔放心,冲冲杀杀,身体不壮实不成。顺义码头正好缺人,就让他们先到码头上扛包,扛不起两个包的想来我还不要哩!"

"好吧,就照你讲的办。"陈炯略想一下,从腰中解下他的祖传宝刀,又从抽屉中摸出一封早已写好的书信,"炳祺,将这两件物事呈送大小姐!"

习武之人天生爱刀。炳祺接过宝刀,爱不释手:"乖乖,真是好刀啊,这把子上还镶有宝石哩!"

"不瞒你讲,这是师叔的传家之宝!"

听到传家之宝,炳祺眉头一挑:"师叔这是……"一拍脑门,"哎哟哟,瞧我这笨的!呵呵呵,师叔献出这般漂亮宝刀,大小姐想不动心,怕也是……呵呵呵呵,徒子这就呈送!"

翌日午后,太阳西斜,院中阳光渐渐被西厢房挡住。

申老爷子哼着一支老调打外面回来,许是饿了,直接走进灶房,掀开锅盖,见锅中空空如也,看看食橱,未见可食之物,想自己烧点,灶前竟无一根木柴,不觉老眉微皱,轻叹一声走出灶房,来到堂间,在罗汉榻上盘腿坐下,微闭双眼,静心修炼。

刚刚坐定,老爷子耳朵一竖,冲葛荔的闺房道:"小荔子,你在家呀!"

房间里没有吱声。

老爷子发出一声长长的"咦"字,慢吞吞道:"米没有,面没有,油没有,盐没有,灶台前面连把干柴也没有,你这是成心饿死老阿公哟!"

仍旧没有应声。

"嘿,这又怎么了?"老爷子缓缓起身,一步一步地走向角门,边走边叹，"唉，不听老人言，吃亏在眼前。老阿公介好的主意，有人偏不肯听，结果如何呢？白日心神不定，魂不守舍，夜间辗转反侧，鸡鸣不眠，早晚拉个驴脸，长吁短叹，像是啥人欠钱不还似的，害得呀我这老头子也跟着受苦哟！"

说话间，人已走进里厢，却见葛荔正在聚精会神地看着一个物事，并无一丝儿伤感。

老爷子夸张地"咦"出一声，凑前一看，大吃一惊，急问："此刀从何而来？"

"有人相赠的！"葛荔斜睨老爷子一眼，嘴角撇出一笑，"嘻嘻，某人不要太失望哟！"

老爷子伸手拿过刀，端详良久，看向葛荔："讲，此刀从何而来？"

"咦，您老这还没聋呀，小荔子不是讲过有人相赠的吗？"

"何人所赠？"老爷子声音低沉。

见老爷子陡然严肃起来，小荔子心里一怔，盯他看一会儿，应道："陈炯！"

"他……"老爷子似是自语，又似在问葛荔，"何来此刀？"

"说是他家的祖传之宝！"

"哦？"老爷子看过来，目光征询。

葛荔似是觉出什么，轻声道："老阿公，这刀……您老认识？"

"曾经见过。"老爷子微微点头，眯起两眼，再审宝刀，"既为传家之宝，陈炯为何送你？"

"嘻嘻，"葛荔现出一笑，从抽屉里拿出一信，"老阿公，您老瞧瞧这个，不许吃醋哟！"

老爷子接过信，打开，见是一封感谢信，落款是陈炯，谢她救命之恩，云云，信中并没提及他事。

"这信怎么了？"老爷子抬头看她。

"咦，您老介智慧的人，还能看不出来？"葛荔不无兴奋地指信道，"瞧这段，'救命之恩，万死不足以报，此刀为先祖所传，炯须臾不曾离身，刀即炯，炯即刀，今以此刀相赠大小姐，还望大小姐不弃……'"

"这又怎么了？"

"咦，您老怎就不开窍哩？刀即炯，炯即刀……还望大小姐不弃……这这这，意思不是摆明了吗？"

"唉，"老爷子摇几下头，给出一声长叹，"小荔子何时学会自作多情了呢？"

"老阿公，你……"葛荔气得脸、脖子通红，啪地夺过宝刀，"不给你这老糊涂看了！"

"不给看可以，要借老阿公一用哟！"话音落处，未及葛荔明白怎么回事儿，宝刀已在老爷子手中。

"老阿公，你……你这是强抢！"葛荔不由分说，上来就夺，不料使出浑身解数，却是连个刀把子也没碰到。

"就借一日，一日！"见她气泄了，老阿公刻意将刀在她眼前晃晃，做个怪脸，哼着得胜曲儿走出角门和堂门，出大门扬长而去。

清虚观三清殿后面，观内最幽静之处，一扇不起眼的木门轻掩，屋内端坐四人，申老爷子、阿弥公、齐伯和苍柱，呈正方形。

他们中间摆着陈炯送给葛荔的家传宝刀，刀、鞘分放，冷光闪闪。

八只眼睛尽皆盯在那把刀上，良久未移。

"五叔，"苍柱显然并不晓得此刀，看向申老爷子，"此刀可有来由？"

申老爷子老眼闭起，泪水流出。申老爷子极少出泪，苍柱心头一震，看向阿弥公和齐伯，见二人也是伤感，尤其是齐伯，几近哽咽，阿弥公则双手合十，口中呢喃不已，谁都晓得，他所呢喃的也必是"阿弥陀佛"四字。

"七叔？"苍柱好奇心起，转向齐伯。

"唉，"齐伯长叹一声，擦把泪水，"此刀是你二叔生前须臾不离身之物。"

"二叔？"苍柱惊愕，拿起此刀，见刀柄上隐隐写着一个"曾"字，不解地看向申老爷子，"五叔，二叔姓曾，此刀怎会落在陈炯手中，成为他的家传之物？"

"我也觉得奇怪！"老爷子沉声应道，"你二叔不曾婚配，当无后人，老家也不在湖州。"

"难道是……"齐伯打个寒噤，顿住话头。

"七叔，说呀！"苍柱急道。

"我是臆测，"齐伯吸口长气，稳住心神，缓缓说道，"或有一种可能，收藏此刀的就是杀死你二叔的凶手！"

"一定是了！"苍柱断道，"那人见此宝刀，必定不舍，收藏于家，一做战利品，二做传家物。"

"阿弥陀佛！"阿弥公出声了，每一字都拖得很长。

"七弟，"老爷子接道，"也或有其他可能，譬如二哥家人寻到二哥，收葬其尸，收藏此刀，流落于湖州，隐姓埋名，或不可知！"

"五哥所言甚是。"齐伯点头。

"三位师叔放心，小侄这就追查，若是查实，必为二叔讨回公道！"

"阿弥陀佛！"阿弥公又出一声。

"苍柱，"申老爷子显然理解了阿弥公的这一声念叨，转对苍柱，"一切皆成过去，查实也好，查不实也好，不再重要了。至于公道，本就是这个世界的奇缺之物，自古迄今，人人都在追求，可有谁真正得到过它呢？真正享用过它呢？再说，什么又是公道呢？在此来说是公道，在彼又必是不公道！"

"五叔教导得是！"苍柱大是感悟。

"六弟，七弟，还有苍柱，"申老爷子侃侃接道，"此刀既为陈炯的传家之宝，想必陈炯一家与二叔有缘。陈炯追随孙逸仙等革党，以驱逐鞑虏为己任，与我天国志士殊途同归。今陈炯又以此刀相赠葛荔，与我等结缘，或为天意所驱。是以我想，对陈家的过去可不追究，但对陈炯的今日，不可不察。若是陈炯人品端正，革党志存高远，能成大事，我等或可将天国巨款托于此人，助革党一臂之力，以慰天国志士并忠王的在天之灵！"

几人尽皆点头。

"请问五叔，哪能个考察呢？"苍柱道。

"就用这个！"申老爷子从苍柱手中接过宝刀，淡淡一笑，纳入袖中。


日过正午，天使花园里一片喧嚣，伍挺举领着阿祥等人在左侧空场上一总儿搭建六间新房，墙壁砌至一人多高，门窗已立起来，花园中包括阿弥公、老盲人在内的大小人等，全被麦嘉丽动员起来搬砖抱瓦，麦嘉丽自也赤膊上阵，给挺举打下手。

与往日不同的是，麦嘉丽不再讲蹩脚的汉语了，一边干活，一边对挺举呜里哇啦，对孩子也是用英语指手画脚，挺举则应之以汉英混搭的洋泾浜，交流虽说艰难，却也充满乐趣，引得麦嘉丽时不时地放声大笑。

花园里面热火朝天，花园外面却是又一番景象，头戴斗笠、一身乡下村姑打扮的葛荔看在眼里，听在耳里，麦嘉丽小姐的每一个笑声都会让她五官扭曲，七窍生烟，但她却怎么也鼓不起冲进院中一决雌雄的勇气，因她实在寻不出哪怕是一丁点儿可以冲进去的理由。毕竟，她与伍挺举之间没有任何说得清、道得明的纽带，挺举既没向她承诺什么，她也没向挺举承诺什么，二人不过是惺惺相惜、互有好感而已。再说，挺举与麦嘉丽之间，不就是说几句洋话吗？她大小姐又凭什么不让他们二人说话？

但葛荔天生不是个轻易服输的主儿，正在低头琢磨辙儿，耳边响起一个熟悉的声音：“小荔子！”

“老阿公？”葛荔扭过头来，吃一大惊。

“呵呵呵，”申老爷子不知何时已在她的身后，“你这鬼鬼祟祟躲在此地算是哪一宗儿？”

“我……”葛荔俏脸羞得通红，却又解释不出个所以然来，怔有半天，方才寻到词儿，给他个笑，“嘻嘻，我这不是在执行您老的差事吗？”

“差事不是早就执行好了吗？”

“嘿，”葛荔眼珠子连转几转，“小荔子这又发现新情况了！”

“哦？”

“瞧见没，”葛荔朝里面努下嘴，“阿弥公这在起房盖屋呢！”

“呵呵呵呵，”老爷子笑道，“老阿公没有看到阿弥公起房盖屋，倒是看到某人龇牙咧嘴，表情丰富哩！”

“老阿公！”葛荔羞急交集，嘴一噘，“小荔子不跟你玩了！”说罢，噔噔噔转身就走。

“等等，”老爷子冲她叫道，“老阿公这来寻你，是有件小物事儿要归还哩！”

听到“归还”二字，葛荔忙站下来，回头看到老爷子手中拿着陈炯的宝刀，心里一动，回身接过，在手里把玩几下，嘴角浮出莫名的笑，朝花园里白一眼，小鼻孔哼出一声，一把挽住老爷子胳膊："老阿公这辰光想必饿了，咱这就回家，小荔子为您老烧几道好菜下饭去！"

二人沿巷子没走几步，一辆马车迎面驶来。二人让到一侧，见车上坐的是鲁俊逸，便不约而同地停下步子。

马车径直驶到花园门外，鲁俊逸跳下车，站在院门外面看有一会儿，走进院门。

"阿哥，老爷来了！"阿祥急道。

正在砌砖的挺举回头一看，紧忙扔下瓦刀，跳下搭起来的木架，急奔过来。麦小姐迟疑一下，也跟过来。

鲁俊逸自也认识麦小姐了，冲她揖道："密斯麦，奶死吐洗油！（Nice to see you! 很高兴见到你！）"

"下午好，鲁老板！"麦小姐扬起满是泥土的白手，用汉语回道。

"挺举，"鲁俊逸是冲挺举来的，"快，跟我上车！"指向门外马车，率先走去。

看俊逸表情，又见他亲自寻到这里，挺举晓得是有紧急事体，便冲麦嘉丽点个头，到旁边洗过手，走到门外，刚跳上车，车夫鞭子已扬起，马车沿巷子急急驶去。

"鲁叔，啥事体？"挺举坐稳身子，问道。

"也算是桩好事体，"俊逸淡淡一笑，"昨天在总董会上，老爷子提议你为议董。彭协理起草一份抵制美货的请愿书，通知全体议董到场表决，作为议董，你也得去。"

"我？"挺举蒙了，"议董？"

"嗯，"俊逸又是一笑，"是列席议董，不算正式。老爷子的意思是，商务总会改选在即，粤商咄咄逼人，我们也得有所应对，不能退让。你名气有了，这个圈子也都认你，只要多露面，得个人缘，选举辰光，就能为甬商增加个议董名额！"

听明白原委，挺举"哦"出一声，若有所思。

马车一溜烟儿地驰到会馆，俊逸引领挺举匆匆来到二楼的议董会议室，已是迟到了，十几个议董早已到场，分别坐在几排长凳子上，打眼看去，大多情绪亢奋，就似喝高了。

总理查敬轩却没到场。

主席台上放着三张写着黑字的红纸。站在台前的是彭伟伦，正声情并茂地慷慨陈词："……诸位议董，彭某自立事起，即明志曰，正直达观，经世济人，惠泽国家，救亡图存。今为天下公益事，为华夏颜面事，彭某甘冒风险，在此振臂吁请诸位，共同具结请愿书，向外商部，向各地商会，向天下诸民发出公电，共同抵制美人续签《华工禁约》！"

掌声如雷。

"诸位朋友，"彭伟伦用力挥拳，"曾几何时，我华夏诸民傲视天下，叱咤风云，诸夷莫不俯首听命，唯我是尊。然而，今日中国，群夷环伺，洋人逞强，我华夏诸民等同于猪狗耳！伟伦不才，愿以小弱之躯，为此公益事甘领一切风险。所谓风险，不过是得罪美人，为美人枪毙耳。为天下公益死，死得其所，彭某愿引颈就戮！"

更加热烈的掌声，经久不息。

待掌声稍歇，彭伟伦发出吁请："为此公益事，彭某谨以上海商务总会总董、协理名分，起草三通公电：一电吁请外商部，万不可与美人续约；二电吁请南洋、北洋大臣，联衔奏请朝廷，以伸张国权，保护商民；三电吁请全国各地商会，共同声援，形成合力，共抗美夷！此三电俱已书写于此，请诸位议董自愿在空白处签字画押。凡画押者，视为同意，其名字将随同电文发往全国各地，公诸报端！"

言讫，彭伟伦提笔挥毫，率先将自己名字签下。

紧接着，马克刘挥拳上前，签过字后，故意把笔"啪"一声扔到桌面，咚咚咚地敲着桌面叫道："诸位议董，为国尽忠的辰光到了，有种的爷们请上来签字！"

众议董的情绪早被渲染起来，这又受激，纷纷上前签字画押。

连张士杰也走上去，提笔签字。

端坐不动的唯有几个甬商议董，外加首次列席与会的伍挺举。

所有目光齐射过来。

"喂，"马克刘斜眼看过来，不无夸张地叫道，"那边诸位，大家都在看着呢！"

彭伟伦故意摆手止住马克刘，语气平和："此为公益事，自愿画押，不可勉强！"

甬商诸议董面面相觑，面上各显尴尬，但依旧没有哪个动身。

挺举憋不住了，忽地站起，却被俊逸一把扯住。

挺举只得重又坐下。

看到所有甬商议董是执意不签了，彭伟伦淡淡一笑，数过画押人数，朗声说道："伟伦宣布今日议董表决结果，正式议董一十五名，列席议董一名，共一十六名，缺席议董三名，实到人数一十三名，在公电上签字画押的共是八名，弃权五名，赞同三个公电的议董达到实有议董半数，超过实到人数半数，由于商务总会总理因故未至，伟伦以协理名义郑重宣布，三份公电皆获通过！"

众人鼓掌。

查锦莱率先起身，黑着脸走出会议室。

俊逸亦站起身，看一眼挺举，使个眼色。挺举跟在他的身后，缓缓走向位于三楼的总董办公室。

俊逸打开房门，挺举跟进来。

"挺举，"俊逸在主位坐下，指指沙发，"坐吧，沙发不错，软哩。"

挺举人虽坐下，心思却仍在会议大厅刚刚发生的一幕里："鲁叔，我们为何不签名画押？"

"唉，"俊逸轻叹一声，"叫你上来，就是想告诉你这个。咱是甬商，老爷子没发话，啥人敢乱签乱画？"

"老爷子为何不发话？"

"商会改选在即，姓彭的故意设此圈套，以博名声，谋大位。老爷子看透他了。另外，抵制美货，利于粤商，却不利于甬商。"俊逸直指内幕。

"为什么不利于甬商？"

"因为甬商中经营美货的最多，抵制美货，损失也就最大。"

"鲁叔，"挺举沉思良久，苦笑一声，"麻烦您对老爷子讲一声，这个列席议董，挺举不想做了。"

"为什么呢？"俊逸怔了，"难道就为这事体吗？这个不成！为了让你列席，老爷子费尽心思，差点与彭伟伦闹翻，好不容易才算让你进来，对你寄托厚望哩。今日这阵势，你也看到了，四明眼见落于下风！"

"鲁叔呀，"挺举辩道，"眼下之争，不是商帮利益，而是民族大义，华人尊严。我们如此计较得失，恐怕要失去民心了。"

"这些鲁叔晓得。不过，鲁叔以为，真的要往大处讲，这也太大了。过大即空，空即不实。再说，跟美人续约，这是朝廷的事体，彭伟伦不过是拿它挤对老爷子罢了。我们若是亦步亦趋地跟在他的屁股后面打转转，瞎起哄，今后在上海滩就难以抬头了。"

挺举又要辩论，电话铃响了。

俊逸拿起电话："士杰兄？……哦，好的，我这就过去！"放下电话，看向挺举，"挺举呀，张总董约我谈点儿事体。方才所言，不可再提，意气用事，对谁都不利。好了，这里没啥事体了，你回花园里忙去吧。"

挺举点点头，别过俊逸，出门走了。

俊逸定会儿心神，敲开隔墙的张士杰总董室，约半个时辰后出来，一脸心事地回到房间，在沙发里闷坐一小会儿，听到士杰锁门下楼，略略一顿，出门敲响另一个房门。

开门的是祝合义。

"唉，"俊逸将士杰对他讲的略述一遍，一脸苦相道，"这可哪能办哩？"

"奇怪，"合义凝眉道，"泰记为何放出此话？"

"天晓得哩！"俊逸苦笑一声，摇头叹道，"唉，就算泰记放的是个屁，也足以把在下吹向绝处了。"

合义吸口长气，闷头苦思。

"唉，"俊逸丧起脸，越发叹得长了，"商会简直就是我的扫帚星，它一选举，我就倒霉。前番选举，几家子斗来斗去，无不拿我当靶子，又拉又打又踢又逼，害得我走投无路，在老爷子门前跪了整整一夜。老爷子那里好不容易才……"猛地顿住，似乎想到什么，"天哪，如果此话传到老爷子耳里，叫我哪能个洗脱哩？"

"只怕不是如果了。"合义抬起头来，"若是在下所料不错，眼下老爷子也该晓得了。"

"你是说……"俊逸打个惊战。

"俊逸兄，"合义直视他的眼睛，"你必须讲实话，上次选举时，除去存在你庄上的十万两之外，泰记与你究底还有瓜葛否？"

"什么也没，我对天发誓！"

"这就奇怪了，"合义似是自语，又似是说给俊逸，"既然什么也没，泰记属下的豆子为何全都投在你的碗里？"

"我我我……"俊逸真正急了，满屋子转起圈子来，"我这是百口莫辩哪。祝兄，你随便想想，假使我真的与泰记私底下有瓜葛，我……我干吗不去堂堂正正地坐在那把椅子上？那是议董们丢豆子公选出来的，不是红顶子颁旨任命的！"

"是哩。"合义点头称是，表情放松下来，"呵呵呵，俊逸兄，在下有点明白了！"

"快讲！"

合义不无肯定道："泰记是在搅局！"

"搅局？"俊逸一怔。

"我琢磨，前番选举时，泰记既不想让老爷子当总理，也不想让彭伟伦当，选来选去，就选中你了，因为你脚下踏的是两只船。泰记在你庄上存银十万，应该是探探风声。"

"脚踏两只船的人多去了！"

"是哩，可只有你一人踏得安稳，生意做得也大呀！"

俊逸不吱声了。

"两家争斗中，"合义进一步分析，"无论是广肇还是四明，都托你起草章程，说明泰记押对宝了，因而在选举时，泰记系议董全都朝你的碗里丢豆子，将你选为总理，只是他们没料到的是，你撂挑子了。"

俊逸听进去了，两眼盯向合义。

"你撂挑子是步好棋，若是不然，在上海滩真就寸步难行了！失去粤商，你无非是日子难过。失去甬商，你就失去根基了。两家若是都失去，你与泰记既无亲又无故，向无往来，前头的路哪里走去？"

经合义这么一点，俊逸额上沁出一层细珠。

"泰记选上你，你却撂了挑子。此番又到选举辰光，泰记晓得收不住你，却又搬你出来，无非是想搅个局而已！"

"合义兄啊，"俊逸苦笑一声，"局还没搅哩，倒是把我先搅晕了！

你讲透彻点。"

"呵呵呵，是有点绕口，我这把话说白吧。前番他们不声不响投你豆子，是真选你。此番又响雷又震鼓，是假选你！当然，是否假选你，还要听听别处风声。我这就去打听一下，如果上海滩上皆有风闻，这个假定就算坐实了！"

俊逸面色惨白，冷汗淋漓，声音都在打战："合义兄，你得帮我在老爷子面前说句话，就把这话讲给他听，否则，我我我……跳进这黄浦江里也洗不清爽了。"

"我这就寻老爷子去。"话音落处，合义起身收拾桌面。

"稍等一下，"俊逸终是不放心，"我这也去。"


查家府宅里，查敬轩斜躺在烟房的烟榻上，一双老眉凝成两个疙瘩，口中衔着他的阿拉伯产水烟枪，一口接一口地喷着烟雾，烟筒在一刻不停地咕噜噜作响。

查锦莱两眼眨也不眨地紧盯父亲，神态静穆。

"照你这么说，"查敬轩松开烟嘴，身子坐直，"泰记又要故技重演了？"

"千真万确！"查锦莱点头，"是车总管吃饱大烟，失言透出来的。"

"不至于吧？"查敬轩再凝老眉。

"阿爸，"查锦莱显然认定了，"只要把前前后后串起来，就一切清爽了。上次选举前，还记得鲁俊逸从我们手中夺走一批洋货不？他哪来的胆子？我得到实证了，就在那几日，泰记在他庄上存银十万两！后来，阿爸和姓彭的都来委托他起草商约，却不晓得他其实已经投到泰记门下。结果呢，鹬蚌相争，渔人得利，竟然让他谋得高位！"

"那桩事体，俊逸也都讲清了呀！他跪一夜，冻成那样，你也看见了！"查敬轩重新躺回榻上。

"他是没办法呀！"查锦莱有些急了，"阿爸想想看，他当选那阵，场上都有啥人理他？沪上商界，即使没有阿爸，没有彭伟伦，也远轮不上他鲁俊逸粉墨登台！场面上的难堪是他万没料到的，见实在没退路了，他才跪到阿爸这里！"

查敬轩闷头吸烟。

"阿爸呀，"查锦莱进一步砸实，"我并不是瞎猜疑的。今朝彭伟伦大闹会馆，我就坐在您的总理室里。俊逸挨着彭伟伦，再过去是士杰。我隐约听到俊逸房间电话铃响，接着是人出来。我悄悄开门，见他闪进士杰的房间。二人密谋良久，方才散场。俊逸在自己房间又关半晌，方才闪进合义的房间，不晓得对合义讲了什么。阿爸若是不信，可把合义叫来，听听他是哪能讲的。"

查敬轩又吸一口，缓缓吐出。

"阿爸，此人是头白眼狼，喂不熟呀！我们这里正与广肇恶斗，他却……"

"好了，"查敬轩摆手止住他，"叫合义来！"又顿一下，"不，也叫上俊逸。让他俩到四明公所里，我在那儿等着！"

话音刚落，管家在门外，悄声道："禀报老爷，祝老爷、鲁老爷来了，在客厅里恭候！"

查锦莱一怔，看向查敬轩。

"看看看，"查敬轩完全放松下来，缓缓起身，给查锦莱个笑，"说曹操，曹操这就到了。走，随老爸会客去！"

二人来到前厅会客室，一进门就看到鲁俊逸屁股高翘，当厅跪着。

"俊逸呀，"查敬轩假作不知，赶前一步，扶住他，"快起来，快起来，你……这是跪的哪一宗哩？"

俊逸涕泪交流，语不成句："查……叔……"

"哎呀呀，"查敬轩示意锦莱，二人挽起俊逸，将他按在客位上。

"查叔，我……"俊逸说不下去了，拿袖子抹泪。

"俊逸呀，"查敬轩在主位坐下，"啥话你都甭讲了，因为你要讲的，查叔也早晓得了。查叔这正要请你和合义来的，不想你们先到一步，呵呵呵，真正是想到一块儿了。"

"查叔……"俊逸看过来，声音哽咽。

"俊逸呀，"查敬轩声音轻柔，"查叔要请你来，是想讲给你一句话，查叔没老，脑子还不糊涂哩。有人想在我们叔侄之间挑东拨西，那是徒劳！"

"查叔！"俊逸感动，起身又要跪地，被查锦莱扯住。

"俊逸，你放一百个心，查叔永远相信你！"查敬轩给他个承诺，又转对锦莱，"锦莱，你把阿爸这句话，传给所有甬人。有啥人若再疑神疑鬼，硬说俊逸有二心，就是白长一双眼，看不明事理，不配再在四明公所里混！"

"莱儿一定传达！"

"俊逸呀，"查敬轩轻轻咳嗽一声，加重语气，"你与合义，都是查叔看重的人。查叔老了，折腾不动了，四明的未来，查叔指靠你二人哩。无论别人讲什么，你们都要做到三个心，一是不能动心，二是不能分心，三是把众心合成一心。"

合义、俊逸双双点头。

"丁大人仍在朝里，因而，眼下的结不在泰记，而在广肇，这个你俩要看清爽。不但你俩要看清爽，还要讲给所有甬人，让他们全都明白原委，不生动摇之心。彭伟伦四处煽风点火，玩出这一手，很是恶毒，大家万不能上当。记住，胳膊永远拧不过大腿，连朝廷都不与洋人争，我们这些靠洋人吃饭的，起什么哄呢？"

二人再次点头。

"不瞒二位，"查敬轩不无老辣地下出定势棋子，"就在昨晚，美国使馆有人拜访我，说是大使先生有意约谈我们甬商，我应下了。这一战，我们必须与姓彭的打到底，要让姓彭的明白，上海滩究竟是啥人讲了算！"

# 第24章
## 再选举粤商阴胜 贩美货麦基失手

　　顺安正在茂升钱庄里整理票据，客堂把头引里查得进来。

　　顺安伸手，操起尚未熟练的洋泾浜寒暄："密斯托里查得，耗肚油肚！（Mr. Richard, how do you do! 里查得先生，你好！）"

　　"How do you do!（你好！）"里查得应过，握住顺安的手，"麦基先生有请！"

　　"密斯托麦基？"见是麦基请他，顺安受宠若惊，迭声道，"欧凯，欧凯！"

　　一辆黑色轿车载着二人一溜烟儿驶至南京路，在麦基洋行门前停下。

　　顺安跟随里查得，一气上到三楼，直入麦基总董室，见麦基正在埋头看报，瞧一眼里查得，见他一声不响，也不敢轻易说话，忐忑不安地哈腰候立。

　　麦基又读一会儿报纸，方才抬头，笑眯眯地望向顺安，没有任何应酬语，只用蹩脚的汉语开门见山："傅先生，我（指向自己）有生意与你（指着顺安）做！"

　　"欧凯，欧凯！"顺安连忙点头，哈几次腰道。

　　麦基看向里查得。

　　"傅先生，"里查得转对顺安，接过麦基的话头，"是这样，我们新进一批商货，皆是市场紧俏产品。鉴于我们两家的合作关系，总董决定以低于市场价两成全部盘给你们。如果你能促成此事，总董决定，在实利中为你提取一成！"

　　见是这事儿，顺安迅速猜出因由，晓得对方是有求于他，便不再紧张了："是美货吧？"

　　"是哩，"里查得也就挑明，"所以才要你帮忙！"

　　"这……"顺安面现难色。

　　麦基盯他看一会儿，转对里查得摇头道："He's the wrong person,Richard. You should go for Mr. Wu."

　　顺安听不懂，疑惑的目光看向里查得。

　　"不好意思。"里查得摊开两手，"总董说，他看错人了，要我去请伍先生。"

　　"密斯托麦基，我……"听到去叫伍挺举，顺安急了，伸手拦住里查得，仍在解释，"这辰光正在风头上，美货没人敢要呀！"

　　"你……"麦基伸手指向顺安，"不聪明，伍，聪明。"又竖起大拇指，"伍会做生意！"

　　见麦基这般褒扬挺举，贬损自己，顺安一时不知如何应对，窘在那儿。

　　"傅先生，"里查得适时点拨道，"学生们烧的是美货，不是英货。美货，英货，都是洋货，不过是标签不同而已。我们换掉标签，OK？"

　　"哪能个换法？"顺安心动了。

　　"这个你不必管，由我们来换。"里查得淡淡一笑，"我们是英国商人，进的是英国货，别人不会讲什么的。"

　　"是哩，"顺安点头，"可以看看货吗？"

　　"OK."

　　二人下楼，坐上洋轿车径奔十六浦，将库房里的货品大体核查一遍，见果是市场上的紧俏物品，所有包装尽皆完好，当即允了。

　　然而，这事儿不是闹着玩儿的。全国正在抵制美货，焚毁美货，而他要销的却是整整一船，只要稍稍走漏一星点儿风声，事情就是天大。顺安虽说应下，却是越想越后怕。眼见夜幕落实，万籁俱静，顺安仍未拿出个合适主意，只在房间里来回走动。

　　"是哩，"顺安停止走动，在床上盘腿坐下，让心静定，思绪果是收拢不少，渐渐也就理出个头绪来，"因为是桩大事体，是桩难做事体，麦基这才亲自寻我。要是好做，也就轮不上我傅晓迪了。可……哪能个做法哩？向鲁叔隐瞒美货？对，反正换过商标了，啥人也看不出。可这也不成呀！比寻常货价直低两成，不是美货，鲁叔哪能信哩？干脆不提此事，原价卖给鲁叔！可……麦基明明说是降价两成，这笔钱哪能个办哩？天哪，粗算下来，怕是不下十万洋钿！"

想到十万块洋钿，顺安一阵头晕，两手使劲按在额头上："小娘×，遇到大事体，你不疼就晕，哪能个不争气哩？对了，问问阿哥去，让他拿个主意！"

顺安出溜下床，打开房门，来到挺举房门前面，正要敲门，又顿住了，耳边响起麦基的声音："你……不聪明，伍，聪明，伍会做生意！"

"人生不过一搏！"顺安忖道，"麦基将这大好事体让予我做，没让给挺举做，不为别的，只为我是跑街。我做跑街迄今，虽未出过大错，却也不曾立过功勋，倒是他伍挺举，不过是倒个手，就为鲁叔赚下六万块洋钿，扬名上海滩。如今机会在我手里，干吗再让他插一手哩？当初他收粮，不也是没有让我插手吗？再说，一旦让他插手，不支持倒是小事体，不定还会坏掉这桩大好事体哩。他是人前欢，功名第一，哪能个赚大钱，根本不及鲁叔！对，我这就寻鲁叔去，直接与鲁叔商议！"

顺安一个转身，主意拿定，径朝前院走去。

俊逸仍旧没睡。

他也睡不去。

由彭伟伦发起的抵制美货运动越闹越大，而这场闹腾为的则是商会选战，商会选战之火这又不可避免地再次烧到自己头上，看势头比第一次还要凶猛，鲁俊逸越想越是头大。此时，俊逸将白日收集到的各类报纸一齐摆上案头，细心查看。上海滩上的每一股风吹，每一个异动，他都不敢轻易放过。

顺安轻手轻脚地上楼，敲门。

俊逸一心只在报纸上，以为是齐伯上来了，头也没抬："齐伯，介晚了，你还不睡？"

"鲁叔，是我，晓迪。"顺安应道。

"晓迪？"俊逸吃一怔，"请进。"

顺安推门进来。

"啥事体？"俊逸望过来。

"好桩事体！"顺安走到桌前，声音放低。

"哦？"俊逸指下对面的椅子，"坐下来讲。"

顺安不及坐下，便连珠炮一般："麦基洋行有批俏货，在码头库房里压了半个多月，急等出手。今朝后响，麦基大人亲自约我商谈这事体来着！"

俊逸眼神一跳："多少？"

"足足一船，听理查得说，按照常价，不下五十万！麦大人说，要是我们全吃，他愿意低于市场价两成出售！"

"哦？"俊逸打个怔，眉头皱起，"是美货吧？"

"是哩。"顺安凑近俊逸，压低声，"麦大人说，只要他换个商标，就是英货了！"

"这……"俊逸吸一口气，"怕是不合适吧？"

"鲁叔呀，"顺安急了，"叫我看，没啥合适不合适的。他们抵制的是美货，我们卖的是英货，风马牛不相及。即使有啥人问起来，我们也可推说不知情，因为洋行没说是美货，商标上写的也是英货。"

俊逸凝起眉头，陷入沉思。

"鲁叔，"顺安的声音压得更低，"不说正常盈利；单是降这两成，就是十万洋钿。再加两成利，里外里是二十万。我验过货了，包装崭新，从货单上看，全是紧俏货，麦基这人猴精，不赚钱的货他不会进哩。这是桩打灯笼也难寻来的好生意哩！"

俊逸的眉头依然紧拧，但心思显然动了："不会出啥事体吧？"

"应该不会吧，我们尽量小心点儿就是。"

俊逸微微闭目，耳边响起查敬轩的声音："……连朝廷都不与洋人争，我们这些靠洋人吃饭的，还起什么哄……就在昨晚，美国使馆有人拜访我，说是大使先生有意约谈我们甬商，我应下了。这一战，我们必须与姓彭的打到底，要让姓彭的明白，上海滩究竟是啥人讲了算！"

既然要打这场恶战，既然姓彭的死活与我过不去，我又何必跟着他的调子跳大神呢？俊逸想至此处，下了决心，对顺安道："好吧，既然你说没事体，那就吃下。"

"鲁叔，麦大人想与你碰个面，你看啥辰光合适？"

"面就不见了。"俊逸略一沉思，摆手道，"这桩事体，你去办就是。"

"好咧。"

泰记要推举俊逸当总理的消息传到广肇会馆，彭伟伦的眉头拧成疙瘩。

"奶奶个熊，"马克刘恨恨地骂道，"姓鲁的又想故技重演哩！"

彭伟伦端起一杯茶，送到嘴边，又啪地泼到地上，将杯放下。

"彭哥，"马克刘在屋里转几圈子，"哪能个办哩？丁老倌才又升迁了，连袁大人也不放在眼里！若是他真的力推姓鲁的，不定真还能成哩！"

彭伟伦又想一时，扑哧笑了，重新端起一杯，朝马克刘举一下，不疾不徐道："老弟，来，喝茶！"

"彭哥？"

"老弟，这儿不是北京，不是朝廷，是上海滩，是商务总会！"彭伟伦越发淡定了。

"这……"马克刘挠挠头皮，显然还没吃透。

"想坐那把大椅子，首先得长出个大屁股，是不？"

"可……下面的戏，哪能个唱哩？"

"该怎么唱，就怎么唱。"彭伟伦略顿一下，"对了，记得听你讲起过，说麦基那里有批美货，卖没？"

"卖个屁，全在十六浦码头堆着。听洋行里的人讲，麦基把家当全押上不说，又从汇丰贷出十五万，这辰光火烧眉毛了！"

"哦？"

"据可靠消息，"马克刘凑近身子，"听说他连码头工人的搬场费都付不出了，工人们闹事体，里查得无奈，竟拿一包现货抵扣！"

"盯牢这批货，还有，盯牢茂升。"彭伟伦又品一口，"姓鲁的既贪心，又胆大，与麦基这又打得火热，我就不信他们之间没个火花。"

"明白。"马克刘重重点头。

美国驻沪总领事馆的正门被学生们围得水泄不通。学生们打着横幅标语，齐声高呼："坚决抵制美货！坚决取缔《华工禁约》……"

领事馆门口，美国大兵荷枪实弹，严阵以待。

学生们开始在附近的街道上焚烧美货，焚烧美国国旗。

两辆黑色轿车驶过来，在离使馆几百米处停住，看到无路可通，掉头驶离，绕了一个大圈，停在领事馆的后门外面。

后门是道小巷子，无法进车，车中人钻出轿车，大步走向使馆。走在前面的是一个使馆人员和查敬轩，身后是祝合义、鲁俊逸、周进卿、查锦莱诸人。

后门早已打开，一行人闪身进去，门又合上。

众人进入使馆，七绕八拐，走进使馆三楼的一个宽大会客室里，早已候在那儿的美国驻沪总领事爱德华先生和一行人逐个握手，分别落座。

没有多余的话。待大家坐定，汉语流利的爱德华直奔主题："本使特邀诸位来，是有一事澄清。近日来，外间盛传我国勉强贵邦政府续订苛约一事，多为谣传，实则并非如此。查先生是明理之人，本使希望您能主持公道，帮我们澄清相关传言，同时劝阻不明真相之人，莫让他们轻信谣传，做出有碍两国交情之举！"

事关国家利益和民族大义，查敬轩寸步不让，抱拳揖礼，凛然说道："禁约一事，查某已有风闻。查某也从相关报道中详细查阅了《华工禁约》的相关条款，甚是不解。听闻贵国有人权宣言，宣扬众生平等，而禁约中却处处可见对待华工的不平等条款，不把华工当人看待，敢问公使何以解释？"

"关于合约，"爱德华略顿一下，解释道，"我国是在考虑续订，也在探索如何改良相关条款，务使两国均沾利益。按照美国法律，此项和约在缔结之前，必须报经下院批准，再报请上院审核，前后过程不下六个月，断非坊间所传之马上缔结！关于和约如何改良，我们可以择日商榷，查先生及诸位商董当体察两国平日交谊，劝谕众人，大可不必排挤我国商货，做出有损两国公益之事！"

"公使所言甚是。"见对方给出解释，查敬轩甚觉踏实，亦退一步，拱手应道，"我们可以劝谕商民，但贵国也应表达姿态，早日商榷改良和约。六个月期限似乎太长，以两个月为限如何？"

"两个月？"爱德华略略一怔，"这点时间过于仓促了。不过，我可以将查先生所请报告政府，由政府裁定！"

查敬轩表明态度，在时间上不给商量余地："这是贵国内部事体，我们就以两个月为限！两个月之后，如果贵国依旧没有改良和约条款之诚意，局势如何发展，查某就不好说话了！"话音落处，看向同来几人。

祝合义、鲁俊逸、周进卿、查锦莱诸人连连点头。

"OK."爱德华一口应下。

事情谈妥，大家告辞出来。两辆轿车停在路边。爱德华公使亲自送出后门，一直送到轿车跟前，与众人一一握手作别。查敬轩一行分头走向两辆车子，早有洋人拉开车门，礼让他们进去。

轿车徐徐开走。

在美领事馆后门对面一幢楼的二楼阳台上，在一顶阳伞的掩护下，一架早已支好的相机对着爱德华、查敬轩一行不停地响着快门。


得到鲁俊逸的许可后，顺安立马行动，一天之内就将一切事情办妥，于翌日黄昏时分兴冲冲地来到俊逸书房。

"鲁叔，事体搞定了。"顺安从跑街包中掏出一沓子合同，"这是合同，中英文各两份，我对麦先生说，也以中文合同为准，麦先生应下了。中文我全看过，英文也寻大学里的翻译核对过，与中文意思一个样。"

"放桌上吧，"俊逸努下嘴，"我得看看。"

顺安点下头，将合同在桌面上呈一字儿摆开，见鲁俊逸并没有留下他的意思，迟疑一下，告辞出门。

待顺安离开，俊逸拿过合同，详细审核一遍，确无问题，提笔欲签，又放下来，左手托住下巴，陷入沉思。

有顷，俊逸卷起合同，信步下楼，径到后院，敲开挺举的房门。

"鲁叔？"挺举开门，吃一怔道。

俊逸摆下手，跨进门，不待礼让，屁股已经坐在挺举的床沿上。

挺举掩上房门，拉椅子坐在他对面。

"有个事体，我想听听你的看法。"俊逸没打弯儿，直奔主题。

"啥事体？"

俊逸拿出中文合同，递给他："你自己看吧。"

挺举读完合同，眉头凝起。

"我晓得你心里在想啥，"俊逸给他个笑，"这跟你讲明吧，合同上的全是美货！"

"我猜出来了。"挺举回以一笑，"看样子，鲁叔是打算签这合同了。"

"是哩。"俊逸应道，"就生意来讲，难得一遇。比正常价低两成，初步估算下来，里外里可赚二十万。"

"鲁叔既已定下，何以又来询问小侄？"挺举反问。

"这……"俊逸苦笑一下，"方才不是讲了吗，还想听听你的看法，毕竟是件大事体。再说，眼下这情势……"

"要是鲁叔真想听我的，这合同就不能签！"挺举语气坚定。

"讲讲因由。"

"国人都在抵制美货，这是公义，我们不能冒天下之大不韪。"

"我晓得，"俊逸淡淡一笑，"不过，麦基洋行承诺更换商标，将美货改为英货。只要商标换过，鬼晓得是美货！"

"鲁叔呀，"挺举不无诚恳，"正是因为鬼晓得，我们更不能做！举头三尺有神明啊！"

"挺举，"俊逸沉思有顷，抬头看过来，"抵制美货的事体，我对你讲过了，全是彭伟伦布的局，目的只在商会选举。老爷子已经发话了，要我们不可跟着他的调子跳大神。今朝老爷子领着四明里的几个公董前往美领事馆与美国总领事商谈，大计基本敲定。眼下抵制美货，不过是阵风，刮过几日就泄劲了。"

"鲁叔，我乱讲，只供你听听。我们斗不过洋人，原因何在？在于不齐心。前番庄票案，我们齐心了，洋人就认输了。此番抵制美货，无论彭叔布下何局，这桩事体本身却是公义，是没错的。彭叔之所以得到拥护，不是因为别个，是因为他站到了公义一边。如果我们无视公义，硬去对着干，是不智啊。"

"我晓得是公义，可你看看，眼下是洋人逞强，中国人在哪儿不受气？连王爷见洋人都低三分，何况是寻常百姓？外滩公园的牌子上哪能个写的？华人与狗不得入内！中国人在自家院子里都不是人，何况是在美国？彭伟伦拿美国华工说事体，是别有用心！"

"鲁叔，"挺举毫不退让，"我的看法有所不同。家门口的事体反而不好说，一则大家习惯这屈辱了，二则朝廷也不让说，因为洋人逞强反衬的正是朝廷无能。反过来，为远在美国的华工争个长短，百姓有股公义感，朝廷也觉得面上有光，无论是百姓还是朝廷，都可借这个事体撒气，让洋人晓得进退。"

"好吧，不讲这个了。"俊逸苦笑一下，摆手止住，"公义太大，家国事体，不是我们这些小人物该操心的。我们还是回到这份合同上，你的意思是一定不能签了？"

"是哩。鲁叔，即使不谈公义，这份合同也不能签！我的意思是，这批货，上海滩其他人都可以吃，唯独鲁叔不能吃！"

"哦？"

"纸包不住火。"挺举侃侃分析，"上海滩鱼龙混杂，蠓虫飞过去还有个影影儿哩，何况这么多商货？麦基洋行进来美货，不会没人晓得，起码有其他洋行或洋人银行晓得。假定抵制美货真的是彭伟伦所布之局，鲁叔想想看，他能不特别留意麦基洋行的这批美货吗？依彭伟伦与洋人的关系，只要他想查，还能查不出个来龙去脉？若是他把这事体捅到报纸上，那些热血学生还不把这批货物一把火烧掉？"

挺举一番话直切要害，鲁俊逸听得毛骨悚然，彻底从发财梦中惊醒过来。翌日晨起，他将合同还给顺安，淡淡说道："请归还麦基吧，这个合同我们不能签。"

其实，顺安早已晓得是这结果，因为鲁俊逸昨晚来寻挺举时，他就站在外面偷听，本想进去辩个分明的，想想还是忍住了，一则鲁俊逸并没有寻他，二则偷听墙根好说难听，不定会让鲁叔产生其他想法。

顺安不无沮丧地将合同还给麦基，深鞠一躬："麦克扫里（很对不起），合同不能签了！"

"Why not?"麦基忽地站起，没看合同，直盯顺安，显然对这结果没有准备。

见顺安惊怔，晓得他没听明白，里查得译道："为什么不能签？"

"因为伍挺举，"顺安在路上也想明白了，决定不让鲁叔背这黑锅，直言破题，"密斯托鲁已经应允了，是伍挺举不让他签！"

听到"伍挺举"三字，麦基已经晓得因由，长吸一口气，缓缓坐下。

"麦克扫里！（much sorry! 很对不起！）"顺安看他一眼，嗫嚅道，"麦克麦克扫里！（much much sorry! 非常对不起！）"

"Thank you!（谢谢！）"麦基朝他摆手，"You can go now.（你可以走了。）"

从麦基洋行出来，顺安沿南京路信步走去，突然觉得神清气爽。是哩，今朝是他向洋人说不了，不仅说不，他还将这出尔反尔的责任推给应该承受的那个人，将自己与鲁叔撇了个干净。

"唉，挺举阿哥呀，"想到挺举，顺安不由得轻叹一声，"不是阿弟成心冤枉你，是你一直要求阿弟做个实诚人，我不过是听了你的话，讲出个实情而已。当然了，我晓得麦小姐钟情于你，麦基两口子有心招你为婿，这桩事体或许对你稍稍不利，可我哪能办哩？我是不能不讲，也不得不讲呀。大丈夫一言既出，驷马难追，我已经答应人家了，鲁叔也答应人家了，只有阿哥你不答应，只有你来乱搅和，讲出一番歪理唬住鲁叔，让鲁叔白白少赚二十万，更让麦大人为这般紧俏的货物发愁。唉，阿哥呀，这么一桩于人于己都好的事体，却在眨眼间让你坏掉了，你说气不气人！"

想到气处，顺安瞄见马路边上有颗石子，专门拐过去，朝它一脚踢去。

石子飞起，撞在一面墙上，复弹回来，滚到马路的另一边。他再次绕过去，对准它又起一脚，正在拿这石子儿解气，猛然望见前面十字路口横着晃过去两个人，其中一个似是章虎。

顺安眼前一亮，眼珠子连转几转，飞步赶上，边追边叫："章哥，章哥——"

"哟嗬，"章虎停住脚，朝他扬手，"是兄弟呀，久没见面了。"

顺安追近，小声道："章哥，请借一步说话！"

见他神秘兮兮的样子，章虎忖出是有急事体，就对同行的人嘀咕几句，指指前面一个门店，让他在那儿候着，反身迎来。二人走到路边，顺安急不可待地将美货事体扼要述过，听得章虎二目放光。

"阿哥，机不可失呀！"顺安一脸期待。

"小娘×，简直就是白捡钱！"章虎不无兴奋，冲顺安竖起拇指，"兄弟，我早晓得你是大才，这不，真就出息了！我这先讲给兄弟一句，有财大家发，整成了，少不了你的。不过，兹事体超大，对啥人也不可漏风。我这就去禀报师父，立马给你个准信儿！"

顺安打眼一看，不远处就是庆泽曾经带他来过的茶楼，道："章哥，我在那个茶楼里候你！"

章虎应过，不及与同行的人告别，撒腿就朝巡捕房里奔去。

此地离巡捕房不远，章虎直入王探长的办公室，把顺安所言一五一十地悉数讲过。

王探长凝眉苦思，半晌没有作声。

"师父？"章虎屏住呼吸，小声道。

"干得！"王探长抬起头来，冲他道，"你可以与麦基先谈，不可急切。这壶酒，我们得悠着喝，憋他几日。"

"这……"章虎面现忧色，"别人万一占先呢？"

"呵呵呵，"王探长拍拍章虎的肩膀，"眼前辰光，美货是只烫手山芋，我们不吃，啥人敢碰！"

"师父，哪能个谈法？"

"八折不成。"王探长伸出手指，比了个数，"六折，我们统吃！"

"麦基能肯？"章虎惊讶道。

"肯与不肯由不得他呀。"王探长淡淡一笑，压低声音，"不瞒你讲，麦基为进这批货，从汇丰银行贷出一大笔款子，指望销货还账，不料赶在风头上，俏货变作滞货了。再过半月贷款就要到期，若是他依旧还不上钱，银行就要没收他的抵押物，交给公廨拍卖！"

"晓得了。"章虎呵呵一乐，"弟子这就安排去。"

章虎来到茶楼，将好消息讲给顺安。

"阿哥，要是这说，你不出面为好。"顺安沉思有顷，建议道。

"我也是这意思。给你个底线，六折，是我师父定的价。"

"这价太低了，洋行要赔血本！"

"兄弟，"章虎拍拍他的肩，学师父的口气，"想赚大钱，就不能手软。洋人赚我们钱时，可曾算过本钱？"

"好吧，我这就讲去。"

"呵呵呵，"顺安起身就要走，章虎伸手拦道，"听我师父的，憋他两日，后日再去不迟！"

一切正如王探长所料，眼看贷款归还期限日益临近，麦基却束手无策，眼睁睁地看着银行就要没收他的一切，交由公廨拍卖。麦基责成手下买办四处推销那批美货，几日过去了，竟然寻不到一个买主。

"You, you, you,（你，你，你，）"麦基敲着桌子，一个一个地指点他们骂道，"all of you, good-for-nothing, gander, one cent, get out!（你们几个饭桶，戆大，瘟生，统统滚出去！）"

几个买办被他骂蒙了，谁也没动。

"Get out, hear me?（滚出去，听见没？）"麦基提高音量，几乎是吼，"Get out, one cent!（滚出去，瘟生！）"

几个买办这才醒过神来，一个一个低着头溜出。

"Shit!（该死！）"麦基用拳头重重地捶着桌子，牙齿咬得咯嘣嘣响。

"It's not of their faults. It's mine!（不关他们的事。是我的过错！）"里查得揽责了，声音很轻。

"Sit down.（坐。）"麦基喘会儿气，半天才慢慢平静下来。

里查得正要坐下，守门阿三走过来，敲门禀报："That Mr. Fu want see you.（那个傅先生求见。）"

麦基略略一怔，看向里查得，努嘴。

里查得转身下去，不一会儿，领着顺安进来。

麦基挤出笑脸，挺直身体，盯住顺安："鲁先生改变主意了？"
顺安轻轻摇头。

麦基笑容僵住，良久："I see.（晓得了。）"

"傅先生，"里查得瞄他一眼，"观你气色，是有好消息吧？"

"是哩。"顺安微微点头。

麦基看过来："Oh?"

"密斯托麦基，"顺安控制住语速，"我四处托人，帮你们销货，总算寻到一位买家。那位朋友说，如果洋行愿意让价，他可以考虑。"

"他要我们让多少？"里查得急问。

顺安比出个"六"的手势："六折！"

"这怎么能成？"里查得急叫，"做生意都要赚钱，你的朋友不能不讲规矩！"

"我的朋友说，"顺安两手一摊，做出无奈的样子，"大街上到处都在焚烧美货，这笔生意风险太大，万一闹出事体，是要玩命的。"

里查得又要辩驳，麦基摆手止住。

"Thank you, Mr. Fu."麦基站起来，踱到顺安身边，"Yet 60% off is unacceptable. All our goods are first class. We will lose too much money if we sell them at only 60% of the original price. I can sell him at 70%, not a penny less."

里查得翻译道："傅先生，谢谢你。不过，六折不行。我们的货物是一流的，六折卖，我们就会赔钱！七折，最低七折！"

"欧凯，"顺安略略一顿，拱手道，"我对朋友讲讲看！"

麦基转过身，看向里查得："Ask him, what does the buyer do?（问问他，买主是做什么的。）"

"傅先生，你朋友是做什么的？"里查得问道。

"道上的。"顺安凑近他，几乎是耳语。

"道上？"里查得愕然。

"就是帮中的。晓得青帮不？"顺安连比带画地解释。

里查得明白了，点点头，转对麦基："His friend is the head of a large gang.（他的朋友是个大的帮派头目。）"

麦基似乎对上海的帮派有所了解，问道："The Gang of Qing or Hong?（青帮还是洪帮？）"

"Qing.（青帮。）"

"Yes,（嗯，）"麦基微微点头，"they fear nothing.（他们什么也不怕的。）"


"好哇，好哇，"彭伟伦两只眼睛盯在桌面上的一长排照片上，乐得合不拢口，"这只老狐狸，总算跳出来了！"

"我让人在正门闹，他们进不去，只好改走后门。呵呵呵，给我抓了个现行哩！"马克刘一张接一张地指着照片，似乎担心彭伟伦漏掉了哪一张，"彭哥，你看，这些全是铁证！从下车到进门，再从出门到上车，打总儿九张！"

彭伟伦的目光落在其中一张上，上面现出查敬轩与洋人的脸。马克刘看得明白，特别拣它出来。

"呵呵呵，"彭伟伦迭声笑道，"看得出，查老先生精气神儿不错呢，只可惜这张老脸稍稍模糊些，看不太真呀。"

"离得太远了，隔有几十丈哩！"

"就它吧。送给申报馆，让他们好好写几篇妙文。"

马克刘抽出一张鲁俊逸与洋公使的合影，递给彭伟伦："这张也得放上，无论如何，得让这个小人喝一壶！"

"好吧，免得老头子一个人过于孤单。"彭伟伦略略一想，点头允了，少顷，抬起头，"对了，他与麦基的那桩生意，可有下文？"

"黄了。"

"哦？"彭伟伦吃一大惊，急看过来。

"姓傅的那小子挺起劲，两家把合同都拟好了。没想到过了一夜，姓鲁的不签了，让姓傅的把两份合同原样归还麦基，气得麦基差点儿吐血。眼下麦基是火燎眉毛，逼得几个买办上蹿下跳，四处兜售呢！"

"嘿嘿，"彭伟伦纳闷道，"鲁俊逸行呀，这还真是修炼出来了！"

"听洋行里一个买办说，"马克刘压低声音，"这事体与伍挺举有关！"

彭伟伦再次"哦"出一声，不过用的是降调，显然对这结果已经不觉得惊奇了。

"奶奶个熊哩，"马克刘摸摸头皮，"姓伍的真就不是个人，彭哥想到的，他就……"

"照理说，"彭伟伦打断他，好奇地问道，"为何不签当算是姓鲁的机密，洋行里哪能晓得哩？"

"姓傅的讲的，估计是伍挺举坏了他的好事体，他是撒气！"

"倒是一对儿，"彭伟伦若有所思，半是自语，半是吩咐，"听林掌柜讲过这个姓傅的，是个人物，日后对他要多关照一些。"

"好咧。"

印刷着两张相片和相关新闻的各大报纸,顷刻间铺满上海的大街小巷。

大街上,报童边跑边喊:"看报,看报,特大新闻,商会出内贼,查总理私会美国佬,不进正门进后门……看报,看报……"

相片和新闻,一时间如重磅炸弹爆炸,在上海各界掀起轩然大波。

一群学生聚在总商会会馆门外的场地上,群情激愤,振臂高呼口号:

"宁做中国人,不做美国狗!"

"揪出商会卖国贼!"

"查敬轩,滚出来!"

……

大街上满是横幅,各式标语五花八门,清一色将矛头对准商务总会,对准查敬轩。查府门前也开始热闹起来,游行学生纷至沓来,情绪激动地朝大门上扔烂瓜皮、烂水果、臭鸡蛋等物。

查府烟房的案头上摆满了报纸,几乎每一张上面都印着查敬轩的照片及各式标题,尤其是《申报》,占了整整一版,标题赫然:商会总理无视社会公义,走后门密会美国公使。

查敬轩看完一张又一张,气越喘越粗,手越颤越抖,老面孔渐渐扭曲。

"阿爸?"查锦莱吓坏了。

查敬轩猛地挥袖将报纸扫到地下,双拳狂暴震几,几乎是咆哮:"小人……小……"话未说完,便剧烈咳嗽起来,嘴脸歪斜,一头栽倒在地。

"阿爸——"查锦莱失声惊叫,一把抱住查敬轩,朝外大喊,"来人哪,快来人哪!"

查府乱成一锅粥。


在查老爷子被铺天盖地的报道气成中风这日,麦基屈服了,使里查得去寻顺安。这事当然不能在钱庄里谈,顺安约他前往南京路的那家茶室。

里查得既没喝茶,也没多说什么,见面即道:"傅先生,请转告你的那位朋友,麦总董同意六折清盘。不过,必须现款,一次付清!"

"欧凯。"顺安痛快应下。

"什么时间签合同?"里查得盯住他问。

"我这就去对朋友讲,明天给你答复,可否?"

"OK."里查得应过，起身走了。

顺安送到门外，折返回来，见章虎已经坐在里查得刚才的位置上。

"他哪能讲的？"章虎急问。

"麦总董同意六折清盘，但要求付现款，一次性付清。"

"小娘×哩，真让师父算准了！"章虎兴奋地端起里查得未喝的茶，咕嘟饮下，"兄弟哪能个讲哩？应下他没？"

"没。我只说明天给他回话。"

"嘿，看不出，兄弟是个商场老手哩！"章虎冲他竖下拇指。

"承蒙章哥夸奖！"顺安抱拳谢过，"哪能个办哩，我听章哥的！"

"你对他讲，五折！"章虎慢悠悠地边说边冲开水，拿碗盖拂茶。

"五折？"顺安倒吸一口凉气。

"呵呵呵，"章虎淡笑几声，"你可以去对麦基讲，就说你朋友讲，这个价只限于明日，到后日，四折，再后日，三折。三日过后，白送也不要了！"

"这这这……"顺安张口结舌。

"兄弟，"章虎轻啜一口，拍拍他的肩膀，"你只管放心去讲。在这上海滩上，只要我师父看上的货，没有人敢要，何况是在眼下这当口儿。兹事体做成，章哥忘不了你。"

"那……"顺安吸口气，盯住章虎，"介多洋钿，要一次付清哩。"

"打成对折，没多少了，顶多二十多万，有师父筹备，少不了他一文！来来来，喝茶，看章哥这茶冲得好不？"章虎将冲好的茶推到顺安旁边，"奶奶个熊哩，在这上海滩上，没想到喝个茶也介有讲究！"


第二天，顺安依约来到麦基洋行，将章虎的话一字儿不落地复述给麦基。麦基不知是早就料到了，还是被这消息惊呆了，抑或是没有完全听懂，只是静静地坐在他的大班台后面，看不出任何表情。

"五折？"暴跳起来的是里查得，"这是明抢，是敲诈！"

许是晓得这要求过分，顺安把头低下，一丝声儿没有。

"傅先生，"见偌大个房间里只有他一个人的声音，里查得兀自咆哮几句后，声音也就软下来，几乎是乞求了，"请再对你的那个朋友讲讲，五折实在不行。这批货，进价就是五折，运费、仓储、海关税收又是两折，七折是本，六折已是折本卖了。他只给五折，是blackmail（敲诈），是强盗！"

"我晓得，"顺安几乎是在呢喃了，"能讲的我全都讲了，可朋友讲，他们也是冒大风险的。你们要求一次性付款，时下所有商店都不敢进美货，这些货只能压在仓库里，什么时间能够出手，他也不晓得，万一出个啥事体，让记者晓得了，登到报纸上，学生们就会一哄而上，他们就什么都没有了！"

顺安临场发挥的理儿也不是不成立，里查得听了，看向麦基。

"OK,50% off!（好吧，五折！）"麦基淡淡说道。

"Mr. McKim, are you crazy?（麦先生，你疯了？）"里查得急了。

"We have no choice, Richard.（里查得，我别无选择了。）"麦基摊开双手，微微摇头，"We can't wait. Make the deal with him. I don't want to go bankrupt.（我们不能等。跟他达成协议吧，我不想破产。）"

"I see.（明白。）"里查得无奈地点头，"I will make the deal.（我这就去办。）"

顺安听不明白，傻愣愣地看看这个，瞧瞧那个。

"傅先生，走吧。"里查得转向他，伸手礼让。

"这……"顺安以为生意泡汤了，略微一怔，不由得看向麦基。

"总董同意五折了，我们这就签合同去。"里查得给他个苦笑。

"三克油，三克油！（thank you.）"顺安转惊为喜，朝麦基连连鞠躬。

麦基没有回礼，目光冷冷地看向里查得："Sent the man away. He makes me sick.（让这个人从我眼前消失。他让我恶心。）"

顺安看向里查得。

"走吧，请到我的办公室里，"里查得朝门外努嘴，"我们总董说，他有点恶心。"

"欧凯，欧凯。"顺安向麦基再鞠一躬，满脸堆笑地退出。


上海商务总会第二次选战在总理查敬轩气病交加、卧榻不起的第六日，终于短兵相接。

风和日丽。

会馆大厅内，由于议董名额增加两名，一长排几案上并列摆着三十四只白碗。政策仍旧是鲁俊逸第一次选举之前制订的，会员们依样在丢豆子之前去领豆子。此番唯一的改革是，会员们领取的不再是豆子，而是围棋子儿。

原总董中，查老爷子因病缺席，协理彭伟伦再三推辞，现场主持的只能是张士杰了。

丢棋子儿开始，甬商推举出来的候选人共一十二名，其中排在第一的是查老爷子的碗，除宁波帮外，少有人丢，排在第三的是鲁俊逸的碗，除茂字号外，丢的人更少，相比之后，排在最末位的伍挺举的白碗里，却时不时地听到来自各方势力的小棋子落下的叮当声。

唱棋子结束，让人大跌眼镜但也在预料之中的是，一十七名新当选议董中，上届总理查敬轩、总董鲁俊逸双双被排除在外。

十七名议董产生出来之后，按照程式，移师至三楼会议室选举总董。

总董依旧是五人，在十七人当中产生。现场早就布置妥当，长桌上一溜儿排着十七只白碗，新当选的十七名议董依次领取各五枚棋子，当众丢进中意的碗里。

由于熟门熟路，这个过程进行得很快，不消一刻钟，结果出来，张士杰将棋子最多的五只白碗依据棋子数量顺序排好。

"诸位议董，"士杰高声唱道，"依据上海市商务总会章程规定的选举程式，经全体一十七名议董现场丢棋子表决，上海商务总会新一轮选举产生总董五名，分别是：彭伟伦，得棋子一十二枚；张士杰，得棋子一十一枚；祝合义，得棋子九枚；张守业，得棋子八枚；刘德辉，得棋子七枚。按照商务总会章程相关规定，五名总董分工如下：总理一名，彭伟伦；协理两名，张士杰，祝合义；坐办两名，张守业，刘德辉。"

掌声响起。

轰轰烈烈的第二届商务总会大选以四明的完败、广肇的完胜而宣告结束。

十七名议董中，四明仅占五席，分别是查锦莱、祝合义、周进卿、邱若雨和伍挺举，其中查锦莱与伍挺举都是第一次被推举。

从三楼下来，五名甬商议董无不表情沉重，尤其是挺举，心里如同压着一块砖。

选举结束，挺举看看辰光尚早，就到天使花园去了。新房盖好，正在粉刷。粉墙是技术活，挺举只能为阿祥打下手，二人干到天色苍黑，在花园里洗了个冷水澡，填饱肚子，一步一挪地回到茂平，待挺举到家时已是人定。

挺举没走后门，直入前院，远远望见俊逸的书房里亮着灯光。挺举略作迟疑，直走过来，踏上楼梯。

房门开着，鲁俊逸独坐几案前，案上摆着四道菜，全是冷盘，两荤两素。桌上开着一瓶洋酒，一只倒酒的洋壶，两只酒杯，杯已斟满，一只在俊逸前面，另一只在他对面。

看到酒菜没动，对面空无一人，挺举晓得鲁俊逸想必在等客人，又想到齐伯不在，或是接客人去了，略略一怔，转身欲下楼，不料刚刚迈出一步，就有声音追上："是挺举吧？"

"是哩，"挺举只得顿住步子，走到门口，笑道，"鲁叔，介晚了，这还没睡？"

"在等你哩。"俊逸回他个笑，嘴角努下对面，"坐吧。"

挺举吸口气，走进来坐下："鲁叔，我……这到花园去了，还有几面墙没有粉好。"

"鲁叔晓得，"俊逸端杯，朝他举一下，"来吧，今儿是个好日子，鲁叔为你贺喜！"

"鲁叔，"挺举端起杯，声音有些哽咽，"我……这……喝不下去呀。"

"为啥？"

"没想到事体会是这样的。"

俊逸给他个苦笑，再次举杯："挺举，啥也甭说了，来，喝酒！"说罢率先干了，杯底朝上，亮给他看。

挺举一仰脖子，也干了。

"鲁叔，"挺举拿过酒壶，执壶倒酒，"我闹不明白，今朝哪能……"

俊逸又出一声苦笑，端起来，扬杯："喝！"

二人再饮。

"鲁叔，"挺举再次斟酒，"今朝好像不是选举，像是……"顿住，没有礼让俊逸，顾自仰脖喝了。

　　俊逸拿过酒壶，为他斟上："讲呀。"

　　"像是怄气。"挺举从俊逸手中拿回酒壶，"是很多股气结在一起，怄作一团。我不晓得这些气是哪能个结法，只是觉得不对。"

　　"是哩，"俊逸亦端起他的杯，仰脖子饮尽，将空杯摆在案上，看着挺举斟满，"你讲对了。我原以为，只有宦海里云谲波诡，在商场上，只要勤奋经营，就可立于不败之地。"轻轻摇头，"没想到就这几年，竟是让这商会搅晕了。"

　　"鲁叔，"挺举将酒壶放到案上，看过来，"你站得高，看得清。你这讲讲，这些气是哪能个来路，又是哪能个结法。"

　　俊逸拿过壶，自己倒一杯，举起，喝下，放下杯，看向挺举，苦涩一笑："是呀，你是议董了，是该多操些商会的心。鲁叔啥也不是了，还提这些做啥？"

　　"鲁叔呀，"挺举拿过壶，为俊逸倒一杯，自己也倒上，"我晓得你心里不好受，其实，我这心里比你还难受。这个议董，不是我想当，其中委曲，鲁叔你是清爽的。我觉得怄气，也是因为这个。商会议董应该是在商界里有号召力的人，老爷子有号召力，鲁叔有号召力，可……结果却不是这样！"

　　"唉，"俊逸叹口长气，"挺举，不讲这些了。你是我茂字号的人，你当议董，鲁叔高兴哩。"举杯，"来，鲁叔再次贺你！"

　　"鲁叔呀，"挺举没有举，"这一杯我不能喝。我理解鲁叔，也希望鲁叔理解我。我隐约觉出，商会是个好事体。上次庄票一案，没有商会，就无法形成合力，我们也就赢不了。商会既是好事体，我们就不能眼睁睁地看着它走到不好处，对不？商会章程是鲁叔起草的，这等于是说，鲁叔是这个商会的发起人之一。作为发起人，鲁叔更不忍看着它走到不好处，是不？"

　　听他将话拐往这里，完全没有个人悲喜，倒让俊逸心头一震，两道目光射过来。

　　"鲁叔，"挺举也看向他，目光诚挚，"我对商会了解不多，这想搞明白它。只有搞明白了，我们才能对症下药。我在想，我们不定可以让商会内部消除成见，结成一只拳头，外可对洋人，上可对朝廷，内可保护商民利益，让它真正成个利国利民的好事体呢。"

"挺举呀，"俊逸的表情完全释然，"是鲁叔错看你了。"举起酒杯，"来来来，鲁叔自罚一杯！"说完仰脖灌下。

挺举也举杯，饮下。

俊逸拿出几张报纸，摆在桌子上，指着报纸上的相关位置："你方才讲的那些种种的气，全在这里。"

挺举扫一眼报纸，放在一边："这些我全看过了。"

"我晓得你看过了，"鲁俊逸淡淡说道，"可你看到的只是报纸，没有看到的是伸进这些报纸里的黑手！所有这一切，是他彭伟伦一手做出来的局！"

"鲁叔哪能介肯定呢？"挺举给他个淡淡的笑。

"别的不讲，就讲这两张照片的事体。"俊逸指着报纸上的那两张显赫照片，"整个过程，鲁叔是亲历亲见呀。美国屈待华工是个事实，学生们上街也好，烧货也好，无论如何闹腾，为的仍旧是解决问题，对不？抵制美货，是商务行动，美国公使邀请老爷子前往商谈，老爷子身为商会总理，不能不去，对不？老爷子见到公使，那是真正的有理有节，能屈能伸，义正词严，不卑不亢啊！鲁叔就在现场看着，老爷子自始至终，说出的每一个字都是敦促美国政府解决问题，一连串的质问，将爱德华公使逼得步步后退，不得不答应老爷子的条件。看看他彭伟伦又在做什么？为往自己脸上涂金粉，为在今日坐上那把高大椅子，不惜把事体闹大，不惜把天下搞乱！"

"原来是这样！"挺举沉思一会儿，抬头问道，"鲁叔，既然老爷子代表的是商会，为什么不把彭伟伦、张士杰带上，带的全是甬商呢？"

"整桩事体是彭伟伦一手搞起来的，目标对的是老爷子，纵使老爷子邀他，他肯去吗？张士杰是泰记的人，没有丁大人发话，他能肯去？"

"鲁叔，"挺举应道，"在挺举看来，他们去与不去是一回事体，老爷子邀不邀请是又一桩事体。老爷子邀了，他们若是去，足见商会合力，在美国公使面前就更有说服力了。他们若是不去，脏水就泼不到老爷子一人头上！”

　　见挺举讲出这个，鲁俊逸也是一怔，沉思有顷，长叹一声：“唉，挺举呀，不瞒你讲，老爷子谋事体，鲁叔也是看不懂哩。可无论如何，老爷子在这桩事体上没生他心，生心的是他彭伟伦！”说到这儿，猛地发飙，捏起拳头，将几案震得咚咚响，“讲什么华人在美受欺凌？华人在美受欺凌不假，可推而想之，华人在哪儿不受欺凌？莫说是寻常百姓，即使达官贵人，又有哪个不受欺凌？洋枪洋炮打过来，老佛爷什么体面也顾不得，连北京城也扔下了。洋人放个屁，王爷就要生场病。洋人动动嘴，李中堂就得跑断腿！什么美国华工，八竿子也打不着的事体，他彭伟伦起个什么哄？他惹下事体，老爷子到使馆里为他擦屁股，他却不思报答，反过来倒打一耙子！”

　　“鲁叔？”见鲁俊逸意气用事，挺举轻道。

　　“挺举呀，你听我讲完！”俊逸顾自撒气，“你以为他真的是为华工？屁！他为的只有一个，就是老爷子屁股下面的那把大椅子！”

　　见他这又绕到那把大椅子上，挺举的嘴巴咂出一声，又闭上了。

　　“看到没，”俊逸将报纸摆正，指着照片，“他们组织学生在前门闹腾，逼着我们走后门。从下车到进门，再从出门到上车，中间不过二十来步，也就喘口气的辰光，如果不是早有预谋，他们摆相机怕是也来不及！”

　　鲁俊逸显然是点到题眼了。

　　“鲁叔，”挺举吸口长气，“这事体算是弄明白了。”略略一顿，“还有个事体，今朝选举，为什么连甬人也有不投鲁叔棋子的？”

　　“唉，”俊逸长叹一声，“挺举呀，你既然问起，鲁叔也只能讲了，因为这里面还有只更大的黑手，鲁叔就是让它害的！”

　　“更大的黑手？啥人的？”挺举眼睛大睁。

　　“泰记！”俊逸一字一顿，牙齿咬得咯嘣嘣响，“丁大人！”

　　挺举一脸错愕。

　　在顺安中介下，麦基洋行的一船美货顺利成交。

　　货没动，仍旧堆在码头，成交的只是账面。章虎没有出面，出面的是阿青，与里查得签字画押，而后交给里查得一张惠通银行的支票，共二十一万两白银。

七日之后，章虎约来顺安，地点仍旧是那家茶室。

"阿哥，洋行这次亏大了！"顺安叹道。

"是哩。"章虎诡秘一笑。

"晓得亏几钿不？"顺安看过来。

"几钿？"

"前前后后不下这个数！"顺安用手比了个"十"，又比了个五。

"呵呵呵，托兄弟的福，它们已是师父的囊中物了。"章虎凑近顺安，"不瞒你讲，师父当天就倒手，八折卖光光了。"

"天哪！"顺安惊愕道，"这辰光，啥人敢要？"

"说出来把你吓死！"

"是啥人？"

章虎招手，顺安凑头过去，章虎耳语。

"啊？"顺安手中的茶杯掉在地上，语不成句，"泰……泰……"

"哈哈哈哈，"章虎爆出一声长笑，"这才叫生意，晓得不？介大一批货，来路不清，且又在这敏感辰光，若是没有实力，没有腰杆子，啥人吃得起？"

顺安犹自呆怔。

"兄弟，"章虎拍拍顺安的肚子，"方才听到的，可要烂在这里哟！"

"哦哦哦，"顺安醒过神，迭声应道，"是哩，是哩。"顿了一下，完全清醒，眼珠子连转几转，也笑起来，"呵呵呵，阿哥方才讲啥来着，阿拉啥也没听到嗬！"

"呵呵呵呵，"章虎拍他一掌，开怀笑道，"兄弟讲得好哩。"掏出一只信套，推到顺安面前，"这个小包包，是师父奖给兄弟你的。"

"这……"顺安接过信套，复推过去，"兄弟不过是帮章哥个忙，哪能收这个哩？"

"收起来吧！"章虎摆手，"章哥谋事，讲的是规矩，一归一，二归二，这个封封，兄弟该拿！"

"那……兄弟就收下了！"顺安将信封放进跑街包里，拱手，"谢阿哥美意！"

"兄弟不必客气。"章虎拱手还礼，"不瞒兄弟，这桩事体，你让章哥真正服气哩。看得出，兄弟能做大事体，章哥日后还得指靠你哩！"

"阿哥但有吩咐，兄弟赴汤蹈火，在所不辞！"

"不瞒兄弟，"章虎推心置腹，"近些日来，阿哥渐渐明白一桩事理，在这上海滩上谋事体，文武双全方有成就。你我兄弟，一文一武，要想在这上海滩上混枪势，真就是谁也离不开谁哩！"

"谢阿哥抬爱。"顺安拱手应道，"有阿哥这句话，小弟也就没有枉来上海滩了！顺便问桩事体，请大哥不吝赐教！"

"兄弟之间，不用拽文，请讲。"

"小弟相中一个小娘，可……不晓得哪能得到她的芳心呢。"

"呵呵呵，"章虎乐了，"这桩事体，你问阿哥算是问对人嗬。讲讲看，兄弟相中谁家小娘了？"

"这……"顺安欲言又止。

章虎一拍脑袋："瞧章哥这笨的，是姓鲁的千金吧？"

"大哥真是料事如神！"顺安惊愕了。

"呵呵呵呵，兄弟快讲，你们这……搞到哪个地步了？"

"唉，八字还没半撇哩。我用尽办法讨好她，可她根本就不睬我！"顺安叹口长气，不无懊丧。

"会不会是她有了意中人？"

"不可能。她只爱一个人，就是她阿爸！"

"呵呵呵，恋大小姐大多这样。"章虎思忖一会儿，"好吧，我先教兄弟三招，一招一招来，保管兄弟手到擒来！"

"阿哥快讲！"

"第一招，投其所好；第二招，欲擒故纵；第三招，擒贼擒王！"

"这……"顺安微微皱眉，"不瞒阿弟，小弟也曾投其所好来着，可收效不大呀。无论送她什么，都不中她心。"

"哦？"章虎眯起眼看过来，"你都送她什么了？"

"她欢喜书，我送她书，她随手撕了。她欢喜风筝，我送她风筝，她没放起来，随手扔了。我……"

"阿哥问个事体，你要打实说。"

“阿哥请讲。”

“你跟女人……有过那个没？”章虎直望过来。

顺安意会，脸上红涨，轻轻摇头。

“唉，”章虎拊掌长叹，“怪道哩。我说兄弟，不知女人，焉能投其所好？”忽地起身，一把扯起顺安，“走走走，阿哥这就带你去处地方，让你晓得什么才叫女人。”

顺安半推半就，跟随章虎一路来到四马路，在玉棠春书寓富丽堂皇的高大门楼前驻足。

“兄弟，”章虎指着上面的字，“晓得这地方不？”

“看‘书寓’二字，”顺安指着门楣上的匾额，“想必是个念书的地方！”

“哈哈哈哈！”章虎放声长笑。

“阿哥，你……笑啥哩？”

章虎又笑一阵，方才止住：“书寓，书寓，好一个书寓，走吧，兄弟这一进去，非但有书念，更有红袖添香哩！”

“红袖添香？”顺安一头雾水。

“唉，”章虎摇头叹道，“平日观你灵气，这辰光倒是像个呆子。”指着门楣，“你只看到后面俩字，却没看到前面还有‘玉棠春’三字。啥叫玉棠春？就是花池，里面鲜花朵朵，倩女如云，都是一等一的。”又指向灯笼，“再看这两只大红灯笼，你学问八斗，还能不懂啥意思？”

顺安这也意会到了，心里扑通扑通狂跳，眼前浮出的是母亲甫韩氏的形象，耳边响起的是阿青的声音：“你个婊子养的……你姆妈比你阿爸更贱，是个婊子，年轻貌美辰光，只在堂子里转，挨千人折，遭万人踏，方圆百里无人不晓。你也不姓甫，是个不折不扣的野种，要是不信，你就撒泡尿照照，看你身上哪个地方长得像那个大烟鬼！”

顺安两腿颤抖，本能地后退。

“兄弟？”章虎看向他，目光惊愕。

顺安转过身，扭头就走。

章虎似乎意识到什么，嘴角浮出一丝冷笑，追前几步，一把扯住他胳膊。

"阿……阿哥？"顺安一边挣脱，一边嗫嚅。

"兄弟呀，这都来到门口了，哪能再回头哩？"

"我……"

"兄弟，有啥顾虑，只管对阿哥讲出来！"

"不瞒阿哥，我……方才想到过去了，想到……"

"呵呵呵，"章虎淡笑两声，直言以告，"不就是想到你姆妈了吗？忘掉她吧，你已经姓傅了，是不？你叫傅晓迪，和那个梨园娼妓没有关系！在这个地方，你是只傲慢的大公鸡，这个书寓里的所有能歌善舞的女娃子，都是你的小母鸡，你随心所欲，想上哪只就上哪只！"

"我……"顺安脸上滚烫。

"兄弟，晓得此地的老母鸡是啥人不？"章虎压低声音。

"啥人？"

章虎凑他身边，耳语："就是我师母！"又推他回来，"兄弟只管进去，我让师母为兄弟选个漂亮妞儿。玉棠春在上海滩是数一数二的堂子，小娘个个雅淑标致，有几个还是小姐身，在进此门之前，娇体金贵哩，琴棋书画样样俱通，论家世，哪一个也不比你的鲁小姐差。你搞定她们，就能搞定鲁小姐了！"

"这……"

顺安的声音还没落定，章虎已经按响门铃，一把将他推进两扇半掩着的红门。

# 第25章
## 麦基绝境觅商机 挺举情陷风波里

不是总董，这连议董也不是了，鲁俊逸从商会里完全脱身，在倍觉失落的同时，也感受到了从未有过的清闲，几乎每天都要光顾阿秀的小宅子。

无论鲁俊逸来过多少趟，阿秀的腰身仍旧一如既往地苗条，每月的那几日又准又稳。尽管俊逸没有表现出任何失落与惶急，甚至不再刻意地像过去那样抚摸她的肚皮，阿秀却是急在心里，瞒着俊逸寻到一个老中医，开了七服中药。

待俊逸回来，阿姨已将中药熬好，滤出小半碗。俊逸见了，以为阿秀生病，待问过原委，大是感动，将药端起，径到二楼。

"阿秀呀，"俊逸呷一口尝过，"不冷不热，刚好哩。"

"阿哥，你……"阿秀接过药碗，苦笑一声，"这还真的把我当个病人了！"

"你哪能自家去看大夫哩？介大个事体，我得陪你才是！"

"你忙哩。再说，又不是大事体，我撑得住。"

"我晓得你撑得住，可……这人生地不熟的，万一出个啥事体，叫我……"

"有阿姨陪着，你看，这不好端端地回来了嘛！"阿秀轻松地笑笑，眼一闭，一气喝下，给他个笑，"是个老中医，听说专治不孕，药可灵了！"

"呵呵呵，"俊逸接过药碗放在桌子上，取一汤匙黑糖喂过她，"灵就好。老中医把脉了吗？"

"把过了。"

"哪能讲哩？"

"我的脉沉细，舌苔白，乏力，气色不好，说是血虚，补补血就怀上了。"

"是哩，"俊逸连连点头，"瞧你这脸色，是得大补。我拿给你的补品，哪能不吃哩？"

"我……不习惯吃。"

"不习惯也得吃。不是为你吃，是为我们的儿子吃！"

"晓得了，赶明儿就吃！"阿秀给他个笑。

"记住，打明朝起，啥活儿也不可做，只在这院子里歇着。无论啥事体，都让老阿姨做去！"俊逸抱起阿秀，将她放到枕上。

"晓得了。"阿秀朝床里挪挪，腾出地方。

俊逸脱下衣服，在她身边躺下，二人搂在一起，缠绵约有小半个时辰，俊逸看看手表，见已十点多，起身别过，到街上叫了一辆黄包车，径回家去。

阿秀的小院位于汉口路，不巧前面有什么堵了，车夫左转，拐到四马路上。四马路是堂子街，大红灯笼到处都是。

偏也凑巧，就在鲁俊逸的车子快到玉棠春门前时，大门吱呀一声洞开，两个人走出，站在街边的阴影里候车，远远看到他的车子，一人高叫："喂，兄弟，有生意喽！"

车夫扬手："对不起喽，车上有人！"

"晓得了。"那人不无懊恼，转对另一人，"兄弟，不巧哩，你在此地等着，我这就去叫辆车子来！"

"阿哥，不用叫了，我这慢慢走，半个时辰就到家了！"另一人说着，走出暗影，径沿马路走去。

听到熟悉的声音，俊逸打个惊怔，急拿礼帽遮住面孔，待车子从那人身边擦过，斜眼瞟去，看得真真切切，与他同方向走的竟是一身酒气混着香粉气的傅晓迪！

这一惊非同小可。俊逸轻声吩咐车夫加快脚程，错开距离，先一步回到宅院，将自己关进书房，一口接一口地抽起闷烟。

一锅烟斗尚未抽完，院中响起顺安归来的脚步声。此前，顺安经常晚归，俊逸经常听到他的脚步声从前院响到后院，然而这一夜，每一步声响于鲁俊逸来说都很刺耳。

顺安的脚步声渐渐淡去，响在俊逸耳边的换作齐伯的声音："……是看重人品，还是看重家世？是看重生意，还是看重小姐？……我倒可以推荐个人……挺举。"

接着，俊逸耳边又响起挺举的声音："鲁叔，我对商会了解不多，这想搞明白它。只有搞明白了，我们才能对症下药。我在想，我们不定可以让商会内部消除成见，结成一只拳头，外可对洋人，上可对朝廷，内可保护商民利益，让它真正成个利国利民的好事体呢。"

再接着，俊逸眼前就如戏台子一般，将挺举自来上海滩、自入鲁家之门后发生的所有往事，一桩桩，一件件，重又上演一遍。

"唉，齐伯呀，"俊逸长叹一声，朝烟灰缸里磕几下烟斗，重新装上，"你是对的，人品、家世、生意、小姐……无论我看重哪一宗，挺举都是可托之人！"拿火点上，抽几口，看向墙壁，目光落在伍中和输给他的那幅画上，半是自嘲，半是说给伍中和，"中和呀，这第二场赌，是你赢了，赢得在下服服帖帖，因为你实实在在地养出一个好儿子呀，我鲁俊逸这前半生，算是为你老伍家打工了！"吧咂吧咂又吸几口，站起来，将那幅画取下来，放在几案上，越看越是服气，"啧啧啧，这画，这字，中和呀，俊逸今朝算是真服了！呵呵呵呵，来来来，老亲家，俊逸让你也吸一斗！"

俊逸将烟斗再次磕过，装上烟，点上火，摆在双叟书画旁边，看着一缕青烟缓缓升腾，化作薄雾，消散在屋顶，脸上现出从未有过的轻松。


与此同时，顺安房间里，第一次领略女人风情的顺安依旧沉浸在那个堂子带给他的极度亢奋中，眼前浮出一幕场景：两个少女嫣然端坐，一个弹琴，一个鼓筝，另外一个少女罗扇半遮半掩，瞥他一眼，粉面含羞，曼舞吟唱："红绫被，象牙床，怀中搂抱可意郎。情人睡，脱衣裳，口吐舌尖赛砂糖。叫声哥哥慢慢耍，休要惊醒我的娘。可意郎，俊俏郎，妹子留情你身上……"

顺安怅然似醉，唱歌的少女渐渐化作碧瑶。

顺安的醉容渐渐僵住，眉头凝起。

似是想起什么，顺安陡然从床上跳下，伸手取下挂在墙上的跑街包，从包中摸出信封，回到床上，缓缓拆开，从中掏出一张纸头。

顺安借着灯光审那纸头，目瞪口呆：天哪，呈现在他眼前的竟然是一张惠通银行的现金支票，整整五千两！

顺安拿支票的手在颤抖，呼吸在收紧，有顷，动作麻利地将支票塞回信封，闭上眼睛，两手抚住狂跳的心脏，强压住突然到来的激动。

过有一时，顺安蹑手蹑脚地下床，将门闩起，再次取出这张已经属于他甫顺安，不，属于他傅晓迪的支票，在灯光下确认无误，合上眼睛，缓缓跪下，将支票摆正，冲它磕下三个响头，口中喃道："章哥……"


随着天使花园名声的增大，人数也渐渐增多，甚至有不是残障的孤儿也被人送来。望着这些在世间没有任何亲人的孩子，挺举与麦嘉丽产生重大分歧，挺举坚持要收，麦嘉丽却认为收下就会破坏天使花园的立园制度，坚决不收。

天使花园是麦嘉丽一手办起来的，挺举拗不过她，正生闷气，麦嘉丽却教给他一个意想不到的解决方案，要他到报社刊登健康孤儿认养广告。

挺举豁然开朗，当即寻到报社，刊出认养广告，不消数日，竟有多人登门。挺举欣喜万分，不问青红皂白就要来者将相中的孩子领走，却又被麦嘉丽伸手拦住，将来者盘根问底不说，还拿出她自制的表格让他们填写，其中包括他们的籍贯、家庭成员、产业、收入来源、收养动机、信用、担保人等等信息，这且不说，她还告诉来人，她是这些孩子现在的监护人，他们所填写的认养材料一式三份，两份分送警察局和租界巡捕房，另一份由她保管，如果他们虐待或拐卖这些孩子，被她发现，她就会起诉他们，他们必须为此坐牢，等等。经她这么一讲，个别认养者被她吓走了，但仍有人坚决认养，在签字画押后领走孩子。不消几日，所有健康孩子皆被认养人领走。

这次事件让挺举不仅对麦嘉丽刮目相看，对她处理事情的严谨态度及缜密程序也有了未曾有过的体会。

与此同时，随着六间新房的建成，天使花园添置了不少床铺、被褥及一应生活用品，面貌一新。麦嘉丽将孩子们按照兴趣与能力分成几拨：一拨从阿弥公学习绘画，一拨从老盲人夫妇学习音乐，一拨从伍挺举学习书法、识字，而所有这些孩子，都可以跟从麦嘉丽学习英语，盲童跟读，对聋哑孩子她就将英语写在黑板上，让他们看，打手势让他们领会意思。

这日又该麦嘉丽上课，挺举刚好空闲，也就拿了个小本子，坐在孩子们后面，边听边记。

黑板上赫然写着六个单词：god（上帝），good（善），evil（恶），devil（魔鬼），heaven（天堂），hell（地狱）。

麦嘉丽手拿树枝，指着这几个字，一个接一个地教读，不厌其烦地给聋哑孩子打手势，吃力地说明这些字的含义。而后，让这些孩子们一个接一个地读出来，她纠正发音。

轮到挺举了。

"Mr. Wu, it's your turn." 麦嘉丽看向挺举。

挺举没想到会让他读，一时怔了。

"该你了，伍先生！"麦嘉丽走到他跟前，笑眯眯地望着他。

所有孩子都看过来。

"呵呵呵，"挺举这也回过神了，给她个笑，泰然自若地拿出他刚写的纸头，咳嗽一声，朗声咏读，"高德，古德，一佛，呆佛，海问，害儿。"

麦嘉丽显然对他手中的纸头感兴趣了，伸手讨过来，审视良久，却识不出，皱眉问道："What have you written?"

"我他海浮油锐疼？"挺举听不明白，喃声重复一遍，看向麦嘉丽，"什么意思？"

"意思是，"麦嘉丽指着他的纸头，"你写的什么？"

"欧凯，欧凯，你写的什么？我他海浮油锐疼？"挺举忙又拿起笔，在本子上将新学来的这一句认真写下。

麦嘉丽正要发笑，老盲人的爱人阿婕领着一人进来，说是讨账的。挺举一看，是卖建材的，问他要过账单，掏摸口袋，却发现没有带钱。

"多少钱？"麦嘉丽晓得是来讨钱的，赶忙问道。

“十五块。”

麦嘉丽也掏口袋，没有，拐进办公室，不一会儿出来，对那人道：“你在这儿稍等一会儿，我回家，给你取钱！”

麦嘉丽飞也似的回到家里，见厅中没人，走到二楼，推开主卧，见麦基夫人正跪在地毯上，手捧《圣经》，口中念念有词，似在祈祷什么。

“Mommy, what are you doing?（妈妈，你做什么呢？）”麦嘉丽愕然，“What's matter?（怎么了？）”

麦基夫人似是没有听见，仍在喃喃祈祷。

见妈妈脸上淌泪，麦嘉丽惊呆了：“Mommy?（妈妈？）”

麦基夫人放下《圣经》，擦去泪水，平静地望着女儿。

“Mommy, what's matter?（妈妈，怎么了？）”麦嘉丽急了，盯住她的眼睛。

“Carri（嘉丽），”麦基夫人看着她，淡淡地说，“Are you here to ask for money?（你是回来要钱的吗？）”

“Yes, I want more money, and Daddy promised me.（是的，我需要更多钱，爸爸曾经答应我的。）”

“I'm sorry, Carri,（对不起，嘉丽，）”麦基夫人给她一个苦笑，“I have to tell you, we have nothing but debt. Your daddy has lost his battle finally.（我得告诉你，你爸爸的生意做得不好，我们没有钱了，只有债务。）”

麦嘉丽惊得呆了，半天回不过神来。

“Dear（亲爱的），”麦基夫人轻叹一声，“Get down on your knees and pray for God's mercy!（跪下来，求上帝保佑吧。）”

待麦嘉丽再回到花园时，已是迎黑，孩子们已经吃过晚饭，这在分头收拾。伍挺举学了麦嘉丽的样儿，什么也不做，只站在边上检查。

见麦小姐走进来，一脸忧色，挺举迎上，扬手招呼：“歪油瓦锐？(why you worry? 为什么忧愁？)”

麦嘉丽两手捂脸，蹲在地上，轻轻抽泣。

“蜜丝麦，（Miss Mc，麦小姐，）”挺举大怔，“歪？歪？（why? why? 怎么了？）”

“伍先生，”麦嘉丽哽咽，“我没钱了。妈妈说，爸爸生意失败，就要破产了。如果我家真的破产，这……这些天使……Oh, my God!（哦，上帝呀！）"

"米洗。（I see，我明白。）"挺举顺手从口袋中掏出一张庄票，是五十两银子，递给麦嘉丽，"马内（money，钱），油(you，你)用。油拿马内（you no money，你没钱），米(I，我) OK。"

"Oh,（哦，）"麦嘉丽听得明白，看得清楚，既惊且喜，几乎是扑到他身上，将他紧紧搂住，连亲数口，"dear, dear, dear, I love you!I love you so much, so much!"（亲爱的，亲爱的，亲爱的，我爱你！我爱爱爱你。）

麦嘉丽一边说着，一边将头伏他肩上，啜泣一声紧一声，两手越搂越紧。

一切发生在刹那间，纵使挺举有所准备，却也想不到会如此热烈，一时间蒙了，待反应过来，脸色红涨，想推开她，又发现根本是徒劳，因为麦嘉丽是用全部身心在拥抱他，根本搡她不动。

"麦……麦小姐……"挺举又羞又急，一边朝后退，一边猛力将她震开。

许是挺举力道过猛，麦小姐被他震得连退数步，一屁股跌坐于地。

"伍……伍先生？"麦小姐傻了，坐在地上，怔怔地望着他。

挺举这也觉得过了，想扶起她，又不好动手，讪讪地站在那儿，脸色红涨。

见麦嘉丽倒地，几个孩子忙跑过来拉她，麦嘉丽摆摆手，手在地上一撑，自己站起来，又拍拍屁股上的灰，目光始终没有离开挺举，充满委屈与不解。

"我……"挺举嗫嚅一阵，方才寻到词儿，"男女授受不亲，油米拿坎度（you me no can do，你我不可做）这事体！"

"授受不亲？"麦嘉丽的两只蓝眼睛忽闪几下，"什么意思？"

"这……"挺举苦笑一下，晓得必须给个解释，神态尴尬，指下她，又指向自己，"就是油（you，你），米（me，），拿(no)……这个。"两手比画个拥抱动作，"更不能这个！"指指嘴巴，表示接吻。

"Why?（为什么？）"麦嘉丽大惑不解，讲得直白，"你喜欢我，我喜欢你，你我相爱，为什么不能拥抱？不能接吻？"

"你与我不能相爱！"挺举脱口而出。

"为什么？"麦嘉丽愕然。

"因为你是洋人，我是华人。我们不是一种人，我们不平等。我不能爱你，你也不能爱我！"

"Wrong! You are stupid!（错！你是蠢人！）"麦嘉丽也是急了，说出母语。

挺举歪头看着她："我肚油抿？（what do you mean? 什么意思？）"

"你和我，都是人。"麦嘉丽连比带画，连珠炮似的，"洋人、华人、黑人、白人、健康人、不健康人、男人、女人、穷人、富人……在神面前，都是人，都有爱与被爱的权利。我有权利爱你，你也有权利爱我！我有权利表达我的爱，你也有权利表达你的爱，这是上帝的旨意。爱就是爱，不爱就是不爱，你不可说你不能爱我，我也不能爱你，只因为你是华人，我是白人，你与我不平等！"

听完麦嘉丽一席话，挺举在惊愕之余，更多的是文化差异带给他的全新震撼。是哩，麦小姐讲得全是理呢，作为男女，她可以明确地表达爱，他也可以明确地表达不爱，一切都应出于自愿才是，如此这般地自设藩篱，既没有说服力，也显得迂腐可笑。

"麦克扫里。（much sorry，很对不起。）"挺举朝她拱拱手，转身走到水缸边，看看缸里的水，顺手挑起两只空桶，径朝附近一处水房走去。

挺举迈着大步，挑着满满两桶清水，正吱呀吱呀地穿越一条胡同朝花园里赶路，眼前陡地横出一根粗棍，紧跟着一道黑影跳出，卡在胡同正中。

挺举吃一惊，顿住步子，扁担仍在肩上。

那人影站定，两只大眼直射过来。

挺举看清了，是葛荔，既惊且喜："葛荔！"

葛荔从鼻孔里冷冷地哼出一声，晃晃手中的棍子。

挺举这才看清，她手中的棍子是一根刚折的柳枝，棍的一端有根细细的分枝，上面带着几片新鲜柳叶。

望着这根鹅蛋粗细、在他眼前晃来晃去的树枝，挺举怔了，不解地看向葛荔。

"放下水桶！"葛荔的声音冷冷的。

挺举将肩上的担子卸下。

"伸手！"声音越发冷了。

"葛……葛荔？"挺举看下棍子，似乎意识到什么，后退一步，孩子似的将手背到背后。

"咦？"葛荔欺前一步，发出怪声，"你这还躲哩！"

"小荔子，你……这是……"

"小荔子是你能叫的吗？"葛荔面孔扭曲，声音冷酷，"把手伸出来，结账！"

"什……什么账？"挺举陡然明白过来，晓得结账意味着什么，急急后退，将手藏个严实。

"还想要赖哩？"葛荔扬扬柳棍，一字一顿，"你我之间的那笔旧账，今日该了了！"

"为……为什么？"

"为什么？"葛荔嘴角撇出一声冷笑，"这该问你自己！"

"我……"挺举抓耳挠腮，"不晓得呀，我是真的不晓得哩！"

"好吧，"葛荔晃动柳枝，"你既装糊涂，本小姐这就给你个明白！本小姐问你，这一日三番朝人家的花园子里走，就跟没了魂儿似的，能讲出个一二三吗？"

"这……"挺举急切辩白，"我……是来照看这些孩子的！"

"照看孩子？"葛荔两眼冒火，"骗鬼吧你！"

"小姐，我……是真的呀，我一片真心，可——"

"可鉴日月，对不？"葛荔不给他任何机会，"不瞒你说，初时，本小姐也认为你是一番真心，是献爱心，还曾感动来着，不承想，本小姐低看你了，你这是醉翁之意不在酒，在乎白相洋妞哩！"

直到此时，挺举方才晓得她这是吃醋了，又见她将话讲得这般直白，面色大窘，想解释清爽，却又语无伦次："我……你……小……小姐……不……不……不是这样子……"

"不是这样子，是哪能个样子哩？"葛荔损劲儿上来了，"嘴皮子都让人家啃掉三层，还在这里狡辩！"

显然，方才的一切全都让她看见了。

就像被人撞破什么似的，挺举的脸红得像个紫茄子，欲辩解，却也无从辩起，欲不辩，心中却是不甘，头低垂下去，声音几乎听不见："我……小姐……"

"伸手出来吧，老老实实地让本小姐与你清账。清账之后，你我就两不相欠了，你爱到哪儿就到哪儿，哪怕是脸皮让人啃光，本小姐也视作不见！"

见葛荔讲得这般决绝，且又暗示得这么明确，挺举既激动，又紧张，话更说不囫囵，一边下意识地"我……我"，一边有意识地退到巷子一侧，靠墙站立，两手背到后面，扎好架势不让她结账。

"嘿嘿，"葛荔欺上，怪笑两声，晃动柳棍，"你这是猪八戒吃秤锤，铁下心要赖哩！"眼珠子连转几下，将柳棍抵在他的下巴上，"伸手出来，我打三记就走！"

"不伸！"挺举被顶得生疼，喃声。

"我再讲一遍，伸手出来！"葛荔挪过棍子，抵在他的咽喉上。

"不伸！"挺举横下心，一动不动，两手背得更牢，嗓子眼被棍子挤压，声音似从一道细缝里迸发出来。

二人对峙。

葛荔目光如火，抵棍的手渐渐加力。挺举出气受阻，吃力地呼吸着，两道目光却射过来，与她的目光对撞。

时光一丝儿一丝儿滑过，挺举的呼吸越来越困难，但仍咬牙撑着。

二人就这般站着，四道目光对撞着。

终于，葛荔的棍头松开，两滴泪水从她的眼里滑出。

"姓伍的，"葛荔退后一步，一字一顿，"算你狠！"带着哭腔，带着绝望，"你还也好，不还也好，本小姐与你，从这辰光起，就如这根柳棍！"说着啪地将柳棍折断，重重摔在他前面，忽地转身，沿着胡同飞奔而去。

待挺举反应过来，葛荔已经走远。

"葛……申……小荔子……"挺举发狂般追在后面，哪里抵得过身轻如燕的葛荔，眼睁睁地看着她变成一个黑点，消失在胡同深处。

挺举不无郁闷地将水挑回花园，倒进水缸，立在缸边怅惘一时，没心再挑下去，扭头走出院门，晕晕乎乎地沿门前街道走向茂平谷行。

谷行的灯仍在亮着。

挺举略是一怔，因为按照往常，谷行早就打烊了，门该关牢。他走到这里，不是要进谷行，而是一个习惯，每天晚上从花园出来，无论多晚，他都要绕到此处，检查一眼院门及其他是否安全，方才回鲁家睡觉。

挺举还没走到谷行，远远有人迎上，是阿祥。

"阿哥，"阿祥压低声音，"你总算回来了，急死我哩。"

见阿祥脸色、声音皆是不对，挺举问道："怎么了？"

"阿哥，"阿祥的声音更低，"有人在候你。"

想到许是葛荔，挺举一阵激动，急问："她在哪儿？"

"在后堂吃茶。"

挺举拔腿就朝门里走，却被阿祥拖住："阿哥？"

"哦？"

"来人不善，怕是……"阿祥比个手势，声音更低，"章虎那厮的人，我们得合计一下。"

"你哪能晓得哩？"

"那种人，一眼就能看出来。"

"讲讲他。"

"一个时辰前，店里打烊，我正在关门，他坐辆黄包车来，见面就问你在不在，我瞧他那样子，随口就说你不在，他推开店面，走进里厢，说是候你。我跟进来，说是打烊了，他说那他就候到天亮。我无奈何，引他后堂坐了，泡上茶，让他自个儿消受，只在这里守你。"

"会客！"挺举应过一句，大步走进。

面对河浜的客堂里灯火辉煌，客位上，一个西装革履的人正低头品茶，大半个脸被一顶深灰色的西式礼帽掩住了。

听到挺举进来，那人没有抬头，依旧端着茶盏品啜。

"在下伍挺举，"挺举拱手，"让客人久候了，抱歉！"

"呵呵呵呵，"那人放下茶盏，抬头看过来，"果然是你，伍挺举！"

"客人是……"挺举怔了下，目光落在他的一副东洋墨镜上。

那人也不回话，先脱下礼帽，又取下墨镜，一一搁在桌上，缓缓站起，一脸笑眯眯的。

"陈炯！"挺举认得真切，又惊又喜，上前一步，紧紧握住他的手。

陈炯抽出手，给挺举一个结结实实的熊抱。

"阿弟，"挺举转对由惊到喜的阿祥，"搞几道菜，弄坛酒来！"

阿祥轻快应过，扭头走出。

"不瞒陈兄，"二人分别坐了，互相对望一阵，挺举扑哧笑道，"自十六浦一别，在下是一直惦着你呢。"

"呵呵呵，"陈炯回以一笑，"我也惦着你呢。欠人银子，睡不踏实嗮。"说着从袋中摸出一块银锭，啪的一声摆在几案上，"今朝寻你，为的就是了结此账。这是规银五十两，十两折算本金，其余权作息银。"

"这么多的息银，叫在下如何敢收呢？"

"当收当收，伍兄投资，没个响声岂不叫人看扁了？"

"呵呵呵，"挺举乐了，"若是此说，在下就收起了。"拿过银锭，摆在自己跟前，"从今往后，你我两不相欠，你可睡得踏实，我也无须惦念了。"

陈炯哈哈长笑几声，久久盯视挺举。

"看什么？在下老了吗？"

"嗯，"陈炯重重点头，"感觉是不一样了。上海滩这地方，真正炼人。前后这才几年，伍兄竟就成个海上闻人哩！"

"海上闻人？"挺举淡淡一笑，"在下哪能不晓得嗮？"

"这还有假？"陈炯笑道，"回到上海，我原以为人海茫茫，还钱是桩难事体哩，哪晓得随便一打听，嗮，'伍挺举'三字是无人不晓哩，什么大战米行、智斗庄票，听起来就跟唐传奇似的。"

"在下晓得陈兄会编排，就不较真了。问你个事体，东洋一行，可曾见到孙先生？"

陈炯略一迟疑，轻轻摇头。

"呵呵呵，"挺举看出顾虑，微微一笑，"这么说来，于陈兄倒是一桩憾事。陈兄回到上海，有何打算？"

"还能有何打算，不过是混个枪势而已。"陈炯正自敷衍，猛地看到什么，伸手抬起挺举的下巴，不无诧异，"伍兄，你这脖子怎么了？"

挺举这也想到葛荔，脸上涨红，一边躲闪，一边支吾："没……没什么。"

"伍兄，"陈炯却不放过，将他死死扳住，又审一时，语气肯定，"这是钝器所伤，且就在半个时辰之前。快讲，什么人欺负你了？"

"没……没人欺负！"挺举几乎是嗫嚅。

"伍兄，"陈炯哪里肯依，目光严峻，语气严厉，"今朝你讲也得讲，不讲也得讲，只要你还认在下是你兄弟！"

见陈炯将话讲到这个分上，挺举晓得再无退路，只得长叹一声，将与葛荔交往一事略略述过，听得陈炯目瞪口呆，半晌方才连叹数声，道："啧啧啧，值了，值了，如此一个奇女子，纵使让她顶死，伍兄也是值了！"

"唉，"挺举再出一声长叹，"不瞒陈兄，葛小姐生此误解，在下怕是有口莫辩了！"

"哈哈哈哈，"陈炯长笑一声，"世上没有解不开的结，何况葛小姐只是误解呢！伍兄只管厚起脸皮，寻她解去！"

"陈兄有所不知，"挺举苦笑一声，摊开两手，"在葛小姐面前，不知怎么了，在下就像老鼠遇到猫，连话也讲不囫囵哩，何况眼下小姐她……"

"理解，理解，"陈炯呵呵笑过几声，"物极则反，伍兄这是太爱小姐了！以陈某所断，葛小姐能生这般反应，也是过于在乎伍兄。只有恋爱的女人才吃醋，小姐的醋吃得越多，越说明她在乎伍兄。至于眼下，小姐不过是一时意气，待过几日，小姐气略消些，伍兄可以寻个机缘，给小姐个郑重承诺，在下保管伍兄心想事成！"

"怎么承诺呢？"挺举现出难色，"又承诺什么呢？小姐她……与在下不过是两情相悦，心有感应，仅此而已。小姐既没向在下讲明什么，在下也……"

"呵呵呵，明白了，"陈炯微微点头，"你们之间还隔着一层薄纸。这样吧，这层薄纸就由在下捅破。伍兄呀，在下确实饿了，当务之急是你的那个伙计，他……"顿住，侧耳细听。

远处传来脚步声。不一会儿，阿祥提着一坛黄酒，一个饭馆伙计提着一只热腾腾的木笼跟在后面，直走进来。

不是礼拜天。位于上海跑马场附近的沐恩堂空空荡荡，偌大的礼拜厅里只有麦基一人。面对基督受难像，走投无路的麦基静静地跪着。

"Oh, my God,（哦，我的上帝，）"麦基默声祷告，"where are thou? Haven't thou deserted me completely? Aren't thou iron-hearted enough to watch me go bankrupt? Oh, my God, I always believe in thee. I always have faith in thee...（您在哪儿？您完全抛弃我了吗？您难道真的狠心看着我走向破产吗？哦，上帝呀，我一直信您，我一直忠诚于您……）"微闭双目，一手捧着《圣经》，一手在胸前画着十字，"Oh, God, I beg your mercy. Please have a pity on me. I don't want much. A small amount would be enough. Please save me, your devoted follower, your would-be penniless son from the greatest Kingdom of the world.（哦，上帝，我祈请您的宽谅，恳请您可怜我，我不要太多，一星儿就够了。恳请您救救我，您的忠实的追随者，救救您这个来自世界上最伟大王国的行将身无分文的孩子吧。）"

有脚步声从他身后传来。

脚步声越来越响，在麦基身旁停下。有人在他身边跪下，也在胸前画个十字，口中不知喃喃些什么。

麦基睁开眼，看向来人，似乎不相信自己的眼睛："Smith!（史密斯！）"

史密斯亦看过来："McKim!（麦基！）"

二人紧紧握手，起身坐在教堂礼拜用的长条凳上。

"It's a long, long time since our departure!（分手之后，很长时间没见面了。）"麦基由衷叹喟道。

"Yes, it has been 5 years.（是的，五年了。）"史密斯微微点头，给他个笑。

"What a wonderful coincidence to see you here, at such an occasion!（真是碰得太巧了。我是指，此时此刻在此地见到你。）"

"No coincidence. I came here for you!（不是碰巧，我寻你来的！）"

"For me?（寻我？）"麦基不无惊愕。

"Yes.（是的。）"史密斯看着他，目光中充满期盼，"I'm in trouble, and only you can save me!（我遇到麻烦了，只有你能帮助我！）"

"Trouble? What kind of trouble?（麻烦？什么麻烦？）"

"Money. I need money. A lot of money!"（钱。我需要钱。需要许多钱！）

"For what?（做什么呢？）"麦基苦笑一声。

"You know,（你知道，）"史密斯打着手势解释，"I went to Indonesia 5 years ago, and I've put all my money into a rubber tree plantation there. The trees are growing well, yet I've run short of money. I need more money to hire more workers and to buy all kinds of necessities. However, I have few friends. I have only you. So I came to Shanghai and traced you here.（五年前我去了印尼，把所有钱都投进一家橡胶种植园了。胶林长势很好，但我的钱用光了。我需要更多的工人，也必须支付更多的工资，购买必需品。我的朋友不多，只有你，所以就来上海寻你了。）"

"My dear friend,（我亲爱的朋友，）"麦基又出一个苦笑，"Do you want to know why I've come here, at such a queer moment? It's not Sunday, nor any other suitable occasion for divine service."（你想知道我为什么在这么奇怪的时间来到这儿吗？既非星期天，又非适合做礼拜的任何时辰。）

史密斯摇头。

麦基指着沐恩堂上的基督蒙难像："For help. For His mercy!（求他帮助，求他怜悯！）"

"Help?（求助？）"史密斯一怔，"What kind of help do you need?（你需要什么帮助？）"

"Money.（钱。）"麦基耸耸双肩，"I have run into the same trouble as you, my dear friend.（我的麻烦跟你的差不多，我的朋友。）"

"Well, well,（哦，哦，）"史密斯哪里肯信，迭声说道，"don't play tricks with me. I'm told that gold is everywhere, here in Shanghai. You are a marvelous businessman, and yet you are telling me that you are penniless! I could never believe you!（不要取笑我了。我听说，在这上海滩，金子遍地都是。你是个精明的商人，可你竟然告诉我你身无分文，实在难以置信！）"

"OK,（好吧，）"麦基摊开两手，无奈地摇头，"I know you don't believe me now. Let's pray to God. Let's put ourselves at his mercy.（我晓得你不会信我。来吧，我们这就向上帝祈祷，共同祈求他的怜悯。）"

话音落处，麦基起身跪下，闭目，向上帝祈祷。

"McKim（麦基），"史密斯急了，一把扯起他，从包里掏出一堆材料，"open your eyes and have a look at all these materials. It's a good chance, for me, as well as for you. The future is a time for autocars. All the autocars need wheels and all the wheels need rubber. Rubber runs short in America right now, yet it's plenty in my plantation!（睁开你的眼睛，看看这些材料。这是绝佳机会，为我，也是为你。未来是汽车的时代，所有汽车都需要轮胎，而所有轮胎都需要橡胶。眼下橡胶在美国紧俏，而在我的种植园里比比皆是！）"

麦基心里一动："How much money do you need?（你需要多少钱？）"

"10 thousand pounds.（一万英镑。）"

"10 thousand pounds!（一万英镑！）"麦基惊呆了。

"My dear friend,（亲爱的朋友，）"史密斯急不可待道，"the price of rubber in London rubber market keeps increasing recently, meanwhile, at least half of my rubber trees are ready for a good harvest!（近日伦敦橡胶市场行情日日看涨，而我的橡胶树至少有一半立等取胶啊！）"

"OK, give your materials to me.（好吧，把资料给我。）"麦基伸手道。

"Here you are.（都给你。）"史密斯将文件袋塞过来，顺手递给他一张名帖，"This is my hotel.（我住在这家宾馆。）"

麦基别过史密斯回到洋行，将自己锁在办公室里，开始研究起他一窍不通的橡胶园来。

一个时辰过去了，两个时辰过去了，三个时辰过去了。

麦基将史密斯提供的有关橡胶市场及橡胶园的所有材料接连看了三遍，对橡胶及橡胶园越来越熟悉。

然而，麦基越熟悉，眉头皱得越紧。显然，为这样一个大量吸钱的橡胶园投资，从长远看，肯定没错，但他相信，没有投资方会乐意将大把的钱投进一个需要三五年甚至更远的未来才能得到回报的项目上去，银行更不会，要不然，史密斯绝对不会大老远地跑到上海寻他救急。

麦基将材料推在一侧，闭目思考。

心海深处，他隐隐有种感觉，是上帝在他最需要帮助的时候将史密斯送到身边的。到目前为止，他已走投无路。公司账上，只有欠据，没有存单，听里查得讲，财务室的保险柜里已无一块银元，几个江摆渡皆在讨要欠薪，公司再无转机，他只有破产，卷行李离开这块伤心之地。

唉，麦基在心里发出一声长叹。上海滩到处是金子，可他来得显然不是时候，对这块神奇的土地缺乏足够的了解，运气也一直不好，几番投资赚少赔多，进欧货浸水，用人不智惹场官司，赔钱不说，他在上海滩更在同行面前，丢了颜面，听闻美货走俏，进货一船，偏又遇到中国人抵制美货，堂堂洋人，竟让中国黑帮狠宰一刀，迫使他里外里搭进毛二十万，用光他的所有积蓄不说，这还欠下不少外债。在英国的几个股东早已对他失望，不肯再投一个子儿。如果不是前往印度卖船大米，他在中国市场的业绩真还是乏善可陈。

大米？想到大米，麦基心里一动，眼前浮出伍挺举及大米贸易的前前后后：印度闹灾，嘉丽携米赴救，中国大米丰收，粮产压价，伍挺举从嘉丽身上看准商机，说服鲁俊逸，吃下所有大米，坐等洋行……

麦基睁开眼睛，目光落在史密斯的厚厚材料上。美国汽车工业飞速发展，轮胎供不应求，伦敦橡胶市场行情飞涨，橡胶股票跟涨，两年之间，涨幅超过百分之七十，世界瞩目于东南亚的橡胶园，史密斯有现成的橡胶园逾五千顷立等现金救急，而在资本市场，没有现金愿意去投一个在几年之后才能收到回报的吸金项目……

股票？麦基心里灵光一现，脑中浮出伦敦股市交易所，埋头查看史密斯的材料，从中抽出伦敦股市有关橡胶股票的材料，审看有顷，再入深思。

天色亮起来，窗外白起来，窗下的南京路活起来，麦基的眉头也舒展开来。

是日，将近午时，麦基敲开了史密斯落脚的宾馆房门。

"It's OK.（好吧。）"麦基开门见山，"I will invest in your plantation.（我向你的橡胶园投资。）"

"Great! （太好了！）" 史密斯笑了，"I know you will. You are a marvelous businessman.（我知道你会的。你是一个精明的商人。）"

"But I have to tell you, what I will invest in is not £10000.（我要告诉你，我要投的资金不是一万英镑。）"

"Well, I see.（我可以理解。）" 史密斯理解地点点头，"If you give me £5000, my eyes will still be filled with gratitude.（如果你能给我五千英镑，我照样十分感激。）"

"Not that sum.（不是这个数）" 麦基摇头。

"That's the least!（这是最少的了！）" 史密斯急了。

"My dear friend ,（亲爱的朋友，）" 麦基言语郑重，一字一顿，"What I will invest in you is £100000, not a penny less.（我将投给你的是10万英镑，绝不少投一分。）"

史密斯惊呆了。

麦基给他个笑，在胸前画个十字："Don't be startled! I'm serious.（不要吓成那样！我是认真的。）"

史密斯眨巴几下眼睛，似乎还没有缓过神来："But how can you get so much money?（可你如何弄到那么多钱？）"

"From the Chinese.（从中国人那儿。）"

"Chinese?（中国人？）" 史密斯更是震惊。

"Yes.（是的。）" 麦基点头，再出一笑，"We are here in China, aren't we? I can tell you a fact about the wonderland. The Chinese, especially the Shanghaiese, are undoubtedly wise people. They are surely wise enough to know how to get gold from a faraway wonderland. We have to play a game with them, a game of the wise to the wise.（我们是在中国，是吗？关于这里，我可以告诉你一个事实，中国人，尤其是上海人，是毋庸置疑的聪明人，聪明到足以明白如何从十分遥远的神奇土地上挣到金子。我们得与他们玩一场游戏，一场聪明人对聪明人的游戏。）"

"A game?（游戏？）" 史密斯懵懂不解，"How?（怎么玩？）"

"That's my business.（这是我的事。）" 麦基显然被自己的聪明构想刺激得兴奋起来，不断地在房间里转着圈子，"What you have to do is to follow my advice and behave as you are told.（你所要做的是，听从我的奉告，照我说的去做。）"

"No problem.（没问题。）"

二人说干就干。麦基带着史密斯来到南京路上的麦基洋行，召来里查得，将他的谋划和盘托出。三人皆是兴奋，越讨论越觉得可行，尤其是在伦敦学过证券的里查得，认定这是一个天才的融资方案。三人从后晌谋划到天黑，随便叫些吃的，接着议至夜半，将计划落实到几乎每一个细节。

将史密斯送到宾馆，返回途中，里查得现出忧色。

"Richard,（里查得，）"麦基看向他，带着笑，"what are you worried about?（你为何发愁？）"

"Up to now, your plan is great and perfect except that,（到目前为止，你的计划几近完美，）"里查得两手一摊，"we have to prepay at least 30 thousand liang of silver. Where can we get the startup fund?（只有一个问题，就是我们至少需要为此计划预付三万两现银。从哪儿搞到这笔启动现银呢？）"

"Don't worry, my friend.（不要担心。）"麦基长笑几声，拍拍他的肩膀，"Somebody would prepay for us.（有人会替我们预付的。）"

"Who?（谁？）"

"Our Chinese Partner, Mr. Lu. It's a great chance for him, too, isn't it?（我们的中国合伙人，鲁先生。对他也是机会，是不？）"


向茂升贷款的事，自然由里查得出面，里查得也自然寻到茂升的跑街把头顺安，将他同样请到那家茶室。

顺安人虽坐下，心却惴惴不安。导致麦基洋行蒙受巨额亏损的美货是在他的撮合下成交的，他还因此得到五千块奖赏，这使他早晚见到里查得，心就发虚，好像参与抢劫了洋行似的。

"傅先生，"里查得看着他，微微一笑，"晓得为什么请你喝茶吗？"

"密斯托……里查得，"顺安心里更加发毛，嘴唇有点打战，"米（I）……不晓得！"

"是要谢谢你！"里查得亲手为他斟好茶，双手端起，递过来，态度恭敬，"请！"

"谢……谢我？"顺安愕然，接过茶盏，一脸惶惑。

"呵呵呵，"里查得真诚地笑道，"你有所不知，我们洋行因为这船美货遇到困难，是你帮助我们及时出货，及时回笼资金，及时归还银行贷款，才使我们免于破产，渡过难关。为此，我们总董非常感谢你，夸你是我们真正的朋友。麦总董还说，你是个天才，你的才华并不弱于伍挺举，如果你愿意，总董希望能够助你成就事业！"

"我……我……"顺安没有料到会是这个结局，惊喜交集，忙不迭地拱手，"三克油，三克油麦总董！"

"不客气，"里查得抱拳还礼，"麦总董说，如果你愿意，他想请你做洋行的买办。"

"我……"顺安呼吸紧促，正欲答应，眼珠子转几转，心里忖道，"里查得方才所讲，与章哥讲的完全一致，看来这个麦基洋行是真的不咋地，若是去做买办，万一洋行在我手里破产，日后哪能个在上海滩混哩？"

想到此处，顺安心里主意打定，拱手道："谢谢麦总董的好意，只是，我是鲁叔的人，这桩大事体，我得与鲁叔商量一下，看看鲁叔同意不！"

"呵呵呵，"里查得摆手笑道，"不用商量了，这样吧，你就对鲁老板讲，麦总董聘请鲁老板做洋行的首席买办，年薪三万元，麦基洋行的中国生意，也将交由鲁老板处理！至于聘书，明朝我到茂升钱庄，亲手交给鲁老板！"

天哪，年薪三万块洋钿！

顺安倒吸一口凉气，肠子都悔青了，又不能反悔，心中叫苦，口中却道："好好好，我一定将话捎给鲁叔。"

"麦总董还想让你转告鲁老板，"里查得不再客套，声音恢复霸气，"英国有几个大股东加入洋行，刚刚投进十万英镑，已在印尼购买到好几个橡胶园，与美国的汽车厂家签订了供货合同，为汽车生产轮胎！"

"十万英镑？"顺安不晓得什么是英镑，目光征询。

"英镑就是英国的钱。"

"那……一英镑是多少？"

"这么说吧，一英镑有二十先令，十先令值你们大清五两银子，也就是说，一英镑值你们十两银子。"

"乖乖，"顺安咂舌，"十万英镑就是一百万两银子！"

"这算什么？"里查得嘴角一撇，"在大英帝国，拥有十万英镑的家庭比比皆是，别的不说，单是我们麦总董，家中就有不知多少个十万！"

顺安再吸一口长气，越发后悔方才没有接受买办的职位。但话已出口，再改过来，叫洋人怎么看他，再说，听里查得的语气，麦基总董聘请鲁叔做首席买办的事情是早就定下的。只要鲁叔做了首席买办，他这个买办也就当定了，因为鲁叔离不开他。

顺安正在盘算得失，里查得的声音又传过来："麦总董还想让你捎话给鲁老板，由于英国股东的十万英镑投资尚未到账，麦总董想从茂升钱庄贷现银三万两暂时开支，至于息银，就照你们钱庄的规矩来！"

"这个……"顺安迟疑一下，"太好了！"

"呵呵呵，"里查得笑道，"合作伙伴嘛，老朋友了！"话音一顿，"对了，告诉鲁先生，我们用洋行的大楼做押！"

"还押什么呀，"顺安赶忙接道，"麦总董来我们茂升贷款，是看得起我们，鲁叔一定会高兴死！"眼珠子又转几下，微微眯笑，"请问密斯托，麦总董一向是从汇丰银行贷款，这次为什么照顾到我们的小钱庄呢？"

"这个嘛，"里查得诡秘一笑，指指耳朵，"你伸这个过来！"

顺安凑过去，里查得耳语有顷，顺安目瞪口呆。


是夜，顺安回到鲁宅，登上三楼，敲开俊逸的书房。

"晓迪？"俊逸见到是他，眉头略皱。

自那日撞见顺安出入堂子，俊逸就在心里将他归入另一类了。堂子俊逸去过，花酒他也常喝，对于男人，俊逸原本没有过高的道德要求，然而，不知怎的，顺安从那里出来，却让他像是吃了只苍蝇。后来他将这种莫名的厌恶归结于两个原因：一是他对顺安期望太高，一度动过招他为婿的念头；二是那日与他一同走出堂子的是章虎。章虎眼下是上海滩红人，尤其是在外滩一带，许多老板谈虎色变，他的名声越来越响，但这名声于他鲁俊逸来说，就像是肉中之刺。因为在到上海不久，尤其在章虎到茂平骚扰过挺举之后，齐伯就审问了门房，得知那日章虎上门且受羞辱之事，二话没讲，就将门房辞了。门房是俊逸的远房老亲，不服齐伯，向俊逸告状，俊逸求情，齐伯方将章虎上门受辱及回牛湾镇报复一事大体讲了，确认抢劫鲁家、火烧伍家的就是这个章虎，且这一切竟然源出于一个势利门房。

当然，一切都已过去。随着挺举成为他唯一的女婿人选，俊逸的心海渐渐平息，早将顺安视作一般职员看待了。

"鲁叔，"顺安兴高采烈，"晓迪有桩特大事体向您禀报！"

"哦？"俊逸笑道，"看你神情，是好事体哩。"指座位，"坐下讲。"

"谢鲁叔赏座！"顺安坐下，将里查得所讲的橡胶园及向茂升贷款三万两诸事悉数讲出。

"晓迪呀，"俊逸拿出烟斗，凝眉抽有两斗，方才看向顺安，"依你所断，这事体靠谱不？"

"绝对靠谱！"

"你讲讲看，都是哪里靠谱？"

"鲁叔，"顺安显然早已想好了，不答反问，"挺举阿哥收大米时，是哪能个谋划哩？他的谋划又是依照个什么因果呢？"

"你讲。"

"是看得远。阿哥看到印度闹灾，米价贵，而中国大米收成好，米价贱。阿哥看到了，其他人没有看到，因为其他人不认识麦小姐，因为麦小姐在印度有天使花园，因为印度的天使花园里缺少大米，因为麦小姐要向阿哥收购大米去救济印度的天使花园！这一步一步都是连贯起来的，缺一环不可！"

"是哩。这与当下有关联吗？"

"有。听里查得讲，美国到处都是汽车厂，所有汽车都需要车轮，所有车轮都需要轮胎，所有轮胎都需要橡胶，而美国并不生产橡胶。生产橡胶的地方在南洋，南洋离咱这里并不远。汽车生产越多，橡胶就越涨价，麦基看准商机，在南洋一下子购进几万亩的橡胶园，你说，这与阿哥买下咱这里的所有大米由麦基卖到印度有什么差别呢？阿哥买大米，是霸住源头，麦基买橡胶园，也是霸住源头，鲁叔，你讲这事体靠谱不靠谱？"

听顺安讲出这么个一二三来，俊逸心里一动。

"鲁叔呀，"顺安跟进一步，"晓迪今天还做了一桩事体，可能不妥，是先斩后奏，这请鲁叔治罪了。"

　　"呵呵，"俊逸给他个笑，"啥事体，你讲就是。"

　　"事体还是因晓迪而起，"顺安把握住语速，不急不缓，"洋行做下大事业，需要人才，里查得传达麦总董的话，说是麦总董有意聘请晓迪为他们的洋行买办，晓迪拒绝了。"

　　"哦？"俊逸略是一怔，"介好的事体，你哪能拒绝哩？"

　　"事体是好，"顺安语气坚定，"可晓迪是鲁叔的人，此生已将这一百多斤交给鲁叔了，没有鲁叔发话，莫说他是洋行，纵然是工部局发聘书，晓迪也不会去！"

　　"难得你有这份心，"俊逸赞他一句，"只是，你并没有告诉鲁叔，鲁叔也没发话，你哪能说拒就拒了？"

　　"晓迪拒了，是为一桩更大的事体。"

　　"哦？"

　　"晓迪前句拒过，后句就举荐鲁叔，说这么一桩大事体，只有鲁叔才能搞定。里查得听了，大是赞赏，说是他还没想过请鲁叔做他们洋行的买办，因为在上海滩，他们不算大洋行，论生意，并没比鲁叔大多少，鲁叔是大老板，怕是屈才哩。"

　　"那……你哪能回话哩？"

　　"晓迪回话说，鲁叔肯哩，因为你们是洋人，是我们生意的上家，鲁叔的生意再大，也是卖你们的货，再说，你们这次投资东南亚，投资橡胶园，出手就是百万两银子，算是大宗生意，有鲁叔当买办，比晓迪不知强过多少。里查得听得高兴，想了想，对我讲，要是鲁叔做买办，就不能是寻常买办，他这就向麦总董建议，给鲁叔定个首席买办，年薪三万块，提成不算。"

　　"呵呵呵呵，"俊逸乐了，"三万块不是个小数，麦总董怕是不肯哩。"

　　"肯了。"

　　"哦？"

　　"里查得说干就干，当下拉我去洋行，让我在楼下候着，他上楼求见麦总董，不消一刻钟，里查得就下来了，说是麦总董高兴得不得了，说鲁叔这是赏他面子哩！"

"嗯，"俊逸拿过水壶，给他倒杯开水，"这事体你做得不错，无论如何，首席买办是个好名分，鲁叔做与不做，面上也是有光哩。"略略一顿，看向顺安，"晓迪呀，你心里有鲁叔，鲁叔记着哩。洋行的事体，你多操心。首席买办的事体如果坐实，你就是买办的买办，给鲁叔跑个腿。"

"谢鲁叔抬举！"顺安拱手谢过，呵呵一笑，语气亲密，"鲁叔呀，不瞒您讲，这个首席您是当定了，晓迪辞别辰光，麦总董正在为您写聘书哩！如果没有节外生枝，明朝不定啥辰光，里查得就会赶到咱家钱庄，向鲁叔呈送洋行聘书！"

"好好好，"俊逸迭声赞道，"你为鲁叔办了一桩好事体。"

"对了，"顺安凑近问道，"鲁叔，洋行要贷三万两银子，是贷还是不贷？"

"贷吧，"俊逸摆下手，"你办就是。三万两银子不是大数，鲁叔出得起，只是……"

"鲁叔，里查得讲了，洋行以那幢大楼做押！"顺安急道。

"我不是讲这个，"俊逸笑道，"我是讲，洋人一向是从洋人银行贷款，这……今朝哪能向我们中国人的小钱庄里贷呢？"

"呵呵呵，"顺安迭声笑道，"不瞒鲁叔，鲁叔此问，晓迪已经问过了。"

"哦？里查得哪能讲哩？"

"两个因由，"顺安侃侃说道，"一是洋行立等钱用，银行又是公证，又是抵押，区区三万两，办起来嫌麻烦；二是麦总董存心照顾咱的生意，给咱钱庄长面子。鲁叔呀，你想想看，连洋行都向咱家钱庄贷款了，上海滩可是头一遭哩！"

"呵呵呵，是哩。"俊逸也是乐了，笑过几声，抽口烟斗，"不过，鲁叔也犯嘀咕，麦基哪能单单照顾咱的生意哩？鲁叔在沪多年，深知洋人，唯利是图，重物证，重合同，最不讲的就是'情义'二字。"

"鲁叔呀，"顺安凑上来，压低声音，"麦基不是照顾咱的钱庄，是他心里也有个九九！"

"哦？"俊逸来劲了，"什么九九？"

顺安起身，凑到俊逸跟前，耳语有顷。

鲁俊逸听完，不由得打个寒战，惊道："你讲的当真？"

"鲁叔呀，"顺安的声音醋醋的，"晓迪啥辰光骗过您哩？洋人说话实，这桩事体要是没个影儿，里查得不会乱讲。那日麦总董宴请我们，那个场面鲁叔也都看见了，是麦小姐欢喜挺举，麦总董和麦夫人也早相中他了，里查得说，总董还要照中国规矩，请个月老上门提亲，不定这月老该是鲁叔您哩！"

俊逸深吸一口气，眉头拧紧，不再吱声。

"鲁叔呀，不瞒您讲，晓迪一直纳闷，挺举阿哥哪能就跟鬼迷心窍一般，一天几趟地朝那个天使花园里跑，这辰光算是明白了，他这是另有所图哩！"

"晓得了。"俊逸摆摆手，略略一顿，盯住顺安，"晓迪，这桩事体不可乱讲。另有一桩事体，鲁叔这也问问你！"

"鲁叔，晓迪知无不言！"

"听说你和一个名叫章虎的交往不少，有这事体没？"

"我……是……是哩，"顺安心里一慌，语不成句了，但又马上稳住心神，"我与这人本无瓜葛，是通过挺举阿哥才认识的，后来，他没有事体做时，就爱找我寻开心！乡里乡亲的，我磨不开面子，再说，鲁叔呀，他这种人，咱惹不起，是不？"

"乡里乡亲？"俊逸略吃一怔，"你认识他？"

"我……鲁叔，是这样，"见走嘴了，顺安忙不迭地更正，"都是甬人呀，再说，他与挺举阿哥，还有鲁叔您，都是牛湾人，晓迪……"故意顿住。

"好了！"俊逸给他个笑，"没啥大事体，你晓得就好，鲁叔只是给你提个醒儿，听说此人不走正道，莫要与他走得太近。无论何人不走正道，鲁叔身边都是容不下的！"

"鲁叔，"顺安急急起誓，"自今朝起，晓迪再不与此人往来了！"

"呵呵呵，往来还是可以往来的，你心里吊根弦就成！"

"晓迪明白。"

翌日，情况果如顺安所言，里查得将近午时来到茂升，双手呈给鲁俊逸一个由麦基亲手书写的制作精美的麦基洋行首席买办聘书。鲁俊逸将聘书交给老潘，让他悬在茂升客堂的正中位置，又吩咐顺安到柜台开出一张三万两银子的庄票，且依据钱庄老规矩，原封归还了里查得带来的抵押物——由英国工部局颁发的麦基洋行大楼房契。

这一天属于顺安。不少朋友听闻鲁老板成为麦基洋行的首席买办，皆来祝贺，顺安跑前跑后，接来送往，风头盖过了客堂把头，也盖过了师父老潘。

将近申时，一辆马车在钱庄门口停下，祝合义从车上跳下。

顺安听闻车响，出门迎上，拱手道："是祝叔呀，有些辰光没见您了，晓迪方才还在念想哩！"

合义回个礼，语气急切："鲁总董在不？"

"在在在。"顺安伸手礼让，陪合义走进，大老远就叫，"鲁叔，祝叔贺喜来了！"

俊逸拱手迎出，见合义面色有异，略是一怔，对顺安说："你忙去吧。"

顺安讪讪一笑，拱手作别，反身去了。

俊逸让合义坐下，边倒水边问："啥事体，眉头这都拧成绳了！"

"是商会，出事体了！"

"啊？"俊逸一惊，茶水险些洒出，"啥事体？"

"是彭总理。"合义接过茶水，放在一边。

"姓彭的怎么了？"俊逸急问。

"唉，"合义轻声叹道，"两个月前，老佛爷驾崩，小皇帝承位，王爷辅政。"

"这都是老皇历了，碍姓彭的什么事儿？"

"碍上他了。"合义咂口茶水，"前些辰光，姓彭的只手掀巨浪，为《华工禁约》事体抵制美货，闹得沸沸扬扬，美使不依，闹到王爷那儿，王爷扛不过，责成邮传部丁大人和两江总督张大人处置。张大人、丁大人与袁大人素来不睦，联名上奏，弹劾袁大人。听说王爷与袁大人早有芥蒂，趁这当儿，罢了袁大人的权，袁大人一怒之下，回老家养生去了。"

"这也是旧事了，与这姓彭的有何关联呢？"俊逸仍是不解。

"袁大人是彭总理的背脊骨呀。抵制美货始于上海，天津响应，闹得比上海还厉害，把美货专卖店烧了多家，美国人吓得不敢出门。袁大人倒台，彭总理自也跟着倒霉了。"

俊逸哦出一声，再问："彭伟伦这辰光在哪儿？"

"今朝凌晨，天还没亮，道台衙门派人请彭总理前往议事，当场下狱了。至于哪能个处罚，眼下不得而知。方才锦莱捎信给我，说是五点钟在会馆召开全体议董大会，让我通知所有议董。其他人我都捎信了，你这儿是我自个儿来的。"

"我……"俊逸长出一口气，摊开双手，苦笑，"我不是议董呀！这不是要我难看吗？"

"是老爷子要你去！"

"这……怕是不合适吧？"

"合适不合适，我这把话捎到了。"合义缓缓站起，"挺举那儿，我不通知了，你告诉他一声就是！"

送走合义，俊逸思想一时，抬腕看看表，召来马车直驰茂平谷行，听闻挺举又到天使花园去了，想起顺安的话，眉头皱起，黑着脸，吩咐车夫赶往花园。

车在门外停下，俊逸没有下车，只让车夫进去喊人。车夫进去，不一时，挺举出来，身后跟着麦小姐，二人只错几步远。

"鲁叔，"挺举高兴地招呼，"屋里厢坐！"

"不了。"俊逸应过一声，目光错过他，落在已站在挺举身边的麦嘉丽身上，凝视她，似是要把她看个明白。

"麦小姐，"挺举转向麦嘉丽，"这是鲁叔，还记得不？"

听到挺举言语这般亲密，俊逸胃里一阵泛酸，情绪未及表达，麦嘉丽已经学起中国人的样子，朝他鞠一大躬，声音甜脆："鲁先生，你好，天使花园欢迎你！"

"你好！"见洋小姐这般礼敬，俊逸不好再坐在车上了，勉强跳下来，拱手回个礼，目光再次盯在她身上。

说真的，俊逸虽见过麦小姐两次，但哪一次也没认真观察过她，也从未料到一个洋小姐竟然会欢喜一个中国男人！

麦嘉丽似是觉出了他的异样目光，嫣然一笑，摆出个姿势，调皮地学起中国戏台上的旦角唱声诺："鲁先生，小女子好看吗？"

"哦，是哩，"俊逸遭她这般表达，一下子醒了，不无尴尬，"好看，好看。"转对挺举，"挺举，我来是寻你的！"

"啥事体？"

俊逸指指车子："上车讲吧！"

二人跳上马车，掉头驰去。

然而，马车走得很慢，鲁俊逸似是并不着急赶路，脸色阴着，一句话不讲。

"鲁叔，这是去哪儿？"挺举心里打鼓，小声问道。

"去商会，待会儿你就晓得了。"俊逸应过，又憋一时，看向挺举，一脸严肃，"挺举呀，鲁叔问句闲话，你得打实讲！"

"鲁叔请问。"

"听说你与麦小姐在闹相好，可有这事体？"俊逸紧紧盯住挺举的眼睛，似乎要把他看透。

挺举扑哧一笑："鲁叔是听啥人讲的？"

"这你甭管！"

"没有的事体，鲁叔甭听他人瞎讲！"

"挺举呀，"俊逸显然不信，"看今朝这样子，麦小姐欢喜你哩！"

"是哩。"

"听说她父母也都相中你了，这在寻人提亲哩！"

"哦？"挺举先是一怔，继而扑哧又是一笑，"鲁叔呀，洋人没有这般啰唆，喜欢就是喜欢，定亲就是定亲，结婚就是结婚，没有介多礼数，也不会寻媒人提亲！"

"挺举呀，"俊逸听他这般说辞，又想到里查得对顺安讲的，心里一紧，"听你这般讲，对洋人风俗蛮了解哩，别不是有啥瞒着鲁叔吧？"

"鲁叔，挺举瞒过你没？"挺举两眼直盯俊逸眼睛，目光清澈。

"倒是没有。"

"鲁叔是信不过挺举了？"挺举再问。

"呵呵呵，"俊逸放松表情，"哪能呢，鲁叔只是听到些说法，这想问问你是哪能个想法。"

"鲁叔，"挺举语气坦诚，"迄今为止，我还没有任何想法。我与麦小姐交往，我到天使花园，为的只是那些孩子！还有，"略顿一下，"我在拜麦小姐为师，学说他们的话！"

"哦！"俊逸嘘出一口长气，微微点头，"好呀，鲁叔相信你！"给他个笑，意味深长，"挺举呀，鲁叔是过来人，大江大海虽没渡过，小河小沟倒是蹚过不少。鲁叔这想告诉你，我们是中国人，人家是洋人。洋人想的是如何来赚中国人的钱，没安多少好心肠。至于麦小姐办的这个花园，在鲁叔看来，也只是可怜我们中国人，嘲笑我们，羞辱我们，你不能亦步亦趋地跟在她的后面呀！"

"鲁叔？"见俊逸讲出这个，挺举大是惊愕，半是开导，半是为麦小姐辩护，"你怕是不晓得麦小姐哩，她为人善良，她的善良是发自内心的，因为，在她的心里有个上帝，她对我说，在上帝眼里，无论白人、黄人、穷人、富人、健康人、残疾人，统统都是人，都有活在世上、追求幸福的权利，没有高下尊卑之分。我觉得她讲的句句在理！鲁叔呀，从过去到现在，我们都把人分成三六九等，有些人生来尊贵，有些人生来卑贱，这不是天理！"

俊逸怔了，沉思有顷，笑道："呵呵呵，要是麦小姐真的有这说辞，倒是个好人哩。"又想一会儿，长叹一声，"唉，想想真也丢人。人家把赚咱中国人的钱匀出来一星点儿，回头施舍给咱中国人，咱却……"

见俊逸仍旧搅在这里，挺举愈加惊愕："鲁叔……"

"好了好了，"俊逸摆手止住他，"你在花园上的心思，鲁叔这也晓得了。无论如何，办这花园是桩好事体，不能再让麦小姐破费，一年需要几钿，全由鲁叔开支。"

"鲁叔，这不是钱的事体！"

俊逸猛地想起什么，看看表，重重击掌。

车夫得到信号，甩个响鞭，马蹄嘚嘚嘚骤然加快，不消一刻就赶到商务总会。

已是迟了，约好的五时已过。二人匆匆上楼，来到二楼议董议事厅，里面已挤了一屋子人。

因是紧急开会，谁也不晓得发生何事。即使总董马克刘也是懵懂，尤其是看到跨进门来的鲁俊逸，目光便鹰一般射过来。

所有目光都射过来，落在后到的鲁俊逸和伍挺举身上。

挺举是议董，倒是坦然，俊逸却如浑身扎针，看一眼祝合义，见他一言没发，就把头垂下，拉挺举寻个角落坐了。

议董们你看看我，我看看你，无不茫然。

众人尽皆到齐，张士杰计点人数，总理彭伟伦没到，但议董席里多出一个鲁俊逸，人数仍是十七。

众人正在猜疑，门外传来脚步声，一个穿戴二品大清官服的人出现在门口。

众议董扭头望去，皆吃一惊，来人竟是一直"中风"在家、落选议董的商会前总理查敬轩！

连议董也不是的查敬轩无视众人目光，径直走向总理椅子，在上面重重坐下。观其气势，竟无一丝儿病状。

众人面面相觑。马克刘抑或是蒙了，抑或是被他的大清二品官服震住，大张着嘴，却未能说出一句话。

"诸位议董，"查敬轩打个手势，声音清朗，"查某今日召请各位，只有一个议题，罢免现任总理彭伟伦，推举新任总理！"

众议董尽皆震惊。

马克刘总算省悟过来，发飙了，扬手大吼："查敬轩，你算老几？你连议董都不是，坐到这儿成何体统？查敬轩，快滚出去，这儿不是你该待的地方！"

不及众人响应，查敬轩忽地站起，猛震几案，不无威严地扫视一圈，一字一顿："不是查某罢免他，"朝空中拱拱手，"是朝廷罢免他！"接着从袖中抽出一道黄色谕旨，朝众人扬扬，"诸位请看，这是摄政王爷谕旨，是道台大人亲手交予查某的！彭伟伦假借美国华工事体，恶意挑起并煽动抵制美货学潮，扰乱市场秩序，已于今日凌晨被道台府依法缉捕。作为罪人，彭伟伦已经没有资格继续充任上海商务总会的总理、总董和议董，道台大人要求查某主持会议，推举新任总理！"

一席话如晴天霹雳，众议董无不惊呆。即使是马克刘，也还不晓得彭伟伦被道台府缉捕的事，听闻也是呆了。

"诸位议董，"查敬轩重重扬手，扫视全场，"天还是大清朝的天，地还是大清朝的地，无论何人有何话说，这请站出来！"

没有谁说话。

马克刘的嘴巴连张几张，终又合上。

"诸位议董，"查敬轩将谕旨放回袖中，缓和语气，"查某年岁大了，不适合再当总理。作为商务总会的前任总理，又蒙道台大人偏爱，查某在此提出两个议案：一是增补鲁俊逸先生为议董和总董，替换罪人彭伟伦；二是提名两个总理人选，一个是祝合义，一个是张士杰，请诸位议董公投！"

众人再次惊愕，也有人嘘出一口长气。毕竟，查敬轩没有自做总理和议董，只以前任总理身份主持这个特别的议董会，且祝合义与张士杰本就是商会总董，总理缺位，自然也当由二人之中产生。

见无人反对，查敬轩朝外挥手："来人，摆碗，发豆！"

早已候在门外的随员应声而入，动作麻利地在查敬轩面前摆起两只大碗，向在场诸位议董挨个发放一粒豆子。

查敬轩舍弃棋子，依旧使用豆子，显然是在昭示什么。

众人看着手心中的黑豆，各有表情。

"诸位议董，"查敬轩做出请的手势，"请投豆表决！"

查锦莱率先站起，走过去，投向祝合义的碗中。周进卿跟着站起，投向祝合义的碗中。接着是俊逸和挺举。甬商全部投过，只有合义投向士杰，士杰亦投向合义。

其他议董也都站起，面面相觑一阵，开始投豆子，有投士杰的，有投祝合义的。

只剩下马克刘和几个粤商议董了。

众人齐望过去。

查敬轩亦望过去。

"哈哈哈哈……"马克刘爆出一声长笑，忽地起身，将手中豆子狠狠砸在桌上，弹起老高，落到地上，一字一顿，"老子弃权！"遂拂袖而去。

几个粤商议董见状，也都纷纷扔下豆子，随从而出。

查敬轩满脸鄙夷，冷笑一声，冲着他们的背影朗声断喝："点豆粒！"

随员点过豆子，将祝合义的碗推到前面。

查敬轩数过豆粒，朗声唱宣："今日补选，应到议董一十七名，实到一十七名，弃权五名，投豆一十二粒，议董祝合义得豆八粒，超过实有投票人数半数，符合上海商务总会章程规定，当选总理！"

议事厅响起稀稀拉拉的掌声。

# 第 26 章
## 两兄弟同爱一女　甫跑街借诗乘龙

又到月底，玄二堂子里，任炳祺兴冲冲地走到后堂陈炯房间。

"师叔请看，"炳祺将两本账册摆在桌子上，乐得合不拢口，"这一本是上月的，这一本是本月的，奶奶个熊，托师叔的福，咱这发达了呢！"

"哦？"陈炯呵呵一笑，将账册推到一侧，"说说看，哪能个发达哩？"

"上个月，码头与堂子各赚八百块洋钿，这个月码头少两百，堂子却多三百，"炳祺凑近，几乎是耳语，"不瞒师叔，是净利，几年来少有哩。呵呵呵，有师叔罩着就是不一样，兄弟们劲头足哩！照这势头，赶到年底，炳祺保准为师叔拿出八千块洋钿！"

"呵呵呵呵，"陈炯又是一笑，"好哇好哇，真是好消息。"

"师叔，"炳祺凑得更近，"堂子里新进几个鲜货，苏州来的，个个色艺俱佳，徒子特别选出两个孝敬师叔。人生在世，没个女人多没趣味！"

陈炯白他一眼："你这是赶师叔走吗？"

"嘻嘻嘻，"炳祺涎脸笑道，"炳祺是说，师叔既然住到女人窝里，夜夜却睡冷被窝，叫徒子脸上哪能有光哩？要不这样，炳祺只给师叔留一个，再不让她接客，只在这里早晚侍奉师叔，为师叔端茶倒水洗脚敲背什么的，闷了还能唠唠闲话儿！"

"好吧，"陈炯略略一想，"既然这般讲，师叔就依你了。"略略一顿，"对了，大小姐那儿可有音讯？"

炳祺摇头。

"莫不是……"陈炯沉思有顷，半是自语，"我住在此地，她生出啥想法了？"

"不会不会，断然不会，"炳祺连连摇头，迭声说道，"不瞒师叔，大小姐开明得很，这堂子是炳祺开的，若是嫌弃，大小姐早就不睬炳祺了！再说，帮中兄弟不只是炳祺开堂子，从南京到苏杭，兄弟们开的堂子多去了，只要没有欺男霸女，违反帮规，大小姐也就睁只眼闭只眼。无论如何，兄弟们都得有条活路，是不？"

"不会就好，"陈炯嘘出一口气，闷头又是一会儿，"这已有些辰光了，大小姐哪能……"

"嘻嘻，"炳祺笑了，"依炳祺之见，只要师叔那柄宝刀仍在大小姐手里，就有戏文！"

"呵呵呵呵，借你吉言！"陈炯也笑起来，从怀中摸出两张庄票，摆在桌上，"炳祺，看看这是什么？"

"乖乖，"任炳祺打眼一看，惊叫，"两万两银票！师叔，您打哪儿搞到的，炳祺这辈子还没见过介多钱哩！"

"呵呵，"陈炯略略摆手，"师叔哪来这本事？是托孙先生的面皮，一万由湖州张老板捐助，一万由浦东宋神父筹措，师叔不过是代孙先生收款而已！"

"太好了。"炳祺握起拳头，"师叔，我们分头凑，待凑足三万，立马汇给孙先生！"

"孙先生来信说，他在日本已经筹到一笔款子，暂时不急用钱，这点钱就放在上海。你拿去，以你的名义，存入汇丰银行。"

"啊？"炳祺大是吃惊，"以徒子的名义？"

"呵呵呵，"陈炯拍拍他的肩，"拿去吧，师叔放心你，孙先生放心你！"

"好！"炳祺屏气有顷，握拳道，"炳祺一定不辜负师叔与孙先生！"收起庄票，盯住它们看一会儿，笑了，"呵呵，师叔，听说洋人银行利息不高，莫如徒子搁在这儿放个高利，让它们为革命事业多生几个崽儿！"

"炳祺，你须记住，革命基金不能外放高利贷。再说，孙先生万一急用哪能办哩？就存汇丰银行，一则保险，二则方便汇往海外。"

"好好好，"炳祺收起庄票，连拍胸脯，"师叔，剩下这一万，全都包在炳祺身上，我就不信，凭我任炳祺这张脸，到年底还能筹不到？！"

"炳祺呀，"陈炯笑了，"不要一心掉进钱眼里，拔不出来哟！"

"咦？"炳祺一本正经道，"孙先生要我们筹款，不掉进钱眼里哪能个筹哩？"

"我问你，"陈炯敛起笑，双目射过去，"筹款做什么？"

"干革命呀。师叔不是说，要推翻清朝、光复中华吗？"

"这就是了。眼下我们还有比筹钱更重要的事体呢！"

"师叔请讲！"任炳祺坐正身子，两眼眨也不眨地盯住陈炯。

"孙先生来信说，当务之急，一是搞钱，二是搞人，三是搞枪。钱这讲过了，下面我们必须搞到人和枪，建立我们自己的武装。清朝就如一棵又高又大的老树，虽然连根带梢全都朽透了，但我们不砍不锯，它依旧不会倒呀。"

"是哩。先说这人，我已依照师叔吩咐，招到二十多个了，师叔不信，可到顺义码头看看，保管一等一的身手。关键是枪！"

"呵呵呵，"陈炯望着他笑笑，"又吹你那几个人了。莫说是二十多，你就是招进二百多，二千多，人人手里都有一杆枪，怕也摇撼不动那棵朽树呀！"

"这该哪能办哩？"炳祺急了。

"孙先生要求我们联合沪上各界力量，譬如商务总会、光复会及其他社团、协会等，也包括咱的帮众。那些人皆有根基，尤其是商务总会，干大事体离不开他们哪！"

"是哩。师叔要的，他们都有，只是……"炳祺现出为难之色，"商会里个个都是有钱人，哪一个伸出指头也比炳祺的腰粗，炳祺想蹭这也蹭不上个边儿呀！"

"呵呵呵，"陈炯笑道，"你只管联络帮众就是。其他事体，是师叔的！"说着抬腕看表，起身，"辰光到了，师叔这该出去一趟。"

"要不要徒子送一程？"

"好吧，茂平谷行。"

灶房里，申老爷子这儿掀掀，那儿看看，巡视一圈，摸出一只空瓶子，掂几掂，朝堂屋里叫道："小荔子，小荔子——"

没有应声。

"小荔子？"老爷子摇摇头，离开灶房，一步一步走到堂屋，掀开门帘，走到葛荔的闺床前，将被里揉有几揉，声音怪怪的，"早就醒了，装个啥哩？"

"啥事体？"葛荔忽地坐起。

"醋没了！"

"瞎讲！"葛荔嘴一撇，"前几日才买一瓶，这刚扭开盖子，哪能就没了？"

"全让你吃光光了，还说没吃？"老爷子鼻子里轻哼一声，"不信你自己看看去！"

"不理你了！"葛荔听出话音，又躺下去，将被子蒙在头上，夸张地发出鼾声。

老爷子审视四周，见陈炯送的宝刀竟被她孤零零地挂在一处并不起眼的地方，且旁边遮着一条她几乎没用过的方巾，已知就里，上前取下刀，抽开来，吹几口气，复插进去："啧啧啧，介好的宝刀被放在此地，算是明珠暗投了！"袖进衣服里，"既然不受待见，莫如让老头子拿到旧货摊上，不定还能换来一坛子好醋哩！"

葛荔掀开被子，蹿上来，一把从老爷子袖里抢回宝刀，又挂在那里，复躺回去，气呼呼道："啥人不待见了？我心里一直在念着哩！"

"呵呵呵，念着就好！"老爷子走到角门处，送回一句，"方才老头子闲来无事，路过某处花园了！"

"你……"葛荔忽又坐起，急问，"看到什么了？"

"还能有啥？"老爷子慢条斯理，"不就是那两个人嘛！"

葛荔面孔扭曲，目光落在陈炯的刀上，噌噌过去，将刀取下，别在腰间。

"呵呵呵，"老爷子斜她一眼，"某人不会是要出去行凶吧？啧啧啧，若用这把宝刀杀人放血，可就有点儿可惜了哟！"

"老阿公，你……"葛荔气得嘴脸歪斜，"啥人要去行凶了？我就不能玩玩我的宝刀吗？"说着从腰里拔出，放在手掌里把玩。

"能能能，"老爷子迭声说道，"只是，如果某人一直钻在这床被子里嗅那醋味儿，既不玩刀，也不赏花，只怕会落个鸡飞蛋打，一头不得一头哟！"

"你……这是气死我哩！"葛荔呼哧呼哧喘一会儿，大眼珠子连转几转，扑哧一笑，蹭上前，挎住老爷子胳膊，"嘻嘻，老阿公，您在这里阴阳怪气，莫不是要给小荔子支几招儿？"

"老头子只支一招，"老爷子在她头上弹一指头，"看准的鸟儿，就不能让它飞了！"

"老阿公，"葛荔将他推到堂间，在他耳边悄问，"依你说，小荔子这是该玩刀呢，还是该赏花呢？"

"刀有刀的好，花有花的好，就看小荔子是何偏好喽。"

"老阿公，这几天哩，我算是想明白了，还是玩刀的好，这刀嘛，既是小荔子所好，玩起来也顺手哩！"

"呵呵呵，"老爷子乐了，"吃柿子当拣软的，看来小荔子长大了，学会挑哩，那花儿虽然好看，却有刺儿，玩起来确实不太顺手哟。"

"啥人怕他的小刺儿来着？"葛荔来劲儿了，蹦起老高，"老阿公，你且等着，看小荔子这就去手到擒来！"说着将那柄宝刀随手一掷，哧溜一声，人已闪到院中。

听着她的脚步声渐去渐远，申老爷子走到墙根，将那柄宝刀捡拾起来，眯眼赏玩一时，小心翼翼地拭去灰土，走回葛荔闺房，摆在她的梳妆台上。

已是午后，阳光射在南侧河浜里，在水波中激荡出点点碎光。茂平谷行的后客堂里，挺举、陈炯相对坐着，一边欣赏河浜里的碎光，一边品着茶盏。

窗子外面的老柳树下，阿祥与任炳祺对面而坐，中间摆着一盘象棋，看盘中棋子，二人激战正酣。

"伍兄，"陈炯的目光从波澜里收回，看向挺举，"近日听闻商会里颇是热闹，你是议董，能否剧透一二？"

"唉，"挺举长叹一声，给他个苦笑，"陈兄怎么也对这个感兴趣了？"

"呵呵呵，"陈炯笑道，"商会是有钱人扎堆的地方，在下不想守穷，这还指望伍兄引见一二，图个晋升呢。"

"陈兄客气了，"挺举亦笑一声，"依陈兄才具，想必不会缺个晋升。前番见面，陈兄出手就是五十两规银，想必枪势混得不错哩。哦，对了，在下将那五十两银子连本带息还给我那阿弟，嘿，你猜怎么了，阿弟那个后悔哟，没个说！"

"哈哈哈哈，"陈炯朗笑起来，"他总不会是后悔当年身上没带更多银子吧？"

"正是这般！"挺举也笑起来，"不瞒陈兄，当年在下将阿弟囊中的每一个铜子儿全都搜出，阿弟那是一肚子的不乐意呀。这下好了，阿弟得到十倍回报，说是要请陈兄喝一壶哩。"

"呵呵呵，"陈炯连连摆手，"就那小子，在下咋看咋个不顺眼，他的酒还是免了吧。"敛起笑，两眼直射挺举，"方才提到商会，观伍兄气色，不会是有难言之隐吧？"

"也没什么难言之隐，"挺举轻叹一声，"一言难尽而已。"

"那就两言，三言，"陈炯呵呵一笑，"反正这半日交给伍兄了，我们兄弟有的是辰光唠叨，是不？"又拿过开水壶，朝茶壶里冲水，斟向挺举的茶盏，"来来来，伍兄这先润润口，痛快开场，让兄弟开开眼界！"

陈炯的确不是外人，挺举也不隐瞒，将近日发生的商会总理之争略略述过，不无忧心道："唉，不瞒陈兄，前有粤商，后有甬商，为争总理这把交椅，全都不讲规则了，你争我夺，将这商会……"说到这儿，长叹一声，轻轻摇头，"在下一向敬重查老爷子，可昨日事体，老爷子确实做得过分。商会里若是也论官袍马褂，宣谕诵旨，与衙门又有何异？"

"伍兄所言甚是。"陈炯频频点头，"伍兄可否记得杜牧的《阿房宫赋》？真是好诗呀，把中国的问题点到极处了！"

"《阿房宫赋》？"听到一下子拐到阿房宫里，挺举略觉诧异。

"呜呼！"陈炯随口吟诵，"灭六国者，六国也，非秦也；族秦者，秦也，非天下也。嗟乎！使六国各爱其人，则足以拒秦；使秦复爱六国之人，则递三世可至万世而为君，谁得而族灭也？秦人不暇自哀，而后人哀之；后人哀之而不鉴之，亦使后人而复哀后人也。"

"是啊。"挺举听他咏出这个，慨然叹道，"战国数百年，六国各逞英豪，终为秦人所灭。始皇帝期望秦国能有万世基业，不想至二世即亡，终为天下所笑。究其根源，不是亡于外，而是亡于内。杜牧确实总结到要害处了，族秦者，秦也。打败我们自己的，正是我们自己！'后人哀之而不鉴之'，今日之谓也。"

"伍兄所评极是！"陈炯敲击几案，声音激愤，"我们的敌人不在海外，就在国内。从鸦片战争，到甲午海战，到火烧圆明园，再到八国联军，归根结底，我们没有败给西夷，也没有败给东夷，而是败在我们自身。伍兄可知败在何处？"

"不瞒陈兄，"挺举沉思有顷，缓缓说道，"近几年在下也在琢磨此事。以在下浅见，是败在政治。两千年来，我们行的是皇权制，而西夷行的是立宪制。皇权制容易滋生腐败，立宪制则好很多。"

"非也，非也。"陈炯连连摇头，"专制固然不好，若是用得好，也能成事体。大清之始，也是专制，然而，那时节却国势强盛，列国拜服！"

"那……请问陈兄，我们败在何处？"

"败在不能抱团上，败在各为己利上。满汉仇视猜忌，朝臣各为己利，贫富互不相济，官民尖锐对立，朝廷高高在上，地方各行其是，中国名为大一统，实则四分五裂，难以形成合力！"

"陈兄所言，也是在理。"挺举沉思有顷，抱拳应道，"国就不说了，单说这商会，在下是深有体会。表面上看，奉行的是西夷民主公议制，实际上完全不是。各地商帮、各业行会，皆为己利，势大者欺人，弱小者受欺。几大商帮，几派势力，面和心不和，暗中较力，活生生地把一个原本是利国惠民的公益协会变成牟利手段，实在令人扼腕兴叹哪！"

"伍兄，"陈炯两眼紧盯挺举，"难道你不想为此做点什么吗？或许可以有所改变呢。"

"我……"挺举长叹一声，"唉，心有余而力不足，枉生嗟叹而已。"

"在下倒是有个主意，或可使商会消弭内争，同心同德！"

"哦？陈兄请讲！"

"听说租界工部局有个万国商团，商会何不模仿他们，组建一个只属于商会的商团？"

"商团？"挺举若有所思。

"正是，"陈炯不加思索，侃侃言道，"伍兄可否注意，租界远比我们复杂，各国皆有租界，皆有洋行，扎堆来到上海滩，生意对象清一色是我们中国人，若是换作我们，早就打成一锅粥了。结果呢，打成一锅粥的是我们自己。反观租界各国，各洋行，秩序井然，各有营生，各有长短，亦各有利益，平素各做各的生意，一到关键辰光，必定抱成一个铁团！"

"是哩！"挺举重重点头。

"他们之所以做到这点，是因为他们善于组织。在下作过分析，洋人共有两大组织，一是工部局，二是商团。工部局由各国产生，国家不分大小，皆有席位。商团则由各洋行构成，归在工部局旗下。无论哪家受到武力威胁，就由商团出面，武力摆平。你们有了商会，就如同洋人有了工部局。如果再有商团，就等于把各个行帮、各个行会甚至连各个店铺全都拧巴到一根绳上了。"

"如何拧巴？"挺举大感兴趣。

"训练哪！"陈炯伸开五指，缓缓合成一个拳头，"商团团员分别来自各行各业，各个商帮，各个店铺，若是定期集训，他们就必须厮守一处，这在无形中增加了彼此了解。有了商团，大小店铺，一家有难，百家支援，就可形成大势。商会可借商团自重，对外，可与租界万国商团抗衡，对内，可替政府分忧，关键时刻，还能帮助政府维护沪上的商业安定呢！"

"嗯，是个好主意。"挺举思忖许久，点头应道，"只是，牵扯到商民武装，就是大事体，不但要在商会里议决，恐怕还要征求租界、上海道同意，眼下来看，困难重重。"

"事在人为。"陈炯笑笑，"世上没有做不成的事体！"

挺举正在思索，前院传来女子软软的说话声，且还提及他的名字，说是寻他。

挺举听出端底，脸色瞬间变了，朝陈炯尴尬地笑笑，起身就往前台走去，不料刚到走廊，那女子已风风火火地闯进来，一副熟门熟路的样儿，在柜台守值的伙计不明所以，诚惶诚恐地紧跟其后。

来人正是葛荔，手中拿着一根柳条。但与那日的相比，这根柳枝又细又软，与葛荔的娇媚表情配合得恰到好处。

"嘿，伍大掌柜，这在屋里厢躲清闲呀！"葛荔假作轻松，扭身给伙计一个笑，"去吧，没你的事体了。"又冲挺举扬扬柳枝，"走吧，伍掌柜，后堂里请！"

挺举大窘，哪里肯动，两脚如钉，庞大的身板死死卡在走廊当中，将前路堵个结实。

"哟嗬，"葛荔瞟他一眼，拖长声音，"你这是……真还跟本小姐摽上劲了！"扬起柳条，"瞧这小样儿，是想在这条廊道上结清账喽？"

"葛……小荔子，我……"挺举急了，伸出手指朝后堂指指，挤眉弄眼，声音几乎是在嗓子眼里，"有朋友在哩！"

"哦？"葛荔也似吃一怔，正在转悠大眼珠子，陈炯已走上来，立在挺举身后，在他肩上重重一拍，两眼射向葛荔，"伍兄，在下恭候半晌了，美人既来，还不介绍一下？"

"我……"挺举脸上涨红，只好站到一侧，指葛荔道，"这位是葛小姐，在下恩人，"又指陈炯，"葛小姐，这位是在下朋友，陈炯，刚从日本回来！"

听闻"陈炯"二字，葛荔一下子乱了方寸，急急低头，拱手挡住面孔，慌不择言："伍掌柜，你有贵宾在侧，在下就不打扰了！"说罢，将小柳枝啪地一扔，转身匆匆走了。

挺举追至柜台处，见葛荔人已冲出大门，沿大街跑去，欲扬手告别，声音却发不出，怅惘有顷，折身再到走廊上，见陈炯早已捡起地上的小柳枝儿，正在手中把玩。

"啧啧啧，"陈炯轻抖几下柳枝儿，赞不绝口，"伍兄果是慧眼，真乃人间绝品也！"

"谢陈兄夸奖，"葛荔一走，挺举就灵醒过来，心里美滋滋的，语气神态恢复正常，"今朝实在没想到，她竟……"

"这条柳枝儿？"陈炯将枝儿又闪几闪，看向挺举。

"呵呵呵！"挺举腼腆地笑笑，从陈炯手中接过柳枝儿，不无夸张地放到唇边，轻轻一吻，压低声音，"这是一笔旧账，陈兄就甭问了！"

"瞧那样儿，"陈炯笑了，"美人的气想是消了，"拱手，"伍兄，在下恭贺你了。"又冲外面，"炳祺，分出输赢没？"

"来喽！"话音落处，炳祺人已在门口。

"辰光不早了，在下告辞！"陈炯朝挺举再次拱手，"商团事体，还望伍兄斟酌，若有用到在下处，在下乐意效劳！"

挺举笑笑，将二人送至门外，拱手作别。

返程途中，陈炯久不作声。

"师叔？"炳祺小声道。

"奇怪，"陈炯凝起眉头，"方才那个葛小姐，一看到我，简直……判若两人呢！"

"师叔？"炳祺的声音更小。

"炳祺，你怎么了？"

"徒子有一言，不知当不当讲？"

"咦？"陈炯白他一眼，"对师叔还能藏着匿着？"

"方才那女子，是……"炳祺再次止住。

"讲呀，她是何人？"

"大小姐！"

"啊？"陈炯吃此一惊，目瞪口呆，半晌，方才两手扳住炳祺，"你……你不是没见过她的真容吗，哪能晓得哩？"

"听音哪！"炳祺几乎是嗫嚅，"大小姐的声音，徒子在闹市里也辨得出！"

陈炯放开炳祺，蹲在地上，两手抱头。

是哩，那个叫葛小姐的是在听到他陈炯的名字之后方才慌神出走的，而他陈炯的刀……不定那阵儿就别在她的腰中！

可……伍兄？

今日事体，即使是傻瓜也瞧得明白。

伍兄心里装的是她，她心里装的也是伍兄！

显然，这个难题炳祺也看出来了。

"师叔？"炳祺小声叫道。

陈炯抬头，看向他。

"我们回吧，家里……有人候着呢。"

陈炯将拳头越捏越紧，半晌，狠狠击在地上，重重叹出一声，忽地起身："好，家里去，备上老酒，你我不醉不休！"

拿到茂升钱庄的三万两现银之后，里查得立即请来上海滩最有名的设计师，夜以继日地重新装修麦基洋行大厦。

由于装修重点只在一楼大厅与门面，工程并不算大，不消半月，已是有模有样。大门外面，一块巨大的中英文黄铜匾额已经安装就绪，两个工人正在拆除脚手架。几辆装货的马车停在外面，另外几个施工人员进进出出，正在下货，向楼里搬抬。

麦基、史密斯、里查得三人站在南京路的对面，各自眯缝起眼睛，远远地观赏那块黄澄澄的匾额。匾额上，"大英华森橡胶拓殖公司（GREAT BRITAIN WHATSON RUBBER PLANTATION COOPERATION）"等中英文字在阳光下熠熠生辉。

"OK.（很好。）"看有一时，麦基不无得意地看向身边的史密斯，"Let's start our wonderful game right from here!（就让我们的游戏从此处开始吧！）"

"It's great, but how?（太好了，可怎么做呢？）"

"It's his job, and he knows all the hows.（这是他的事情，他晓得如何去做。）"麦基看向里查得，给他个笑。

里查得回以一笑，不无肯定地冲史密斯点头。


夜深了，鲁家宅院里，齐伯从前院溜到后院，又从后院转到前院，来回走几圈，最后在门房里坐定。

过有一时，一辆黄包车在门外停下，鲁俊逸跳下车子。齐伯迎上，二人嘀咕几句，一前一后地穿过前院，拐向楼梯，不一会儿，俊逸书房的灯亮了。

黑暗里，顺安看得真切。这个夜晚，不知怎的，他翻来覆去睡不实，穿衣起来，远远地盯牢齐伯。见二人都已上楼，顺安嘘出一口气，轻挪脚步，悄悄隐在鲁俊逸书房下的一株蜡梅后面，支起两只耳朵。

楼上飘下声音，虽然很小，但于顺安却是不难分辨：


……

“瑶儿睡没？”

“睡了。”

“闹没？”

“还好。”

“瑶儿的事体我想定了，就依你，只是，挺举那儿，你看哪能个讲哩？”

“这是大事体，不能屈了小姐，得寻个合适媒人。”

“让合义去讲，他是商会总理。合义就等着喝瑶儿的喜酒，只要我透个气，保管他跑得比谁都快。”

“敢情好哩，祝老爷德高望重，若肯保媒，无论是小姐还是挺举，都体面哩。”

“齐伯呀，我也有个担心，就是挺举总朝天使花园跑，听闻天使花园的麦小姐对挺举有好感，她父母也对挺举印象不错，这事体没准儿……”

“呵呵呵，我打听过这事体，挺举没有这意思，娶洋人做媳妇，莫说是别人，就挺举他姆妈那儿都难过关！”

“呵呵呵，是哩。”

……

楼上后来又飘下什么话，于顺安都已不重要了，于他重要的只有一个，鲁叔这已铁下心将他的宝贝女儿嫁给他的挺举阿哥！

顺安一步一步地挪回房间，坐在椅子里，下嘴皮子都快被他咬破。

顺安眼前轮番浮出三个女人，一个是他不敢对视的大小姐，一个是他只可远观的麦小姐，再有这个，就是他辗转反侧却求之不得的鲁小姐，而这三个小姐，竟就在这么一个晚上，全都绕在了他的挺举阿哥身边！

“鲁叔呀，”顺安泪水流出，心里说道，“你是瞎了眼呀，你是不知情呀，伍挺举再好，再能干，可他的心是花的，对你是有二心的，对小姐，天哪，他眼里根本就没有小姐，你这是乱点鸳鸯谱了呀，鲁叔呀，你一生智慧，哪能去听一个一事无成的糟老头子的呢？”

顺安眼前浮出里查得，耳边响起一连串声音：“……这对你讲个秘密，伍挺举很快就是我们总董的 son-in-law 了……就是女婿呀。伍挺举与嘉丽彼此相爱，麦总董、麦夫人甭提多高兴了，麦夫人讲，她要按中国风俗请个媒婆上门提亲，还要让女儿坐上八抬大轿……"

"鲁叔呀，"顺安越想心中越是悲戚，"你这听见了没？麦夫人要请媒婆上门提亲哩，这媒婆没准儿就是鲁叔你呀，谁让你是洋大人的首席买办哩！这且不说，那个洋婆娘还要用八抬大轿嫁她闺女，这事体她完全做得出，我的鲁叔呀！你让祝叔保媒，闹得沸沸扬扬，可这是热脸膛贴到凉屁股上，他伍挺举根本不领情，因为他中意的是那个洋妞儿，一天不见就如没了魂哪，我的鲁叔呀！人家将这八抬大轿在那南京路上一招摇，鲁叔呀，你这老脸往哪儿搁呢？还有祝叔，你让他的老脸往哪儿搁哩？祝叔好歹也是个商会总理，走到哪儿都风光哩！鲁叔呀，你有钱不假，可你再有钱，总是没势吧？你的钱再多，总是抵不过大英帝国的洋大人吧？挺举阿哥是啥样人，你不晓得，你完全不晓得，晓得他的是我，是和他一块长大的傅晓迪呀！他的眼高着哩！他的心傲着哩！你看看，他把啥人瞧在心上了？彭伟伦？查老爷子？鲁叔您？他连会审公廨的沈谳员也没夹在眼角子里，我的鲁叔呀，你哪能看不透他哩？甭看这辰光他没钱、没权、没势，可他的心黑着哩……"

顺安这般胡思乱想一夜，直到天亮，方才迷迷糊糊睡去。

一觉醒来，竟是午后。顺安大惊，看看表，匆匆洗把脸，拿起跑街包，害怕撞到齐伯，不敢走前门，就悄无声息地溜到后门，正要开门出去，隐约听到中院传来呜呜咽咽的抽泣声。

是鲁小姐！

顺安的腿迈不动了。一股突如其来的勇气，一股背水一战的雄风，让他一步一步地退回来，一步一步地挪向中院。

张目望去，不见齐伯。

顺安轻嘘一口气，沿着花墙外侧的甬道靠近中院的圆拱门。想想不妥，顺安就在圆拱门外寻个地儿蹲下，打开跑街包，装作检查什么，耳朵却是竖着。

院中凉亭旁边，碧瑶在荡着秋千。眼下不是秋千了，齐伯在秋千底下放了个吊篮，上面又铺了块软垫，碧瑶坐在上面悠悠哉哉，手捧书本，由着性子落泪。

"小姐呀，"秋红手推吊篮，有一搭没一搭地送有几个来回，停下手，将头伸过去，装模作样地瞅向书本，"你这是念到哪句妙词了，哪能伤心介久哩？"

"去去去，你这没心没肺的，讲给你也是不懂！"碧瑶止住泣，嗔她一声。

"嘻嘻，秋红是不懂，可秋红好奇呀，你就念个一句听听。"

"曲栏杆，深院宇，依旧春来，依旧春又去……"

"嘻嘻嘻，"秋红笑一声，"这句我懂哩，曲栏杆，深院宇，就是咱这小院子，对不？这春来春去，就跟咱这里一样，小姐呀，你看看，这春来春去，秋红跟着小姐也有十来年哩！"

秋红不解不说，这一解反倒伤了情，碧瑶将书本啪地朝地上一摔，朝她尖叫一声："张秋红，你晓得个屁！"说着跳下吊篮，咚咚咚咚跑向闺楼。

秋红拾起书本，不晓得嘟哝了句什么，慢悠悠地跟着上楼。

张秋红？这个"红"字让顺安不由打个激灵。想到鲁小姐一直在看《西厢记》，想到西厢记里的红娘，顺安的心头猛然闪出一个念头。

是日傍黑，顺安守在门外，看到秋红来为小姐打热水洗脚，见四周没人，急迎上去，挡在她前面，小声叫道："秋红阿妹？"

"阿妹？"秋红显然没有听到过有人这么称她，吃一惊，见是顺安，受宠若惊，"你……叫我阿妹？"

"是呀！"顺安给她一个迷人的笑，凑她耳边，低语几句。秋红先是诧异，继而脸色涨红，终究抵不过顺安火辣辣的目光，含羞点头。

夜色渐深，院中人大多进入梦乡。秋红悄悄溜出圆拱门，蹑手蹑脚地来到后院，走到顺安门外，尚未敲门，门已打开。

秋红闪身进屋，抚着胸口，强压住惊怕，压低声音："傅公子，你说有好东西让我看，在哪儿？"

顺安指向桌面上的一把漂亮银锁，上面系着一条银链子。

秋红拿起银链细细审看。

"阿妹，你戴上！"顺安靠近她，悄声。

"我？"秋红睁大眼睛。

"是呀。我特别让人打制的，是纯银，不晓得中阿妹的意不？"

秋红戴上，走到镜子跟前，细审一会儿，点头道："嗯，蛮好看哩。"

转个身，朝顺安看过来，"傅公子，你叫我来，就为试试这个？"

"当然不是。"顺安给她个笑，"是想请阿妹帮个大忙。"

"嘻嘻，"秋红回他个笑，"你直说帮忙不就得了，绕这么大个弯子做啥？讲吧，啥事体？"

"有几日没见小姐了，她……好像不开心哩。我想问问阿妹，小姐为啥事体不开心哩？"

"小姐为啥事体，我哪能晓得哩？"

"呵呵呵，阿妹这是蒙人哩。阿妹一天到晚跟在小姐身边，就如小姐肚里的蛔虫儿一般无二，小姐有啥事体，瞒得过别人，还能瞒得过阿妹你？"

"嘿，你倒是晓得哩，"顺安一口一个阿妹，秋红早已晕了头，俏脸红红的，歪头看着他，"不过，小姐的事体，我不能随便讲给人听！"

顺安拉开抽屉，摸出五块银元，一字儿排在桌面上，又一块一块地叠起来，码成一小摞。

秋红睁大眼睛，盯住这一小堆银元。

"就凭这东西。"顺安指着戴在她胸口上的锁，又指指这摞银元，"阿妹只要讲出来，它们就全都归你了！"

秋红不无惊愕地瞪大双眼，不由得往后退退，手也不自觉地伸向银锁，显然是要取下来。

"阿妹呀，看把你吓的。"顺安扑哧一笑，"你只管拿去，甭生他心。这事体是老爷吩咐的。小姐不开心，老爷急死了。老爷里里外外，事体介多，没辰光陪小姐，特意关照我，要我关心关心小姐。我觉得这是个难办差事，因为我对小姐一无所知哩。思来想去，我就想到阿妹，这才叫阿妹过来，问问小姐有何喜好，好对症下药，哄小姐开心！"

见顺安讲出这些，秋红半信半疑，目光盯在他身上，似是在掂量他的话。

"阿妹呀，"顺安又是一笑，"阿哥没有蒙你。小姐是老爷的心肝宝贝，没有老爷的吩咐，阿哥哪有这个胆哩？"

"是哩，谅你也不敢！"秋红回他个笑，"所有事体中，小姐最欢喜的只有两样，一是让老爷陪着，二是读诗、写诗。"

"诗？"顺安大是震惊，"我一直以为小姐欢喜的是戏文哩！"

"戏文也欢喜，可赶不上诗文。"

"阿妹呀，你讲得好哩！这快讲讲，小姐欢喜的都有哪些诗文？"

"谁晓得哩？"秋红皱下眉头，"小姐读到好诗，就会一句一句念，然后就哭鼻子抹泪。"

"小姐再念到啥诗文，或写到啥个好句子，阿妹就藏起来，拿给我看看，成不？"

"好哩。"

"阿妹呀，"许是觉得方才声音大了，顺安轻嘘一声，"这桩事体万不可让小姐晓得。小姐要是晓得了，阿哥的差事儿就算办砸了！"

"我晓得。"

"还有，也不能让齐伯晓得，只有你知我知。"

"好哩。"

顺安将几块洋钿塞进秋红手里，送她到门口，悄悄打开房门。

院子，静寂无声。

第二日，天刚迎黑，秋红过来打开水，看到顺安房中亮灯，溜过来敲开房门，掏出一张纸头，急急塞给顺安："这是小姐写的，你看看对不？"

顺安粗看一遍，眉头凝起："小姐啥辰光写的？"

"今朝天快亮时写的。"秋红应道，"昨晚小姐一宵没睡，害得我也睡不成，天快亮时，小姐写完这几句，才算睡下，一觉睡到后半晌。"

"晓得了。记住，从今朝开始，无论小姐有啥事体，都要讲给我听。等这桩好事体做成，少不了你的好处。"

"啥好事体？"秋红眼睛睁大。

顺安压低声音："告诉你个绝密，只不许漏出半字！"

"秋红保证谁也不讲！"

"老爷有意把小姐许配给我，这才……"顺安故意顿住，诡秘地挤几下眼，"晓得不？"

秋红吃此一惊，小口大张，半晌也合不拢。

"阿妹呀，我这是把实底全都托给你了。实话对你讲吧，老爷虽说有这意思，但老爷是老爷，小姐是小姐。老爷打小就顺着小姐，由着小姐的性子行事。老爷这儿没啥讲了，只有小姐乐意，这桩好事体才算成功，晓得不？”

“天哪，”秋红这也回过神来，“怪道……”

“呵呵呵，阿妹呀，我与小姐的这桩好事体，全都指靠你了！”

“嘻嘻，”秋红眼睛眨巴几下，“要是这般讲，秋红该向傅公子叫姑爷哩！”

“是哩。”顺安回她一笑，“不过，这辰光还不能叫，对啥人也不能讲，晓得不？”

“晓得哩，”秋红眼睛眨巴几下，“秋红只在私下里叫你，成不？对了，姑爷，方才听你讲，等好事体成了，少不了我的好处。我想问问，姑爷能给我个什么好处？”

顺安伸出五根指头：“五百两银子，成不？”

秋红摇头。

“一千两！够你吃喝一辈子！”顺安又添五根指头。

秋红摇头。

“咦？秋红，你想要啥？”顺安吃惊了。

“我……”秋红抿会儿嘴唇，半含娇羞，“我想与姑爷、小姐永远住在一起！”

“这个好呀，”顺安痛快地应承，“本姑爷让你一直侍奉小姐就是！”

“我不侍奉她！”秋红变了声调。

“咦？那你侍奉啥人？”

“我只侍奉姑爷！”

顺安明白过来，倒吸一口凉气。

“还有，你也得给我配个丫鬟！”秋红看向他，一脸期许。

顺安仍旧怔在那里。

“姑爷，成不？”

“成成成，”顺安恍过神来，连连点头，“好事体哩！阿妹介漂亮，本姑爷欢喜哩！”

“姑爷，你……”秋红满脸羞红，不无娇嗔地白他一眼，“我这去了嗬！"说毕拉开房门，探头看看，伸耳听听，悄悄溜出去了。

"小娘×，"顺安望着她的背影，不无鄙夷，"小土鸭也想飞上天哩，也不撒泡尿照照！"关上房门，回到房间，盘腿坐下，拿过碧瑶的诗文，眯起眼睛琢磨。

顺安琢磨来琢磨去，终也弄不明白诗文里边的意味，正无奈何，听到挺举的脚步声从后门一路响着过来，没入他的房门里，眼珠子连转几转，匆匆伏案，将碧瑶的诗文一字不落地抄在一张纸头上，欣赏一下，装进袋中，推开挺举的房门。

"阿哥，总算把你候回来了！"顺安呵呵笑道。

"看神情，阿弟这是遇到好事体了。"挺举已经收拾好床铺，摆好书本，正要读书，看过来，笑道。

"是哩，"顺安又是一笑，"今朝读到几句好诗文，这想与阿哥分享。"

"嘿，阿弟来雅兴了，好呀，念来听听！"

顺安掏出纸头，酝酿几下，朗声诵读：

> 一样黄昏深院宇
> 一样有，笺愁句
> 又一样秋灯和梦煮
> 昨夜也，潇潇雨
> 今夜也，潇潇雨
>
> 滴到天明还不住
> 只少种，芭蕉树
> 问几个凉蛩阶下语
> 窗外也，声声絮
> 墙外也，声声絮

挺举正襟危坐，二目微闭，侧耳倾听。

顺安放下纸头："阿哥，念完了，就是这几句。"

挺举凝思。

"阿哥呀，"顺安锁起眉头，"这辰光是春天，不是秋天，这些日也没下雨，院前院后好像也没有芭蕉树，我思来想去，哪能就捉摸不透这意思哩？还有，啥叫凉蛩？"

挺举依旧凝思。

"阿哥，"顺安急了，"快解呀，你这一肚子学问哪里去了？"

挺举睁开眼，小声问道："此诗可是小姐抄写的？"

"咦？"顺安大是惊愕，"你哪能一下子就猜中了呢？"

挺举又入凝思。

"阿哥，是这样，"顺安早已想好由头，顺口解释，"我晚上回来，看到廊下有张纸头，想必是风刮过来的。捡起来一看，晓得是小姐写的。你这解解，小姐写这诗，究底是啥意思？"

"此诗非小姐所写。"

"啊？"顺安怔了，"你方才讲，这是小姐写的，哪能又讲不是了？"

"方才我讲的是，此诗是小姐抄写的。此诗的作者叫吴藻，是道光爷年间的女词人。小姐抄录此诗，必是心里苦闷，以此诗寄情。"

"啧啧啧，阿哥这学问，真是没个说哩！"顺安长吸一口气，叹服道，"阿哥呀，我晓得小姐心里有苦闷，可我弄不明白，小姐的苦闷，你哪能从这诗里就看出来了？"

挺举从顺安手中拿过纸头，打眼一看，怔道："这不是小姐写的，是阿弟的笔迹呀！"

"呵呵呵，是哩，我怕阿哥有说辞儿，就把小姐写的藏起来了，又抄一遍，谁晓得还是让阿哥看出来了。"

"呵呵呵，"挺举也笑一下，指着纸头，"你看，黄昏，秋灯，潇潇雨，都表示一个愁字，滴到天明，说明诗人一夜没睡……"

"对对对，"顺安急道，"小姐真就是一宵没睡哩！"

"咦，小姐一宵没睡，你哪能晓得？"挺举看过来。

"这……"顺安觉出说走嘴了，忙又改口，"这诗上不是写着吗？不是'滴到天明还不住'吗？阿哥，我这问你，小姐愁的是啥，这诗里讲没？"

"诗里没讲。"

顺安忖思一时，望过来："阿哥，我想求你帮个忙！"

"做啥？"

"写首回诗，劝劝小姐，让小姐想得开些！"

挺举目光如炬，射向他。

"阿哥，我……"顺安脸上微涨，欲盖弥彰，"我没啥别的意思。我只是想，我们得帮帮小姐，是不？小姐想不开，鲁叔就会不开心。鲁叔不开心，就会影响到生意，也影响到我们这些做下属的……"

"阿弟呀，"挺举扑哧笑了，"你甭讲了，阿哥为你回一首就是。拿纸笔来！"

顺安备好纸笔，挺举略一思忖，顺手题写一首和诗，顺安念咏几遍，大是欢喜，回到房间，取笔墨抄过，核对无误，小心放好，于次日寻到机缘，连同碧瑶的诗稿一同塞给秋红。


日照窗棂，光线射在碧瑶面前的案面上。

碧瑶静静地坐着，两道目光牢牢锁住案面上的两张纸头，一张是她抄录的吴藻的诗词，另一张是挺举的和诗。

秋红忐忑不安地候在一边，一声不吱。

碧瑶渐渐激动起来，眼角盈出泪花。

秋红的心也随之吊在嗓子眼上。

碧瑶猛地站起，手捧挺举所和的纸头，在厅中缓缓走动，颤声咏读：


　　漫曳长裙西苑去

　　树袅娜，人延伫

　　看桂子枝头秋几许

　　秋到也，香如故

　　秋去也，香如故


　　月下徘徊谁共语

　　暗把个，星星数

　　把烦闷忧愁全锁住

一丝丝，生情愫

一缕缕，牵情愫

碧瑶咏毕，热泪盈眶，连声赞叹："好哇，好哇，好哇！"

"小姐，"秋红故意问道，"什么东西好哇？"

"啧啧啧，"碧瑶再出赞叹，"是这首词好哇，完全讲到我的心窝里去了。你看，我心里烦，夜不成寐，它就叫我外面走走，去逛园林，赏赏桂花，数数星星，将这烦恼抛到一边去。更难得的是这词儿配得极是工整，尤其是后面两句，一丝丝，生情愫。一缕缕，牵情愫。意、韵、味三相俱绝，堪称佳句啊！"

"嘻嘻，"秋红凑上前来，"小姐说好，一定就是好了，我真替他高兴！"

"替他高兴？"碧瑶这也想起来什么，转头问道，"对了，我这问你，这是啥人写的？"

"小姐，你猜猜。"

碧瑶凝思半晌，摇头。

"小姐呀，"秋红凑得越发近了，半是诱导，"你往近处猜猜，就在这个院里，小姐天天都能见到的人。"

"我阿爸！"碧瑶陡然兴奋，脱口而出，继而又一细想，轻轻摇头，黯然神伤，几乎是在嘟囔，"阿爸不会写的，阿爸他……不要我了，他……"两手掩面，伤心悲哭。

"小姐呀，"秋红显然见她哭得多了，呵呵一乐，小声安抚，"你莫要七想八想，秋红晓得，小姐是老爷的心肝宝贝，老爷哪能不要小姐哩？"

碧瑶哭得越发伤心。

"小姐呀，"秋红呵呵又是一笑，"你这还没猜出是啥人写的呢，介好的诗文呀！"

"除了阿爸，啥人能写出来？啥人能晓得我的心思？"碧瑶一边哽咽，一边泣诉，"可……我晓得，这不是阿爸写的，阿爸没这雅兴，再说，他的字不是这样的！"

"小姐呀，"秋红诱导道，"你再猜猜，除去老爷，小姐每天都能见到的，还有啥人？譬如说……"

"齐伯？"

秋红摇头。

"伍挺举？"碧瑶打个惊战。

秋红再次摇头。

"总不会是傅晓迪吧？"

秋红连连拍手："小姐真灵，一下子就猜中了！"

"啊！"碧瑶黛眉凝起，半是诧异地看向纸头，再看看另一张，疑窦丛生，唬脸问道，"咦，我的这张纸头哪能在他手里呢？"

"小姐呀，"顺安早已支好招了，秋红嘻嘻笑过，"讲起这事体来，真就是个缘分哩！"

"缘分？啥缘分？"

"巧缘分哪。"秋红连比带画，绘声绘色，"小姐写的这张纸头，原本是放在桌面上的，不晓得哪里来阵风，竟然把它吹到窗外，它飘呀，它飘呀，它飘呀，它竟就飘到廊道里了，傅公子，不不不，我该哪能称呼他哩？对对对，想起来了，是傅生！傅生碰巧路过，那纸头偏巧落到他的头上，这是昨日的事体。今朝傅生遇到我，要我将这两张纸头一并呈送小姐，我问写的都是啥事体，他说，小姐晓得的。小姐，你讲，这桩事体巧也不巧哩？"

碧瑶听得傻了，良久，方才缓步挪到窗前，推开窗子，看向窗外，似乎是在极力想象那阵奇异的风是如何将她的纸头吹出窗外，那纸头又是如何落到走廊里，落到傅晓迪的头顶上，那傅晓迪拾起这纸头，又是如何抬头望向她的窗棂，并在夜静更深辰光，写出这份和诗来的。

就这般痴痴呆呆，碧瑶在窗前坐了不知几个时辰，时不时地看向那首和诗。

是的，是傅晓迪的笔迹。她忆起来了，傅晓迪曾在前面书房里抄过她阿爸起草的商会章程，那字迹就是这般无二。

黄昏又至，一阵脚步声由前院传来。

"小姐，快看！"秋红打个灵醒，跑到窗前，手指窗外，压低声音，"是傅生回来了！"

碧瑶连忙起身，走到窗前，透过窗棂，果见顺安挎着跑街包，正从前院走向中院，走进闺楼外侧的长长甬廊。

"小姐，"秋红话中有话，"傅生那张纸头你都看一整天了，要不要……我归还他？"

碧瑶答非所问："这首词填得倒是雅致，吟起来颇有味道。我总在想，好词好句都是作古之人写的，不曾想到身边就有这样的人，我……一直把他看低了呢！"

"小姐呀，"秋红赞道，"细看那傅生，唇红齿白，长得光鲜哩，就跟小姐总是讲的那个什么张生一般无二，怨不得崔莺莺……"故意打住。

"讲呀！"碧瑶脸色绯红，催道。

"秋红听说傅生是个大才子哩，样样俱精，做啥成啥，钱庄上下无不夸他好哩。还有老爷，打心眼里欢喜他，一上来就重用他哩！"秋红使劲夸赞。

听到老爷，碧瑶心里咯噔一沉，脸色沉郁下来。

"小姐？"秋红凑前，小声叫道。

碧瑶托会儿香腮："他是不是个大才子，单凭一首诗看不出来！"

"这……"秋红急了，"小姐呀，哪能看他出来哩？"

碧瑶从抽屉里拿出一块手帕，递给她："你把这个交给傅生，看他还有何对？"

显然，这个香帕是她早就备好了的。

秋红当下拿过香帕，跑到后院交给顺安，将小姐的反应如实禀过，才恋恋不舍地离开。

是哩，傅生已经不再是小姐一个人的，她张秋红也有一份！他亲口承诺过的！

听着她的脚步声走远，顺安将香帕放在鼻下，轻嗅几下香气，缓缓展开。

上面果是词文，是碧瑶一针一线绣上去的：


已凉庭院

丛桂天香满

几个黄昏闲坐惯
疏了花笺竹管

玉阶依旧蛩鸣
绿窗依旧侬听
又是一宵风雨
不知多少秋灯

　　顺安盯住香帕吟咏几遍，又仔细赏析一时，挠头不解其意，心道："啥意思哩？不行，还得等阿哥回来！"

　　顺安思谋妥当，拿出纸笔，将诗文重又抄一遍，装进袋中，急不可待地等候挺举。

　　因有天使花园的事情，挺举每晚都在九点左右到家。顺安熬过九点，果然听到挺举的声音，紧忙过来，推开他的房门，从袋中掏出纸头，不无兴奋道："阿哥，你帮我解解！"

　　"是小姐回的？"挺举匆匆看过，抬头问道。

　　"是哩，"顺安呵呵一笑，"小姐和这秋天、桂花摽上劲了，真让我摸不着头脑，还请阿哥指点。"

　　"呵呵呵，"挺举回他个笑，"你是不是还想让我回个应诗？"

　　"是哩，是哩。"顺安迭声作答，伸手摆好早已备好的纸笔。

　　挺举凝眉有顷，再写一首回诗。

　　顺安接过，轻声吟道：

菊羞梅妒
胜在馨香处
弹压西风成独步
自成蟾宫风度

也曾梦访吴刚
飘飘仙乐霓裳

树下琼浆畅饮

醒来金粟堆窗

顺安吟毕，思忖半晌，仍旧不解其意，抬头问道："阿哥，这首回诗，究底是啥意思哩？"

"呵呵呵，"挺举应道，"意思是，桂花开在金秋，傲风压菊，无视秋风秋雨，自放奇香无比。"

"这这这……"顺安愈加不解，"这与小姐的诗文，有何关系？"

"唉，"挺举轻轻摇头，长叹一声，指着顺安抄录的诗句，"这首诗词，小姐仍是抄录吴藻的。从所抄之诗来看，小姐心情已有好转，但愁云仍未散去。我写这些，是叫她荡尽愁绪，夜间睡好，就如这桂花，不管秋风秋雨，自在开去。"

"乖乖，"顺安眉开眼笑，"阿哥真是好才气嗬！我这就把诗文抄给小姐，保管她云开雾散，笑逐颜开！"略顿一下，"不过，阿哥呀，后面四句，能否改改？"

"哦？"挺举来了兴致，"哪能个改法？"

"就是……"顺安清清嗓子，顺口咏出，"何不邀来吴刚，飘飘仙乐霓裳。树下痛饮美酒，联袂共谱新曲。"

"嗬，你这一改，倒是别致。"挺举扑哧一笑，歪头看着顺安，"顺安……"

"阿哥，"顺安急急打断，"是晓迪，你哪能又忘哩？"

"这不是在我这屋里吗？"挺举吐下舌头。

"哪怕是在梦里，你都得叫我晓迪。甫顺安已经死了！"顺安一字一顿，绷紧面孔，"阿哥，你记牢没？"

"好好好，我记牢了。"挺举冲他一笑，"晓迪，我这问你，是不是相中小姐了？"

"阿哥，你……"顺安怔了下，脸上涨红，"你哪能介想哩？不可能哩，阿弟是猪八戒背个破箱子，要啥没啥，哪能高攀得上哩？"

"呵呵呵，"挺举又是一笑，"那就是阿哥想多了。不过，你让小姐又是'邀来吴刚'，又是'联袂共谱新曲'，分明有挑逗之意，不是相中小姐，又作何解？"

"阿哥，我……"顺安脸色越发红了，"我这是瞎掰哩。你快审审，这几句好不？"

"古体诗中，通常是用'琼浆'，不用'美酒'，'新曲'也是别扭，且不合韵。"

"呵呵呵，"顺安连笑几声，自嘲道，"我这叫歪来来，得由阿哥你这高手斧正。"

"这样吧，"挺举审会儿词文，笑道，"第三句维持原貌，最后一句改为，'联袂共抒清商'，其他就按你改的。"

"好哩！"

当秋红将诗文再次送到时，碧瑶完全被征服了，满含泪水，一遍接一遍地吟咏：

> 菊羞梅妒
> 胜在馨香处
> 弹压西风成独步
> 自成蟾宫风度
>
> 何不邀来吴刚
> 飘飘仙乐霓裳
> 树下琼浆痛饮
> 联袂共抒清商

每每吟至"联袂共抒"，碧瑶就会脸色绯红，陷入遐思，脑海里浮出一幅幅画面：

晓迪第一次到她家，在她的逼视下窘态百出。

阿爸书房里，在她的咄咄攻击下，晓迪左支右绌。

后院里，她将晓迪赠送的四本书一本接一本地撕碎。

阿秀宅外，晓迪陡然出手，牢牢捂住她的嘴，将她强行拖走。

大街上，晓迪跪在她面前，任由她一下接一下地掌掴。

院子里，晓迪急切地看着她与秋红放风筝。

······

"晓迪······"碧瑶越想越是感动，对过去发生的一切产生了全新的解读，一股暖暖的、从未有过的激情在她这个情窦初开的少女心底升腾，充满她的心房。

"晓迪，晓迪，晓迪······"碧瑶将顺安抄写的诗文供在案前，面对它缓缓跪下，泪眼模糊，不住地呢喃这个名字。

# 第 27 章
## 橡皮股横空出世 痴情女因诗迷情

经过一个多月夜以继日地折腾，华森拓殖公司底楼大厅被整体拆除后重新装饰，显得更加空旷、奢华。大厅被分割成几个区域，陈列不同材质的橡胶成品。

装饰仍在进行，一些工人正在朝墙壁上张贴一种软乎乎的材料。

大门外面并排站着印度阿三，闲杂人等一个也不被放入。轿车停下，里查得与一个白人姑娘钻出车子，在两个阿三的恭迎下径入大门。

进入大厅，白人姑娘睁圆一双好奇的大眼，摸摸这儿，看看那儿，不无惊愕地看向里查得："Beautiful, all these are very beautiful!（漂亮，太漂亮了！）"

"They are rubbers, Miss Margret!（它们是橡胶呢，玛格丽特小姐！）"

"Rubbers?（橡胶？）"玛格丽特不可置信地再次抚摸它们，见一个工人在向墙面张贴一块很漂亮的墙纸，指向它，"Marvelous wallpaper,I mean the color!（好精致的墙纸，我指的是这颜色。）"

"It's not paper. It's rubber, too.（不是纸，也是橡胶。）"

"My God!（天哪！）"玛格丽特吐吐舌头。

"Miss Margret, please go upstairs, Mr.McKim is waiting for you.（玛格丽特小姐，楼上请，麦基先生在候你呢。）"里查得伸手礼让。

二人上到三楼，敲开麦基办公室。

"Mr. McKim, Miss Margret is here .（玛格丽特小姐到了，麦基先生。）"

里查得介绍。

正在阅读材料的麦基抬眼看过来，目光落在她身上。

"Miss Margret has just graduated from Oxford University... （玛格丽特小姐刚从牛津大学毕业……）"

麦基摆手打断里查得，朝玛格丽特笑笑，声音轻柔："Margret, I heard that you are a marvelous typist, a very good story-teller, and your dream is to become a reporter. Is it true? "（玛格丽特，听说你是个出色的打字员，文笔很好，做梦也想当记者，是吗？）

"Yes. （是。）"玛格丽特轻轻点头。

"A wonderful dream! （是个不错的梦想！）"麦基指指这间屋子，"You can realize it right here. （你可以在此地实现它。）"

"Really? （真的？）"玛格丽特面现惊喜，"How? When? （如何实现？何时开始？）"

"Just now! （就现在！）"麦基说着，朝一台打字机努努嘴，"Sit there beside the table, listen to me and type what I tell you. （坐在桌边，全神倾听，我说什么，你就打出什么。）"

玛格丽特显然没有接受过这样的面试，略略迟疑一下，看看里查得，见他在微笑，只好在指定地方坐下，调试几下打字机，扎好架势。

麦基站起身，闭上眼睛，在屋子里来回走动，边走边陈述。

玛格丽特飞快地敲打键盘。

时间过得飞快，不知不觉中，玛格丽特已经换过好几张打字纸了。

麦基终于停住脚步，走到玛格丽特跟前，拍拍她的肩膀："You did a good job as a typist! （你的打字工作做得不错。）"

"Thank you, sir! （谢谢先生！）"

"Now it's your turn to be a story-teller and a reporter. （下面该你去做故事写手和记者了。）"麦基指着她刚打出来的一沓子纸头，"All these are nothing but draft materials. You can rewrite them according to your understanding and imagination. The more strange, the more interesting, the more startling, the more foreign, the better. This article will be published on a very important paper in China, and under your name! （所有这些不过是一

堆素材，你要根据自己的理解和想象力，重新创作。你的创作越奇怪、越有趣、越震撼、越有异国情调，越好。此文将发表在中国一份很重要的报纸上，署你的名字。）"

玛格丽特指着这些材料，不可置信地问道："Such things are too...illusive, too unbelievable. Will the readers believe them? Will they accept them? Will the paper publish it? （这些事情太……玄虚，太不可思议了。读者会相信吗？会接受吗？报纸能发表吗？）"

"These are none of your business. （这些不关你的事。）"麦基敛神正色，语气武断，"What you have to do is to have the article well written, and sign your name on it. In addition, you must keep it as a secret, never let anything here slip out of your beautiful lips or of your any other organs. （你所要做的是，将文章写好，在上面署上你的名字。另外，你必须保持缄默，这里发生的任何事情都不能滑出你漂亮的双唇，或经由你身体的任何一个器官泄漏出去。）"

玛格丽特大是惊愕，有些发怵了。

麦基从抽屉里摸出一张钞票，摆在桌面上："This is the salary of your first month as an employee here, in the Watson Rubber Plantation Corporation. Your salary will be prepaid each month. You have a double identity, my assistant within the Corporation and without to the others, a news reporter assigned to London Commercial Daily South Asia branch. （这是你受聘于华森橡胶拓植公司的首月薪水，是预支。打明日起，你就到华森公司上班，对内是我襄理，对外是《伦敦商报》驻南洋记者。）"

玛格丽特瞟一眼钞票，见是十英镑，不可置信地看向麦基。

"Take it, darling! （拿起它吧，亲爱的！）"麦基脸上洋溢着笑，语气却几乎是命令。

"Thank you, sir.（谢谢，先生。）"玛格丽特拿起英钞，朝麦基甜甜一笑，将打出来的纸头收拾起来，装进随身带着的坤包里。

第二天上午，玛格丽特再来洋行，将连夜加工好的文章呈交麦基，麦基阅过，伸拇指赞赏几句，转手交给里查得。

是日后晌，里查得约请《申报》副主编赵先生前往张园喝茶。

寒暄过后，里查得直入主题，从提包里摸出一个信封，放在赵先生面前："《伦敦商报》驻南洋记者玛格丽特小姐多次采访南洋橡胶种植园，写出一系列关于橡胶及其未来前景的相关报道，这是其中一篇，请赵先生过目。如果合适，望赵先生组织翻译并予以发表。"

赵先生双手接过信套，拆看，拉出一沓纸，目光却停留在随带而出的庄票上，上面赫然写着数字：规银1000两！

"里查得先生，"赵先生不动声色地将之又放进去，笑逐颜开，"你放心，在下一定委托上海文笔最好的学者精心翻译，将此文发表在本报的头版头条，用上最醒目的标题！"

"多谢了！"里查得拱手谢过，"这次合作只是一个开始，类似业务还有不少。不瞒先生，我们洋行早就投资南洋一家橡胶种植园，近日在上海成立华森橡胶股份公司，大力开发橡胶产业。橡胶是这个世界未来的主宰，是人们的幸福所寄，这在全球已经形成共识。伦敦橡胶市场行情劲涨，在欧美，人们已经习惯于橡胶制品，没有橡胶的生活是不可以想象的。"

"晓得晓得，"赵先生连连点头，"我们一定大力宣扬！"

与此同时，麦基来到汇丰银行。

麦基洋行与汇丰都在外滩，没离多远，麦基是步行来的，守门的阿三也都认识他，没费任何周折，麦基直入位于顶楼的大班室，谒见大班查理先生。

查理从抽屉里拿出一厚摞材料，搁在桌上，看着麦基，笑道："You go ahead.（你走到前头了。）"

"Thank you for your words, Charlie.（谢谢你的美词，查理。）"

"Rubber plantations are a very good business.（橡胶种植是个好生意。）"查理的目光看向面前的材料，"I've got the news too, rubber is badly in need in America and its price in London market is going mad, reaching nearly 10 shilling a pound.（美国人抢收橡胶，伦敦市场价格涨疯了，每磅快要涨到10先令了呢。）"

"Yes, it's a big chance.（是的，机会不错。）"麦基笑了笑，"I'm going to enlarge our plantation area for another 100 thousand hectares, therefore some proper investment is required. I have already had an agreement with Shanghai Stock Exchange to issue 200 thousand shares, at the price of 10 shillings per share. (我准备在印尼把我们的种植园面积扩大 10 万公顷,需要招股。我跟众业公所讲好了,马上将发行 20 万股,每股本金 10 先令。)"

"It's a big job. (大动作呀。)" 查理竖拇指赞道。

"Yes. (是的。)" 麦基拿出一沓股票,递给查理,"It's your 1000 shares, if you are willing to accept them. (这是你的 1000 股,如果你愿意接受的话。)"

查理接过股票,放在桌边:"What can I do for you? Loan? (我能为你做点什么呢? 贷款吗? )"

"No. I need no loan. (不用。我不需要贷款。)"

"The Chinese has an old saying, 无功不受禄, therefore, I think I should do something for these shares. (中国人有句俗语,无功不受禄,所以,我总要为这些股票做点什么吧。)"

"You can do me a great favour, (你可以帮我一个大忙,)" 麦基凑近一步,在他耳边低声道,"Publish an announcement on the local newspaper that your bank is willing to accept my shares as mortgage." (就是在报纸上发表一份声明,我的股票可以用作你银行的抵押物,给我撑个台面。)

"It's a risk, you know. (这是冒险,你很清楚。)" 查理摇头。

"Of course it's a little risk. (是的。)" 麦基笑应道,"Yet you can make another announcement to stop such mortgage some days later before Chinese realize the real meaning of mortgage. The Chinese are used to using the Notes as mortgage, especially the Money Houses. (但你可以在中国人弄明白抵押的真正含义之前,选个日子,发表另一份声明来终止此类抵押。中国人习惯于用票据来做抵押物,尤其是钱庄的庄票。)"

"It's a little trick, isn't it? (来个小花招,是吗? )" 查理豁然开朗,微微笑道。

"Yes. (是的。)" 麦基回他一笑,"The Chinese are wise enough for such small tricks. (中国人太聪明了。)"

"You mean, you want to sell your shares to the Chinese?（你的意思是，你想把股票卖给中国人？）"

"I want only to sell my shares to any potential buyer, regardless of his race.（我只想把股票卖给任何一个潜在的买家，无论他属于哪个种族。）"

"I see.（明白了。）"查理伸出手，"Good luck to you!（祝你好运！）"

"Thank you!（谢谢！）"

关于华森橡胶拓植公司的报道，很快见诸《申报》的头版头条。大街小巷，到处响彻着各路报童的响亮声音："看报看报，头版头条，南洋橡胶；看报，看报，华森橡皮，铺天盖地；看报，看报，试看明日世界，橡皮精灵古怪……"

爆竹声喧中，华森橡胶拓殖公司揭牌开业。场面奢华，各路洋人出出入入，皆来道贺，中国人观者虽众，却无一不被印度阿三拒之门外，莫说是顺安，即使首席买办鲁俊逸，也未在受邀请之列。

翌日上午，麦基与里查得、玛格丽特意气风发地走进洋行。

"Richard（里查得），"望着焕然一新的大厅及满厅橡胶展品，麦基不无满意地转对里查得道，"the following step is of key importance. You must get Maosheng Money House involved in our business.（下一步极是关键，你务必搞定茂升钱庄，让他们卷进来。）"

"No problem.（没问题。）"里查得应道，略略一顿，"Why do you choose Maosheng instead of Runfengyuan or Shanyiyuan?（您为何选择茂升，而不是润丰源或善义源？）"

"For two reasons.（原因有二。）"麦基微微一笑，"The first is, Mr. Lu has been our business partner for quite a long time, and the second is, the latter two Money Houses are closely related to the government, therefore are not convenient enough to begin with our great cause. Maosheng is different.（其一是，鲁先生一直是我们的生意伙伴，其二是，后两家与官府关系太大，掣肘较多，不方便起始我们的庞大事业。茂升不一样。）"

"I see.（明白。）"里查得深以为然。

"From now on, I will efface myself from the public, especially to the

Chinese. Whatever happens, no matter how urgent it is, is left to you. （从现在起，我不公开露面了，尤其是在中国人面前。无论发生何事，无论多么紧急，都将由你应对。）"

"No problem.（没问题。）"


远处传来鸡鸣，窗外蒙蒙亮。

顺安早早起床，坐在桌前，对着镜子整理衣饰，束好领带，理好发辫，盘在头上，又戴上一顶毡帽，压住他的长辫子。

顺安拉开抽屉，摸出几张纸头，是碧瑶写的诗及挺举回诗的原件。

顺安一首接一首，一边翻看，一边不无得意地自语："呵呵，章哥支我三招，真正管用哩。第一招，投其所好，原来也是投的，只是没有投到正地方，这下算是投对了，以诗会友，不不不，当是以诗结缘。这第二招，欲擒故纵，我这接连纵她十天了，想必她是辗转反侧，夜不成寐哩。今朝是第十一日，我是该走前院呢，还是该走后门？嗯，好事体多磨，关键辰光绝不能心软，继续走后门，让她想死我！"

想到此处，顺安嘴角咧出一丝浅笑，拿起跑街包，挂在身上，悄无声息地走出院子，打开后门，消失在黎明前的灰蒙里。

日头已是一竹竿高。碧瑶倚在后窗上，两手捧书，眼却不在书上，而在楼下通往后院的走道。后窗下面也长着一簇一簇的斑竹，透过竹丛可依稀望到通往顺安、挺举房门的甬路。

碧瑶许是过于专注，连丫鬟秋红走到身后也没察觉。

秋红晓得她在看什么，故意咳嗽一声。

碧瑶打个惊战，见是秋红，嗔怪道："吓死人了，你哪能一声不响就到跟前哩？"

"嘻嘻，"秋红打趣道，"小姐，你这是看啥哩，介入神？"

"你看，"碧瑶嘴一努，"这些竹子，风一吹，可好看哩！"

"嘻嘻，"秋红也看过去，又是一笑，"我说小姐，不就是几簇竹子吗，哪能值得小姐从早看到晚？"

"咦？"碧瑶似是诧异了，"我从早看到晚了吗？"

"哎哟哟，"秋红夸张地吧咂几下嘴唇，"不但是从早看到晚，是一天接一天哪！这都十天了！就讲今朝吧，小姐一大早就起床，脸不洗，头不梳，悄无声息地这就守到后窗边了。还有晚上，天不黑小姐就站这儿，一直看到四周黑洞洞！小姐呀，这都看到什么稀奇东西了？"

碧瑶脸一红，啐她一口，挪回床边坐下。

"嘻嘻，"秋红追过来，"小姐，秋红晓得你在看啥哩！"

"看啥？"碧瑶白她一眼。

"看一个人！"

"死蹄子，"碧瑶脸色涨红了，"看啥人了？你讲！"

"你在看伍公子！"

"死蹄子，你晓得个屁！"

"咦？"秋红拍拍脑袋，煞有介事地故意磨她，"不是伍公子，又会是啥人哩？方才伍公子出门，我见小姐的眼珠子盯住他转哩！"

"我呸！"碧瑶轻啐一口，扬手作势，"再提那个姓伍的，看我打死你！"

"小姐呀，"秋红夸张地躲到一边，"我这问你，不是姓伍的，又会是啥人哩？"

碧瑶默不作声，两手摆弄起辫子来。

"嘻嘻嘻，"秋红蹭到碧瑶后面，帮她梳理发辫，"小姐呀，你就甭装了，我晓得你盯的是傅公子！"

碧瑶白她一眼："既然晓得，还问个啥哩？我这问你，那人……哪能没个影哩？"

"嘻嘻，小姐，要不要秋红……"秋红嘻嘻一笑，打住话头。

碧瑶不再说话，只看向她，等待下文。

"小姐不是会写诗吗？小姐再写一首，我去寻他，讨个回诗如何？"

碧瑶抿紧嘴唇，不吱声。

"小姐，"秋红看向桌面上的书，"这书好像是那本崔莺莺吧？"

"是哩。"

"听小姐讲，崔莺莺欢喜张生，可是，假使没有红娘，她就欢喜不成。小姐要不要秋红这也当个红娘，玉成小姐的好事体？"

"咦？"碧瑶心里一动，看过去，"你个死蹄子，嚼啥舌哩？"

"嘻嘻，"秋红拿来纸与墨，"小姐呀，红娘这把笔墨全都备好了，你再写首诗，看我这就候在那人门口，逮住那人，讨个回诗！"

碧瑶半推半就地接过纸笔，脑中却如一团乱麻，良久未能落笔。

"小姐，"秋红端着一只碗进来，"你喝点蜂蜜水，没准儿就能写出好诗文哩。一定要盖过他，不能让他神气！"

"去去去，"碧瑶手一摆，"刚刚来点儿灵感，就又让你搅没了。"

秋红吐下舌头，退到门外。

碧瑶喝几口蜜水，目光落在《西厢记》上，随手翻到一页，眼珠子一亮，暗自思忖："那死蹄子讲得不错，眼下我就好比崔莺莺，是官家小姐，晓迪则是那张生，一个寄住我家的穷书生。想来晓迪是自惭形秽，觉得攀不上我，这才故意躲我。可这书里，崔莺莺从未嫌弃过张生门第低，一心一意爱他，我这也是哩。晓迪不是喜欢《西厢记》吗？我且将莺莺这首妙诗抄送予他，让他晓得我是乐意让他做我的张生的。我是鲁莺莺，他是傅生！"

想到此处，碧瑶心花怒放，拿过纸墨，将莺莺所咏的一首诗抄写下来，抄完后又觉不妥，将其撕掉，从袋中摸出手绢，将诗抄在手绢上，又在上面洒些香水，包进一块红缎子里。

做完这一切，碧瑶不无兴奋地朝门外喊道："秋红，快过来！"

秋红闻声进来。

"诗写好了，拿去吧。"碧瑶朝那包红缎子努下嘴。

"小姐呀，"秋红拿过来，夸张地嗅来嗅去，"你这是喷的洋香水哩，介香！"

"死蹄子，"碧瑶嫣然一笑，"就你话多！"

要搞定茂升钱庄，里查得自然是寻顺安。

"傅先生，"里查得将一厚摞子报纸搁在茶案上，上面有几份英文报，还有几份香港的报纸，"华森橡胶做大了，麦总董近日前往印度尼西亚、马来西亚诸国，说是又买了几家橡胶园，加起来不下几万公顷哩！"

"几万公顷是多少？"顺安问道。

"一公顷就是你们的一十五亩！"里查得显然晓得会有此一问，早就换算好了。

"乖乖！"顺安咂舌道。

"麦总董吩咐，鲁先生是我们的首席江摆渡，有许多事情要靠他做，你将这些材料交给鲁先生，让他先看起来！"

"欧凯欧凯！"顺安连声说道，收起报纸，欲将它们塞进跑街包，却发现根本塞不下，只好寻到一条绳子，将报纸捆起来，绾个结，提在手里。

送走里查得，顺安寻个安静地方，将所有报纸悉数浏览一遍，即使那些他一个字儿也看不懂的洋报纸也没落下，煞有介事地一行行浏览过，尤其是对上面刊登的橡胶树与汽车轮胎的相关图片，仔细琢磨一遍。

在外面吃过晚饭，顺安又候一时，直到天色昏黑，他才动身回到鲁宅。此番没走后门，直入前院，见俊逸书房灯亮着，便毫不迟疑地走上楼梯。

"鲁叔，是我！"顺安伸手敲门。

"晓迪呀，进来吧！"俊逸叫道。

"鲁叔，"顺安走进来，小声禀道，"今朝里查得约我了，他说，麦基先生下南洋去了，说是买下几万公顷的橡胶园，一万公顷就是咱的十五万亩，乖乖，几万公顷，就是几十万亩哩！"

"他还讲什么？"

"他还讲，麦基讲了，鲁叔是洋行首席江摆渡，要为洋行做事体，他要我将这些材料带回来，让鲁叔先看看。"顺安说着，将一捆子报纸搁到桌面上。

"里查得讲没讲过让我做些啥事体？"鲁俊逸一边拆解，一边问道。

"这个没讲。"

俊逸拆开来，随手翻过几页，扑哧笑道："晓迪，这些东西你都看没？"

"看过一些。"

"对橡皮这东西，你是哪能想哩？"

"呵呵呵，"顺安憨笑几声，"是稀奇东西哩，不瞒鲁叔，就这辰光，我敢说，满城里都在议论这神物哩！"拿过一份《申报》，"尤其是这一篇，乖乖！"

"嘿嘿，"俊逸嘴角现出讥笑，将那报纸随手扔在桌上，"我早看过了。狗屁记者写的狗屁文章，真正是胡说八道！"

"咦，鲁叔呀，"顺安怔了，"你讲讲看，哪些地方胡说八道了？"

"这上面讲的，我连鼻子眉毛也不信。你听好！"俊逸拿起报纸，咳嗽一声，朗声念道，"你走在路上，一点儿也不会发出声响，因为路面是用橡皮铺起来的。你想撞墙自尽，对不起，你达不成愿望，因为墙壁是用橡皮做成的，撞上去就像撞在棉花上。你睡觉的床，你行方便用的马桶，你屁股下的椅子，你吃饭的碗筷，你身上的衣服，你脚下的鞋，你旅行用的箱包，你……你生活中的一切，都将与这神奇的橡皮不无关系。在未来的世界里，橡皮无处不在，无处不用。离开橡皮，你将无处可坐，无法走路，无法吃饭，无法喝水，无法睡觉，甚至连门也出不去，因为你不能光着身子走在大街上……哈哈哈哈，你听听，荒唐不？"

"鲁叔呀，"顺安笑道，"未来的事体，啥人说得清哩？想想看，在老家，我小辰光用的一直是煤油灯，嗬，来到这大上海，绳子一拉，满屋子亮堂。还有自行车，真是神奇，只有两只轮子，哪能就不倒哩？还有洋人的小轿车，没有人推，也没牲口拉，自个儿就能走哩。这在过去，我做梦也想不到这世界上会有介奇妙的事体。"

"嘿，"俊逸笑了，"照你这一讲，横竖还有些道道哩。呵呵呵，还是你们年轻人想得开，鲁叔老喽，赶不上趟哩！"

"鲁叔呀，"顺安呵呵一乐，顺势接道，"小侄还想告诉你，华森橡胶拓植公司开张那日，我是由头看到尾，乖乖，真热闹呀，就在麦老板的洋行里。那气势，没得说的。洋人挎着胳膊，一双一对，成群结队，全来轧闹猛。小侄本想进去瞧个究竟，可那红头阿三死活不让进。麦基洋行我是常来常往，几个阿三全都认识我，可那一天，无论我是哪能个说辞，他们只是叽里咕噜，死活不让我进。后来我弄明白了，不仅是我，凡是华人，任谁也不让进。"

"这个我晓得哩，报上登了。"

"鲁叔，"顺安凑上去，做出兴奋状，刻意说道，"要是麦大人把这橡皮事体做成，再把挺举招作女婿，咱们的钱庄可就发达了，有的是生意哩！"

"什么招女婿？"俊逸白他一眼，脸色一沉，"我问过挺举了，这是根本没有的事体，你甭再乱讲！"

顺安咽下舌头，知趣地打住。

就在顺安走上楼梯时，秋红也快步跑回中院，气喘吁吁道："小姐，快，傅生回来了！"

"哦？"碧瑶急问，"那首诗呢？"

"还没给他呢，"秋红应道，"我一直候在外面，他这刚回来，一进院子就扎到老爷书房里了，这辰光仍在老爷书房，聊得热乎哩！"

碧瑶在屋里连走几个来回，下定狠心，跨步扑到镜前，理理云鬓，换上一身旗袍，又朝身上喷些香水，款款下楼，径朝前院走去。

刚到前院，迎头撞上从院门口走过来的齐伯。

"小姐呀，"齐伯见她穿着一身旗袍，以为她要外出，不无关切道，"介晚了，你这是到哪里去呢？"

"哪儿也不去，看看我阿爸！"碧瑶难掩欢快，明知故问，"齐伯呀，我阿爸他回来没？"

"回来了，这不，亮着灯哩，在和晓迪谈事体。"齐伯指指书房。

"晓得了。"话音落处，碧瑶已经拐向前楼大厅。

碧瑶的声音顺安听得分明，眼珠子连转几转，起身拱手："鲁叔，您忙吧，我这回去了！"

"好哩。"俊逸也不想让他与碧瑶见面，起身送客。

顺安匆匆下楼，在楼梯口看到碧瑶已经进门，急忙隐在阴影里。碧瑶一心上楼，目不斜视，噔噔噔地从他身边走过，进到门里，眼珠子四下转一阵子，见只有俊逸一人，俏脸一下子就拉长了。

一见碧瑶进门，俊逸就迎上来，张开臂膀："瑶儿，好几日没见你来望望阿爸了，阿爸这正想你哩！"

碧瑶却没有如往常一样扑向他，而是东看西找，还拉开门看看门后，似乎里面藏着人似的。

"瑶儿，你这在寻啥哩？"俊逸怔了。

"咦，阿爸呀，方才听到你与人讲话，哪能不见人哩？"

"呵呵呵，"俊逸扬手笑道，"是晓迪，这已回去了。"

"啥辰光回去的？"碧瑶纳闷了。

"就在你进来之前。"

"奇怪，"碧瑶自语道，"我这一路上来，连个鬼影子也没看到呀！"

"是哩。"俊逸也纳闷道，"他刚下去，你就上来了，哪能没看见哩？"

"我不信哩，他就在这屋里！"碧瑶四处寻找起来。

"瑶儿，"俊逸似乎看出什么，嗅几下香水味，目光落在她的旗袍上，脸色沉下，"你来阿爸这儿，是为晓迪？"

"阿爸？"碧瑶这也觉得过分了，不无羞涩地扑到俊逸身上，"看你乱讲些啥？瑶儿来阿爸书房，当然是看阿爸的！"

话音落处，楼下传来顺安的脚步声，嚓嚓嚓一路朝后院响去。碧瑶啥也不顾，扔下俊逸，急急走到窗边，隔着玻璃朝下望去。

俊逸倒吸一口冷气，结结实实地打了个惊战。


更深夜静，人声落定。

顺安房间外，有人轻轻敲门。

"秋红？"顺安开门，哑起嗓子，故作惊讶。

秋红闪身进来，匆匆掩上房门。

"是小姐让你来的？"顺安问道。

"是哩。"秋红拿出一包红缎子，双手递上，"姑爷，这是小姐专门为你写的诗文！"

顺安拆开缎包，现出香气扑鼻的手绢，打开，未及看清上面写的啥，就又合上。

"姑爷呀，"秋红不无关切道，"小姐都写啥了？"

"诗文呀，说给你也是不懂！"顺安收起手绢，放入口袋，看向她，"还有啥事体吗？"

"嘻嘻，姑爷，秋红服你了！"

"服我啥哩？"

"服你心肠硬嗬！一连十来天，就跟鬼一样，连个影儿也逮不到，把我……不是，是把我家小姐急死了，天天倚在窗台上望你！我敢说，要是你再不露头，小姐就会到钱庄里逮你哩！"

"你有所不知，我事体多哩！"

"啥事体？"

"帮老爷挣大钱嗬！"顺安压低声音。

"啧啧啧，怪道老爷选中姑爷哩！姑爷，你快写个回书，小姐在候着哩！"

"去去去，哪有回书是当场就取的？"顺安显出不耐烦的样子，旋即又觉不妥，放缓语气，"秋红，我这里人多嘴杂，尤其是齐伯，让他撞见你在我这里，哪能解释清爽哩？"说完将门打开一道缝，探头看看，见没人，不由分说，一把将秋红推出。

听到秋红走远，顺安掩上房门，打开手绢，细看绢上，见上面果题一首诗文，情不自禁地轻声吟道："兰闺久寂寞，无事度芳春。料得行吟者，应怜长叹人。"

"唉，小姐呀，"顺安连吟几遍，轻轻摇头，不无得意地长叹一声，"小姐呀，你哪能介笨哩，用针绣上去才见浪漫啊！"合上手绢，嗅几下香气，又看一时，"兰闺久寂寞……"猛然想起什么，拿过碧瑶还给他的四本书，拉出《西厢记》，匆匆翻找一会儿，目光停在一页上，脸上浮出笑，"怪道这几句介熟悉哩，原来是崔莺莺写给张生的回诗！"闭眼思考有顷，"小姐写出此诗，又让秋红等回诗，想必是要我把张生的原诗抄录予她。"想到这儿，扑哧笑了，"嘿嘿，挺举阿哥，此番不用求你了，阿弟这就搞定！"

顺安取过笔墨，寻出纸头，龙飞凤舞地写道："月色溶溶夜，花阴寂寂春；如何临皓魄，不见月中人。"

顺安写毕，直起身子端详一番，志得意满，不由畅笑起来："呵呵呵呵，章哥支这三招，前两招这都用过了，下面一招，该当是学那张生，擒贼擒王是也！"

正在这时，院中传出挺举的开门声与脚步声。顺安立马关闭灯光，坐在黑暗里，大气也不敢出，更不敢弄出一点儿响动。

听到挺举的脚步声去向茅房，顺安在暗影里轻轻摇头，心里说道："挺举阿哥，擒贼擒王，你晓得不？你事事处处压我一头，这一次该当认输了吧！什么议董？什么掌柜？只要当不成洋人女婿，你就得在我傅晓迪之下！齐伯欢喜你不假，鲁叔欢喜你也不假，但齐伯跟你我一样是下人，鲁叔也不能自己嫁给你，要嫁人的是小姐呀，我的阿哥呀！"又侧耳细听，远处传来挺举的撒尿声，心中越发快意，"呵呵呵，挺举阿哥，待阿弟擒王成功，将生米煮成熟饭，鲁叔纵有一百个不乐意，又奈我何？想当年，鲁叔不也是霸王硬上弓吗？呵呵呵，挺举阿哥呀，待我功成之日，莫说是个寻常议董，即使商会总董、协理，离我傅晓迪也不会太过久远。这且不说，鲁家所有产业都是我的，挺举阿哥呀，"微微摇头，"若是你想继续在鲁家谋生，就得乖乖看我脸色！不过，阿哥尽可放心，阿弟断不是过河拆桥之人，就凭阿哥你同意让我姓傅这一条，阿弟就会给你一条活路，且不会让你有丝毫难堪。阿弟是打心眼里敬重你，感激你哩！"

挺举的脚步声回来，房门嗵的一声关上，四周恢复静寂。

顺安点上油灯，再次看向手绢与他刚抄写的纸头，闭目凝思："且慢，在擒王之前，要不要我再熬她一熬？"有顷，又在房间里来回走动。

走有几个来回，顺安决心下定，将刚刚抄写好的纸头放在灯上，点着，看着它烧成灰烬，脸上浮出笑意，旋即又把笑容换作一脸无奈，摊开双手，望空说道："莺莺小姐，不是张生心狠，是你须得再候些辰光。想当年，人家诸葛亮七擒七纵，你我这也不能性急嗬！"


翌日晨起，前院空场地上，俊逸跟在齐伯后面打太极。

"齐伯！"俊逸收势。

"老爷？"齐伯亦收势，望着他。

"我想把挺举调到钱庄，你意下如何？"

"到钱庄做什么？"

"钱庄里缺个襄理。合义当上总理后，商会里事体太多，要我过去帮忙，钱庄也就顾不过来了。把所有事体托给老潘，我真还放心不下。老潘做事体可以，却不能决断。让挺举去，一则做他助手，二则也锻炼一下，将来好做大事体。"

"老爷这桩大事体，想必与小姐有关吧。"齐伯笑了。

"感觉瑶儿近日有些变化，你瞧出有啥异常没？"俊逸却笑不出来。

"有点儿。近日小姐没再打探老爷，我正觉得奇怪哩。"

"好像是……"俊逸略一迟疑，素性点破，"对晓迪上心了！"

"哦？"齐伯笑道，"我还没看出来呢。这几日晓迪早出晚归，小姐也守在楼上，很少下来。"

"好了，"俊逸苦笑一下，摆手道，"不讲这个吧。瑶儿的事体，确实该提到日程上了。"

"照说晓迪也不错，"齐伯点头，"可我总觉得，要论长远，还是挺举靠得住。"

"就这么定吧。你对挺举讲一声，让他到钱庄去。我这也跟老潘通个气。至于瑶儿那儿，寻到机会，我就对她讲明！"

"好咧。"

鲁俊逸来到钱庄，听老潘详细禀过钱庄事务，笑道："这些小事体你定就是。对了，老潘呀，合义新当总理，商会里事体太多，他也没个合意帮手，大小事体都拖上我，老爷子那里也是再三交代，我推不脱，钱庄日常事体就无暇多管了，由你处理。只你一人也不成，我给你配个襄理，你先收拾个襄理室出来。"

俊逸讲完就走了，只字没提襄理人选。

老潘不便多问，思考一时，召来顺安，吩咐道："晓迪呀，老爷方才交代配个襄理。襄理位在我之下，各大把头之上，房间位置不能错置，按照规矩放在我左侧。这里原就留有房间，因无襄理，用作杂物室了，你今朝若无他事，这就收拾一下，等候襄理到来！"

见老潘讲出这番话，且将布置房间的重任交给自己，顺安心里有数了。的确，按照顺安的攀升计划，在这钱庄里，在众把头中，跑街把头已是要位，即使升至大把头，仍旧是个把头，且净忙些杂务和账务，都是看不见摸不着的，还不如跑街开心。老潘是师父，协理这个位置动不得，他伸手可触的，也就是这个襄理。反观钱庄，如果鲁叔真要设置这个职位，适合人选也的确非他莫属。

顺安带着客堂把头和两个伙计忙活一整天，将襄理办整得甚是雅致。钱庄上下皆来看过，见所有布置都是顺安自己的喜好，且又是他亲手布置的，也都认为顺安又要高升了，对他讲话的语气平添许多敬畏。

第三日头上，茂字号各掌柜、钱庄各把头齐聚钱庄客堂，齐伯列席。鲁俊逸兴师动众，只宣布一件事体：伍挺举就任钱庄襄理，兼任茂平掌柜。

当挺举起身致谢、客堂响起一片掌声时，顺安的脑海里一片空白。

宣布完毕，俊逸吩咐老潘几句，便匆匆出门。各大把头与掌柜也都散去。

老潘也是蒙了，待醒过神时，见挺举候立于侧，紧忙抖起精神，朝挺举笑笑："挺举呀，老潘贺你了！"

"潘叔，"挺举淡淡一笑，"我对钱庄不熟，一切望您担待！"

"呵呵呵，慢慢就熟了！挺举呀，这跟我来！"老潘伸手礼让，带他来到办公区，指着一扇开着的门，交给他一把钥匙，"这就是襄理室，打今儿起，你就在此地理事。"

挺举接过钥匙，拱手致谢："谢潘叔！"

"挺举呀，先不忙进屋，先来我这里一趟，有些事体交代你哩。"老潘说完，扫了仍旧在廊道里发呆的顺安一眼，脚步沉重地拐进自己办公室。

挺举跟随老潘走进，房门轻轻关上。

茂升钱庄，有独立办公室的只有五人，鲁俊逸、老潘、大把头（账房）、库房把头，外加襄理伍挺举。其他把头共用一个大通间，每人划定一块地方，摆张桌子。所有来客，无论是谁的客人，均由客堂把头统一接待，关键客人安排单独雅间。

顺安愁肠百结，在自己桌前干脸闷坐一会儿，挂起跑街包，沿走道欲出前门，没走几步，似是觉得没脸走出大堂，就又拐回来，从另一侧楼梯下到后门，由后面的偏巷绕到街上。

顺安走到大街上，心情闷闷的，心绪仍然纠结在挺举与那个襄理办公室上，连身后的轿车喇叭声鸣响数次也没听见。

岂料那喇叭越按越响，一辆黑色轿车紧紧跟在他的身后。见街上人都在看他，顺安打个惊怔，这才发现自己走在街道正中，刚好挡了汽车的道，忙急急闪到路边。

那车却并未驶远，而是靠上来，在前面不远处停下，一扇车窗打开，一人探出头，朝他笑着招手。

"密斯托里查得？"顺安不无惊愕。

"傅先生，"里查得打开车门，"请上车！"

顺安钻进汽车，不一时，被带到外滩一家由外国人经营的咖啡馆里，一个外国美女侍者端来两杯咖啡。

顺安第一次在这样的地方喝咖啡，心情自是没得说的，学里查得的样儿小啜一口，将钱庄里的所有不快忘了个干净。

"傅先生，"里查得总是直奔主题，"再过一些时日，华森拓殖公司就将在上海众业公所上市，我们总董有意将茂升钱庄贷出的三万两银子折算成相应股本，这是我们公司的相关材料，为内部绝密，只能发给股东参阅，请你呈交鲁先生。如果鲁先生愿意，我们就到众业公所办理股票交割手续！"

"哦？"顺安心里一动，挺直身体，"怎么个折算呢？"

"华森拓殖公司拟发行二十万股，每一股十先令，折合大清规银五两。总董不再溢价，按原始股本金折算，这个价钱是不给华人的。但总董之意是，茂升是特例。总董还说，在众业公所发行之日，市价就会翻倍。"

"一发行就翻倍？"顺安不可置信了。

"是哩，那是市场价，在我们英国，多数股票都是这般，众业公所也是。"

"乖乖！"顺安心里嘀咕一声，急又问道，"密斯托里查得，什么时间在众业公所上市？"

"很快了。"里查得淡淡说道，"要待我们总董回来。他已从南洋返回，顺路拐到香港，英国的十万英镑投资款到了，他去办理！"

"乖乖！"顺安心里又一嘀咕，竖拇指恭维，"十万英镑，是一百万两银子哩！"

"正是。"里查得点头，"但这点儿钱远远不够，我们正在购买更多的橡胶园，我们要把南洋的橡胶园都控制在手里，我们需要麦克麦克银子，所以在众业公所上市募集！"

"您敢肯定，一上市真的就能翻倍？"顺安再次问道。

"能翻多少倍，就看市场了。"

"您是说，好几倍？"

"是哩，有时候是一倍，有时候是三倍，有时候是五倍，甚至十倍二十倍，这就看市场行情了！"里查得侃侃而谈。

"这这这……"顺安显然迷糊了，不解地问，"这怎么可能呢？"

"是这样，"里查得思忖一时，从袋里摸出一支金笔，"就像这支笔，我只有一支，放在这里卖，起价五两，你一个人出价，是五两，有两个人来买，就争，我可以卖六两，十个人来买，我可以卖到十两，一百个人来买，我可以卖到五十两，八十两！只要有人愿买，多少价钱都可以，买卖公平！"

"乖乖！"顺安被他上了一课，大是叹服，收下材料，"我这就转告鲁叔！"略略一想，"对了，既然这个原始股价你们不卖华人，总董为何要卖给我们茂升呢？"

"呵呵呵，"里查得神秘一笑，"其中原因，不是早就告诉你了吗？听说伍掌柜升任茂升襄理，总董夫人很是高兴，是夫人要我让你们入股的，说是送给伍先生的贺礼。另外，我还要告诉你一件大事，听总董的意思，我们的股票要对华人发行部分股票，发行华股时，总董有意让茂升钱庄具体承办！"

"发行华股？"顺安深吸一口气。

"是哩。"里查得点头，"我们总董对中国人印象很好，认为中国人讲信誉，知礼貌，会做生意，坚持发行华股。工部局不太乐意，众业公所也持不同看法，但我们总董不放弃，仍在努力。"

"承办发行，有佣金吗？"

"按照行规，是百分之二。"

"乖乖！"顺安轻叹一声，探身又问，"你们能发多少华股？"

"这个不太好说，"里查得应道，"要看工部局和众业公所能够批准多少，当然，橡胶园是我们公司的，只要总董坚持，工部局和众业公所还是会同意的。不瞒你说，我们总董豁出去了，将全部家产押在橡胶园上，不成功誓不罢休！"

"敢问密斯托里查得，"顺安又吸一口气，眼珠子不停转动，"这桩好事体，晓迪能否帮点儿小忙吗？"

"你想帮忙倒是可以。"里查得略一思忖，"华森股票如果对华人出售，总董有个担心，就是市场可能出现拥挤，闹出不愉快事件，因为你们中国人实在太多了，而我们的股票是有限的。总董让我寻些人手维持市面秩序。若是你有合适人选，我可以向总董推荐。"

"你们要寻什么人维护秩序？"

"什么人都可，只要能让现场不乱，不让现场拥挤就成！"

"若是此说，"顺安眼珠子眨巴几下，"我倒有个朋友能帮此忙，他的师父是租界巡捕房的探长。这朋友手下有不少人，都是一等一的身手，维持秩序是桩小事体！"

"太好了，"里查得伸出拇指，"你可以约他。我请你们喝花酒，欣赏俄罗斯姑娘的美妙舞蹈！"

"三克油麦克麦克！"

从咖啡馆里出来，顺安心花怒放，琢磨起这个全新的东西来。

显然，股票是外国人的好东西，是他未曾见识过的新东西。看看辰光尚早，顺安特别经外摆渡桥过苏州河，来到位于黄浦路 1 号的众业公所探看一番，不料却已打烊，只好悻悻而回，又不敢回去得太早，担心让碧瑶逮住，就到南京路茶馆里寻位置坐下，叫些茶点，就着灯光将里查得交给他的材料悉数读过。

掩卷而思，顺安的思绪再次回到茂升。想到那夜俊逸与齐伯的对话，顺安笃定俊逸将挺举调到钱庄，是想压他一头。就眼下而言，顺安只有一条路可走了，就是搞定小姐。

想到此处，顺安掏出碧瑶托秋红捎给他的那个香绢，放在鼻下连嗅数下。又过这几日，香气泄去不少，远没此前香了。然而，顺安在意的显然不是这香味，而是这香味之外的东西。

"鲁叔呀，"顺安又嗅几下，嗟叹道，"你一心只想把小姐嫁给挺举，却不晓得小姐的心思早在晓迪身上，你这是乱点鸳鸯谱呀！鲁叔呀，你之所以在乎阿哥，是阿哥帮你挣了面子，可阿哥本领再大，难道他也懂这股票吗？里查得讲得好呀，这股票才是洋人赚钱的真章啊！待橡皮股票发行之日，晓迪就会让你明白，啥人才是叱咤上海滩的风云人物！"

这般想定，见天色黑定，顺安慢悠悠地回到鲁宅，次日早早起床，再次躲过秋红，溜到钱庄，一直候到俊逸赶到，处理完所有事务，方才敲门，将里查得的材料悉数献上，又将里查得所言，有选择地夸张一番。

事关重大，俊逸不敢怠慢，将老潘、挺举及几个把头召到议事厅，关门谋议。

议事厅的大圆桌上摆着顺安提供的一摞摞有关橡皮的各种材料，包括中英文报刊，不少人都在翻看。

"诸位，"俊逸扫视一圈，"近日来，街头纷纷议论橡皮，且这事体牵涉我们茂升了。俊逸召请诸位，是想议议此事。"看向顺安，"晓迪，你来讲讲。"

　　"鲁叔，潘叔，"顺安朝二人拱手，又朝众人拱过一圈，朗声说道，"晓迪不讲花边，直讲事体。众业公所是洋人赚钱的地方，很少向华人发行股票。此番华森橡皮公开发行华股，密斯托里查得特别寻到晓迪，将密斯托麦基总董的主张悉数讲了。麦基总董一直把中国人当朋友，坚持发行华股，认为中国人与洋人一样，有能力做好事体。麦总董尤其看重我们钱庄，有意将我们的三万两贷款转为华森股票，以原始本金折算。华森公司共发行二十万股，每股十先令，折合规银五两。我们一共贷出三万两，共折合六千股。还有，里查得还说，麦总董有意让我们钱庄承办所有华股，佣金为百分之二，虽不多，但不过是转个手，等于是白赚的！"

　　众人你看我，我看你，又不约而同地转向鲁俊逸。

　　"老潘，"俊逸转向老潘，"你哪能看哩？"

　　"呵呵呵，"老潘笑道，"洋人的事体，我吃不准哩。听晓迪所讲，事体虽然不错，可三万两银子也不是小数，不怕一万，单怕万一呀。"

　　"是哩，"大把头随声附和，"跟中国人做生意，我们心里有数，跟洋人做生意，万一出个啥事体，人家屁股一拍走人了，我们哪儿寻去？"

　　其他把头也都纷纷附和："是呀，老爷，小心没大错。"

　　俊逸看向挺举。

　　众人也都望过来。对于这个新上任的襄理，大家是既熟悉，又陌生。眼下这桩事体，正是见他真章的好机会。

　　"伍襄理，你是哪能看哩？"俊逸微微笑道。

　　顺安亦看过来，目光急切。潘师父与众把头并没有在这件事情上支持他，挺举若是再持异议，这件好事体就算泡汤了。

　　"鲁叔，潘叔，诸位同仁，"挺举拱手一圈，"挺举初来钱庄，一切尚不熟悉。方才听到晓迪所言，觉得挺新鲜的。在此之前，挺举看过一些关于众业公所的材料，也读过一些国人对洋人的各方面考察，包括商务考察，耳目一新。洋人做生意大抵采用股份制，与我们不同。我们往往是东家制，生意再大一些，是合伙制，东家既出本钱，也做生意。洋人不同。

洋人那儿，大多数东家只出本钱，不做生意。"

"咦？"老潘惊愕了，"东家不做，啥人来做？"

"由会做生意的人去做。譬如说，我有钱，我觉得卖饼赚钱，可又不会做饼，潘叔会做饼，可又缺少本钱，我就把本钱借给潘叔，由潘叔来做饼，赚钱了分给我一些。"

"那……"老潘愈加惊愕，"要是潘叔做赔了，哪能办哩？"

"赔了就是赔了，我认栽呀，说明这个生意我没看准！"

"要是潘叔把你的钱拐走了呢？"

"那就说明我没把潘叔看准！"

"呵呵呵，"老潘苦笑几声，"要是这说，啥人做东家，也都不放心哩。"

众人皆笑起来。

"挺举呀，"俊逸止住笑，"你是哪能晓得这些哩？"

"是前些年看杂书看来的，"挺举笑笑，"大比要考洋务，啥书都得看哪。至于众业公所，是这几日才看的。"说着从袋中掏出一本书，搁在桌上，"就是这册书。"

众人一看，全是洋文，无不面面相觑。

"连这你也能看懂？"俊逸惊道。

"看不懂哩。"挺举笑笑，"这是我让麦小姐特意寻来的，大意是《上海众业公所指南》，她一得空，就逐页讲给我听，里面有不少新鲜东西哩！"

见他在这辰光将话题扯到麦小姐头上，俊逸脸色一黑，摆下手，苦笑道："洋人的事体，就不多扯了。你这讲讲眼下事体，橡皮股票，咱是折换，还是不折换？"

"挺举以为，可以试试。洋人比咱会做生意，这是实情，可他们究底有哪些长处，我们不试就不晓得。再说，众业公所很少向华人发股，麦基总董能有这个心，也是难得哩！"

"是哩是哩。"顺安显然未曾料到挺举竟会帮他讲话，急切接上，"我们入股，是按股票本金折算的，不是按照市场价。听密斯托里查得讲，如果开市，价钿就不是这个数了。"

"什么数？"俊逸探身问道。

"少说涨一倍，不定还会涨两倍三倍的呢，究底能涨多少，啥人也讲不清，反正咱是本金，再便宜也值五两银子！"

俊逸陷入沉思。

所有目光都盯住俊逸。

"这样吧，"俊逸抬头，给出决断，"既然大家意见不一，我们就以稳妥为上。不过，挺举方才讲得是，麦总董的好意，我们不能轻易拂去。再说，俊逸眼下好歹是麦基洋行聘请的首席江摆渡，洋行的事体，也就是我的事体，想脱也还脱不开哩。所以，我的意思是，三万两贷款折一半，换三千股票，另一半，依旧是贷款，听听风声再说。至于是否承办华股，我们既不应下，也不拒绝，以静制动！"

似乎没有比这个更稳妥、更实际的解决方案了，众人无不点头。

顺安依据鲁俊逸的吩咐，前往麦基洋行，将鲁俊逸的决定讲给里查得，对方表示理解，约他次日到众业公所办理原始股票购置手续。

回到家时天色已黑。顺安到附近小馆子里吃点东西，见天色黑透，才由后门悄悄闪进。

不料刚闪进来，就被一人逮个正着。

顺安吃一惊，看清是秋红，哑起嗓子："吓死我了！"

秋红轻嘘一声，将他扯向中院，拖进圆拱门里。

凉亭下，月光朦胧，碧瑶一身旗袍，端坐其中。秋红将顺安推到碧瑶跟前，转身回到拱门外面守望。

"小姐？"顺安压低声音，几近耳语。

"晓迪，"碧瑶也将声音放低，半是质问，"你为啥躲我？"

"我……没躲呀！我是跑街，在忙钱庄的事体……"

"你骗鬼！你故意躲我！"碧瑶的声音拔高了。

"我……我……"此等是非之地，顺安不敢应腔，只在嗓子眼里咕哝道。

"你既没躲我，为何不回我的信？"碧瑶放缓语气。

"我……我想回复来着，可……"顺安再次顿住，眼睛四下里乱转，耳朵竖起。

"我都不怕，你怕个啥哩？"碧瑶嗔他一眼，"快讲，你是哪能个回复哩？"

"月色溶溶夜，花阴寂寂春；如何临皓魄，不见月中人。"顺安低声吟道。

"是哩是哩，"碧瑶迭声接道，"我想听的就是这句！"抬头望天，"晓迪，你看天上，月色溶溶夜，花阴寂寂春，今宵正应这景哩！"

"嘘……小姐……"顺安轻出嘘声。

"傅生，我……是真的没想到你介有才，将诗写得介好！"

"小姐呀，"顺安声音颤抖，几近哀求，"我这得走哩，要是……被人撞见，我就……死定了呀！"

碧瑶似是豁出去了，声音高起来："晓迪，我都不怕，你哪能怕哩？"

"天哪！"顺安叫声苦，啥也不顾，转身就走。

"晓迪？"碧瑶追前几步，见他已跑出拱门，气得跺脚。

顺安探头看看甬道，没见异常，垂着头，匆匆走向后院。

走道尽头，暗影里，齐伯静静地站着，看有一时，长叹一声，脚步沉重地走向前院，敲开俊逸书房的门。

"齐伯，没睡？"俊逸正埋头于一堆橡皮材料中，抬头朝他笑笑。

"老爷……"齐伯欲言又止。

"有事体了？"

"倒是没啥大事体。"齐伯挤出个笑，话中有话，"我随便讲讲，要是小姐真的欢喜晓迪，老爷是哪能个想法？"

"绝对不行！"俊逸断然说道。

"照说晓迪也不错……"

俊逸眉头锁起，摆手止住："齐伯，究底出啥事体了？"

"方才晓迪回来，"齐伯轻叹一声，"我看到秋红把他扯进小院里了！"

"哦？"俊逸震惊，忽地站起，急切问道，"后来呢？"

"隐约听到小姐在盘问晓迪，晓迪应答几句，慌慌出来，跑回他的房间了。"

"这这这……这丫头……"俊逸气极，跌坐在椅子里，生会儿闷气，转对齐伯，"齐伯，小姐的事体，再不能耽搁了，得设法让她把心思移到挺举身上！"

"这得凑机会。"

"那就设法来凑！"

顺安万未料到碧瑶竟会这般不顾一切，既心惊，又欢喜，折腾大半夜方才睡去。

翌日晨起，顺安早早来到钱庄，找老潘在一万五千两银子采购橡皮股的合同上签好字，用好章，直奔众业公所，见里查得早在那里等候。

顺安将崭新的三千股票据收存好，小声问道："密斯托里查得，我想求个事体！"

"请讲！"

"我能否进到你们公司看看？"

里查得略略一想："OK."

里查得请顺安上车，径直来到华森拓殖公司，引顺安步入大厅。

经过精心装修，空旷的大厅果是雅致，地下软软的，走路没有任何声响，墙上贴满橡胶园的各种图片，当中是一排展台，上面摆着五花八门的橡胶产品，有各种车胎、雨鞋、雨伞、雨布、电缆……

顺安看得眼花缭乱，使劲朝地下踩了几踩，惊异地问道："密斯托里查得，这地板哪能介软哩？"

"是橡皮地呀。"里查得笑笑，指着花花绿绿的墙，"那是橡皮墙，隔音，防水，美观，可以使用一千年，既不腐烂，也不掉色！"

"乖乖，"顺安吧咂一下舌头，"一千年不烂，赶上石头哩！"又走到橡皮墙边，细细看过，触触这儿，摸摸那儿，一脸错愕。

"用拳头！"里查得比画一下。

"拳头？"顺安怔了。

里查得捏起拳头，朝橡皮墙上猛砸一拳，发出"噗"的一声闷响，手被强力反弹回来。

顺安也学里查得的样子，朝橡皮墙狠砸一拳，弹力吓他一跳，叹道："天哪，要是你不讲，啥人晓得是橡皮哩？"

"是哩，"里查得显得信心十足，"傅先生，我这讲给你听，未来的世界，必将是橡皮的世界，这是世界大潮，谁走在前面，谁就能拥有整个世界。"

"拥有整个世界！"顺安呢喃一句，心中忖道，"乖乖，洋人想问题就是不一样，上海滩这么了不起，可在他们眼里根本不值一提！"

　　顺安参观一圈，直看得眼花缭乱，决心下定，决定赌它一次，便朝里查得道："密斯托里查得，我想求你桩事体！"

　　"请讲！"

　　"这股票，"顺安从跑街包里摸出股票，"我个人能买否？"

　　"待上市之后，任何人都可以买，你当然可以。"

　　"不不不，"顺安急道，"我是讲，我能否买一些原始股，就像这些！"

　　"这个……"里查得现出为难的样子，"原则上是不行的，我们给你们钱庄六千股，是看在……"

　　"钱庄不是没有买完吗？"顺安辩道，"还有三千股哩！"

　　"你是讲，"里查得诧异地看着他，"这三千股你要？"

　　"不不不，"顺安急道，"我没有介许多洋钿。"

　　"你想买多少？"

　　"一千股！"

　　一千股就是五千两银子。里查得心里一震，不相信地看向他。

　　"成否？"

　　"OK，"里查得点头，"等总董回来，我可以向他求个情。"

　　"你不能对总董讲！"顺安急道。

　　"为什么？"

　　"因为我不想让任何人晓得我买了这些股票！麦总董如果晓得，就会对麦小姐讲，麦小姐就会对伍挺举讲，鲁叔也就晓得了。"

　　"哦？"里查得略略一想，"这钱……是你的吗？"

　　"当然是了！"顺安应道，"是我自己的钱，是我祖上留给我的，我想全部购买橡皮股！"

　　"OK."里查得重重地按在他的肩上，"你用全部家当来买股票，我很感动，这一千股我私人卖给你，不对任何人讲！"

　　"三克油麦克麦克！"顺安连连打拱，掀开衣襟，从夹层里拿出存放多日的五千两惠通银行支票，双手递给里查得，"我的所有家当，尽在此处，拜托了！"

里查得接过支票，咚咚上楼，不一会儿下楼，递给他一千股橡皮股票，道："我不能破坏公司规定，这一千股是我个人作为股东的原始股票，祝你好运！"

"谢谢谢谢谢谢，"顺安将一千股的股票接在手中，一迭声谢过，显然仍不放心，悄声问道，"密斯托里查得，这股票真的能涨……几倍吗？"

"你后悔了？"里查得盯住他，作势上楼取他的支票。

"不不不！"顺安连连打拱，将股票小心翼翼地原样放回他的衣襟夹层。

不到一年时间，经过彭伟伦、查老爷子两番折腾，先是甬商委屈，继而是粤商受伤，经庄票事件整合起来的上海商务总会由内斗进一步陷入信任危机，几乎没有多少人愿意登门，商会工作陷入停顿，让临时受命的总理祝合义勉为其难，只有抓住老友鲁俊逸不放。

一日忙碌过后，又到阿秀那里陪她一时，俊逸到家已是人定。

齐伯跟进，照例是倒水沏茶。

"齐伯，"俊逸看看时间，见已九点，"挺举睡没？"

"呵呵，挺举早哩。"齐伯笑道，"他也是刚回来，方才见他在打水洗脚。洗完脚要看书，不到二更天不会睡哩。"

"叫他来一趟，我有事体交代。"

齐伯出去，不一会儿，引挺举进来。

"齐伯呀，"俊逸礼让挺举坐下，为他斟上茶水，转对齐伯，"我看碧瑶的灯仍在亮着，想是没睡，也叫她来，我俩唠嗑，由她沏茶。听说近日她的茶艺颇有长进哩。"

齐伯晓得俊逸的心思，呵呵应道："好咧。"便再次下楼。

"小姐，"齐伯走上中楼，在楼梯口叫道，"睡没？"

"没呢。"秋红应声而出，"齐伯，小姐问了，啥事体？"

"老爷请她过去！"

不待秋红传话，碧瑶的声音飘出来："齐伯，阿爸叫我，啥事体呀？"

"老爷与人说话，说是小姐的茶沏得好，要你去沏茶哩！"

"哦？"碧瑶跑到门口，声音热切，"阿爸在跟啥人讲话哩？"

齐伯迟疑一下，道："呵呵，我眼花了，没看清爽，这正在说话哩。"

"是傅晓迪吗？"

"听声音不像是。"

"那……是啥人？"

"好像是挺举吧。"

"我没空，"碧瑶脸色一沉，"你对阿爸讲一声，我这茶还没学会沏哩！"又瞪秋红一眼，"愣个啥哩？快提水去，我要洗哩！"

齐伯轻叹一声，不好再讲什么，回到前院，走进书房。

"瑶儿呢？"俊逸看过来。

"回老爷的话，"齐伯呵呵一笑，打个圆场，"小姐已经睡了，说是下次再沏。"又在茶案前坐下，对挺举一笑，"挺举，尝尝齐伯的茶！"

"呵呵呵，"挺举笑笑，拿过茶壶、茶具，"齐伯，鲁叔，请你们品评一下晚辈的茶艺！"

"好好好，"俊逸回他一笑，"挺举呀，今朝叫你来，并不全为喝茶。"

"啥事体，鲁叔请讲。"挺举沏着茶，朝二人笑笑。

"今朝在商会里，与你祝叔、查叔闲聊，他们都在念叨你哩！"

"小侄也是，一直在惦念祝叔和查叔。老爷子近日可好？"

"好多了。自那日把商会的权把子夺回来，老爷子心情大好，日渐康复，听你查叔讲，水烟袋抽得呼噜噜响，每天早上还要到园子里打路拳法呢。"

"这就好。商会里可有大事体？"

"呵呵呵，"俊逸爽朗笑道，"只要彭伟伦不在，就没有大事体。只是你祝叔有个忧心，此番虽说也是公选，但其他商帮颇有微词，尤其是粤商议董，明里暗里嘀咕不少。我们为此议过多次，却是拿不出个妥善办法。商会里帮派众多，人心原本涣散，又经这番折腾，越发不好收拾哩。你也是议董，看看有啥好法子没？"

挺举想到陈炯的建议，笑道："要是这说，我倒是有个想法，或对收拾人心有所助益。"

"哦？"俊逸感兴趣了，"讲讲看。"

"祝叔可走两步棋，"挺举似是酝酿已久，"一是保赦彭伟伦，二是组建商团，扩大商会实力，增强商会凝聚力。"

"保赦彭伟伦？"俊逸倒吸一口凉气。

"是哩。"挺举点头，"彭总理是因公犯案，但就眼下证据看，并未触犯大清刑律，官府捕他理由不足，更多出于官场之争。如果由祝叔出面，以商会名义向道台甚至两江总督府提请保释彭总理，粤商自无话说，商民也会拥戴，官府也有台阶好下。彭总理获得自由，自会感念祝叔。祝叔是经过公选的，彭总理也是官府罢免的，即使他对祝叔有微词，也不好明说，影响不到商会大局。"

"好主意呀！"俊逸竖拇指道，"冤家宜解不宜结，彭伟伦这人虽说阴毒，场面上却也算个讲究规矩的人，并不乱来。"

"是哩。"挺举点头。

"商团又是哪能个说法？"俊逸来劲了。

"商会可以模仿租界万国商团，搞一个属于自己的商团！"

"哪能个搞法？"

挺举将陈炯的提议大要讲了，俊逸沉思有顷，看看表，摸起电话，拨通："是合义兄吗？……睡没？……好事体哩……呵呵呵，还有个嘉宾，你得温坛好酒，我们这就出发！"放下电话，转对挺举，"呵呵呵，听你这一讲，瞌睡是睡不成了，走，寻你祝叔喝老酒去！"

黄浦路一号众业公所的大门外面有个巨大的告示栏，栏中张贴一张公告："华森橡皮股票行将上市，不限华、洋，均可认购。每盘十股，每股票面本金为：大英通币十先令，折算大清官银五两。开市发行价，每股大英通币十六先令，折算大清官银八两。自本月十五日始，华森拓殖公司在南京路23号免费发放认购券，有意购买者，欢迎前往领取。凡是领取认购券者，可于本月十八日上午八时持所领之认购券前往汇丰银行以实款购买股票。"

同样的公告也见诸上海各大报纸的核心版面。

中国人也可以购买西洋人的股票，上海滩顿时沸腾。

感受最大的莫过于商务总会，手头有些闲钱的各行业商人吃不透就里，纷纷赶到会馆打探虚实，议论股票。会馆大厅里人气倍增，陡然爆棚。众多会员交头接耳，手里大多拿着当日出版的各种报刊，议论华森橡皮和股票公告。

楼上总理室里，合义和俊逸对面坐着，面前也摆着这些报纸。

"俊逸呀，"合义眯起两眼，"这几日来，大家都在议论橡皮股票，都来向我打探。这些年我虽说卖些洋货，但洋人的事体，究底吃不准，尤其是这股票之类。华森橡皮就在麦基洋行里，也是麦基先生搞出来的，你们是老伙计了，你又是他的首席江摆渡，想必知情，究底是哪能个看法，讲来听听。"

"呵呵呵，"俊逸笑笑，将报纸拨到一侧，"什么首席江摆渡呀，还不是个虚名？不瞒你讲，麦基洋行迄今为止我还没有进去过，前前后后都是晓迪跑的。至于这个股票，我根本讲不清爽，听晓迪讲，麦基把其他生意全都抛开了，只做橡皮，在南洋买了几十万公顷地，专种橡胶树。麦基此番诚意与我合作，从我庄里贷出三万两银子，要我全部换成股票，我吃不准，就与大家商议，晓迪觉得是机会，老潘他们却反对。我思前想后，来个折中，换一半，留一半。说实在话，一万五千两白花花的银子换回来一沓子花里胡哨的纸头，我心里这辰光还在打鼓哩！"

"是哩，"合义微微点头，"做生意讲究的是真金白银，股票事体确实要谨慎为上，尤其是钱业，不能轻举妄动。当年阜康股灾那一幕，在我这心里一直抹不去，连胡雪岩那样的巨商都被挤对拖垮了，早晚想起来都后怕！"

"是哩，小心没大错。"

"挺举呢，他是哪能个看法？"

"谋议辰光，我征询挺举意见，本以为他会反对的，不料他倒是支持晓迪，说是他看过洋人做生意的书，跟咱们的做法大不一样，股东归股东，做生意的归做生意的，是两张皮。"

"两张皮？"合义怔道，"哪能个两张皮法？"

"这个我也摸不太清，问挺举，他也说不清爽，好像是股东只出钱，将钱换成股票，交给懂行的人来做。我也琢磨这事体来着，譬如说，这橡皮生意，我们不懂行，麦基懂行，麦基把生意折成股票，卖给我们，我们就是东家，他是经理人，做赚钱了，分给我们一些，做赔了，我们就得认栽。"

"这这这，"合义琢磨一会儿，"要是麦基把我们的本钱卷上行李拿走了，哪能个办哩？"

"是呀，"俊逸顺口应道，"我也这般琢磨。洋人多精呀，真要是桩好生意，哪能让咱华人沾上边儿？"

"不过，挺举的话也得考虑。这孩子了不得，几场事体下来，我对他是越来越服气了，凡事体多听听他的没错。"合义似又想起什么，"哦，对了，讲到挺举，我还得告诉你两桩事体，你转告他就成。一是彭伟伦的事体，我向道台大人求过情了，大人很给面子，答应就这几日放人。二是商团的事体，我禀报老爷子了，老爷子兴奋得不得了，让我不管三七二十一，先做起来再讲。但我想，我们既是商会，就不能武断，得大家商量着来。我想下周开个议董会表决，如果通过，就报请道台府审批。表决前，我们须备个书面材料，让大家搞明白啥叫商团，哪能个做法。既然是挺举提议的，想必他对这事体有些研究，就麻烦他草拟个具体章程，包括款项、人员、组织、训练等，供议董会讨论。不瞒你讲，听说这建议又是挺举提议的，老爷子赞不绝口呀，说你得了个大宝哩！"

"呵呵呵，"俊逸乐得合不拢嘴，起身道，"下周就开会，事体蛮赶哩，我这寻他去。"

## 第28章
# 橡皮股大闹上海 伍挺举一力质疑

陈炯的宿处被任炳祺特别安排在堂子后院，位于二楼西侧角落，是个极隐蔽的套间，一间办公，一间卧室。如果前往他的住处，须得经过前厅、中堂及一长排烟花女子的接客雅间。这且不说，为安全起见，炳祺又在这个套间里设有阳台，阳台下面是另一家的屋顶，万一事急，陈炯可以打开阳台，通过邻居屋顶一逃了之。

这日后晌，陈炯没有出去，正在书桌前书写什么。一个文静少女站在他椅后，或捶背，或揉捏肩、颈等部位。

一阵脚步声响，炳祺进来，看下少女，使个眼色。

少女走出，悄悄下楼。

"呵呵，"炳祺乐道，"看样子师叔蛮享受哩。要是不中意，徒子再换一个？"

"就她了吧，挺会照顾人。"陈炯笑笑，"你这辰光来，有啥事体？"

"有人寻你！"

"啥人？"

"就是你的那个兄弟，伍挺举！"炳祺扑哧一笑，"这人真是好玩，寻到门口，见是堂子，脸色透透红，以为走错地方了，不停地向龟奴道歉，重新拿出门号，核对半晌，再次敲门。龟奴以为他是头次到这地方来的，安排他进客堂，叫来几个小娘热情接待，把他吓得又蹿出去，龟奴生怕走了生意，追出去问，他说是寻人，龟奴问他寻啥人，他却不肯讲出你来，只说朋友可能是写错门号了。正要转身走人，徒子刚好回来，认出是他，得知是来寻师叔的，徒子让他到客堂等候，他却死活不肯，定要候在外面。呵呵呵，徒子自打开堂子迄今，还没见过介正经的男人哩！"

"是我的不是了，"陈炯苦笑一声，"留给他这个门号时，应该讲明啥地方才是！"

"师叔，"炳祺压低声，"瞧见他了，徒子这也想起大小姐的事体，师叔哪能个办哩？"

"你有啥个主意没？"

"叫徒子来讲，"炳祺压低声音，"就看师叔看重哪一宗了。要是师叔看重兄弟，就将大小姐让给姓伍的，要是师叔看重大小姐，就不能让！"

"呵呵，"陈炯笑道，"要是师叔二者都看重哩？"

"这这这，"炳祺拍拍脑门，"师叔这不是让炳祺作难吗？"

"你呀，"陈炯指点他的脑袋道，"用用这个！"

"徒子这不是……"炳祺挠会儿头，"大小姐只有一个，师叔与伍挺举却是两个，双凤争凤，师叔没有其他选择呀，要么是大小姐，要么是兄弟！"

"师叔问你，"陈炯紧盯住他，"师叔赠送宝刀的是啥人？"

"这还用问，大小姐呀！"

"那天在伍兄那里见到的那个女子，又是啥人？"

"她就是大小姐呀，徒子敢对天发誓！"

"呵呵呵，"陈炯笑道，"如果师叔没有记错，那日伍兄介绍她时，叫她葛小姐，在下这也打听清爽了，她还真就是葛小姐，她有个老阿公是算命长者，住在老城厢的一个小胡同里，偶尔会在清虚观里做些营生。"

"天哪！"炳祺惊叫一声，又捂住嘴，压低声音，"难道是太……师太？"

"我敢肯定，老先生就是！"陈炯断然说道。

任炳祺倒吸一口气，良久，道："师叔，若是此说，我这就禀报师父，我们上门……"

"千万不能，"陈炯摆手止住，"师太既然如此，是成心不想让人说破，我们这去说破了，就等于赶师太走，既不忠，也不孝！再说，师太成心归隐江湖，一旦离开此地，我们再想去寻，岂不更难了？眼下最好，他在明处，我们是在暗处！"

"好，炳祺听师叔的！"

"记住，此事体谁也不可讲，包括你家老头子！"

"炳祺晓得。"炳祺似又想起方才的话头，凝眉，"师叔，炳祺仍不明白，葛小姐也好，大小姐也好，他们仍旧是一个人呀！"

"呵呵呵，"陈炯乐了，"一个是大小姐，一个是葛小姐，怎么会是一个人呢？"说着起身下楼，"走，会会伍兄去！"

二人出来，请挺举进去叙话，挺举婉拒，站在街边将商团事体简要讲了，要陈炯尽快拿出一个组建与训练草案，商会最快会在下周议决。

陈炯做梦也没有想到商会竟然这么快就有回应，朝挺举连连拱手："筹建方案在下早已有数，三日后必定亲手交给伍兄！"

果然，在第三日傍黑时分，陈炯就将一份洋洋洒洒近万言的商团招募、训练方案起草出来，亲自交给挺举。二人赶到茂平谷行后堂客厅，对草案商讨到半夜，挺举根据商会情况略加润饰，形成一份切实可行的商团章程草案。

"呵呵呵，"陈炯掂掂方案，看着挺举笑道，"方案成了，伍兄也别忘记在下所求哟！"

"陈兄有何求？"挺举倒是怔了。

"赏口饱饭吃哟！"

"呵呵呵，这是自然。说真的，领兵打仗，还没有能比陈兄更合适的人选呢。"

"伍兄可知如何举荐在下？"

挺举这也想起杭州发生过的旧案，且他刺杀丁大人就发生在钱业公所，商会里无人不晓，如果推荐上去，真还……

"这……"挺举略作迟疑，"请问陈兄，如何推荐为妥？"

"在下更名但不改姓，就叫陈火吧。"

"呵呵呵，"挺举笑道，"好名字哩，没有火，就不会有炯。陈兄写个简历交给我，如果商团事体顺利，在下就向祝叔、鲁叔举荐陈兄！"

众业公所斜对面，苏州河边，是一家日本人开的高档宾馆。

宾馆顶楼有一套宽绰、奢华的客房，麦基面窗而坐，专心致志地瞭望远处的苏州河与黄浦江水景。水是浑浊的，江面汽船如梭，不时有汽笛传来，嘹亮而悠长。

玛格丽特坐在一张书桌后面，面前摆着一台打字机。

里查得站在麦基背后，手里拿着一厚摞材料，目光虽也跟随麦基，但对远处的漂亮水景显然并无兴趣。

"You've made a very good start, Richard.（里查得，你开出个好头了。）"麦基说道。

"Thank you, sir.（谢谢，先生。）"

"Now, listen to me,（现在，请听我说，）"麦基仍旧给他个背，两眼望着水面，"according to our plan, to go on with the game, three things need to be done. The first is...（按照计划，游戏再玩下去，就当去做三件事，其一……）"听到打字机响，摆手止住玛格丽特，"to have the Announcement of HSBC get published on all the local newspapers, the second is to have the Chinese get mad with the rubber shares, and the third is,"略略一顿，"to have Maosheng highly involved in the rubber shares.（将汇丰银行的公告刊登在各大报纸上；其二，让中国人为橡皮股票发狂；其三，让茂升深度卷入。）"

"Mr. Lu feels a little concerned according to Mr. Fu.（听傅讲，鲁有点儿紧张。）"

"I see, he has a hard Wu.（是哩，他背后有个难对付的伍。）"

"How to deal with Wu?（如何对付伍？）"

"Leave him to me.（留给我吧。）"

"Thank you,（多谢，）"里查得给麦基个笑，"the only problem at present is, how to erase Lu's concern?（眼下还有一个问题，如何消除鲁的疑虑？）"

"Get in touch with Lu's rival.（联系鲁的对手。）"

"Lu's rival？（鲁的对手？）"里查得一怔，"You mean, Mr. Peng?（你的意思是，彭先生？）"

"That's right.（正是。）"

"Great idea!（妙啊！）"

"Anything else?（还有事吗？）"

"Nothing else, sir.（没有了。）"

"Good luck to you.（祝你好运！）"

里查得扬手道声拜拜，匆匆开门出去。玛格丽特送到门口，看着他走远，锁上房门，返回打字机前坐下。

"Dear Miss Margret,（玛格丽特小姐，）"麦基转过身子，面对玛格丽特打个响指，"it's your turn now. Let's go on with our exciting stories about the God-given Rubber, the most magic material in the world!（现在该你了。来，让我们继续书写橡皮的动人故事吧，它可真是上帝赐予这个世界的最富魔力的物质啊！）"

"Mr. McKim,（麦基先生，）"玛格丽特忽闪几下大大的蓝眼睛，"Can I ask a question?（我可以问个问题吗？）"

"Of course you can.（当然可以。）"

"What shall we do if the Chinese have no belief in our stories and no interest in our rubber shares?（假使中国人不相信我们的故事，对我们的橡皮股票不感兴趣，该怎么办？）"

"Haha（呵呵），"麦基冲她竖下大拇指，笑了，"a very good question. If so, for you, the best choice is perhaps to get a gentleman, to marry him, to bear children with him, and to build a happy family. For me,"转过身去，指向远处的江水，"the most romantic way is to swim there, to dive deeply right under the yellow water.（很好的问题哟。假使如此，于你，最好的选择也许是寻到一个绅士，嫁给他，生儿育女，构建一个幸福家庭。至于我，最浪漫的方式是游到那儿，深深潜入那片黄水之下。）"

离开麦基，里查得赶到汇丰银行，拉上大班助理来到申报馆，约定于头版核心位置刊登汇丰银行公告，之后又马不停蹄地驰往茂升，将顺安约出，将橡皮股的"核心机密"略略剧透一些。让茂升"深度卷入"的现实一步，是让那余下的一万五千两银子贷款变为股票，再由茂升钱庄来承办中国人购股。

这些日子下来，里查得越来越叹服麦基的思路，中国人好奇，爱学，争不足而弃有余，服从但不信任洋人，让中国人来买橡皮股票，最好的办法就是让中国人自己来卖，而在让中国人来卖之前，又必须让中国人从内心深处相信这个神话，且让他们"眼见为实"。

翌日，上海《申报》在头版位置刊登一整版的汇丰银行公告。公告分中英文两块，中文一块里赫然写道，汇丰银行为华森橡皮作保，任何华森橡皮股票的持有者，皆可持股票前往汇丰银行柜台抵押相同数值的银行现钞。

当顺安将公告呈送鲁俊逸时，俊逸简直不敢相信自己的眼睛。真如汇丰所言，橡皮股票就不再是虚的，而是等同于庄票的实物！

鲁俊逸不敢怠慢，再次召集各大把头前来议事厅谋议。

"鲁叔，潘叔，诸位同仁，"顺安将华森拓殖公司折算的三千股华森股票摆在桌案上，又将《申报》公告摊开，声音富有磁性，"这些股票是我们钱庄用一万五千两银子换回来的，从今天开始，我们随时可以拿着它们到汇丰银行兑回一万五千两银子！"

众人面面相觑。

"诸位同仁，"顺安目光落在一直反对此事的大把头身上，"据密斯托里查得所讲，到目前为止，在这上海滩上，在全中国，华森橡皮股票只有三家拥有：一是众业公所，股票是他们印出来的；二是华森公司，股票是他们发行的；三是我们钱庄！"

"晓迪呀，"老潘不相信地望着他，"你是讲，连洋人们也没有？"

"潘叔呀，"顺安回他个笑，"你想想看，这股票还没发行呢，洋人哪能有哩？"

"那……啥辰光发行？"

"报纸上写着哩，"顺安拿过报纸，指着一处日期，"从这个月十五日开始，凡是想买华森股票的，就到众业公所和华森拓殖公司领取认购券，认领三日！十八日，持认购券到汇丰银行兑换股票！"

"啥叫认购券？"大把头显然没有听过这东西。

"顾名思义，"顺安指着这几个字，"就是认领购买股票的券呀。"

又压低声音，目光落在鲁俊逸身上，"鲁叔，听里查得讲，股票一般是发给洋人，供应较足，不用认购券。这次不同，也发给中国人，中国人多，有意购买的人自然也多，而股票总量是一定的，票少人多，或会产生拥挤，产生不公，产生欺诈。为防止这种现象的发生，华森公司先发认购券，只有拿到认购券的人，在开盘之际，才有资格购买股票！"

俊逸微微点头。显然，顺安不是瞎讲，众业公所的股票的确未曾发卖给中国人，此番售卖，难保不出现拥挤，洋人未雨绸缪亦非无稽之谈。

"晓迪，"俊逸看向他，"照这公告上讲，发行价是每股八两，你这讲讲，啥意思？"

"就是到十八日开市，每股卖八两银子，我们是原始股，五两。"顺安压低声音，"鲁叔呀，无论如何，前后不过熬几日，待十八日一到，三千股出手，就是九千两呀，介好的生意，天底下哪儿寻去？"又拿出另外一万五千两的贷款凭据，摆于几案，"依晓迪之见，时不我待，趁机会尚在，将这一万五千两也折作股票！"

"可这……上次没折算，今朝却去折算，叫里查得哪能个想哩？"

"鲁叔呀，这事体不关里查得，是麦总董看上咱家钱庄了，再说，鲁叔还是洋行首席江摆渡哩，这点面子，里查得哪能不给哩？"

"诸位，"俊逸吸口长气，看向众人，"晓迪提议将这一万五千两再折作股票，你们有何异议？"

众把头互望一阵，无不看向老潘。

"晓迪的话，我信，"老潘先给顺安一个肯定，接着话锋一转，"洋人的话，我不全信，尤其是这个麦基。上次庄票的事体，就是麦基他们干的，早晚想起来，我这身上就出鸡皮疙瘩。"

老潘的话，无疑代表了其他把头。见是师父否定，顺安不好再讲，嘴巴吧咂几下，无奈地看向挺举。

挺举正将一张股票拿在手里，仔细读着上面的文字。

"挺举呀，"俊逸看过来，笑笑，"你看到什么了？"

"是洋文，看不懂哩。"挺举回他个笑。

"嘿，洋人也真是糊涂，"俊逸苦笑一声，"既然要卖给咱中国人，就该写上中文，总得让人看明白才是！"转对顺安，"晓迪呀，你潘叔过的桥比你走的路多，就听你潘叔的吧。不过，这事体也得留个后手，你先告诉里查得，让他把股票给咱留着！"

"这……"顺安现出难色。

"你寻个托词，把事体推在鲁叔身上，就讲鲁叔有半月没在钱庄了，这事体要待鲁叔回来才能决定！"

"欧凯。"


南京路华森拓殖公司的大门外面，围着数百看热闹的中国人。

左右两侧各放一张桌子，有人在免费发放认购券。大门敞开，但门口竖枪般站着四个印度阿三，在四个阿三中间，是一张巨大的告示板，上面写道："凡认购五百股以上者，可进拓殖公司一观！"

一个负责外场的中年汉子站在公司气派的大理石台阶上大声吆喝，招揽路人："女士们，先生们，领券不收钱，领五百股者，可进此门，一睹橡皮风采。在下看过了，当真是世界瑰宝，让人眼花缭乱啊！"

按照开市每股八两折算，购买五百股就需要四千两，绝不是一笔小数，是以围观的华人越聚越多，却没有一人敢领此数，进大门一睹风采。

一个有钱人实在忍不住好奇，牙关一咬，走到前面："奶奶的，豁出去了，不就是四千两银子嘛，我就领他五百股，能有什么大不了的？"

公司职员询问过他，为他登记造册，将五张一百股的认购券双手递到他手里。一个印度阿三走过来，迎入大门。

所有观众无不伸长脖子，候他出来。

时光于此时突然间长得烦人。感觉过有不晓得多少辰光，那人才从大门里走出，一脸的满意与惊诧。

众人纷纷围上，七嘴八舌：

"喂，这位哥们，看到啥宝贝了？"

"快讲讲看，橡皮都是啥样子？"

"橡皮好吃不？"

……

"啧啧啧，"那人连声惊叹，"真他娘的开眼界哩，我这讲给你们听呀……"

几个有钱人没再听他多讲，直接走向桌边。

十七日晚，日租界一家艺伎馆里，里查得与章虎盘腿坐在榻榻米上，几个日本艺伎或斟茶，或操琴瑟琵琶，或唱，或舞，欢声笑语不绝。

一曲终了，里查得摆手，几个艺伎退出。

里查得将一张八百两的庄票摆在几上，又拿出一张一百股的华森橡皮股票摆在旁边。

章虎不动声色地看着里查得。

"章先生，"里查得盯住章虎，"这是预付酬金，两样东西等值，由你任选。无论你选什么，在事情办妥之后，我都将另外支付同等数额。"

章虎的手毫不迟疑地伸向股票。

"章先生，"待他拿起，里查得微微一笑，"讲讲看，你为什么选择股票？"

"章某是个赌徒！"章虎回他一笑。

"好，"里查得竖起拇指，"我喜欢赌徒！"

"请问洋先生，"章虎将股票纳入袋中，"你要章某做些什么？"

"玩几日游戏！"

"呵呵呵，"章虎看向里查得，"章某此生最爱玩的就是游戏，洋先生，请讲，这游戏是哪能个玩法？"

"从今朝开始，你须听我安排！"里查得讲完，推过一只箱子，"我们的首批股票将由汇丰银行承办，认购券已经发放不少，这里是三万股，你全拿去，安排你的徒众前往汇丰银行兑买股票。"

"就做这事体？"章虎大是惊讶。

"呵呵呵，明朝就是这事体！"里查得笑应一句，"章先生，明日早晨，汇丰银行热闹不热闹，就看章先生的演出了！"

"洋先生，你想哪能个热闹法儿？"

"随你怎么热闹都成，只要不是杀人、放火、抢劫、偷窃，公然违犯大英租界法律！"

"呵呵呵，"章虎将箱子划拉过来，踏在脚下，"洋先生放心，我们都是大清朝的守法良民！请洋先生传话给汇丰银行，让他们将大门换个结实点儿的，甭让我那八十个弟子挤爆才是！"

"八十弟子！"里查得先是一怔，继而合不拢口了，冲他竖拇指大赞，"太好了，不愧是傅先生的朋友！"

"洋先生，"章虎将里查得给他的一百股橡皮股票拿出来，掂了几掂，"我出八十人，要为你忙活几日，只有这些纸头，怕是……"

"我明白，"里查得笑笑，指下他的箱子，"你可以炒卖这箱纸头！"

"哪能个卖法？"章虎怔了。

里查得招手，章虎凑过来，听他耳语有顷，乐得合不拢口，连道："欧凯欧凯！"

次日凌晨的外滩，汇丰银行大门还未打开，章虎一伙就拿着认购券在附近的街道上蹿来跑去，呼七唤八，闹得沸沸扬扬。部分拿到认购券的陆续赶来，但并没有几个是真心拿银子来换股票的，多为瞧个热闹。

太阳出来时，汇丰银行大门前面已集聚起一百多号人，有人呼叫排队，有人开始插队，几个印度阿三在现场维持秩序。章虎的人纷纷赶过来，开始挤队，场面变得闹哄、纷乱。领到认购券的人越来越多，现场黑压压的。

场地一角靠墙处摆着两张桌子，华森公司几个职员仍在发放认购券。闻讯赶到的人越来越多，经过多日报刊的张扬，上海人大都晓得橡皮股了，又逢首日开市，轧闹猛的人纷至沓来，商会里也有不少商人前来观望。街道开始拥堵，有人因挤队打起架来，秩序愈加混乱。部分观望者触景生情，反而害怕错失机会，也去华森职员那儿领取认购券，挤去排队。

要领认购券的人多起来，有人呼叫排队。

一个在附近大街上睡觉的老乞丐被人们吵醒，晕头晕脑地跑来看热闹。

章虎瞄见，恶作剧的念头油然升起，便走到老乞丐跟前："讨饭的，辰光介早哩，你这就来讨生活了？"

老乞丐望着黑压压的人群："他们这是做啥哩？"

"抢认购券哩，"章虎指着前面的桌子，"快去领吧，再晚就没了。"

"认购券是啥物事？"老乞丐一脸懵懂。

"好物事哩，好换馒头，快过去排队！"

"嘿，能换馒头，这倒是好哩！"老乞丐赶忙过去排队。

好不容易轮到老乞丐了，发券者瞄他一眼，皱起眉头："去去去，你个讨饭的，要这个好做啥？"

"换馒头呀！"老乞丐挠挠头皮，大是不解，扭头见章虎跟过来，急道，"他们不给！"

章虎凑到发券者跟前，悄声："人不可貌相，甭小瞧这个老头，看似乞丐，实则是个大富翁哩！"

"晓得了。"发券者瞄他一眼，递给老乞丐一张百股认购券。

老乞丐拿到认购券，转问章虎："馒头在哪儿换？"

"拿这个纸头到那个大门里领！"章虎指着排向银行大门的队伍，悄声，"往前面挤，排在后面，怕就轮不上你哩。"

看到人山人海，老乞丐二话没说，迈开老腿直向大门挤去。

远远望去，汇丰银行大门外，众头攒动，人声鼎沸。太阳一竹竿高时，银行大门开启，队形早被冲乱，人群拥入，章虎一伙更是发挥超常，怒骂撕扯，引发一个个冲突，有几个更在营业厅里互相撕打，使场面愈加混乱。

一队持枪巡捕在王探长的引领下急赶过来，吹着哨子，冲进营业大厅，将所有人员赶出银行大门。接着，吱呀一声，银行大门紧紧关闭。

众人正自错愕，银行里有人走出偏门，朝大门贴公告，是中文的。

众人纷纷挤过来阅读公告，有人大声朗读："鉴于华森橡皮股票融资、缴款过于踊跃，本银行暂停营业一日。橡皮股票何时可以兑换，敬候通告。"

又是中饭辰光，老乞丐拿着一只黑碗，走在一条偏僻的街巷里，挨门讨要吃的。

两个人指指画画地追寻过来，其中一个盯他一会儿，兴奋地对另一人道："兄弟，看样子就是这个老家伙了！"

另一人点下头，冲老乞丐叫道："喂，老要饭的！"

老乞丐怔了下，盯过来。

"前天早晨在外滩，听说你领过一张纸头，那张纸头哩？"

老乞丐果然在怀里掏摸一阵儿，摸出一张认购券。

"老人家，"另一个年岁略大些，朝背后扫一眼，见阿黄与一个记者模样的走来，紧忙改过语气，"这张纸头反正你也派不上用场，送给我，好不？"

老乞丐摇头。

"哎呀，老人家，你这讲讲，你要这张纸头好做啥？"

老乞丐将认购券小心翼翼地藏回怀里："换馒头吃！"

"这倒是哩！"年岁大的朝同来的小伙子努下嘴，"还不快去买些馒头来。"

小伙子转身，不一会儿，拿着一包五只大白馒头飞跑过来。

"老人家，"年岁大的将馒头在他眼前晃晃，笑容可掬，"五只大白馒头换你一张纸头，成不？"

老乞丐两眼发直，连连点头，从怀里掏出纸头。

年岁大的将馒头递过去，从老乞丐手中拿走认购券。老乞丐显然害怕对方反悔，急不可待地将五只馒头各啃一口，紧紧抱在怀里。

跟在阿黄身边的那人看个真切，按动快门。


翌日上午，顺安拿着几张报纸匆匆走进鲁俊逸的经理室，不无兴奋道："鲁叔，你看！"

"我已经看过了。"俊逸扫一眼，将报纸放到一侧，从案头一沓子报纸里取出一张，"正要寻你哩。"

"鲁叔呀，"顺安不无遗憾，"昨天在汇丰，我是从头看到尾，嘿，那个阵势，简直就像是开庙会，刚开始，汇丰还有红头阿三维持队伍，到后来，阿三一个也不见了，不晓得被挤到哪儿去了，若不是王探长带着人马来，不定银行的大门就被挤爆了呢！"

"唉，"俊逸长叹一声，"看来你是对的，鲁叔失算了。"指向报纸上刊出的华森公司公告，"你听听，'为满足所有领取认购券者的投资心愿，经华森公司董事会议决，认购不足百股者，可持现款直接前往众业公所，实购30%，认购百股以上者，实购20%，凡是没有领取认购券者，不得购股。购股地址由汇丰银行改为众业公所，购股日期由众业公所另行公告。'"扔下报纸，苦笑一声，轻轻摇头，"真正没想到哩！"

"是哩，华森这个公告出来，听说市面疯了，反过来争抢认购券。鲁叔请看，"顺安将另外一张报纸拿出来，指着上面一个乞丐老头，"免费发放时没人愿领，乞丐都能领，这辰光，听说黑市上一张百股认购券得花五两银子去买，看这行情，再过几日，怕是五两也打不住哩！"

俊逸看向报纸上那张照片，见一个老乞丐抱着五只大馒头，另一人手中扬着一张百股认购券，标题赫然是"五两银子换五只馒头，老乞丐乐得合不拢口"。

俊逸却乐不出来，两手紧紧按在额角上，表情痛楚。

"鲁叔？"顺安急了。

"许是伤风了，头有点儿痛。"俊逸给他个苦笑。

"要紧不？要不，小侄这陪鲁叔看看大夫？"

"不打紧哩。"俊逸松开额头，笑笑，"晓迪呀，麻烦你去趟华森，见见里查得，将那一万五千两也折算股票！"

"鲁叔呀，我要的就是您这句话哩！"说罢，顺安转个身，飞跑出去。

半个时辰后，顺安回到钱庄。

见他脸上沮丧，俊逸心里一沉："没见到他？"

"见到了。"顺安嗫嚅道，"可里查得说，这辰光不行了，他做不了主！"

"咦？"俊逸急了，"你没讲我在忙商会的事体？"

"讲了，"顺安苦笑一声，"晓迪能讲的全都讲了，可你晓得，洋人就是洋人，不听解释。鲁叔呀，晓迪还有一个不好的消息。"

"哦？"

"听里查得讲，华森橡皮过几日正式在众业公所开盘，由于想买股票的人实在太多，华森公司与众业公所将开盘价由原来的八两上调到十两。唉，鲁叔呀，三千股，整整一万五千两银子，眨眼工夫，这就没了！"

俊逸再次吸口冷气，一手按住一边额角，有顷，抬头："这事体完全办不成了吗？"

"不晓得哩，"顺安应道，"里查得只是说，他做不了主，看样子，要想办成，得寻麦基！"眼珠子一转，"对了，让挺举阿哥求求麦小姐，由麦小姐出面，保准能成！"

听他提到麦小姐，俊逸脸色一沉，摆手："算了吧，不就是少赚一万五千两银子吗，舍这个脸做啥？"略顿，"对了，晓迪呀，从今朝开始，啥事体你也不要做了，盯住橡皮股票！"

"好咧！"

开盘之日，众业公所内人头攒动，两个窗口上分别写着华森橡皮，其中一窗是洋人，另一窗是华人。洋人队伍较短，有二十多人，秩序井然，华人队伍却排很长，一直排到外面大街上。无论是洋人还是华人，每人都拿着认购券。

手续办理很慢，每一个人都要折腾至少几分钟甚至超过一刻钟辰光，这无疑使排在后面的更是焦急。

顺安远远靠在大门外面的梧桐树上，时不时地瞥一眼购票长队，目光落在杂在队中的阿黄身上。顺安晓得他已买过三轮了，这是第四轮，便会意地朝他笑笑。阿黄朝他扬下手中的认购券，打出一个响指。

许多上海人聚在大门两侧看热闹，其中一个是庆泽。

自到上海之后，庆泽就跟老潘学做钱庄生意，养尊处优惯了，其他生意既看不上，也做不来。倒卖私货的事情发生之后，上海钱业容不下他了。老家宁波他无脸回去，就改名换姓前往苏州闯荡。然而，在他这把年纪，学徒人家不收，而要应聘把头，他就必须报上师父名号，而已被老潘除名的他，不敢造次，在那儿闲逛月余，不无失落地回到上海。

时光一天一天过去，庆泽晓得坐吃山空，但干着急寻不到活路。

就在此时，上海滩上出现了橡皮股票。

可以说，这只股票开始宣传时，庆泽根本就不看好。尤其是得知华森拓殖就是原来的麦基洋行时，庆泽愈加小心。他晓得麦基，晓得里查得，更晓得他们的生意并没有想象中的好，因而，在华森公司免费发放认购券时，他就在人群里站着，没有上前领取。

然而，事实并未如他所料，股票尚未开盘，股价就一路走高，连一张乞丐都可领取的认购券竟在黑市上疯卖到十两银子，真让庆泽始料不及。直到这日开盘，亲眼见到排队盛况，庆泽方才后悔莫及，走到大门口，对维持秩序的印度阿三讲几句英语，说他进去寻人。阿三见他能讲英语，摆手放行。庆泽阔步进厅，目光巡视一周，落在旁边股价标牌上。

标牌上赫然写的是："华森股票，票值每股十先令，开盘价每股十两规银，凭认购券购买，认购券每百股许购十股！所有认购券，三日内有效，过时作废！"

"乖乖，"庆泽暗暗打个算盘，吧唧几下舌头，"十先令是五两，一开盘就是十两！"眼珠子又转几转，"只是，如果这些股票在手中，没人来买岂不是白搭进去了？无论如何，银子是银子，股票是股票！"

庆泽在厅中晃悠一圈，走出来，正在寻思应对，远远望见顺安站在梧桐树下东张西望，眼睛一亮，疾步过去，想向他打听个实情。就在此时，两辆黄包车停下，俊逸、老潘跳下车子。顺安显然是在巴望二人，迎上去边打招呼边将车夫的钱一并付了。庆泽没脸去见他俩，紧忙拉下帽檐，隐没在人堆里。

顺安引俊逸二人进厅观看一会儿，复走出来，重新叫过三辆黄包车，直投南京路，在麦基洋行楼前停下。

望着焕然一新的华森拓殖大门，俊逸、老潘皆是感叹。顺安走向门口，与印度阿三说了几句话，阿三进去通报，不一会儿，里查得匆匆下楼，迎接俊逸进门。

在公司大厅，里查得引导俊逸、老潘参观展厅，逐一解释这些橡胶产品的性能与功用，让他们一一抚摸。

耳闻目睹加手触，二人嗟叹不已。

"鲁叔，师父，"顺安凑上来，不无自豪道，"晓迪没有虚说吧！"

"唉，我来迟了！"俊逸长叹一声，转对里查得，"我想求见麦总董，敬请引见！"

"非常遗憾，"里查得摊开双手，"麦总董今朝不在，一大早就去花旗、麦加利两家银行洽谈业务去了。"

"这……"俊逸看一眼老潘，老潘看向顺安。

"密斯托里查得，"顺安给出个笑，"鲁叔、潘叔此来，是想谈一下折算……"

"我晓得了，"里查得打断他，转对俊逸，"鲁先生，昨日，麦总董夜半给我电话，说是华森公司董事局刚刚开完董事会，鉴于此前与茂升钱庄的友好合作关系，董事会同意将余款一万五千两折算成股票，但每股不能是五两了。"

"是多少？"老潘急了，"不会是……十两吧？"

"也不是十两，是八两。八两是开会前的盘价，十两是开会后的盘价。麦总董是在开会前提出这事体的，后来涨价时，其他总董对此提出异议，是麦总董坚持，才最后定下了。"

俊逸、老潘相视一眼，各自嘘出一口气。

"谢谢您，谢谢麦总董！"顺安拱手谢过，压低声音，"请问密斯托，花旗、麦加利两大银行请麦总董去，又有大事体了？"

"呵呵呵，是哩，"里查得亦压低声音，"不瞒诸位，麦总董是与他们商谈股票抵押诸事。华森股票业务眼下全由汇丰承办，单是佣金就是一笔可观收入，两家银行有意分享。一则业务太多，汇丰银行忙不过来，二则麦总董不希望汇丰一家独享。无论如何，就生意而言，竞争总是好事体，对不？"

"真是好事体，"俊逸呵呵笑几声，接过话，"请问密斯托，华商购股也是汇丰承办吗？"

"眼下暂时由他们承办，但股票销售火爆，另外，我们新近又买了一个更大的橡胶园，不久之后，可能发放新的股票，汇丰银行一家肯定承接不了。麦总董早已定下，银行只承接洋人股票，华股仍由中国钱庄承接。"

"太好了！"鲁俊逸喜道，"今朝我与潘协理来，就是商议这桩事体。前番听晓迪讲，麦总董已将华股承办权授予我们茂升钱庄，何时可以签约？"

"非常遗憾，"里查得耸几下肩，"麦总董确实讲过此话，只是，我们一直未能等到鲁先生的回话，以为茂升钱庄不愿承接，就找善义源了，听总董讲，已经谈妥，就这几日签约。"

"这这这，"俊逸震惊，拱手致歉，"实在对不起，前些辰光在下只顾忙于商会事体，就将此事交给晓迪了！"说着转向顺安，声音严厉，"晓迪，你是哪能讲哩？"话音落处，向他使个眼色。

顺安会意，一拍脑袋，朝里查得不无懊悔道："哎哟哟，瞧我这记性，鲁叔的确讲过要我给麦总董一个回话的，说是愿意承办，可我……"夸张地捶打几下自己，转对里查得，连连拱手，"密斯托里查得，一切都是晓迪的错，请您务必转告麦大人，要不然，我这……呜……"眼泪立时涌出，抽咽几声，拿袖子抹去。

顺安是演戏的出身，表演功夫几乎是天生的。里查得真的让他蒙住了，冲他连连摇头："No crying！（不要哭！）"又转对俊逸，"我向麦总董再提申请，明日给你答复，OK？"

三人谢过，忐忑不安地走出洋行。

送走几人，里查得反身踏上三楼，敲开总董室，对麦基道："It's OK. They are gone!（一切顺利，他们走了。）"

麦基挪动椅子，探身窗前，隔玻璃望着鲁俊逸三人正沿南京路晃晃悠悠，渐去渐远，冲里查得打个响指："Now, go to Mr.Peng.（你可去见彭先生了。）"

从华森回来，鲁俊逸立马将所有把头召到一起，商议承办华股事宜。

"唉，"俊逸长叹一声，"这次橡皮股票，"看向顺安，"我对晓迪的建议未予重视，现在看来，是赶不上趟了。"

"老爷，不能怪你，"老潘苦笑一声，揽下责任，"一切都怪我，是我赶不上趟，晓迪苦苦劝我，都让我压住了。"又转向众人，"不瞒诸位，今朝我与晓迪跟从老爷到众业公所和华森拓殖公司走了一趟，大开眼界。原来以为报纸上是瞎吹，现在看来，真还讲不清爽哩，没准这未来世界，真就是个橡皮世界！你们有空，也可以分头过去看看，开开眼界。上海滩哪，真就是一日三变，我们都得放开眼光哪！"

见俊逸与老潘都这么讲，众把头谁也不再多话，纷纷看向顺安，觉得他是这个钱庄里眼界最开阔的人了。

"鲁叔，师父，"顺安不失时机地站起来，"要说责任，是我最大。这事体鲁叔早就交给我了，从麦基洋行到华森拓殖，都是我一人在跑，对这次橡皮股票，我一开始就清爽，就晓得是个大机会，可是，我没能将这些向鲁叔和师父表述清爽，也未能坚持己见，未能坚决要求将一万五千两贷款转化成股票，致使钱庄在短短几日里损失九千两，这个责任，我负！"

顺安这几句，表面是揽责，实则是表功，但此时他光环在身，没谁来计较这个，纷纷出言夸他。

热闹一阵，俊逸摆手止住，郑重宣布："我决定，只要华森拓殖公司正式授权，我们就倾尽全力，承办华股。"又转向老潘，"老潘，还有多少库银？"

老潘看向库房把头。

"回禀老爷，连压库储备算进来，约三十五万两。"

"除去压库储备，"俊逸眉头微皱，"若是承办，这点儿钱就不够了。"对老潘，"你再清算一下，把所有资金都算上，看看可以动用的究底有多少。我这就寻老爷子去。"

广肇会馆内，刚从牢狱之灾解脱出来的彭伟伦动作缓慢地温水煮茶。他的对面坐着马克刘，时不时地端起茶盏品啜一口。

"唉，"彭伟伦放下温壶，长叹一声，看向马克刘，"时事变迁，风云难料，我给查老头子来了个大闹天宫，查老头子还我一个五指压顶，在下本想在那五指山下守满五百年，岂料又让他祝合义保释出来，人生真他妈的如戏啊！"

"彭哥，"马克刘恨道，"这笔账非算不可，这口气非出不可，老弟这都一一记着哩！"

彭伟伦没有理睬他，顾自怅然："这个祝合义不仅保在下出来，又让在下出任商会的列席议董和列席总董，虽说没有表决权，却也算是抬举彭某了。"

"哼，他这是猫哭耗子，假慈悲！"

"真也好，假也好，彭某都得领他这个情。听说为保在下出来，祝合义几番出入道台府不说，又躬身南京求告两江总督！能够打出这一拳，此人好功夫嗬！"

"彭哥，"马克刘气恨难平，"就算姓祝的能有这点儿人味，那个老东西也太霸道了！彭哥呀，你有所不知，那日查老头子突然召开议董会，突然发难，那叫个气势汹汹啊！他算什么东西，连个议董也不是，竟然到商会里指手画脚，颐指气使！我都给他记着哩，彭哥，你出来了，老弟也就无所顾忌了，这就给他个 color see see（颜色看看）。"

"你这个 color，早晚要让他们 see see，只是眼下不可。"

"彭哥？"马克刘怔了，"我们……就这样忍气吞声？"

"唉，"彭伟伦长叹一声，"不忍能有什么办法呢？韬光养晦，君子之道啊。"

"Why?（为什么？）"

彭伟伦拿出一信摆在桌上："老弟看看，这信是打河南安阳来的。袁大人下野还乡，穆先生陪大人这在河南安阳的洹上村头垂钓呢。袁大人尚且如此，你我又能如何？"

"这……"马克刘倒吸一口气，"要是袁大人一直钓鱼，我们岂不永无出头之日了？"

"坐以观变吧。朝堂历来为翻云覆雨之地，只要袁大人不死，一切就都难说。"

马克刘正待接话，广肇会馆的襄理由外面匆匆走进，小声禀报："老爷，钱庄沈协理求见！"

"叫他进来。"

"老爷，"善义源协理进来，哈腰禀报，"麦基洋行的里查得先生今朝到访，说是华森橡皮股票正式在众业公所上市，麦基先生有意让善义源承办部分业务。由于麦基洋行先行不义，小的没有允准，但给了他个活口，特来请示老爷定夺。"

"麦基？华森橡皮？"彭伟伦转对马克刘，"老弟，你哪能看待这事体哩？"

马克刘想也没想，当即回道："可做。"

"哦？"彭伟伦身体前倾，目光征询。

"美国到处都建汽车厂，橡胶涨价，伦敦股市橡皮股票疯涨，麦基刚好赶到这个点儿上，真还把生意做大了。不瞒彭哥，连我们洋行也搅和进去。就这几日，洋行总董与麦基频频约见，几乎天天都在一起喝咖啡呢。"

"老沈，"彭伟伦凝思一会儿，转对协理，"为何只有部分业务？"

"另外部分给了老客户茂升钱庄。"

"哦？"彭伟伦长吸一口气，劲头上来了，"应允里查得！"待沈协理离开，转对马克刘苦笑一声，"嘿，真就叫不是冤家不聚头，这又与那姓鲁的碰上了！"

"彭哥，"马克刘恨道，"这次咱们摽个劲儿，整死他！什么狗屁东西，连个议董也不是，更没经过补选程序，就凭老家伙一句话，他竟就堂而皇之地把彭哥的缺给霸去了！"

"哈哈哈哈，"彭伟伦长笑几声，"老弟总是快言快语啊！对了，"看向马克刘，"听你前面提到商会要搞什么商团，讲讲看，什么意思？"

"是祝合义讲的，说是商会打算模仿租界里的万国商团，搞一个武装组织，由各家商帮行会出人出钱，忙时做生意，闲暇训练，说是可以加强商帮行会之间的相互了解，万一出个啥事体……"

彭伟伦微闭双目，陷入沉思。

"彭哥，"马克刘话锋陡转，"我打探过了，这主意不是祝合义的，是姓鲁的提议的。"

"呵呵呵呵，"彭伟伦睁开眼睛，豁然洞明，"姓鲁的提不出这个议，能够提出的只有一个人！"

"伍挺举？"马克刘脱口而出。

"是哩。"彭伟伦微微点头，"刘老弟，对这个事体，你是哪能个看法？"

"彭哥，"马克刘恨恨说道，"无论是何人提议，我们都不能跟着跑。四明掌握了钱把子，这又鼓捣枪把子，却让我们出钱出力，想得美哩！"

"老弟呀，"彭伟伦轻轻摇头，轻叹一声，"如果是挺举提议，他就比我们看得远哪。万国商团你是晓得的，自成立到现在，没见他们放过一枪，可老弟想想，哪个中国人不怕这个商团？为啥怕它？它的旗下有几百号子人，有几百杆子枪。没有这个商团在眼前晃来晃去，洋人的腰杆子就不会挺得那么直啊！"

"彭哥，他们靠的是兵舰！"

"呵呵呵，"彭伟伦笑了，"他们是有兵舰，可兵舰在全世界的大洋里到处游荡，没有一艘停靠在这黄浦江上，莫说是中国老百姓看不见，即使洋人想看一眼也是难啊！"

"彭哥是说，我们赞成？"马克刘小声问道。

"如果真能搞出这么个好东西，我们为什么要反对呢？再说，商会不是四明一家的，它属于上海各家商帮，风水轮流转，这钱把子、枪把子今朝握在他们手里，明朝呢？只要那个章程还在，商会里的那把大椅子就不会只由同一个人坐，是不？"

商会总理室的三人沙发上，并排坐着俊逸和挺举。

"挺举呀，"祝合义将商团组建方案拿在手里，看向挺举，"你这个方案我都看过了，也送呈老爷子审过，老爷子赞不绝口哩。"

"谢老爷子和祝叔抬爱！"

"其他没啥问题，只是……五千个人，五千条枪，这个阵势有点儿大，怕是通不过，我与你鲁叔商量过了，也征得老爷子同意，先从二千人开始，然后慢慢扩大，你意下如何？"

"听祝叔的。"挺举点头，"其实，五千人是个总体目标，刚开始，有一千人即可。"

"那就先从一千人、一千条枪开始，人越少越不扎眼，官府那儿也越好讲话，人多枪多，官府或会生二心哪！"

"是哩。"

"再有，我们都是经商的，这舞枪弄棒的，不懂行哪能成哩？"合义皱起眉头。

"是哩，我也在琢磨此事。"俊逸附和。

"这个我想过了，"挺举笑道，"自古迄今，兵在将，将在旗号。只要我们撑起大旗，有人有枪有钱，招个统兵教头就可以了！"

"是呀，"合义回他个笑，"我们缺的就是这个统兵教头。此人必须知兵，必须忠勇双全，必须人品端正，否则，后果就不堪设想哪！"

"祝叔，鲁叔，"挺举觉得辰光到了，拱手道，"若是此说，小侄倒是认识一人，或适合此任。"

"是何来路？"俊逸问道。

"此人姓陈名火，吴县人，书香世家，自幼却欢喜枪棒，几年前东赴日本，在日本一所陆军学校就读，接受东洋正规军事训练。此人胸怀大志，人品也还不错，是个帅才。"挺举简要讲过，掏出一份简历，"不瞒祝叔、鲁叔，这个方案就是此人提议并草拟的，在下不过是击鼓传花而已！"

合义看俊逸一眼，转向挺举："你是哪能结识他的？"

挺举将他赴杭州大比结识陈炯的过程讲了个大要，道："那夜我与陈兄都喝高了，谈起家国天下，列邦欺凌，尽皆感愤，交为知己，同路来沪。到沪之后，我投鲁叔，陈兄则东赴日本，决心修习日本军事，以武救国。不久前，陈兄学成归来，有同学劝他去天津投袁，他看不上袁，加之根基皆在南方，就回沪了。"

"如此甚好，"合义放下心来，"既是你的朋友，就用他做总教头。教练人手若是不够，我再到万国商团，请中华体操队派几个过来。"转对俊逸，"你安排一下，通知所有议董，明日晚七时开议董大会，就此事体进行表决！"

"好。"俊逸应过，略顿，看向合义，"还有桩事体，我吃不太准，这想听听你的意思。"

"啥事体？"

"华森橡皮股票，"俊逸说道，"这事体是麦基搞起来的，眼下闹成个景了。近些日子，听晓迪讲，麦基有意让我承办华股，我是麦基的首席江摆渡，前面合作虽有摩擦，也还过得去，如果不做，就怕磨不开面子，如果做，心里却又打鼓。"

"呵呵呵，"合义笑道，"洋人的事体，你比我强，不瞒你讲，商会里也都在议论此事，都要我拿主意，我还打算问你哩！"

"呵呵呵，你高抬我了。"

"俊逸呀，"合义敛住笑，长叹一声，"这事体我也不是没想过。不知怎的，一提到股票，我总会联想起二十多年前的阜康之灾！"转对挺举，"挺举呀，你思路清，对这事体是哪能个想哩？"

"祝叔，"挺举拱手，"我查询过了，洋人喜欢抱团，做生意多是靠发行股票起家，用股票将生意与东家分开。这有个好处，就是能把生意做大，比咱这里的单打独斗强。我没搞明白的是这橡皮，到目前为止，我所看到的，都还是华森公司的一面之词，生意也是他们独一份。"

"是哩。"合义吸口长气，转对俊逸，"挺举所言在理，你既要承办，就是大事体，不可不慎重哪！"

"晓得了。"


议董会对商团议案的表决进行得意外顺利。沪上甬、粤两大商帮皆无异议，其他商帮也都见风使舵，几乎是一面倒地投下赞成票。

"诸位议董，"在众议董具名画押后，祝合义将正式定案放到案上，淡淡说道，"这个方案，包括商团组织的相关章程，于今晚全票通过，明朝就由商会出面，向道台、租界递交商团设立申请书。如获批准，商会将依此方案并章程筹建商团，届时，还望诸位动员各个商家出人出钱，积极训练。"

离开会馆，俊逸叫住挺举，跳上马车，郑重问道："商团事体告一段落，我们叔侄得把心思移到钱庄里来。眼下钱庄最大的事体是橡皮股票，鲁叔实意问你，对这玩意儿，你究底哪能个看法？"

"鲁叔呀，"挺举笑笑，"昨日祝叔问起这事体，我全都讲了。就我所知，西人做生意，本钱多靠发股票，这个没问题，眼下我吃不准的是这橡皮，过去没见过哩。"

"呵呵呵，"俊逸也笑了，"没见过不怕，我初到上海滩，跟你和晓迪一样，啥都新鲜，啥都没见过，后来却用它们赚下不少铜钿哩。"敛住笑，"要照这说，股票可做，鲁叔打算豁出去，赌它一票！"

"鲁叔不是已经赌上了吗？"挺举又笑了，"三万两银子，全买股票了。"

"是全力承办华股！"俊逸转头吩咐车夫，"查老爷子府宅！"

听闻挺举也来了，查敬轩分外高兴，亲自迎出，扔下俊逸不顾，只一把拉住挺举的手，携手径至客厅，将他按坐在自己对面，凝视他良久，重重点头："伍挺举，挺而后举！我四明后继无虞矣！"

挺举起身，拱手："前辈偏爱，晚辈愧不敢当！"

"俊逸呀，"查敬轩转对俊逸，"来上海这些年，你也算做下不少事体。可无论你做下多少事体，查叔的眼都没热过。唯得挺举，查叔是暗生妒心哪！讲讲看，你是哪能发掘出挺举这个大才的？"

"呵呵呵，"俊逸咧嘴笑笑，"不瞒查叔，讲起这事体，俊逸是得益于您老了！"

"哦？"查敬轩倾身向前。

"自来上海滩后，俊逸一直以查叔为楷模。跟来学去，俊逸自叹弗如。俊逸暗叹，唉，看来，此生此世，查叔的生意经是难学到了。后来琢磨多了，俊逸终于悟出一个道道。"

"什么道道？"

"人哪！"俊逸看向坐在他身边的查锦莱，笑道，"查叔您是人精，又得锦莱兄这个人杰，如虎添翼。我呢，是猪八戒背个破箱笼，要人没人，要货没货，哪能攀比查叔您哩。唉，俊逸是越想越气馁，夜夜求告观世音菩萨。菩萨果然显灵，给我送来了挺举。呵呵呵，没想到竟然震到查叔您了！"

几人皆笑起来，挺举脸红，把头低下。

"呵呵呵，"查敬轩乐得合不拢口，指俊逸道，"你这嘴巴越来越润滑了！"

"查叔呀，"俊逸敛起笑，拱手道，"俊逸此来，是想再让查叔帮个忙。"

"你讲。"

"此地没外人，俊逸就向查叔托底了，"俊逸略略一顿，一脸真诚，"橡皮股票越闹越大，牵涉俊逸的钱庄了。橡皮股票是麦基洋行搞起来的，麦基与茂升是老交情，前不久，麦基又把俊逸聘为首席江摆渡，这几日，股票发行，麦基提出让俊逸承办华股，俊逸磨不过这个面子，只能承接，可承办华股，没实力吃不下来，俊逸回来盘算一下库存，自觉底气不足，思来想去，别无他途，只能来求查叔！"

"说吧，你要多少？"

"二十万两。"

"呵呵呵，"查敬轩连笑几声，"我还以为是二百万两呢！"转对查锦莱，"莱儿，给俊逸二十万两，再为俊逸储备三十万两，以防不测！"

"俊逸，"查锦莱笑笑，"待会儿我就打个电话，你安排人随时可到钱庄办理票汇！"

"查叔，锦莱兄……"俊逸朝二人连连拱手，甚是感动。

"俊逸呀，还有啥事体是查叔能够为你做的？"

"没了。"俊逸起身，"谢查叔！谢锦莱兄！"

送走俊逸二人，锦莱急切地看向查敬轩。

"莱儿，"查敬轩一字一顿，"马上安排人手，盯住橡皮股票，适时参与！"

"好哩。"


桌面上摆着一摞一摞的报纸，陈炯聚精会神地伏在案上，一张一张地翻看，边看边圈画。

任炳祺推门进来，正欲讲话，见他这般专注，忙又止住，但显然压抑不住亢奋心情，在房间里走来走去，边走边搓手。

"炳祺呀，"陈炯住笔，瞥他一眼，笑道，"你晃悠个啥哩，让人眼晕！"

"呵呵呵，"任炳祺凑过来，"师叔，您看完报纸了？"

"看样子，是有好事体哩？"

"是哩，"炳祺不无得意，"不瞒师叔，这几日倒腾华森橡皮认购券，白赚二千多，比闹腾码头来钱快多了。照此下去，再过半月，徒子保准稳赚五千两！"

"哦？"陈炯大是惊愕，"对了，今朝股票涨到多少了？"

"打烊辰光，是十五两七钱！"

"乖乖！"陈炯越发惊愕，情不自禁地吧唧几下嘴皮子。

"师叔，"炳祺凑前一步，"我咋觉得不靠谱哩，你说，就这一张破纸头，哪能介值钱哩？听人说，这橡皮啥都能做，还能炒来吃哩！奶奶个熊，那玩意儿要是能当肉吃，打死我也不信！"

"呵呵呵，"陈炯指他笑道，"你呀，听风就是雨。"

"师叔呀，"炳祺也搔头笑了，"要是这玩意儿真是宝贝，奶奶个熊哩，干脆咱们也去买点儿！"

"万一砸锅呢？"

"天塌压大家嘛，怕个鸟！"任炳祺耸耸肩，"徒子在上海滩待久了，晓得底细。尤其是这上海人，买东西都要买个稀奇。眼下啥也没有橡皮稀奇，所有人都去买了。人们都去买，哪怕是泡狗屎蛋儿，照样赚钱！再说，我这耳目多去了，即使有个啥动静，也是我们先逃呀！"

"我再琢磨琢磨。"陈炯指着一堆报纸，"照这报上说，橡皮是从树里长出来的。按照常理，十年树木。无论何树，没有十年八年，就长不成材料。”

“师叔是说，”任炳祺心里打个咯噔，“这事体有诈？”

“师叔也是吃不准哪！”

“哦，对了！”任炳祺一拍脑袋，“那日在汇丰银行，我瞄见章虎一伙鼓捣起哄。我敢打保票，只要那个人搅在其中，一定有猫腻！”

“炳祺呀，你方才讲到点子上了，上海人爱的是轧闹猛，大家都来轧闹猛，狗屎蛋儿也能赚钱。”陈炯看向桌上的报纸，“眼睁睁地看着白花花的银子不赚，却四处化缘求钱，非智者所为，何况是我们这些革命志士！”

“师叔，要是这说，我们这就轧闹猛去，奶奶的，把咱这家底全赌上！”

“咱的家底可以赌上，革命的家底不能赌哦！”陈炯闭目沉思，有顷，眉头一动，“有了，炳祺，速去约见大小姐，就说陈炯有紧急事体求告师太！”

“嘻嘻，”炳祺乐了，压低声音，“徒子得令，这就为师叔约见师母去！”

（第二卷完）

**图书在版编目（ＣＩＰ）数据**

金上海.卷二 / 寒川子著 .— 武汉：长江文艺出版社，2018.6

（"智慧的游戏"系列作品）

ISBN 978-7-5702-0392-5

I. ①金… II. ①寒… III. ①长篇小说 - 中国 - 当代 IV. ① I247.5

中国版本图书馆 CIP 数据核字 (2018) 第 082983 号

# 金上海 . 卷二

寒川子　著

选题产品策划生产机构 | 北京长江新世纪文化传媒有限公司

总 策 划 | 金丽红　黎　波　安波舜

出 品 人 | 周劲翔　公孙无知

| | | |
|---|---|---|
| 项目策划 | 寒川图书　容丞和悦影视传媒 | 版权所有 | 寒川图书 | 项目统筹 | 赵晨阳 |
| 责任编辑 | 张　维 | 装帧设计 | 郭　璐 | 媒体运营 | 刘　峥 |
| 助理编辑 | 赵晨阳 | 内文制作 | 张景莹 | 书名题写 | 张兼维 |
| 特约编辑 | 韩明辉 | 法律顾问 | 张艳萍 | 责任印制 | 张志杰　王会利 |

总 发 行 | 北京长江新世纪文化传媒有限公司

电　　话 | 010-58678881　　　　传　　真 | 010-58677346

地　　址 | 北京市朝阳区曙光西里甲 6 号时间国际大厦 A 座 1905 室　　　　邮　　编 | 100028

出　　版 | 长江出版传媒　长江文艺出版社

地　　址 | 湖北省武汉市雄楚大街 268 号湖北出版文化城 B 座 9-11 楼　　　　邮　　编 | 430070

印　　刷 | 天津盛辉印刷有限公司

开　　本 | 680 毫米 ×990 毫米　1/16　　　　印　　张 | 21.25

版　　次 | 2018 年 6 月第 1 版　　　　印　　次 | 2018 年 6 月第 1 次印刷

字　　数 | 327 千字　　　　印　　数 | 15000

定　　价 | 42.00 元

盗版必究（举报电话：010-58678881）

（图书如出现印装质量问题，请与选题产品策划生产机构联系调换）